逢君正當時 4 完

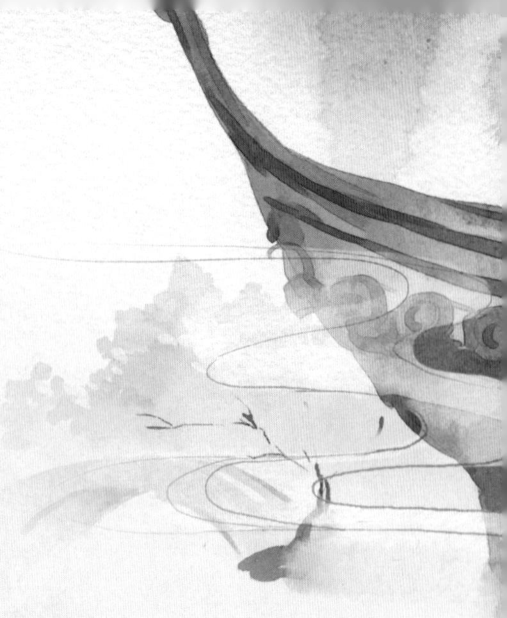

目次

壹之章 疑雲

下頭的打手還在喝叫，齊徵看到兩個人朝打手這頭奔了過來。錢裴的房間裡傳來椅子挪動的聲響，想來是有人起身。

短短的一瞬，齊徵全身的汗毛直豎，冷汗濕了後背。他腦子裡一片空白，一切憑著本能行事。他猴子一般往回攀，迅速竄回隔壁房間的窗子。正往裡鑽，聽得錢裴那房裡的窗子打開，有一人探頭出來查看。

齊徵來不及看對方是什麼人是何模樣，跳下窗臺時回身匆匆瞥了一眼，只看到那人的手戴著個綠油油的翡翠扳指。

齊徵一落地便往外衝，絲毫不敢耽誤。

隱隱聽到隔壁桃花間有人大叫：「是個孩子！」

齊徵衝出樓道，往樓下跑。錢裴房裡有打手跑了出來，一探手差點抓到齊徵的衣領。

齊徵玩命飛奔，橫衝直撞奔下樓朝著大門的方向跑去。出了大門，卻見更多的打手圍了過來，齊徵頭皮發麻。這時聽得一陣馬蹄聲響，打手們驚呼，似是被衝散了。齊徵下意識回頭看，竟是李秀兒騎著馬兒趕到。

齊徵大喜過望，拉住李秀兒伸出的手用力一躍，跳上了馬背，兩人一騎飛奔逃竄。好不容易甩開了追兵，李秀兒問齊徵：「你打聽到什麼了？」

齊徵心一緊，猶豫了好半天，「我聽到……我聽到他們在說，安大姑娘是細作。」

李秀兒傻眼。

這一天，譚氏根據她派人打聽到的薛家夫人行蹤，與薛夫人在布莊裡偶遇了。

一番客套寒暄後，譚氏未提薛家公子之事，反而說起了自家的麻煩。她說她去廟裡也請了高僧算，高僧說是因為流年犯煞，不止安家，連平南郡都打起仗來了，這劫難來得大，若是近期能有喜事沖一沖，化解煞氣，家裡的災禍自然可免，但若是違背天意，損人不利己，禍事怕會越來越多。

這話裡的暗示意味很是明顯，薛夫人雖未接話，但正看著她。

譚氏振作精神，忙道：「前些日子，我家老爺為生意的事煩憂，顧不上好好為希兒的親事打算，故而夫人託媒婆子說親，老爺都給拒了，如今想來，是不妥當的。這不，後頭糟糕的事一件接著一件，老爺還受牽連被冤入獄。我把高僧所言與老爺說了，老爺甚是後悔。」

薛夫人聽到此處，表情終於有了鬆動，問：「那安老爺如今又是何意思？」

譚氏聽得此話，頓時鬆一口氣，「不知薛家公子如今是否已訂了親？既是高僧批命，我家希兒與薛公子天生一對，命中註定，那我們可不好逆天而為，還是促成這事為好。」

薛夫人想了想，道：「訂親倒是還未曾……」

那是還有後話？

譚氏忙截了這話頭道：「既是未曾訂親，那我們先前談的親事，便還作數吧？」

薛夫人頗是為難，想了想，道：「這般吧，待我回去與老爺商量商量。」

譚氏有些失望，但一想未回絕便是好的，於是又陪笑，直稱便等薛夫人的好消息。

另一邊，齊徵與李秀兒緊趕慢趕，終是回到了中蘭城。齊徵將事情仔細與趙佳華說了。趙佳華聽到齊徵被發現追擊就皺起了眉頭，「他們認出你了嗎？錢裴認得你嗎？」

齊徵抿嘴沉思，「應該不認得吧？」

「可我們在客棧說過來自平南，做酒樓生意，想嘗菜請新廚子。錢裴知道有人偷窺查探，說不定也會回客棧打聽。再一推算到安姑娘這頭，做酒樓生意的朋友，不就只有華姊妳嗎？」李秀兒道。

趙佳華顰眉思慮片刻，說道：「你們確實是去品菜請廚子的，沿途不止一家客棧可以作證。只是這事你們沒辦好，到了田志縣，齊徵聽小二說點翠樓的姑娘美貌，老爺愛去，便起了色心，想去看看。」

「我沒有！」齊徵喊冤，而後明白意思了，抿了抿嘴，行吧，看姑娘就看姑娘。

趙佳華道：「誰人問你們，你倆都得這麼說。秀兒，妳找機會與下人們抱怨幾句，說好好辦個差事，結果被齊徵不懂事毀了，姑娘沒看成，還被護院打了。別往大了張揚，找兩個嘴嚴的抱怨兩句就行。這日後若出什麼事，我們有人證撇清關係便好。」

李秀兒知曉其意，點頭答應。

齊徵道：「那安姑娘的事怎麼辦？」

趙佳華深吸一口氣，看著齊徵，「你仔細想想，他們說的可是那話？」

「千真萬確啊，那人說的就是將軍在前線打仗，從安若晨這頭拿不到軍情情報了，所以她沒用處了。然後錢老爺剛要說話，我就被發現了。」齊徵撓頭，「他們要殺安姑娘，這怎麼告訴安姑娘啊。她是細作，她若知道我們知曉了這事，會不會對我們不利？」

趙佳華沒說話。

齊徵又道：「可她不是辦了劉老闆和婁老闆的案子嗎？她不是查辦細作的人嗎？」

李秀兒咬咬唇，她也不明白這事。安姑娘若是細作，那她也偽裝得太好了。

趙佳華思慮許久，「在我們搞清楚狀況前，暫時什麼都別告訴她，就說你還沒聽到什麼就被發現了。陸大娘那頭也一樣，什麼都不能說。齊徵，尤其是你，記住了嗎？」

「可是，他們要殺她……」李秀兒支吾著問：「我們、我們不向安姑娘示個警嗎？」

◆ ◆ ◆

安若晨連著數日琢磨十七年前那卷宗，這日聽說齊徵他們回來了，她便領著春曉乘馬車去了薛家，陸大娘則趁著這時候去了招福酒樓探消息。

安若晨與薛夫人寒暄了幾句，問了問安家的態度，事情的進展以及薛公子的狀況，薛夫人一一告之。安若晨聽罷，想了想，說想與薛公子聊聊。

薛夫人猶豫，生怕還沒鬆口答應親事的兒子言語間將安若晨得罪了，但又不好推拒，於是領著安若晨去找薛敘然，想著自己在一旁圓場便好。

豈料薛敘然卻嫌母親在這兒他不好說話，讓母親回去休息，他與安大姑娘自行磋商便好。他表現得頗為有禮，薛夫人看他態度，便也給他留足顏面，讓人上了好茶好點心，便轉身出去了。

房裡剩下薛敘然與安若晨二人，薛敘然直截了當地問：「有何貴幹？想給妳妹妹說親？上回不是已經說過了嗎？」

安若晨道：「我有件十七年前的舊案，想請薛公子私底下幫我悄悄打聽打聽。」

薛敘然瞪她，「妳還真當全平南是妳安若晨的地盤了？想使喚誰便使喚誰嗎？太守大人還未死呢！」

「公子這話說得。我不過一介平民，哪能跟太守大人相比？再者說，我不是使喚公子，我是在拜託公子。」

薛敘然仍瞪她，「說一句相求拜託便行了？妳當我是什麼人？」

「你是薛家獨子，今年十六，生辰是十一月十一日。你母親生你時難產，你自小身子不好，卻聰明過人，四歲識字，六歲吟詩，你父母皆以你為傲。你亦是個孝順孩子，知道自己體弱多病為父母添了不少麻煩，於是盡力乖巧，不讓他們操心操勞。」

薛敘然撇眉頭，「妳這是在顯擺查我家查得挺清楚還是拍我馬屁？」

「我還知道你私養祕探和謀士，涉嫌謀反。」

「這罪名扣得挺大的。」薛敘然一臉無辜和不以為然。

「我還知道你好奇心重，我要查的這事涉及平南安危，你薛家再如何都是住在此處活在此處，你的祕探謀士，動的那些小腦筋，難道不是為了保護你爹娘嗎？薛老爺為人清正，不太會變通，在龍蛇混雜的中蘭城做買賣，確實是該多小心。你亦心疼母親操勞，想著若是能將對薛家不利的事提早知曉，暗地處置，你爹娘便能安穩如意，過得自在。你時日不多，便想趁著你還在著，多照顧他們一些，是不是？」

「安姑娘神通廣大，什麼都知道，什麼都盡在掌握，怎麼還需要我這般體弱多病的小人物幫忙？」薛敘然冷笑，「莫不是姑娘想下套引我上勾，再逼我必須娶妳二妹？」

安若晨正色道：「你娶不娶我二妹，與我沒甚關係。她若是能嫁個不受錢裴支使的人家，我會鬆口氣，但她若嫁不了，最後被謀害了，那也是她命不好，我是沒辦法的。」

薛敘然皺起眉頭盯安若晨，這傢伙是在放苦肉計吧？

薛敘然順水推舟，「既是如此，安大姑娘不必為妳二妹煩惱了，她命不好，不怪妳。」

安若晨也順勢道：「那麼薛公子該是對我相求拜託之事沒有疑慮了，對吧？」

「自然還是有的。」薛敘然才不吃她這套，說道：「安姑娘既是知道我有謀士探子，又說我有謀反嫌疑，再者亦是知曉我對姑娘極不歡喜，姑娘又怎敢相信我會誠意相助？」

「將軍相信你，我便相信。」

薛敘然嗤之以鼻，「將軍大人若說屁是香的，妳也覺得屁是香的嗎？」

「若將軍大人需要我這麼說，我便這麼說。再者我覺得能用屁形容自己，薛公子挺有肚量，胸懷寬廣，當是可以信任託付的。」

薛敘然一噎，真是口誤，怎把自己套進去了？

他翻了個白眼，然後想起了安若希給他的白眼，這一想真是不能服氣。

他道：「那這般，我若是願意為妳查這事，妳說服我母親，不跟你們安家結親。」

安若晨搖頭，「那多不合適啊，又不是我勸你母親去結親的，我憑什麼攔她？再者說，我覺得公子思慮錯了。其實娶我妹妹挺好的，起碼淨慈大師說的是娶一個。你想想，若是這個娶不上，最合適的沒有了，那缺一補十，找十個八字好但不是那麼配的姑娘一起撐起這喜氣，你豈不是更麻煩？」

薛敘然又被噎住了。

缺一補十，什麼狗屁！

薛敘然氣啊，「妳威脅我？」

想到十個嘰嘰喳喳會翻白眼的姑娘圍著他打轉一起叫相公，他就不禁打個寒顫。

安若晨笑了笑，「怎麼會？我這正是有求於薛公子的時候，傻子才會幹威脅的蠢事。我若是求不著公子了，那才是威脅。」

薛敘然臉一沉，很好，那就是如果他幫了她，她得求著他辦事，就不這麼對付他。如果他不幫她，她求不著他了，她就想法讓他娘給他娶十個「進補」喜氣。

這不是威脅是什麼？

薛敘然不說話，他思考著。

安若晨看他臉色，道：「薛公子聰慧過人，自然也不怕什麼威脅。」

薛敘然白她一眼，那還用說。

「只是這事頗有難度，結局難料，也許什麼都沒有，又也許會有驚天大發現。薛公子錯過了，頗是可惜。」

薛敘然撇嘴，道：「妳也不用激我。我與妳不熟，妳卻來求我這事，若無陰謀詭計，便是身邊無合適查案之人。太守大人及其夫人對妳頗是照顧，妳卻不找他們幫忙，這事與他們有關？另外，妳懷疑身邊有奸細，卻不知道是誰？」

安若晨眨眨眼睛，「我方才已經誇讚過薛公子聰慧過人了。」

薛敘然皺起眉頭，「所以妳一身的臭麻煩，還要把妳二妹往我家裡塞。」

安若晨學方才薛敘然的一臉無辜和不以為然，「這事方才也說清楚了。二妹不重要，她如何，都是命，隨她去吧。」

薛敘然繃著臉，一副年少老成樣，「說吧，事情是如何的，妳想查什麼？我先聽聽這事究竟有無危害。」

而陸大娘到了招福酒樓，見得齊徵平安無事，鬆了口氣。齊徵看她對自己如此關懷，對是否要欺騙於她頗是掙扎，但最後還是扯了慌，聲稱事情沒辦成，什麼都未探聽到，還被錢裴發現了。

陸大娘嚇了一跳，細問當時情形，言說得趕緊報安姑娘，想辦法護齊徵他們的安全。

齊徵不敢抬頭，陸大娘完全沒有責怪他辦事不力的意思，反而只關切他的安全，這讓他更為內疚。

齊徵硬著頭皮將趙佳華囑咐的謊話說了，說他攀上窗子沒聽清任何話，然後就被打手發現了。

陸大娘皺著眉頭思慮半晌，這般拖累了趙佳華與齊徵，她覺得過意不去，但一時也沒有辦法，只得說回去告訴安姑娘，會盯好錢裴動靜，不讓他們陷入危險中。

陸大娘走了，齊徵看著她的背影，心裡五味雜陳，「大娘！」

陸大娘停下轉身，「怎麼？」

齊徵噎了半天，擠出一句：「您自己也要當心啊！」

成日與細作嫌疑人在一起的人，是大娘自己啊！

陸大娘安撫地對他笑笑，點了點頭。

陸大娘走了。趙佳華拍拍齊徵的頭，「好了，無論錢裴與安若晨是不是一夥的，我們得準備準備，若是情形不對，我們便離開。」

齊徵愁眉苦臉，他依趙佳華的囑咐，速去採買些用品，可還未走到雜貨鋪子，卻在街口見著了錢裴的馬車。齊徵大驚失色，沒想到錢裴回得這般快。他火速轉身朝招福酒樓去，得趕緊通知趙老闆。

正走著，背後有一人喊道：「齊徵！」

齊徵站住了，回頭一看，是個中年男子，他不認識。

那人和善微笑朝他走來，說道：「齊徵……」

他話未說完，齊徵卻見著了他手上的翡翠扳指。

齊徵轉身就跑，那人臉一沉，拔腿便追。

齊徵畢竟腳程不如那人，才跑出了一條街，便被那人一掌推倒。齊徵摔個狗啃泥，還未反應過來，已被一把抓住，拖進一條巷內。

那人掐著他的脖子將他按在牆上，亮出一把匕首，挨在他的臉邊，問：「點翠樓，你都聽到了什麼？誰讓你去的，你們都有什麼計畫打算？」

齊徵喊道：「大爺問的什麼，我不明白！」

那人猛地一拳打在齊徵的肚子上，再掐住他的脖子。齊徵痛得蜷起身子，卻又動彈不得。那人把匕首湊到齊徵臉上，「再不好好答，我便割了你的鼻子。」

這個時候，一道破空之聲襲來，那人眼角看到人影，下意識地滾地一閃，險險避過橫空砍來的一劍。

齊徵定睛一看，「田大哥！」

田慶停也未停，揚手一劍再攻向那人。那人身手竟也了得，迎頭也攻了過來。齊徵二話不說，貓著腰欲往外跑，那人見了，轉身朝齊徵刺來。

齊徵嚇得尖聲大叫，他心裡明白，這人失去了問話的機會，那便想直接滅口了。田慶舉劍趕來將那人攔下，但那人攻勢凶猛，幾番欲擊中齊徵。齊徵連滾帶爬，幾次都逃不出戰圈，最後聽得身後「啊」一聲叫。

齊徵回頭，看到那男子離自己一步之遙，背對田慶，而田慶的長劍刺穿了他的胸膛。

齊徵眼見著那人滿身浴血，瞪著眼似鬼妖一般的猙獰表情，嚇得腳都軟了。

那男子「咚」一聲倒在地上，再沒動彈。

齊徵愣愣地看著那男子的屍體，轉頭對上了田慶的雙眼，「田大哥！」死裡逃生啊！

田慶蹲下來去翻那男子屍體，再問：「他是什麼人？」

齊徵張了張嘴，把真話嚥回去了，道：「我不認得他。他說的話我也不明白，許是想劫財的。」

田慶在那男子身上沒翻出任何東西來，聽了齊徵的話，皺眉頭，抬頭看他，「你像是有財的樣子？」

齊徵抿抿嘴，「我亂猜的。」他忙轉移話題：「田大哥，你怎麼會來？」

「聽說你回來了，來看看你如何。你沒出過遠門，有些擔心，結果瞧見你被人追砍。」

「田大哥要如何處置？」齊徵有些緊張。

「報官。」田慶一副理所當然的樣子，「他當街行凶，被我擊斃，自當報官。」

田慶報官了，這下子驚動了許多人。趙佳華到了，安若晨到了，姚昆派人到行凶之處附近詢問，沒人認得死者，也未曾見過。

姚昆將所有人都問遍了，最後獨留下安若晨。

「安姑娘，妳如何看？」

「齊徵的仇家，怕是只有聚寶賭坊了，會不會是聚寶賭坊那頭的餘黨？」

「如若是這般，那該直接與齊徵討那舊仇，齊徵又怎會不明白？」姚昆盯著安若晨。他有感覺，這姑娘在背著他做什麼事，不然這些人也不會口供對不上，遮遮掩掩。

「確實古怪。」安若晨若無其事，很是無辜地道：「請太守大人務必嚴查，若是聚寶賭坊餘黨仍在，不止齊徵，趙老闆她們的性命也會受到威脅。再有，當初賭坊裡封存了許多錢銀人名冊和兵器毒藥等等，這些也不知會不會招來惡人的覬覦。」

說得跟真的似的。姚昆皺眉。他派了人跟蹤錢裴，沒有得到任何有用消息，而這般巧齊徵是從田志縣回來，那裡也正是錢裴出去遊玩的最後一處。

姚昆乾脆問了：「安姑娘，齊徵與李秀兒出門，是否是妳的安排？妳有何計畫？可是發生了什麼事？」

「大人，」安若晨仍是那副表情，「我雖算得上與招福酒樓有些交情，但招福酒樓不是我開的，那裡的人也不是我的手下。方才趙老闆和齊徵他們的證詞都說了，是去嘗菜招新廚的，畢竟他們酒樓的生意一直不太好。」她頓了頓，卻問：「大人為何有此疑慮，是否大人有線索？難道，是錢老爺？」

很好，姚昆斂眉，這反問得他無法再細究下去了。

姚昆再抬眼看看安若晨，道：「此人身分我會查清楚，當街行凶，事有蹊蹺，又是件人命案子，不可輕忽。我怕是還會打擾姑娘和田大人，還望姑娘見諒。」

安若晨忙客氣一番。

姚昆又道：「我今日已放了安之甫，安姑娘若是能從安家，或者從安家之外取得任何線索，」他加重了「任何線索」四字語氣，「還望姑娘告之。姑娘也明白如今局勢，可信的人不多，還是需坦誠協助，方可將細作剿滅。」

「大人所言極是。」安若晨也加強語氣。

兩人都裝模作樣地客氣了一番，姚昆訕訕讓安若晨離去。

安若晨回到紫雲樓，思慮半晌，去找了陸大娘。陸大娘得她囑咐，再去問了齊徵。齊徵一口咬定自己什麼都未聽到，那凶手卻是不知，故而逼問他，這時候田慶及時趕到，那人見問不得話，就想著殺他滅口得了。

陸大娘再問當時情形，田慶殺那人是否不得已，可有活擒可能。齊徵頓時氣急又警覺，這是把麻煩引到田大哥身上嗎？他道他命懸一線，田慶下殺手自然是迫不得已。

陸大娘回去給安若晨回了話，安若晨心中仍有疑慮，卻想不出什麼來。

安若晨嘆口氣，將龍騰從石靈崖給她回的信拿出來再看一遍。信寫得特別特別簡單，只說來信收到，勿念。

這封信也讓安若晨擔憂，簡潔得什麼消息都沒有透露，而她去的信明明報了許多事，他卻一點提點指示都沒有。筆跡是將軍的，信的內容卻不像他該說的。

安若晨原想再寫信給龍騰，如今卻猶豫了。將軍信裡的意思，是不是在警示她不要再報告細作之事了，寫信不安全？

安若晨有了孤立無援的感覺。她擔心將軍，不知他如今境況如何。

◆　◆　◆

玉關郡安省鎮。

龍騰簡衣便裝，普通百姓漢子打扮，獨自一人快騎趕到一家客棧。

小二迎出來，龍騰表示要住店，囑咐小二好好給他的馬兒餵食。小二一一答應，領著龍騰上樓。客棧不大，房間統共也就樓上這麼六間，龍騰上得樓來，似要抖一抖身上的塵土，用力跺了三下腳。跺得樓道裡砰砰作響，小二忙道：「客倌，您輕著點，咱這樓可舊了，您這力氣該把樓跺塌了。」
龍騰聽得左邊房裡有人咳嗽的動靜，知道對上了暗號，便不再跺，安靜地跟著小二進了最裡頭的房間。
進了房一番安置，小二退了出來。龍騰安靜在裡面等著，過了一會兒，有人敲門，連敲了五遍三下，龍騰才把門開開了。
門外，站著個五十左右的中年男子，眉目清秀，青衫素裝，卻也一身貴氣。
二人速進屋來，將門關好了。
「龍將軍。」
「梁大人。」
來者正是巡察使梁德浩。他坐下了，問：「何事讓你如此著急見我？」
他於途中例行公事將行程報各官員，不久收到龍騰的回信，約他單獨見面。於是他帶了三個護衛，離了大隊悄悄出來。他這頭倒是無妨，但龍騰身負戰事，擅自離開前線，落人口實，那可是「逃軍叛國」之罪。
「你這般行事，實是太過魯莽。若是被人認了出來，或是被人知曉你丟下大軍離開，那可不得了。」
龍騰微笑道：「大人不會在皇上面前參我一本。」
梁德浩道：「也就是我，換了別人，你可要糟。」
龍騰淺笑，「換了別人，我可是不敢的。」
「所以你究竟有何要緊之事？」
龍騰不答，卻是問：「大人為何做這巡察使？邊境紛亂，細作猖獗，此次可不同以往。茂郡與平南都凶險暗藏，大人過來，不但有性命之憂，處置不好，怕是會與茂郡太守史大人那般，無端惹禍上身。」

依梁德浩太尉之職及其在朝中的地位，他要推拒不做這巡察使該不會是難事。

梁德浩搖頭嘆道：「我若不來，你才有大麻煩。你若有了大麻煩，邊境危矣。」

龍騰挑了挑眉頭，「我有麻煩？」

梁德浩道：「羅丞相舉薦他的長史彭繼虎任巡察使，彭大人本就是督察吏官，也算合適，皇上讓我們商議，若無異議便是他了。但彭繼虎那日卻來我府上拜訪，與我打聽許多你及龍家的事。聽那意思，羅丞相有意藉此次機會，將你處置了，你偏偏還留了個把柄。」

龍騰笑，「我有何把柄？」

「你讓家中為你籌辦親事，又讓你二弟找御史大夫謝大人為你薦媒。謝大人本就與羅丞相共同輔事，羅丞相一直提防戒備，你此舉讓羅丞相頗是琢磨，猜你是否另有深意。彭大人直截了當地問了我，龍將軍與謝大人走得如此近，是何關係？」

龍騰彎彎嘴角，未解釋。

梁德浩又道：「還有你那位未來夫人的身分，竟是個商賈之女。」梁德浩瞪龍騰一眼，「你自己說說，究竟是怎麼回事？京城裡那許多姑娘，你皆不入眼，去到那邊境小城，竟遇著心儀之人了？這消息在朝廷裡傳開，人人相議，都在推測其中門道。」

龍騰淡淡地道：「大人們日理萬機，辛苦操勞，能與坊間一般閒話熱鬧，放鬆放鬆，也是不錯。」

梁德浩沒好氣，「莫打岔，與你說正事呢。你離開京城大半年，是為邊境戰事，如今戰事正急，邊境危機重重，情勢不明，你卻搞了出與商賈之女勾勾搭搭，亂軍淫營的情事來。你自己說，這不是個大把柄是什麼？那些瞧你不順眼，時時想整治你們龍家的諸官正偷笑呢。」

這罪名扣得重，龍騰卻是沒反駁，靜靜聽著。

梁德浩又道：「茂郡太守史嚴清定是官位不保，他的奏摺稟得亂七八糟，東凌到底是鬧何事他不知道，南秦大使被何人所殺他也不知曉。一會兒說是東凌陰謀，挑釁我大蕭與南秦關係。後再改口稱是南秦陰謀，欲拉東凌結盟侵害我大蕭。」

「史大人的疑慮其實也不無道理，三國之間，只有兩個盟國。南秦與東凌是盟國嗎？」

梁德浩一愣，「難道不是？」

「如今表面上看，確實是，但大人該看過我的奏摺，我們在南秦的密探被南秦殺害。」

梁德浩道：「看過，細作之事，在中蘭城鬧得頗大。」

「不止中蘭城，中蘭城裡可沒人知道我們南秦密探之事。南秦大使在茂郡被殺，霍先生冒險前來協商，結果也詭異喪命。不是一般的細作，官府之中，甚至朝堂之中，定有人相助。」

梁德浩臉色一變，「龍將軍，這話可不能亂說。」

「大人。」龍騰道：「大人任巡察使來此，雖對我是好事，但大人一旦離開京城，大人的職權便由丞相大人暫代，京城及周邊的兵將統率就全落在丞相大人手裡了。」

梁德浩想了想，再細想了想，臉色一變，「你是說……」

「我是在說大人走後朝堂裡的一些變化。我離開半年多，朝中有何問題，怕是大人比我要清楚。」

梁德浩道：「難怪你著急找我私下見面，你是想速將此事商議，好在大軍入茂郡之前想好對策？若那時我已做好了安排，你再見我，便遲了。」

梁德浩與龍騰仔細商議了許久，末了梁德浩道：「今晚天黑後我便走。」

「我子夜時分再離開，與大人錯開時候。」

梁德浩點頭，他略一沉吟，又道：「將軍放心，我會去信京都尉任大人，讓他多加防範。也會上奏皇上，將前線之事與他細報，不該說的，我自不會多透露半個字，斷不會打草驚蛇。」

龍騰施禮謝過。這上奏之事，由梁德浩來辦，自然比他來得有說服力。

「大人路上千萬小心。」

「我雖離得大軍遠，但無人知曉我的行蹤，不會有事的，將軍也請多保重。」

入夜，龍騰躺在床上小憩，四下靜寂，他留心聽著外頭的動靜聲響。不一會兒，外頭隱隱傳來腳步聲，聲音到他門前停下，有人輕輕敲了兩下他的房門，然後便離開了。很快，有兩扇門開闔的動靜，四個人的腳步向外走著，之後便是下樓的聲響。

龍騰明白，這是梁德浩帶人離開了。

龍騰起身，站在窗邊往外看，看到梁德浩一行四人四騎舉著火把離開了客棧，奔進了客棧旁邊的樹林裡。穿過樹林，便能抄近道繞到山後的官道上。這般更適合夜間趕路，行程也短上許多。

龍騰眼見著他們進了樹林，剛想轉身關窗，卻耳尖地聽到一聲大叫：「有刺客！」

龍騰耳力比常人要好。聽得那大叫，他拿上大刀，足尖一點，從窗戶跳了出去。

剛落地，便聽到樹林裡傳來刀劍相擊人聲呼喝的聲音，龍騰毫不遲疑衝進了樹林裡。

林中，七八個蒙面黑衣人正在襲擊梁德浩一行人。梁德浩三名護衛已然跳下馬來，奮力抵抗。梁德浩雖是太尉，掌管軍事兵權，卻是文官出身，平日習得一招半式，此情景下卻難自保。一刺客大刀揮來，梁德浩狼狽地從馬上跌落下來。面前一刀砍了過來，他險險一滾，躲過這一刀。拔出短刃戒備，惹來刺客的譏笑聲。

馬兒受驚跑到了遠處，三名護衛迅速後退，將梁德浩護在圈中，但對方人多勢眾，武藝高強。一護衛擋下一刀，卻被一人一腳踹飛，另一人趕上，向著梁德浩面目直指一劍。另一護衛揮劍擊開這劍，腰上卻被一刺客砍了一刀。護衛一聲慘叫，倒在地上。另一刺客欺身而上，一劍刺進倒地的護衛胸膛。那護衛一聲悶吭，本能地伸手要握住那劍，卻無力掙動，四肢猛地一鬆，雙臂落在地上，就此斷了氣。

梁德浩大驚失色。這時一名刺客又朝他砍了過來，另兩個護衛一個正以一敵三，一人身上掛彩正狼狽滾地躲開致命一擊。梁德浩下意識地舉起了手中短刃，卻聽得「嗖」一聲，一把大刀飛至，正正插在了那刺客胸膛。

刺客身體猛地僵直，低頭看了眼胸口的大刀，在梁德浩的瞪視下直挺挺地倒了下去。

梁德浩轉頭，一眼便看到飛躍而來的龍騰。他大叫一聲：「龍將軍！」

正準備攻殺梁德浩的刺客一看這情形，對視一眼，一起轉身衝向龍騰。

龍騰停也未停，在樹幹上一蹬，借力騰空橫腿一掃，橫踢掃中一刺客腦袋。那人悶哼一聲倒地，龍騰足尖點地，腳尖一勾，已將倒地那人長劍握在手裡，側身一擋，「鐺」一聲架住一人大刀，反手一掌將左邊襲來的另一人拍開。手腕一轉，長劍一挑，刷刷兩劍砍向大刀那人。

那人的大刀與龍騰長劍一撞時，虎口震得發疼，還未及反應，眼前一花，龍騰的長劍已經挑開他的刀，衝他砍了過來。那人本能往後一躍，龍騰卻在此時轉腕撤劍，側身一讓，長劍往後一刺，龍騰身後向龍騰攻來的一刺客被劍刺穿胸膛，當場斃命。

龍騰絲毫未停，看也不看，拔劍轉身，飛起一腳側身踹去，將左邊再攻來的那人踹開，搶前兩步，一劍刺向使大刀的那名刺客。那刺客趕緊舉刀來擋，不料龍騰腳下遊移，錯身翻掌一擊，避開那刀，一掌擊在那人胸膛。

那人「噗」一聲吐出一口鮮血，被擊飛數步，撞到樹幹上，一下摔在地上。

龍騰未管他，回身一甩，將手上長劍揮出，「嗖」一下，長劍刺進一刺客胸膛。那刺客慘叫一聲，梁德浩的一名護衛刀下逃出生天，趕緊給那人補了一腳。那刺客倒地，再也沒能動彈一下。

龍騰踏前一步，反身從最初倒地噙氣的刺客身上拔出自己的刀，反身揮刀，刷地一下，不但架住刺客砍刀的一刀，還硬生生飛速追砍過去，一下削掉了對方的腦袋。動作一氣呵成，毫無停歇。

梁德浩目瞪口呆。

他是聽說過龍騰戰場上的威名，但從未見過他如何殺敵。平素相交傾談，龍騰雖掩不住一身武將氣勢，但也算得上儒雅有禮。如今利刃在手，轉眼功夫便殺了六人。而他氣也不喘，面色不改，轉身又看向餘下的兩位刺客，平靜地向他們走去。

那兩名刺客蒙著面，看不清神情，但腳步已經慌亂。他們不再戀戰，轉身便跑。

龍騰道：「莫讓他們走了。」

梁德浩的兩名護衛愣了愣，趕緊追了上去。

龍騰又道：「跑得最快的那個死！」

他的聲音不大不小，卻清清楚楚傳到每個人的耳裡。逃跑的那兩個腳下一軟，竟嚇得不敢再跑。兩人對視一眼，似在看到底誰跑得更遠一些。這一停頓，梁德浩的護衛趕上，長劍架在了他們的脖子上，而龍騰也站到了他們面前。

護衛們在那兩名刺客膝後踹了一腳，那兩人「咚」一聲跪了下來。

蒙著臉的黑布頭罩被掀開，身邊的長劍被踢到了遠處。

梁德浩走過來，手裡拿著趕路時護衛拿著的火把，之前遇襲時火把摔在地上，現在撿回來重新點燃了，這才光亮了些。

就著火把亮光仔細看了看這兩人，無人認識。

梁德浩問：「誰人派你們來的？」

那兩人咬著牙，不吭聲。護衛們一壓架在他們脖子的長劍，喝道：「說！」

那兩人似察覺自己有線索價值，不會被殺，竟道：「有種便殺了我們。」

梁德浩皺起眉頭：「你們知道我是誰？」

那兩人未說話，但眼神已給了答案，確實是知道梁德浩是誰。

「你們來，是要取我性命？」

一刺客譏道：「這不是明擺著的嗎？」

梁德浩再問：「誰派你們來的？」

那兩人不說話了。梁德浩的護衛氣得猛踢他們幾腳，給了他們幾個大嘴巴子。那兩個嘴角流血，就是不說。

龍騰淡淡開口：「問口供，留一個人就行了。」

那兩人一愣。

「知道內情的那人留活口，另一個殺了。」龍騰聲音平靜，說出的話卻冷血殘酷。

梁德浩的護衛們手上的劍壓在刺客們的脖子上，猶豫著。誰是知道內情的？殺誰合適？

跪著的兩人臉色一陣青一陣白，他們看著龍騰的眼睛，已嚇得身上冷汗浸透了衣裳。

龍騰抿了抿嘴角，似乎很是無奈道：「分不清誰知道的比較多，就隨便殺一個吧。」

話音剛落，兩個人搶著答：「是羅丞相派我們來的！」

梁德浩臉色一變，「他竟然敢！」

龍騰沒說話，只盯著那兩人看。

梁德浩氣得，手一指這二人，喝道：「將他們綁了，押回營裡嚴審處置。我一定要上奏皇上，好好治羅丞相之罪。」

一名護衛應聲，去遠處馬兒那找繩索去了。兩名刺客跪在那，動也不敢動。

龍騰忽問：「羅丞相何時下的令？」

一名刺客答：「梁大人領兵離開京城時，羅丞相便下令，讓我們尾隨，待梁大人離得京城遠了，便尋機下手。」

梁德浩大怒，「豈有此理！他是要造反不成？」

龍騰又問：「你們八人，全是從京城一路跟來的？」

那刺客答：「是。」

龍騰再問：「你們如何知曉梁大人在此？」

刺客答道：「我們一直盯著大人行蹤，見他只帶著三個護衛出門，便覺得機會來了，於是跟了過來。」

兩名刺客對視一眼，一人小心翼翼道：「龍將軍。」

「何時認出我的？」

兩名刺客又對視一眼，一人道：「將軍到客棧時，我們便留意了。」

「你們可知我是誰？」

這時候護衛找了繩索過來，與另一護衛一起，將這二人五花大綁。

梁德浩衝龍騰抱拳，「這二人我帶走了，定會將他們好好盤審。將軍與我說的事，我記在心裡，若有任何線索，定及時報與將軍。將軍若有發現，也請隨時與我聯絡。」

這話裡意思很清楚，他已將此次遇襲與龍騰說的那些線索聯繫到了一起，這次抓到人證，便是重大突破。審問之後的消息，那當是極重要的。他明白事情嚴重性，定會小心處置。

龍騰點點頭，回了梁德浩一禮。

護衛們將馬牽了過來，將兩個被綁得嚴嚴實實的刺客架到了馬上。一護衛大聲提醒梁德浩當速離此地，謹防這些刺客還有同夥。

梁德浩聞言向龍騰告辭，二人就此別過。

梁德浩帶著人走了。龍騰站在原地，靜靜等了好一會兒，確定他們已經走遠。他在樹林裡轉了一圈，一共七具屍體，一具是梁德浩的護衛，六具是刺客的。他猜梁德浩會差人來通知本地府衙處理這些屍體。

龍騰想了想，彎下腰來仔細查看每具屍體的狀況，一個一個認真搜了身上，甚至摸了他們脖頸。

這時候，一個人影悄悄進了林子，喚道：「將軍。」

龍騰應了聲，來人是他龍家在玉關郡的掌事人孫建安，就是他與安若晨說的正廣錢莊的孫掌櫃。他約梁德浩玉關郡見面，一是因為梁德浩途經此處方便，二也是因為此處有他龍家人手。

「如何？」龍騰問。

孫掌櫃道：「這些人曾向如風的草料裡投藥。我們的人故意出現，投藥那人就趕緊走開。我們偷偷把草料換過，那人有再來查看草料被吃的情況，見全吃沒了，便走了。方才客棧裡有人聽到林中動靜，欲過來察看，我們給攔下了，無人知道這裡發生過何事。」

龍騰點點頭，指了指手下這人，「他還未死，速將他帶回，看還能不能救活。」

「是。」孫掌櫃應了，揮了揮手中的火把，很快兩個人奔了過來。見到龍騰均恭敬行禮。然後速按指示將那人抬走。

「若那人撐不過今晚，便將屍體運回來，若是活下來，找個屍體把這裡的缺補上。」

孫掌櫃應了。

龍騰朝林子外頭走，一邊道：「紙筆可有？」

「有的。」孫掌櫃跟在後頭，「我屋裡都備著。」

龍騰一路走回客棧，去了孫掌櫃的房間，在那寫了一封信，捲成紙卷封好，交給孫掌櫃，「用飛鴿傳書發給老二。」現在龍家的私信都比軍裡發出的軍文安全些。

孫掌櫃接過應了，又道：「二爺來信問，是否要派人來接安姑娘？」

「安姑娘可曾與你聯絡？」

「未曾。」

龍騰皺皺眉頭，他離開四夏江，又從石靈崖悄悄出來，怕是錯過了她的信。可雖未有安若晨的信，軍中急報他卻是看到的。安若晨剛離開四夏江軍營沒多久，他便收到消息唐軒死了。這狀況比他預料的還糟。城中細作的安排怕是又有變化，而他最擔心的還是密探名單洩露之事。內患外憂，裡應外合，這才是最大的危機。怕是他們龍家軍前線奮戰，身後便有人捅刀子。

如今與梁德浩見了面，又經此行刺一事，龍騰心裡有了些許推測，與他原先的預想不太一樣。真相究竟如何，怕是還得再行查探了。安若晨既是未曾聯絡孫掌櫃，想來又有什麼主意，他得速回去看看她的信才好。

龍騰與孫掌櫃道：「不用讓老二接她。老二那頭的目標也大，派人出京會被盯上，如今並非好的時機，別讓他輕舉妄動，我的信他看了之後自會知道該如何安排。安姑娘這邊你多費心，我打仗忙碌，怕是不能照應太周全，你聯絡聯絡，做好接應她的準備。若是她到了你這兒，你好好照顧，回頭我來接她。若有事，便傳信給我。」

孫掌櫃一一應了。龍騰看了看窗外夜色，他該走了。那些人不敢直接對付他，卻對付他的馬？龍騰抿抿嘴角，戰時擅離軍營，確實是叛逃大罪，他再一次感覺到了威脅。

「對了。」龍騰行至門口又轉身，孫掌櫃忙恭敬聽著。

「再給些錢銀給安姑娘，若她錢不夠花，該怪我了。」

孫掌櫃嘴角抽抽，努力控制住表情。龍家大爺，威武冷峻的龍大將軍，那位姑娘您還沒娶回家吧？您花錢這麼爽快，二爺那顆守財的心會痛的。

◆　◆　◆

田慶去看望齊徵，齊徵見到田慶很是高興。

田慶仔細看他的傷，問道：「你與我說實話，今日欲殺你那人，你當真沒見過嗎？」

齊徵抿抿嘴。

「你仔細想想，哪怕有一點線索也好，這般我才好幫你查出他的身分來。知道他是誰，才能知道他為何要劫殺你？若不弄明白，如何保證後頭沒有別人再來對你下手？下回，我可不一定這般巧能趕來救你了。」

「田大哥。」齊徵心裡很是感動，田慶一直對他很好，關心他，照顧他。除了楊老爹，再沒有哪位男性長輩能讓他如此親近尊敬的，「田大哥，我、我跟你說，這事確實需要查查，但這事極機密，萬不可透露給任何人。」

這麼嚴重？

田慶極嚴肅道：「你說。」

◆ ◆ ◆

這一日安府喜氣洋洋，殺豬擺酒上香還願，因為安之甫和段氏終於被釋放回府了。

譚氏忙碌張羅一早上。安之甫回了府沐浴更衣焚香吃齋拜佛祈願辟邪等等，而段氏回來之後就被丟在了院子裡。她不吵不鬧，譚氏覺得如此甚好。

安之甫心情大好，不只是因為終於離開了牢獄那個鬼地方，也因為錢世新對他特別照顧。他覺得也算因禍得福，錢裴是把他坑了，但是換得錢世新的內疚彌補也是好的。

安之甫回到家中頓時又拾回了威風，看著各人都順眼，尤其是譚氏，這段時日辛苦操勞，持家有功。安之甫心頭一熱，當眾宣布這日便扶譚氏為正室。

譚氏喜出望外。三房薛氏與五房廖氏心有不甘，咬牙切齒，但也上前道賀。安之甫問起薛家親事，譚氏不願丟了面子，說是已與薛夫人談了，進展順利。

當晚吃完了飯，辦完了正室禮數，譚氏就找人把陳媒婆叫來了。

陳媒婆來了便道：「哎喲，我是想著明日一早便來拜會夫人的。」

譚氏笑道：「也不是著急什麼，就是今日家裡有喜事，這不，有果禮和點心，想著給陳嬤嬤留了一份。」

陳媒婆自然明白，先說了一番好聽話捧了譚氏，這才道：「還真是巧了，今日我去了薛府，問了問薛夫人的意思。」

譚氏一邊慢悠悠嗑著瓜子，一邊豎起了耳朵。

「夫人，您猜怎麼著，巧得很啊，安大姑娘今日也去了薛府。」

譚氏猛地坐直了，「她去做什麼？」

陳媒婆擺著手，說書一般：「我見了薛夫人便問了，薛夫人說無事，我便直接說了，聽說安姑娘與安家不和，莫不是來阻姻緣的。薛夫人嘆了口氣，我好一番勸。」

譚氏忙問：「那這親事薛夫人如今是何意思？」

「薛夫人讓我明日過來打聽打聽，看看夫人這頭的意思是不是能給個准信兒，若是十打十定了主意的，她再去勸勸薛老爺。」

譚氏心裡有了譜，讓媒婆子稍等。她去找了安之甫，與他將事情說了，又點了點媒婆子話裡頭的意思，再強調了下安若晨還不死心，仍盤算著阻撓這事。

安之甫喝多了幾杯，有些醉意，聽得這些怒氣沖沖，衝譚氏喊道：「這門親定得結上！讓安若晨那賤人瞧好了！」

安之甫親自去了偏廳，與陳媒婆道，薛家要是還想結這門親，便趕緊定，不然過了這村沒這店。他安之甫出了牢獄的頭一件事，便是為女兒談門好親，沖沖喜去去晦氣。若薛家沒甚誠意，兩天內不給個準話，那他也沒辦法，只好另尋好親事。

陳媒婆聽了，趕忙應聲，連夜去薛家報信去了。

◆◆◆

錢世新收到了衙頭侯宇給的消息，便去了太守府，見到了姚昆。他沒有直說龍騰不在軍營之事，而是耐心與太守議了議事，說完了福安縣的一樁命案，再議到福安縣的糧倉，接著便問到了前線戰事。

「大人當派個下屬去那前線看看問問，叫龍將軍知道大人的關切。畢竟巡察使要到了，屆時白英大人問起前線戰事，若是答得不仔細，被他抓著什麼短處也不好。」

姚昆想了想，「你說的有理。」即刻喚了主簿江鴻青，讓他派人分別到石靈崖和四夏江，問清戰情和所需補給。錢世新見得如此，又客套了幾句，滿意而歸。

若是姚昆派的人到了前線兵營發現龍將軍根本不在，這事便成了。屆時整個平南郡衙府都是人證，市坊間也定有流言相傳，龍騰名聲不保，罪證確鑿，他自身難保，龍家軍整體亦受牽連，抓不抓安若晨倒變得不重要了。畢竟正主都滅了，誰還需要人質？

◆◆◆

安若希直挺挺坐著，非常緊張。她微笑著，努力讓自己顯得美貌又端莊。

只是坐她對面的薛敘然目光並不在她臉上，他看著桌上的茶壺，問她：「妳家裡的意思，是說若明日我家不給個準話，這親事就算了？」

安若希一愣，她不知道啊！她著起急來，昨日媒婆確實來了，她沒好意思直接問娘，讓丫頭去打聽，回來說是親事差不多成了，爹爹已經答應了。她高興得一晚沒睡好，心裡實在是惦記，今日忍不住又來喜秀堂，結果運氣這般好，薛公子竟然真來鋪子了。見得她在，約她在雅室聊聊，沒想到，竟是告訴她這個消息。

「明日嗎？那，那……」安若希努力想從薛敘然臉上分析出情緒來，可惜不太看得出來。

「薛公子是想多考慮幾日嗎？」

薛敘然終於抬頭瞥她一眼，看來她不知道啊！

安若希囁嚅道：「那，打算考慮多久？我回去與我娘說說。」

薛敘然瞪她，「說什麼？」

安若希臉發燙，「就說，讓多等幾日……」

「與其勸妳娘多等幾日，怎不問我如何考慮？我若考慮不好，妳們等幾日也是枉然。」

「公子說的有道理。」

薛敘然真想給她白眼。

「那公子考慮得如何？」

薛敘然施施然道：「還未曾想好。」

安若希認真思慮，所以現在要讓她勸勸他嗎？她看著薛敘然，薛敘然回視她。

看來確實是這個意思。

安若希清了清喉嚨。薛敘然撇眉看她，這是要幹嘛？

安若希開始勸了：「其實呢，想得太多也未必是好事。」說完這一句頓了頓，聽上去怎麼像是挑剔責怪他了，趕緊補救，「我的意思是說，思慮重容易累著，還傷身。」好像又是嫌棄他身子不好呢，趕緊再補救，「其實就是想說，遇到好的時機，就該好好把握。」

薛敘然瞪她。

安若希垂下頭看著桌邊，她說的不好，讓她再想想。好的時機，該好好把握，這姑娘挺會偷偷誇獎自己呀！

薛敘然道：「妳且說說，我娶了妳，有何好處？」

「挺多的，容我捋捋。」安若希為自己爭取時間。

薛敘然不理她，自顧自地道：「壞處我倒是想到好幾條，比如搭上安老爺這般的岳丈，以後被纏著要好處，著實厭煩。又比如得罪錢裴，招惹禍端。再有妳安家名聲在外……」他頓了頓，強調一下，「我說的是不好的名聲。」再頓了頓，繼續補充，「當然了，妳家好像也沒啥好的名聲。」

安若希垂著頭不吭氣，人家說的也不算有錯，沒法反駁。

「總之，妳家可供人碎嘴的事太多，我家與妳家結了親，還不得招了長舌婦編排著各種閒話，日後在中蘭城如何立足？」

「編排閒話的也不止婦人啊！」安若希說完發現失言，「我是說，話也不能這般說，說的不對。」

「如何不對？」

「若是閒話讓人無法立足，這城裡不是早空了嗎？」

薛敘然不言聲，只顧瞪她了，這頂嘴頂得頗有水準啊！

安若希被瞪得又低頭，道：「你娶了我，自然也是有好處的。」

她等著薛敘然問是什麼好處，結果薛敘然不接這話。

安若希抿抿嘴，不接話她就自己說，「薛公子你想想，娶了我，能教薛夫人開心。」

薛敘然被噎得，這算哪門子好處？

安若希等不到回話，忍不住抬頭看了薛敘然一眼。看到他的表情，覺得他對這好處不能服氣，那再繼續補充，「再有呢，我可以與公子保證，我不會改嫁的。」

薛敘然一口氣差點上不來，「還未成親，不，還未訂親，妳便想著我的身後事了？」

安若希擻眉頭，認真道：「不是咒公子死。人人都會死，我是說，就算公子走了，我還在呢，我會替公子盡孝，照顧好薛夫人和薛老爺的。」

薛敘然一愣，這答案真是他萬沒想到的。

安若希繼續道：「我從前是有些不懂事。我姊姊逃家之前，我於家中的處境不是這般。情勢變了之後，我也明白許多事，所以薛公子不能只聽外頭的名聲來判斷我。」

她從前以為她是最受寵愛，其實不是的。寵不寵愛不愛，只是看有沒有用處。許多人都是這樣，她對大姊也是這般，從前看她百般不順眼，她得了勢，能扶助她，竟也順眼起來了。若是從前薛家來提親，她定然也會嫌薛敘然體弱命短，但嫁給薛敘然便能脫離錢裴魔掌，她便心心念念，一心要嫁他。當然這事不能說，不然薛公子會生氣。總之，如今她不再天真嬌蠻，通了許多事理。

「薛夫人與薛老爺只有公子一位獨子，想來平素定是相當疼寵的。公子孝順，也是人人皆知的事。我若能有機會，定也會好好孝順公婆，不讓相公在這事上憂心。」

薛敘然抿抿嘴，安若希這招真是有點狡猾，頗有些她大姊的做派了。他故意道：「孝順公婆，相夫教子，本就是為人婦者該做的事，這有何好拿出來說的？我娶別人，別人也會同樣如此的。」

安若希噎了噎，道：「就算孝心是一樣的，其他方面卻未必有我好。公子你想想，好歹如今你也知道我是如何的，見過我的模樣，總比以後那些不知如何，不知模樣的強吧？萬一錯過了我，下次遇著個更不如意的，公子會後悔的。」

更不如意的？薛敘然簡直不知如何評敘，「安姑娘真是會勸慰開解啊！」

「只是擺出了事實。」安若希緊張地捏了捏手指，等了好一會兒，薛敘然沒再說話。安若希小心翼翼問：「那薛公子如今考慮得如何了？」一邊問一邊在腦子裡想詞，要爭取下去，不能洩氣。

「好。」薛敘然突然道。

安若希愣了愣。「好」是什麼意思，指的是什麼好？還是後頭還有話？

薛敘然忍不住又瞪她，「妳既是勸說我半天，我答應了，妳總該表現得歡欣鼓舞才對。擺個這副傻模樣來是想讓我別等以後，現在就後悔是嗎？」

安若希張大了嘴，猛地跳了起來，「啊啊，公子是說，是答應親事的意思是吧？」

薛敘然沒好氣，「難道『好』這個字是拒絕的意思？」

安若希火速轉身往門外奔，「我去告訴我娘！」

薛敘然瞪她的背影，剛要叫住她，安若希自己已經在門口處及時停下。她回轉身，對薛敘然施了個禮，「忘了問公子還有什麼話沒有。」

「有。」薛敘然真想搖桌子，「姑娘須牢記，若要入我薛家門，矜持端莊不可忘。」

安若希用力點頭，「便是想提醒公子的，這事不該我告訴我娘啊，是該公子讓媒婆告訴我娘的。」

薛敘然咬牙，「這還用妳提醒？」

安若希難掩喜悅，笑靨如花，蹦著走了，「那我回家等公子。」人都已經蹦到門外去了，還不忘糾正，「錯了，是等媒婆。我回去了啊！」兔子一樣蹦走了。

薛敘然扶額，簡直沒眼看那雀躍的背影。坊間究竟是誰在傳安二姑娘跋扈又厲害的？誰？蠢成這樣她究竟是怎麼跋扈的？

薛敘然忽然覺得自己上當了，他肯定是中了安若晨的計謀。那詭計多端的姑娘對安家用了激將法，對他用了利誘計。她肯定是猜到他好奇心重，拿個什麼十七年前的舊案拐他。他想查下去，想弄清楚安若晨究竟在搞什麼鬼，就得找個路子暗地裡與她保持聯絡。不然平白無事，沒親沒故的，他與她見面會招惹懷疑。可若他與安若希訂了親，有安家這層關係掩護，那事情就好辦多了。

薛敘然越想越不服氣，一想到安若希那傻樣更不服氣，但他不生氣，他只是覺得他也得討回來，不能被安若晨牽著鼻子走，也不能讓安若希那傻瓜被安若晨牽著鼻子走。

既是要訂親，日後是他薛敘然的娘子了，那安若希就得明白，這世上只有一個人能牽著她走，且得是指哪走哪。就是他，只有他薛敘然才行。

◆　◆　◆

田慶回到紫雲樓時，天色有些晚了，盧正正在院子裡練拳，見他回來問道：「去哪兒了？大半日不見你。」

「有事？」田慶將一旁樹椿上掛著的汗巾扔給盧正，「姑娘不是說今日不出門，我便去了招福酒樓，教了教齊徵些拳腳功夫。聚寶賭坊那兒留下的麻煩也許不止一樁，萬一日後又遇著凶險，他也得會自保才好。」

「他確實不知那人身分嗎？」盧正問。

「太守大人那頭可查出什麼線索了？」田慶反問。

盧正搖頭。

「牢裡那些聚寶賭坊的人呢？也不認得那人嗎？」

「沒聽說。」盧正擦好了汗，看了看田慶，「你還真是與那孩子投緣。那日若不是你及時趕到，那孩子怕是凶多吉少。他遇著你，也是遇著貴人了。」

田慶臉色難看，「只可惜將他殺了，若是留下活口便好了。」他停下話來，揮了揮手，「算了算了，不說這些了。姑娘今日做了什麼？」

「她與古副尉聊了半天，我問了問，古副尉說姑娘向他討教前線戰事，借了些兵書。」

田慶垮了垮臉，「姑娘當真志向遠大。」

盧正笑起來，「莫笑話人家。我瞧著姑娘心思頗重，前線開戰，她大概心裡沒主意，會擔心將軍吧。」

田慶正色問：「你說，她為何不來問我們？從前這些事，她都是向我們討教的。」

盧正愣了愣。

田慶問：「姑娘會不會有什麼主意？」

「什麼主意？」

田慶聳聳肩，「不好的主意。怕我們向將軍告狀，所以偷偷自個兒琢磨。」

盧正皺皺眉。

田慶道：「我們還是多盯著她一些，可別讓她闖禍了。」

◆　◆　◆

安若希回到家中，抄了一遍經，看著自己頗有進步的字，忍不住笑。菩薩啊菩薩，她就要嫁給薛公子了呢！菩薩，您也為我歡喜，對吧？

第二日，安若希盼了一天的陳媒婆終於上門了。安若希真想給她披彩綢撒花瓣。滿心歡喜又恐節外生枝，於是偷偷在窗外窺聽。

陳媒婆果然是來為薛家談結親的，她帶來了薛夫人列好的聘禮單子，欲相談婚期和細節，若沒問題，兩家便拿庚帖禮書過禮了。

譚氏看了看，卻是嫌聘禮比她與安之甫想像的要少。薛家頭一回來提親時，可是說了條件任開，只要把二姑娘嫁過去，什麼都能答應，如今還真是不一樣了。譚氏未當場應話，只說要與老爺再商量商量。

安若希的心懸了起來。

陳媒婆走了，這一日也未再來。後安之甫回到家中，安若希黏著譚氏跟著去了。安之甫看完禮單，聽完譚氏所述，也是與譚氏一個想法，拖延拖延，吊吊薛家的意思，看看還有沒有可能再把聘禮多要些。

安若希鬆了口氣，不是又反悔了就好。

◆　◆　◆

秀山靜心庵。

靜緣師太對安若芳道：「妳在密室休息一晚，我去處置些事，妳很快就可以回家去。」

「師太要去處置什麼？」

靜緣師太摸摸她的頭，答道：「去掃清妳回家的阻礙。」

靜緣師太去了中蘭城。

錢裴於福安縣和中蘭城的兩處府宅她都探清楚了。福安縣裡錢裴的老宅防守更嚴密些，再者她對福安縣並無對中蘭城這般熟，所以儘管中蘭城裡郡府衙門和軍方都在搜捕她，靜緣師太還是覺得在中蘭城下手最合適。

錢裴現在就在中蘭城。

錢裴與南秦那頭的細作組織有關係，這是靜緣師太知道的，這也是當初她沒有對錢裴動手的原因。當初若是殺了錢裴，會惹來閔東平的猜疑，她沒把握能護好安若芳，故而按兵不動。

可現在不一樣了。閔東平死了，劉則死了，唐軒死了，前線開戰，城裡暗藏的奸細必定蠢蠢欲動，衙門和軍方都在找她，安若芳跟她在一起太危險。這種時候，殺掉錢裴正好。安若芳平安回家，後頭會如何，就看這小姑娘的造化吧。她能做的，已經為她做了。

夜深了，靜緣潛入了錢府，進了錢裴的屋子，藉著月光可以看到床上臥著一人，半側著臉，正是錢裴。

靜緣手起刀落，一劍砍掉錢裴的頭。乾脆俐落，靜緣很滿意。

然後，她忽然一僵。

她看到被子上，錢裴的手指指節粗壯，覆有老繭。

這不是一個養尊處優的老爺的手，這繭分明是長期編竹繩或是其他勞作方會結成。

靜緣朝錢裴的臉看去，血跡將他的容貌染得看不真切。她盯著他，這人長得很像錢裴，染血之前她沒太仔細，染血之後，還真覺得不好判斷了。

地上的血越流越多，淌濕了靜緣師太的布鞋。靜緣轉身欲走，這時門外有兩個護院巡過，兩人見到一黑衣人出來，再一看屋內滿地血，頓時大叫：「有刺客！有刺客！」

靜緣想也未想，揮劍便砍。

這邊的動靜已經驚動了院門那屋裡的護院，兩人未穿外衣提著刀便殺出來。靜緣劍尖一指，點足躍上，一劍砍翻一人，也不戀戰，奔出院外，準備離開。

剛出院子，卻聽得身後有輕微的破空之聲，卻是另一護院拍向院門，放出暗器。靜緣轉身揮劍，擊落箭矢，但空中銀光點點，靜緣心知不妙，暗器不止這個。靜緣揮舞短劍，一邊翻躍而起，但仍未完全避過。她只覺得右腿右臂刺痛，竟是針刺襲來。

上面一定有毒，不然針有個屁用。靜緣火速往一旁的樹上躍去。不遠處傳來護院打手吆喝的聲響，好些人趕來了。

靜緣毫不理會，從樹上躍到陰影角落，遁暗而逃。腿上及手臂開始發麻，靜緣翻出牆去，從懷中掏出一顆藥丸塞進嘴裡嚥了。身後遠遠有人追來的呼喝和腳步聲響，靜緣向前跑，然後轉了一個彎，跑回了錢府旁邊的那個空院裡。

錢府上下全都驚醒了，靜緣聽到些許嘈雜聲響，但很快沒有了。沒人往這個院子來，靜緣安靜打坐，過了好一會兒，暗暗慶幸那針上並非什麼厲害劇毒，約莫只是些麻痹藥物，他們大概想捉活口。

靜緣面無表情，卻知道情況比她想像的糟。她殺的那人，一定不是錢裴了。錢裴需要找個替身為自己受死，想來許多事他都早有準備，他的身分也超乎她的預估。

無論哪方面，她都低估他了。

錢府折騰了一晚，並沒有抓到刺客。

鬧成這樣，衙門自然是知道了。姚昆火速趕來，並派人火速趕往福安縣通知錢世新。

天亮時，錢府半夜遇襲的消息已開始在中蘭城中傳散。

靜緣回到了靜心庵，與安若芳一起藏身密室，「真抱歉，事情沒辦好，恐怕妳近期還不能回家。」

侯宇悄悄進了錢府，與錢裴面對面坐著。

「是屠夫？」

「應該是她。」

「究竟是怎麼回事？我也未聽說哪裡出了差錯，她怎地就突然倒戈了？再有，她為何會對付你？」

「因為安若芳。」錢裴微笑，「之前的種種莫名其妙和推測在屠夫動手之時就明朗了。安若芳活著，在屠夫手裡。」

侯宇皺眉，「這表示什麼？」

難道屠夫早早就與安家有瓜葛？安若芳是她帶走的？這變數也太大了。

「這表示讓我不痛快的人，總會付出代價的。安若晨是這樣，安若芳也是這樣。」

侯宇眉頭皺得更緊，「你莫想著私怨。大局為重。再有，這事必須跟上頭說。你被屠夫盯上了，必須速速撇清楚干係，中蘭城不能由你聯絡牽頭，不能因你而壞了所有的事。」

錢裴冷冷看他一眼，「我對權勢不感興趣，若不是那些個沒用的，我也犯不著這麼累。你放心，我是著眼大局。屠夫想做什麼，我約莫能猜到了。」

侯宇並不是很信任錢裴，誰會相信一個利慾熏心的老色鬼呢？

但每個解先生給他的緊急聯絡人名字，都是錢裴。甚至當唐軒被捕後，錢裴居然有權決定他的生死。當錢裴說出那句暗語讓他聽從指令時，侯宇是非常驚訝的。

有權決定解先生生死的人，那是能直接越過解先生與上頭聯絡的。侯宇不明白為什麼是錢裴，他也不明白錢裴圖什麼。於他看來，錢世新可是比他老子穩妥多了，所以他最不明白的是，既然姓錢的父子倆都在做同一件事，為何互相隱瞞。

不過那都與他無關，侯宇依錢裴囑咐的回到了衙門，等著錢世新。

這城裡確是潛伏了不少細作，侯宇覺得自己是知道最多名字的那個。按囑咐，他是好幾個人的聯絡人，若是解先生出了什麼問題，那幾人就得聯絡他，由他來傳遞消息。而他，則是需要去找他的聯絡人——錢裴。

如今錢家父子兩個要通過他一個外人來傳話，還真是有些諷刺。

錢世新與姚昆商議了許久才出來，還去看了屍體，問了仵作。

錢世新離開時，心情非常沉重。

錢世新看到了侯宇，左右近旁無人，錢世新道：「你可有什麼消息？是屠夫嗎？」

「聽起來確該就是她了。」

「為何對我爹爹下手？」那死去的老頭是個替身，再明顯不過。

「大人可去問過錢老爺？」侯宇裝不知。

錢世新皺眉頭，回去當然得再問，惹上屠夫，這可是大事。當初唐軒囑咐他查屠夫是否藏私，懷疑閔東平的失蹤與她有關。如今看來，屠夫確實是背叛了他們。

「屠夫起了叛心，我們都有危險。」

侯宇道：「屠夫雖喜怒無常，但她不會做費勁不討好的事。一來她不知道我們都有誰，二來她殺我們做什麼？這對她百害而無一利。」

「殺我父親對她又有何利？」

「因為安若芳。」

「什麼？」錢世新吃驚。

「雖不能十成十的確認，但事情確有可能。安若芳失蹤了，這麼長的時間，沒露行蹤便是死了，可安若晨收到了安若芳還活著的消息。是誰透露給她的？她到處尋找，還去尼姑庵。」

錢世新也明白了，「安若晨不知道屠夫，但她有安若芳在屠夫手上的線索。」

「現在也許她知道屠夫了。屠夫欲殺你爹，可不是為了什麼家國安危反叛報復，是為了安若芳或安若晨。」

錢世新皺眉，那他爹爹豈不是性命堪憂？躲過這次，還能躲過下回嗎？而且屠夫成了安若晨的幫手，那還了得？

錢世新想了想，鎮靜下來，緩了臉色，道：「唐公子說過，屠夫這人冷傲，她定不會聽從安若晨的指使。再有，她若與安若晨接觸，紫雲樓那頭會有消息的，但屠夫始終是個禍害，必須除去。唐公子的猜疑是對的，閔公子的失蹤也許與屠夫有關。」

「也許閔公子發現了屠夫藏著安若芳，所以才遭了毒手。」

「我們得把她引出來處置了。」

侯宇問：「用你爹爹？」

錢世新的臉沉下來。

◆　◆　◆

安若晨在紫雲樓裡聽到錢府遇襲，大吃一驚。出的是命案，案錄送到紫雲樓。安若晨翻看著，眉頭皺了起來。盧正問她：「姑娘要去郡府衙門看看情況嗎？」

安若晨想了好一會兒，道：「太守大人此刻查案必是忙碌，錢裴與錢大人必定也在，我還是不去添亂了。」

田慶也問：「那姑娘今日出門嗎？」

盧正看了他一眼。

安若晨也抬頭看他，想了想，「不出去了。你替我去一趟招福酒樓，把案子與齊徵說說，提醒他們多當心。」

田慶答應，很快走了。

安若晨讓盧正也下去了，最近的事情不太對。她有感覺，不是中蘭城如何，而是將軍那頭。將軍定是在做什麼事，這種時機有祕密的舉動，讓安若晨很警覺。

錢裴這案子最蹊蹺的地方不是有刺客，而是居然有替身。

什麼身分的人會給自己準備一個替身？錢裴也許比她原先猜的還要複雜，可沒辦法往錢裴身邊安插眼線，但有一個人，卻是與錢裴一直聯繫著的——她爹安之甫。

這事若是因為四妹，那錢裴定會去安府的。

錢裴確實去了安府。

安之甫聽得門房來報，嚇得差點跳起來，錢裴竟說他是來賠不是的。

一番客套，錢裴裝模作樣地表示他那轎夫勾結了些匪類，教唆段氏對付安若晨，連累了安家，他心裡過意不去。

安之甫打著哈哈，這怎麼敢信。

可錢裴話鋒一轉，說到自己昨夜遇襲，竟說可能是那轎夫報復，而段氏恐怕也是報復的目標之一。安之甫頓時恐慌。錢裴表示已讓太守全力查案，他希望見見段氏，看段氏是否能有那轎夫線索，早日抓到歹人，早日安心。

安之甫一邊解釋段氏瘋癲恐怕提供不了什麼有用消息，一邊趕緊將段氏叫來了。

段氏乾淨整潔的模樣，還施了禮，但錢裴還未開口，段氏忽地衝上來甩他一個耳光，大聲罵道：「安若晨妳這賤人，妳還我女兒來！妳有本事，把我也殺了！」

錢裴猝不及防，正正挨了一下，「啪」的巴掌聲響，甚是響亮。

段氏瘋了一般左右開弓打著，「賤人！賤人！賤人！」

安之甫目瞪口呆，忙招呼僕役婆子將段氏拉開，押回房去。錢裴黑了臉，卻未發怒。

安之甫簡直不知該如何是好，完全不明白錢裴究竟是什麼打算。

「早說她是瘋癲的」這話當然不能說，安之甫只得道歉賠罪，還讓安平叫譚氏來，讓譚氏領婆子去給段氏一頓打，教訓教訓她。

安之甫對著錢裴頗尷尬，偏偏錢裴不覺得，他四平八穩地坐著，居然打算等吃飯。

譚氏去了四房院子，段氏在院子石椅上坐著，平靜又落寞地看著院子裡的樹。

譚氏過去揚手給她一個耳光。

段氏挨了打，竟未大喊大叫，不掙扎不躲閃，她甚至沒有看譚氏一眼，似什麼都未發生，轉正了臉，繼續盯著樹看。

「妳這瘋婦……」譚氏正待讓婆子動手，以示懲戒，安若希趕來了。

「娘！」安若希聽得事由，忙過來看看。打了錢裴，簡直是大快人心，但安若希也害怕這事後患無窮，不知會如何。安若希把譚氏拉到一旁勸，段氏聽得她說話，忽然轉頭道：「我沒事，我還要活著見我女兒，不會讓他得逞的。」

那聲音冷颼颼的，安若希嚇得起了雞皮疙瘩。

話說錢裴賴著不走，吃完了晚飯，還要喝茶聽曲。待了這半日，把安家近來發生的大小事全聊了一遍。說到薛家親事時，錢裴問得非常仔細，卻道：「安老爺心願是好的，只是有安若晨在，你們想安樂過日子，怕是不能夠。不如這般吧，我替你除掉這隱患。」

安之甫目瞪口呆。

錢裴毫不在意他的反應，繼續道：「你讓尊夫人去信薛夫人，告之她這親事你們安家定是要結的，但安若晨曾就這事威脅過你們，這其中有所誤會，你們也擔心薛夫人被安若晨蒙蔽，讓薛夫人約安若晨出來，大家一起坐下好好聊聊，將事情解決了，以免親事後頭還會節外生枝。」

安之甫張了張嘴，這是用完了段氏那個瘋子，如今又想用上薛夫人嗎？

安之甫道：「那薛夫人定不會答應的。」

「她護子心切，聽說安若晨從中作梗，恐有意外，當然願意去做。」

「可上回才發生了段氏劫車的案子，安若晨聽得是與我們安家見面，定有提防，她不會來的。」

「就是因為如此，才需得讓薛夫人寫信邀她，信中莫要提你們安家也會去。你們便約在福運來酒樓的石閣雅間，安若晨在屋子裡坐好了，兩邊屋裡便有人出來劫她。尊夫人大叫救命，護好薛夫人。其他的事，便與你們無關了。」

安之甫大驚失色，「萬萬使不得！如此一來，我夫人與薛夫人豈不是麻煩大了？太守大人怪罪下來，我們兩家輕則牢獄之災，重則殺身之禍啊！」

「怎會？你瞧瞧這回，誰人有罪？不都好好的？」

安之甫被噎得，好半天擠出另一個推拒的理由：「但薛家若是明白過來我們害了她，自然也不願結這親了。」

錢裴笑道：「那是劫匪看著薛夫人衣著華貴，故而跟蹤潛伏，欲綁架薛夫人撈幾個錢花花，但因尊夫人捨命相救，劫匪慌了，只劫走了安若晨。薛家要如何怪你們？只會感激，更相信兩家親事是幫運扶命的，這親事鐵定能成。」

安之甫仍想拒絕，錢裴臉一沉，「安老爺，我好心幫你，你莫不識好歹，否則你不但會丟了親事，還會有牢獄之災，性命之憂，你自己好好想想。」

安之甫不說話了，他被錢裴把住了脈門。錢裴要對付他，還真是易如反掌。

「錢老爺，你方才說如何行事，再細細與我說說。」

錢裴如此這般如此這般地將細節又說了，而後他掏出一封信，「讓尊夫人照著這信的內容和意思重寫一份，馬上送予薛家，約她們明日見面吧。」

安之甫臉抽了抽，這麼急？但思及這不聽話的後果，安之甫心一橫，去找了譚氏。

譚氏聽得安之甫所言，大吃一驚，她思來想去，自然也想不到推拒的辦法。她將此事告訴了安若希，讓她心裡有個數，若是薛家或是其他什麼人問起，讓安若希也知道如何應對。

安若希嚇得慘白了臉，試圖勸阻。

譚氏道：「錢老爺說了，若不依他吩咐，便會對付妳爹。到時，可就不止親事沒了這麼簡單。輕則牢獄之災，重則性命之憂。」

安若希想起當初錢裴對她的威脅，驚得僵立當場。

「親事重要？還是我們安家的安危重要？」

安若希說不出話來，她紅了眼眶，心如刀絞，握著譚氏的手，眼淚落了下來，「難道我們一輩子都要受他逼迫？」

譚氏回道：「莫犯傻。」

安若希淚如雨下。嫁給薛公子是她逃離這一切最後的希望，近在咫尺的希望。可是如果真是利用了薛夫人，那這希望就要化為泡影，安若希心裡已有絕望。

譚氏走了，安若希呆呆坐著，想起從前自己跑到安若晨那叫囂斥罵，她還問過她，如果她是她這般處境，能如何辦？

安若希又想起，安若晨說過她曾問四姨娘，會否為了保護四妹而拚死抵抗爹爹。她記得大姊說當時四姨娘像看怪物一般看她，如今她也知道自己母親的反應了。雖然她沒有問同樣的問題，但她已經知道母親會如何答了。

安若希開始磨墨，琢磨如何悄悄給安若晨遞封信示警，但一抬頭，卻透過窗戶看見一個臉生的僕役在院子裡晃。她把窗戶關了，叫來丫頭一問。那是錢裴的手下，說是在等譚氏寫好信。

「錢老爺在府裡住下了，老爺讓好生招呼他帶來的那些屬下。」丫鬟道。

安若希心裡一慌。她怕她寫的信送不到安若晨的手上，還會暴露了自己。安若希盤算了好一會兒，不寫信了。她出了門，帶著兩個丫頭逛園子，不出所料，她看到有人在暗處一路跟隨，盯著她的一舉一動。

看來信送不出去，她自己也沒法出去通知大姊吧。

安若希站在湖邊看著那一潭死水，想著這一團糟的家，想到她沒機會嫁給薛公子了，想到日後薛夫人看她時鄙夷的目光，想到薛公子會對她厭惡，她真有就此一跳的衝動。

安若希閉了閉眼，站了許久，然後猛地轉身，去找譚氏。

「事情還按錢老爺吩咐的辦，信我來寫，見面的人換成我。就跟薛夫人說我與姊姊好說話，這般好相勸，恩怨方能解開，親事才能順順利利。這般雖是出格了些，但薛夫人應該也能理解。出事時，我護著薛夫人，這才坐實了我能給薛家帶來福運之說。而姊姊見是我，想來也不會轉頭就走，就算薛夫人提前告訴她是與我見面，她也不會對我防範太深，會來的。再者，薛家若是生疑，我是小輩，平素與錢老爺未有打交道，他們不好怪罪。就算怪罪下來，我一人承擔，這般娘親和爹爹便能抽身出來。這家裡，只要娘在，爹爹在，便能想法救我。但若是因這事爹、娘被關了大牢，我們一家子如何辦？」

「希兒！」譚氏聽得感動，一把將女兒抱住，「妳真真是娘的好女兒。妳說的有理，確實是該這般才好。」

是嗎？是該這般嗎？所以女兒頂罪便沒關係，就該這般？

安若希在心裡苦笑，也許她方才真應該跳下湖去才好。

譚氏當即讓安若希寫了信，然後她拿著信去找安之甫和錢裴商議。

安若希在譚氏的屋子裡焦急等待，生恐會被錢裴識破，可安若晨幫她促成親事，讓她與薛夫人和薛敘然見過面的事，應該無人知曉才對。

安若希等啊等，終於等到譚氏回來。譚氏說安之甫和錢裴都答應了，覺得這事由安若希來辦可行性更高些。那封信已經差人給薛家送過去了，只是錢裴又說，屆時他會派他的人做轎夫送安若希去。

安若希心裡咯噔一下，這是派人監視威脅她？

但她不能拒絕。

「好。」安若希答。

她知道根本到不了送她赴約那一步。只要薛夫人看了信，便會知道怎麼回事，她會通知大姊，那大姊便會有所防範。安若希心裡很難過。信送到的那一刻，便是親事毀了的那一刻。誰會跟一家子毒心腸的人家做親家呢？

不怕的，不怕的，留得青山在，不怕沒柴燒。

安若希回了屋，躲在被子裡偷偷垂淚，也許，青山早不在了。

第二日一早，安家竟然收到了薛夫人的回信。信上說，她很高興安家同意了親事，也能理解安家的苦衷，既是雙方親事已定，為免節外生枝，她會約安若晨出來，大家坐下好好談談，也請安夫人勿擔憂顧慮，只要安家莫再變主意，這親事定是不會有變數了。

安若希目瞪口呆，怎麼回事，薛夫人竟然看不懂這信嗎？

錢裴很滿意，吃早飯時胃口格外的好，就連應付錢世新派來請他回府的僕役都很有耐心，好聲好氣打發人家走了。

安若希坐立不安，只得寄希望於大姊識破這一切，莫要應允赴約。

可近午時時，薛家又送來了一封信。薛夫人說她已經約好安若晨，一切照安家的囑咐辦的，安若晨會來。今日申時，在福運來石閣雅間會面。

安之甫和譚氏鬆了一口氣，安若希感到絕望。

時候到了，錢裴的兩個手下抬了轎子，將盛裝打扮的安若希送去福運來酒樓。

安若希在轎子裡晃啊晃，心裡冰涼。

到了地方，小二熱情上前招呼，問安若希是不是喝茶吃點心。這個鐘點，當然也不是來吃飯的。安若希說了石閣雅間，小二領著她往裡走。

石閣在福運來的最裡面，靠著後巷，景致不好，但布置得極雅致，奇石盆花，很是賞心悅目，也算是彌補了位置上的劣勢。喜歡安靜說話不受打擾的客人，常挑這間。

隨安若希來的兩個轎夫似護衛一般跟著安若希過來，在雅間外頭候著。安若希猜測他們也許是為了到時拖一拖安若晨的護衛，好讓裡間得手。

小二敲了敲石閣雅間的門。安若希閉了閉眼睛，對自己說別害怕。

小二聽得裡間有人應聲，便推開了門。安若希走了進去，一抬眼，愣住了。

雅間裡沒有薛夫人，卻坐著薛敘然。

薛敘然安靜坐著，表情淡淡的，看了安若希一眼。他的小廝站在一旁伺候，正給他杯子裡倒茶。那茶壺一看就是自己家裡帶的，旁邊小几上放著個小暖爐，茶壺倒完了茶，再放回暖爐上。安若希想起來，薛敘然說過，他不喝普通茶，只喝藥茶。

安若希盯著那小廝的動作，呆了好半晌才反應過來，忙施了個禮，「見過薛公子。」

薛敘然微皺皺眉，似乎嫌棄安若希的呆樣。也沒說話，只指了指一旁的位置，示意她坐。那小廝出去了，雅間門在安若希的身後關上。

安若希沒來由心跳加快，拘謹地過去坐下。完了，她感覺這比見薛夫人更糟糕。這般境況，見薛夫人是慚愧，見薛公子是羞愧，還真不如昨日一閉眼就跳湖的好。

安若希不知道該說些什麼，薛敘然也不說話。室內如此安靜，安若希轉頭看了看，這雅間左右似乎真的是可活動的雕花屏壁，拉上便是裝飾用的壁牆，折起便可將小雅間變大雅間。那般的話，若在壁牆後藏人，該是不難吧？他們在這處說的話，是否壁牆後的人能聽到？

「這雕花屏壁很好看？」薛敘然忽然開口問。

安若希嚇了一跳，生怕牆後的人聽到她盯著牆看暴露他們，忙道：「是挺好看的。」然後又沒話了。

安若希局促坐那兒，卻聽得薛敘然問：「安二小姐很愛發呆？」

安若希漲紅了臉，「不是。」

「那是因為與我孤男寡女共處一室，緊張了？」

「是。」安若希稍鬆了口氣，他替她找好了理由，這般挺好。

「安二小姐怎麼不問問，為何來的不是我母親？」

「啊！」安若希嚇了一跳，這個問題她確實很想問，但她怕一問就露餡兒。她趕緊打圓場：「我猜大概是薛夫人身體不適，無妨的，薛公子來也一樣。我能跟姊姊見個面，把話說清楚便好，無妨的。」

「那妳怎知我便是薛敘然？妳見過我？」薛敘然又問。

「……」安若希整個人呆住，是啊，她一進門便說「見過薛公子」，她怎麼知道的，她不該知道的。啊啊啊啊，她說錯話露餡兒了？

完了完了！等等，薛公子這般問，是在幫她？

安若希趕緊抖擻精神，答道：「未曾見過，可我聽說過薛公子的年紀樣貌，又聽說薛公子體弱，如今見了，便覺得八九不離十。再者，薛夫人既是約好了在此，那薛夫人不在，來的肯定是薛公子了。」

「妳肯定嗎？」

安若希傻傻地張大了嘴，要演得這麼深入嗎？

「那，那公子是薛家公子……嗎？」

「我是。」

安若希鬆了一口氣。

「我母親身體不適，但又說今日會面極重要，便讓我替她來看看。」

安若希再鬆一口氣。

兩人一時間又無話了。安若希坐得很僵，動也不敢動，忍不住又亂猜，薛敘然說的這些話真的假的？他是否已經知道了這信裡有內情？

安若希偷偷看了一眼薛敘然，他正盯著桌上的點心在看，手指似無意識地敲著桌面，似在思考。安若希竟覺得他又比上一回俊俏養眼了。雖然瘦且蒼白，但勝在氣質卓然，手指白淨修長，比姑娘家的手還要秀氣。

安若希下意識把手藏在了桌下。她這麼悄悄一動，薛敘然的目光掃了過來，安若希趕緊低頭盯桌面，臉上火辣辣地發熱。

她真希望可以嫁給他，安若希覺得很難過。

這時候突然傳來輕輕敲門的聲響，安若希嚇得差點跳起來。

薛敘然應了聲，門被推開了，門外站著安若晨。

安若希的心亂跳起來，她猛地站了起來。她看著大姊，她想對她大叫「妳快走」，但她不敢。她想衝她拚命使眼色讓她起疑別進來，但是門外稍遠處站著錢裴派來的轎夫，那人的眼神越過安若晨正盯著她。

安若希什麼小動作都不敢有，她只能呆呆地看著安若晨似乎有些驚訝地看了她一眼，然後她身邊那個名叫盧正的護衛在門口掃了一眼雅間，確定安全，對安若晨點了點頭。安若晨想了想，走了進來。

安若希的心沉到了谷底。看姊姊的表情，她似是什麼都不知道。安若希看著盧正關上了雅間的門，將那轎夫的目光擋在了門板之外。

安若晨走到了桌邊。

「大姊。」安若希低聲喚，覺得自己的聲音都有些抖，心虛得厲害。

安若晨看了看她，「二妹。」然後目光轉向了薛敘然，「這位一定是薛公子了。」

「是啊，是啊！」安若希不敢看薛敘然的臉，怕在他臉上看到嫌棄的表情。大姊果然比她機靈！

安若晨坐下了，安若希緊張地跟著坐下。現在不是羞愧的時候，她得做些什麼，必須警告姊姊，要迅速馬上，不然等錢裴的人動手，一切都晚了。

安若希不理薛敘然的反應，伸手一把將他面前的藥茶杯子拿了過來。沒辦法，小二沒進來，身邊沒丫頭，而她從進門就緊張，連杯水都沒給自己倒。

安若希一邊努力維持著聲音的正常，說道：「大姊，好久不見了。」一邊伸手蘸了茶水，在桌面上寫了兩個字：快走。

安若晨低頭看了看字，眼中已有了然之色。她應道：「是啊！」桌下有人碰了碰她的膝蓋。安若希雙手在桌面上，那桌下的手自然就是薛敘然的。安若晨伸手，握住了薛敘然遞過來的幾張紙，不動聲色飛速地塞進袖裡，嘴裡再應了一句：「確實很久未見了。」然後她站了起來。

安若希完全沒察覺安若晨與薛敘然之間的小動作，她對安若晨揮手，示意她快走，嘴裡卻又說著：「聽說大姊與龍將軍訂親了，真是恭喜。這可是天大的喜事，我們安家上下也全都跟著沾了光。從前的事，大姊莫要再記恨我們吧。大姊喝茶嗎？我給大姊倒一杯可好？」

安若晨趁她說話的功夫，已經退到了門邊，她回頭看了妹妹一眼。兩人目光交會，似有千言萬語，卻沒有說一句話。

安若晨打開門出去了。安若希看到她那兩個護衛迅速圍到了她身邊，低語兩句，該是不知道發生了何事。安若晨一句話都沒說，領著他們離開了，而錢裴派來的轎夫一臉震驚地看著，轉頭看向雅間裡的安若希。

安若希用手掌蓋住了「快走」那兩個字，裝作撐在桌面大喊的樣子，對外面喊道：「大姊，妳怎麼走了？咱們一起喝喝茶說說話不好嗎？」
那兩個轎夫沒顧上管安若希，急急跟了出去。安若希不知道他們想幹嘛，難道還能光天化日之下從將軍挑選出來的兩名護衛手裡搶下安若晨不成？
薛敘然的小廝出現在門口，輕聲問：「公子？」
薛敘然揮揮手，小廝退下了，順手把雅間的門關上。
安若希沒在意這些，她還在想那兩個轎夫，還有這牆後面的埋伏。大姊走了，埋伏應該不會怎樣了吧？她用手掌擦掉桌上那兩個字的水跡，眼眶紅了。
真醜陋，最不堪的一面讓薛公子看到了。這便是他們安家的真面目，醜陋的，無情的，互相傷害的家。姊姊以後真的不會再見她了，薛公子該也是一樣。
安若希的眼淚落在了桌上。
她覺得好羞愧，她不敢看薛敘然的表情，害怕在他臉上看到鄙夷。
她該走了。
安若希低著頭，輕聲道：「薛公子……」
「嗯。」
「我……」想為自己辯解兩句，但也不知能說什麼。算了，還是走吧。她回家去，有的是需要解釋的。她得說不知道姊姊為何突然走了，她盡力了。轎夫可以作證，埋伏在屏壁那邊的人可以作證。她有熱情招呼姊姊來著，但她低估了姊姊對她的怨恨，總之姊姊走了，這不能怪她。他們安家把能做的全做了，不能怪他們安家。
這麼說可以吧？安若希心裡嘆氣，也只能這麼說了。
「妳能不能別用手擦桌子，很髒。」
「啊？」安若希嚇了一跳，下意識收手抬頭，果然在薛敘然的臉上看到了嫌棄。她張了張嘴，正想說點什麼，忽然聽到屏壁那頭傳來了砰一聲，似有人踢翻了什麼東西。

「小心！」安若希一聲大吼，猛地朝薛敘然衝了過去。將他撲倒在地，護在了身下。

薛敘然猝不及防，眼前一花，被從椅子上撞倒在地上，身上還壓了個姑娘，痛得他齜牙咧嘴，好半天沒緩過勁來。

安若希小心翼翼防備著，可並沒有人拉開屏壁衝進來，反倒是薛敘然的小廝聞聲打開了雅間門，趕忙來看看發生何事。這一看，竟是自家公子被安家小姐壓在了地上。

安若希傻眼，與小廝大眼瞪小眼好半天才猛地跳了起來，慌亂漲紅著臉猛擺手，「不，不，不是你想的那般！」

小廝什麼話也沒說，他跟隨公子，做事極是穩重。他想什麼了？他什麼都沒想。

安若希努力解釋：「我被椅子絆了一下，不小心把薛公子撞倒了。」

小廝過來將薛敘然扶了起來。薛敘然肩膀落地，腳也踢到了椅子上，此時皺著眉頭，也不說話，自有一股薄怒盛威的氣勢。

安若希後退幾步，很是沮喪，覺得自己很是丟人。

她低了頭，小聲說「抱歉」。小廝將薛敘然扶坐在椅子上，替他整了整衣裳髮冠。安若希覺得自己的衣裳肯定也有些亂，頭髮也許也亂，但她不敢摸。她就在薛敘然的瞪視下，腦袋越垂越低。

被瞪了半天，沒人罵她，也沒人理她。

安若希囁嚅著說：「那，那我走了。」

薛敘然問她：「妳的丫頭呢？」

安若希愣了愣，搖頭，「沒帶。」為免丫頭誤事，也免得事情被更多人知道漏了風聲，所以安之甫和錢裴只派了那兩個轎夫送她。

薛敘然「哼」一聲，斥她：「莽莽撞撞！」然後起身，率先走了出去。

安若希覺得這莽莽撞撞罵的是她撲倒他還趴在他身上，或許他是謙謙公子，「不知廉恥」這四個字他說不出口吧？

安若希又想哭了，他就這般走了，竟連句告別的客氣話也未曾與她說。

安若希沒敢看薛敘然的背影，她呆呆站了一會兒，這才慢吞吞地走了出去。

酒樓外，兩個轎夫站在轎子旁等著。他們居然在啊，沒追著大姊跑掉嗎？

安若希看著那兩人，忽有些不安。

這時，一個人從另一旁走了過來，「安小姐。」

安若希轉頭，來人竟是薛敘然的小廝，薛敘然的轎子停在另一邊，他還沒有走嗎？

小廝道：「安小姐，我家公子請小姐過去說兩句話。」

安若希不知薛敘然想說什麼，但心中狂喜。還能多說兩句話，簡直是老天眷顧。

安若希緊張地走過去，又高興又忐忑，想蹦，但要穩重，差點同手同腳邁步。

到了轎前，小廝上前掀開轎簾，薛敘然抱著手爐坐裡頭，皺著眉頭看看安若希，問她：「怎麼出來這麼慢？」

「……」安若希不知道怎麼答。他沒說他在等她啊，怎麼有要求她快步跟上嗎？

安若希呆立。薛敘然不耐煩了，於是又問：「妳有何話要與我說嗎？」

「……」這問題更難了。安若希不知道能說什麼。她忽然懷抱著最後一線希望，想問問親事還能成嗎，她其實只在乎這件事而已。

她沒敢問，覺得沒臉，於是又愣了一會兒。

薛敘然示意小廝把轎簾放下來，不理她了。

轎簾落下，安若希再看不到薛敘然的臉，心中一陣失落。唉，還真是只兩句話呢，一句不多，一句不少。安若希嘆了口氣，慢吞吞地轉身，像老太婆一樣的緩慢步子，朝自己的轎子走去。

腦子一片空白地上了轎，心裡也不知道在想什麼。回家後要遭遇的責難，錢裘會對他們安家採取的報復，以後的日子，她都沒有心思去想，她就在轎子裡發呆。

這一生只見過薛公子三回，以後再見不到，她會記得他多久呢？也許會很久吧。畢竟這段日子，她把他視為自己的救命稻草，是她脫離眼前這種生活的唯一希望。她對他的惦記這麼多這麼深，所以，應該會惦記很久。而他，很快便會將她忘了。還會有別的八字合適的姑娘嫁給他，不知道會是什麼樣的姑娘，肯定會比她好的。

安若希嘆氣，居然比她好，真不服氣。她也可以變好的，只是沒人給她機會。她希望他能活得久一點。雖然這不關她的事了，但她還是希望他能活得久一點。少些病痛，能過得好。

安若希再嘆一口氣，她撥了撥轎簾，這一看卻是愣住。

這是哪裡？這般偏僻，這不是回家的路。

「停轎！」她大聲喊。

那兩個轎夫充耳不聞，竟走得越發快了起來。

安若希大驚失色，掀開轎簾再大聲叫：「停轎！」

前面抬轎的轎夫抬高轎桿，安若希一個不穩向後仰倒，撞到轎子後壁上。她再傻也明白過來怎麼回事，這兩人不是要送她回府，她被劫持了！

貳之章◆困局

安若晨坐上了馬車，順利離開。

無人跟蹤，無人阻劫，只除了剛離開時雅間外頭有兩個轎夫打扮的人尾隨出了福運來。他們看著她上馬車，並沒有其他舉動。

安若晨行出一段後，田慶向她報告並未發現危險，她鬆了口氣。

安若晨在馬車裡悄悄拿出薛敘然給她的信，飛速看了一遍，將信收好，再想了想，掀開車簾對盧正道：「盧大哥，給二妹的解藥你帶著吧？」時間差不多了，她前幾日問起，盧正說他時時帶在身上，一有機會便會給安若希。

盧正愣了愣，道：「帶了。」

「你這會兒找我二妹去，看看她那邊是何情形。若沒機會單獨見面，便與她說，讓她回去傳話，今日這事沒完，我不會善罷干休的。」

盧正應了，明白安若晨的意思，放狠話的時候，便是悄悄給藥的時機了。這般不會引得安若希猜疑，又能藉機打探一下安家今日之事的玄機。盧正囑咐田慶和衛兵護衛好安若晨，自己策馬轉頭疾馳而去。

安若希這頭，明白了自己的處境後，已嚇得冷汗直冒。她掀開轎簾大聲喊「救命」，一邊用力晃著轎身一邊極力尖叫，可是她沒有看到任何人，也沒聽到有人的聲音。

轎子猛地停了下來，轎簾被掀開，前面的那位轎夫探進身來，惡狠狠地對她道：「閉嘴！否則現在就殺了妳！」

安若希想都不想，揚手一個巴掌就搧了過去。

那轎夫被打懵，萬沒想到安若希竟敢動粗。他咒罵一聲，伸手將安若希拖了出來。

安若希放聲尖叫，轎夫伸手捂她的嘴，她張嘴便咬。轎夫吃痛，鬆了手，甩手給了安若希一巴掌。安若希臉被打歪一旁，雙手亂舞，十指指甲在那人臉上一通抓。

另一轎夫趕來，拿了塊布捂著安若希的嘴，與先前那轎夫一起，挾制著安若希將她拖到一旁的巷子裡。

安若希全身的血液都冷了，恐懼充滿了她身體的每一處。她拚命掙扎，她想起府裡被打死的丫頭，如今自己也要與她們一般了嗎？

安若希掰不動轎手挾制住她的手，她亂抓著，碰到了自己的頭髮，她拔下一根髮簪，扎在那人的手背上。那人吃痛，嘶了一聲鬆開了手。安若希的頭撞到地上，一陣劇痛，她的腳卻還被另一人抓著。

她眼前一花，那人放開她的腳，撲上來壓在她身上，竟用力扯開她的衣襟。安若希恐懼得得已經叫不出聲，她什麼都看不清，緊握著簪子用力一刺，戳到了那人的眼睛。

那人慘叫一聲，安若希還未反應過來，拔出簪子欲再刺。鮮血噴湧，濺到了她的臉上。她猛地一驚，似乎嚇醒了。

那人捂著眼睛哀嚎，另一人過來扶他。安若希爬起來欲跑，卻被未受傷的那人追上，抓著她頭髮用力往地上一摜。安若希狠狠摔在地上，她也未叫，握著簪子在地上挪著往後退。瞪著那人，簪頭的花樣戳破了她的手掌，她渾然不覺，只緊緊握著，用簪子對著那人，表情僵硬。

那人看了看眼睛受傷還在痛叫的兄弟，掏出把匕首向安若希走去，說道：「本不想傷妳太重，是妳自找的。」

安若希坐在地上，背靠著牆，已經退無可退。她瞪著那匕首，腦子裡一片空白。

就在這危急的一瞬，一條長鞭甩了過來，將那人拿匕首的手腕捲住了。鞭子主人用力一拖，將那人拖離安若希跟前。

眼睛受傷的那人一看情勢不妙，顧不上眼睛痛楚，也掏出匕首衝了過來。拿鞭子的大漢二話不說，與那兩個人纏鬥起來。

安若希全身僵硬，呆呆看著這一切。她不認識拿鞭子的大漢，她甚至不敢想現在正在發生著什麼事。

這時候另一個大漢加入了戰圈，他與拿鞭子那人是一路的。二對二，錢裴派的兩個轎夫很快便不是對手，被那兩人一前一後打倒在地，踩在腳下動彈不得。

這時候巷口傳來的動靜，一頂四人轎子被抬到了巷口。轎旁站了個小廝模樣的少年，他看了看巷內情景，在轎簾旁說了幾句。轎子裡傳出薛敘然的聲音：「把她叫過來。」

小廝去了。他走到安若希跟前，對她道：「安小姐，我家公子有請。」

安若希沒有動，她還保持著那個姿勢。

小廝又說了一遍，安若希終於轉過頭來，看了他一眼，那眼神卻似不認識他一般。小廝又說了一遍，安若希還是沒反應。

小廝很沉著地回到轎旁，又低語了句：「似乎是傻了。」

沒一會兒，轎簾被撥開，一身貴公子氣的薛敘然走了出來，走到安若希面前，跟她說：「認得我嗎？」

安若希看著他，臉上的表情終於有了變化，嘴唇打著顫，似乎回過神來了。

薛敘然又道：「冷死了，跟我走。」

天氣明明很好，不算冷。安若希看著薛敘然，腦子裡先冒出這一句，然後她終於反應過來發生了什麼事。她知道自己的樣子一定很狼狽，她的衣裳被撕破了，她也覺得冷了，那種害怕的冷。她不想見薛公子，不不，她想見薛公子，卻不該是這樣的情形下。

還不如昨日就跳了那湖就好了。她想著，又發呆。

薛敘然不耐煩地伸出手，道：「妳走不走？不走我走了。」

安若希一聽，下意識想伸手拉住他。

薛敘然一看她那手，髒兮兮還有血，於是改拉她那顯得還有些乾淨的衣袖。

安若希爬了起來，就這樣被薛敘然扯著衣袖，牽進了他的轎子裡。

轎子裡頗大，但坐兩個人便有些擠。薛敘然往邊上靠了靠，不想被安若希蹭一身髒。使鞭的大漢過來隔著轎簾問：「公子，這兩人如何處置？」

「跟那兩個一樣，先押回府裡。」薛敘然吩咐。

大漢應了，退下辦事去。

安若希這時候是真的清醒過來了。

她好想哭，又不敢哭，憋著憋著，猛然一個大噴嚏打了出來。

薛敘然躲也沒處躲，臉黑如墨，差點沒忍住要把安若希踹下轎子去。

他掀開轎簾，忍著冷呼吸幾口新鮮空氣，道：「回府！」

轎夫們抬著轎很快離開，大漢們押上錢裴的那兩個轎夫也走了。

聽到動靜趕到的盧正藏身暗處看著他們離開，他聽到了後面幾句話，知道發生了什麼事。他想了想，轉身上馬，從另一個方向朝著郡府衙門而去。

薛敘然的轎子晃啊晃，朝著薛府出發。

薛敘然一臉忍耐，擠在轎子邊上。安若希偷看他，心情跌宕起伏。他救了她，卻又一臉「本公子真倒楣」的樣兒。她想顯得端莊優雅點，可惜衣裳扯破了，頭髮也亂了。她小心摸了摸，這頭髮攏一攏是攏不回原形了，拆了重梳這會兒又沒機會。

罷了罷了。安若希在心裡長嘆三聲，就當自己已經死了吧。自我安慰在厭惡自己的意中人面前視死如歸也算一種境界。

安若希想通了，乾脆又發起呆來。不能再想薛公子，得想想現實。惡人被抓到了薛府，那能請他們幫忙報官嗎？可是報了官她的名節就沒了。

錢裴打的就是這個主意吧？讓人汙了她的身子，她日後再也沒法嫁人。屆時他再恩惠似的找他能控制的人家，把她當好處塞過去當妾。又或者他更狠毒些，兌現他當初威脅她的那些話。不止是讓她不能嫁人，他要讓她生不如死，這是對她不聽他囑咐的下場。

安若希打了個寒顫，握了握拳，發現髮簪還捏在手裡。掌心的傷口在痛，臉上被掌摑的位置也還有些火辣辣的疼，而她很害怕。這次躲過了，下次呢？

安若希又閉了閉眼，無妨無妨，大不了一死。臨死前，她沒違背自己的意願做壞事，她幫了姊姊，從前對姊姊的種種不好，就算扯平了吧？臨死前，她遇到了心儀的公子，雖然這位公子並不歡喜她，卻救下了她。看，雖然她從前又刁蠻又壞心腸，但壞事落在她的身上，她受了教訓，心有悔改，老天爺也沒虧待她。

那就這般定了吧。這事得報官，她要當證人。都打算死了，名節被毀算什麼，反正也嫁不成薛公子了，沒關係。

安若希認真想著，她去報官，太守大人肯定會包庇錢裴，所以她得要求錢大人也到場，畢竟這是他的父親。她也不要顏面了，便學四姨娘大喊大叫，惹得一眾百姓過來瞧熱鬧，然後她當眾自盡，以死明志。

想到這，安若稀有些發愁，要怎麼死才好？撞死在衙門裡的柱子上？萬一沒撞死撞傻了呢？要不用匕首抹脖子，要是一刀下去沒抹斷，沒死成還痛呢？她想著，要是有不疼的死法就好了，她怕疼呢。

安若希長嘆一聲，做個怕死又自私的好人當真是艱難啊！

不經意轉頭，看到薛敘然正撇著眉頭在看她，那一臉的嫌棄。安若希又想嘆氣了，做個被意中人嫌棄的好姑娘真是難。轎夫大哥們，你們辛苦了，讓轎子走快些吧，不然她還未完成遺願便暴斃，死因還是很丟人的「被嫌棄死的」，那她可真是死不瞑目。

安若希把臉轉向一邊，對著轎子的另一面，繼續發呆想怎麼演繹出剛烈受害小姐的悲劇好告倒錢裴的計畫，這「面壁思過」狀一直維持到薛家。

薛府裡，薛老爺不在，薛夫人憂心忡忡焦急等待著。她收到安若希的信時便覺得不對勁兒。明明那姑娘跟她大姊對這親事毫無異議且暗地裡積極促成，怎會寫這樣的信來？

薛夫人與薛敘然一商議，薛敘然卻是笑了起來。

「母親，妳給安家回信吧，便說很歡喜他們考慮好了不再猶豫訂親之事。既是親家了，便按他家的要求，約安大姑娘出來。」

薛夫人有些愣，「這是為何？」

「我好奇。」

薛夫人垮臉，真說想「兒子啊，年輕人好奇心莫要太重」。

薛敘然又嘆氣道：「成天在家裡悶得慌，也沒什麼事可做，當真要悶出病來了。」

薛夫人當即改口道：「好，好，娘給安家回信。你打算如何？」

薛敘然如此這般如此這般地一交代，薛夫人又憂心了：「不告訴安大姑娘嗎？若她沒個防備，出了什麼事可如何是好？」

薛敘然老神在在，「有兒子在，她能出什麼事？」

薛夫人照辦了。

這日薛敘然赴約去了，薛夫人眼皮直跳，總有不祥的預感。

果不其然，真出事了。

薛夫人聽得丫鬟來報，說她從庫房回來，正巧看到公子的護院押了兩個五花大綁的人回來，似是從後門入府的，直接去了公子院子。

薛夫人嚇了一跳，忙讓丫鬟去問清楚。結果丫鬟跑了一趟回來回話，說未得公子囑咐，他們不願說，只說待得公子回來再處置。

薛夫人沒辦法。她兒子凡事特別有主意，雖然孝順聽話，可但凡他自己想辦的事，她與老爺都不好管。不得不承認，確是從小太寵了些。

薛夫人繼續等，終是等得薛敘然回來了。先是聽到有數人進了院子的動靜，而後丫鬟一臉驚訝奔進來，「公子回來了」這話還未說完，薛敘然就進屋了。

「見過母親。」薛敘然淡定從容行了禮，薛夫人卻是看到丫鬟站在他身邊一個勁兒衝著外頭比劃。

薛敘然看著母親的視線方向，轉頭看了一眼丫鬟。丫鬟趕緊收了手，端莊站好。

「母親，安家二小姐來了，得勞煩母親招呼招呼。」薛敘然道。

薛夫人的丫鬟忙道：「公子的轎子停在屋外。」

薛夫人一驚，人來了沒領著進屋，卻把轎子直接抬到她院子來，這是怎麼個意思？

薛夫人急步到了屋外，一看果然院子裡停著薛敘然的轎，轎旁有薛敘然的護衛守著。這架勢還挺嚇唬人的，若她掀開轎簾，不會看到安二姑娘被五花大綁吧？

薛敘然跟在薛夫人後頭，清了清喉嚨道：「二姑娘路上遭了劫，儀容有些不整，母親給她找身乾淨衣裳，讓她收拾整理，喝點熱茶說會兒話，我先去看看那些個匪徒。」

薛敘然說著，便要往院外走。

薛夫人還未從震驚中回過神來。遭了劫？儀容不整？這在福運來是說話還是打架啊？

薛敘然走了幾步，又回頭道：「對了，母親切勿報官。」

薛夫人瞪眼，「我得報你爹。」

報給父親就報吧，這個薛敘然沒意見。薛敘然帶著自己院裡的人走了。

薛夫人見院子裡再沒男僕，這才上前去，隔著轎簾道：「安姑娘，是我，外頭沒人了，妳可願出來？」

安若希漲紅臉，不願出也得出啊，其實她覺得若有個地洞可鑽就更好了。

安若希自己掀了轎簾，赧然又尷尬地出了來，低頭輕聲喚：「薛夫人。」

薛夫人看得她身上的血跡和一身髒亂，嚇了一跳，但恐安若希再受驚嚇，於是若無其事拉過安若希的手冷靜問：「可曾受了傷？」

安若希搖搖頭，很羞愧，「給夫人添麻煩了。」

「不麻煩，不是妳的錯。」薛夫人和藹道。安若希聽了，心裡更是難受。薛夫人既沒追問發生了什麼，又不責怪她招惹禍事，還關切她是否受傷。

她一定是位好母親好婆婆。安若希忽然有些想哭，可惜不是她的婆婆。

「先進屋吧。」薛夫人道：「我給妳找身乾淨衣裳，妳洗漱收拾喝杯熱茶，休息好了咱們再說話，可好？」

安若希搖頭，「多謝夫人。我覺得……我覺得我還是去報官吧，我知道是誰害我。」

薛夫人皺起眉頭，道：「妳一個小姑娘，莫自作主張。既是知道誰欲害妳，就不急於這一時。我們兩家差一點就算訂好親了，妳又是被我兒帶回來的，我不能對妳的事袖手旁觀。這般吧，我讓人去請妳父母過來，大家商議個對策。對那些惡人如何處置，是否報官，如何報官，聽聽妳父母的意思，如何？」

安若希搖搖頭。若是她父母來了，恐怕錢裴也會跟著來。就算錢裴不來，定也會交代好了，她爹爹不敢報官的，然後所有的事情又都回到原點。

薛夫人對安若希的拒絕也不著急，只是耐心道：「妳先進屋，與我說說究竟發生了何事，然後我再讓人送妳去郡府衙門。」待拖得老爺回來了，事情再做安排也好。

安若希不好意思再推辭，只得硬著頭皮與薛夫人進屋去了。薛夫人張羅她換衣洗臉梳頭，一頓忙碌後，剛坐下喝口水準備問話，一個丫鬟跑進來報：「夫人，郡丞大人帶著幾位捕快來了。說是有人報官，安家二姑娘遭劫，得我家公子救下，公子還逮了匪徒進府。郡丞大人說太守大人囑咐他過來問案，要把人帶回去。」

薛夫人吃了一驚，「誰報官的？」

丫鬟還未答，又一個丫鬟跑了進來，「夫人，安大姑娘來了！」

安若希嚇了一跳，「大姊來做什麼？」

兩個丫鬟一起答：「不知道」、「不曉得」。

不知道誰報的官，不曉得安大姑娘來此做什麼。

後進屋的丫鬟補充道：「安大姑娘原是說要見夫人，後看到郡丞大人，又說要見公子了，這會兒正與郡丞大人在堂廳說話。」

薛夫人起身，與安若希道：「我先出去看看，妳在這兒稍坐。」

安若希張了張嘴，還未發表意見，薛夫人已然走了。

薛夫人來得堂廳，安若晨似與郡丞說完了，她見得薛夫人，忙施禮客套，言說冒昧前來打擾，因是她身邊負責護衛安全的盧正盧大人正巧看到薛公子救下她二妹，唯恐惡人脫逃，於是報了官。她聽得消息，趕緊過來探望。

郡丞夏舟也見過薛夫人，說辭與安若晨的一致。說是盧大人快馬來衙門報官，稱其看到安二姑娘被匪徒攻擊，薛公子見義勇為將人救下。太守大人未見薛府和安府有人報官，派人到兩家看看，問清事由，將匪徒押回衙門嚴審，也請薛公子與安二姑娘回去問話。

薛夫人客套應話，多看了幾眼安若晨，心裡疑惑，不知道是不是她與官府聯手合計有什麼打算。

安若晨道：「薛夫人，給貴府添了麻煩，實在過意不去。大人們盡忠職守，實在值得讚譽。

夏大人既是來了，不如把我二妹叫出來，讓她與大人說說究竟發生何事。」

薛夫人微皺眉頭，依她看，應該先讓薛敘然出來應話，他們能講清楚說明白的事，不必讓安若希一個小姑娘面對責難。

夏舟也道：「還得請薛公子一起才好，畢竟兩位都是當事之人。」

薛夫人不接這話，正想囑咐丫頭把公子請出來，結果安若晨搶道：「既是兩位當事人，夏大人還是分開問話為好。」

夏舟愣了愣，這意思竟是擔心苦主與人證串供嗎？

夏舟被安若晨盯著，只得道：「也好。」

薛夫人心裡有些不痛快，但她素來為人和善，又是面對官老爺，不想爭執反駁，於是讓丫鬟去請安若希。

很快，安若希來了，她很緊張地向眾人施禮。安若晨遠遠看著她，冷傲無禮，絲毫沒有應話客套親近的意思。薛夫人對安若希頓時憐惜起來，她走過去，握住了安若希的手，道：「大人們只是想問問話，妳莫緊張。」

安若希點點頭。

安若希本就是受害者，薛夫人又擺出為她作主的架勢來，夏舟自然也不好太過咄咄逼人，連忙稱是。與安若希說了幾句，話語委婉和善，沒能直入重點。

薛夫人身邊的丫鬟與薛夫人極有默契，見得薛夫人給的眼神便知得趕緊去請老爺回府，還有安府那頭，也得知會。她趕緊退了出來，剛奔出堂廳沒多遠，忽被自身後一把拉住。丫鬟嚇了一跳，回頭一看，卻是安若晨。

「這位姊姊，我得馬上見薛公子，還請帶個路。」安若晨客客氣氣，抓著丫鬟的手卻用了幾分力。

丫鬟被她的氣勢鎮住，沒多想就領著安若晨往薛敘然的院子而去。

剛到公子院門處，卻見薛敘然領著人急匆匆出來，見得安若晨，劈頭便道：「來得正好，進來說話。」

丫鬟愣愣地看著安大姑娘火速與公子一起進了院子。

公子身邊的小廝道：「妳忙去吧，莫多嘴公子的事。」

丫鬟沒琢磨過來究竟發生什麼事，但想起夫人的囑咐，她趕緊先找人去安府再說。

安若晨與薛敘然進得屋子，均未坐下就開始發話。

「你審出來了嗎？你抓的那些人。」

「妳找人報官？腦子壞了嗎？」

兩人同時說話，瞪著對方均是不滿。後安若晨道：「不是我讓人報官的。我是擔心錢裴對二妹下手，找了個理由讓盧大哥去尋二妹，如若在路上發生什麼，他也好護衛一陣。這麼巧他看到你將二妹救下。他知道錢裴並非好人，恐二妹回到家裡再遭不測，事情被安家壓下來，便火速去報了官。他報完了官才回來告訴我，我便趕來了。」

薛敘然皺眉，道：「審了，沒費多大勁，嚇唬嚇唬便招了。躲在牆後的那兩個是先抓回來的，說是錢裴囑咐了妳們說話說一半時便出來將妳劫走，打算丟到後巷接應馬車裡。我的人查了一圈，後巷路口是停了一輛馬車，未見車夫。許是見人被我擒走，便跑了。」

安若晨道：「才兩個人，如何劫我？」

「聽聽妳那口氣。」薛敘然譏她，但他也不得不承認，這樣的人手安排確實草率了些，「也許其他人手與車夫一般，被驚動便跑了。」

「劫我二妹的人呢？」

「錢裴派的兩個轎夫。說是錢裴囑咐他們，將那笨蛋劫到僻靜處，撕她衣裳毀她名節，嚇唬威懾於她，原因是那笨蛋不聽話。」

安若晨坐下了，皺起眉頭，「錢裴沒那麼蠢，他定有什麼計畫。」

薛敘然頓時有了興趣，「什麼計畫？」

「不知道。」安若晨腦子有些亂，似乎有什麼事呼之欲出，但又抓不到頭緒。

薛敘然道：「他上回不是找了妳四姨娘攔妳馬車，那也很蠢，可就是他幹的不是嗎？」薛敘然頓了頓，問：「那刺客是不是妳派的？」

安若晨白了他一眼，「我若不是為將軍辦事，一舉一動會被算到將軍的帳上，我還真是想這麼做。」

「他會不會故意這般鬧到官府，趁機將刺客案栽贓給妳？」

「把自己也陷進去？」

「確實不必如此。」薛敘然道：「那就是他沒料到我會插一槓，以為半途對妳妹妹逞凶也不會被人瞧見。妳妹妹不敢言聲，不會告他。」

「重點是我會。」安若晨仍是想不透裡面的玄機，「他找人劫我不是嗎？不可能得手，而我一定會把事情鬧到官府去……」

門外小廝來報：「公子，夫人有請，郡丞大人請你過去問話，還有，大人要求將擒來的賊人交由捕快大人們。」

薛敘然與安若晨對視一眼。來了，人要交出去了，不止錢裴的手下，還有安若希，而事情也朝著理所當然的方向發展，但錢裴究竟打的什麼主意，他們還未猜到。

事情確如理所當然的那般有了結果。人證、物證皆在，錢裴因意圖謀害安若晨，命人侮辱安若希的種種罪責明確，錢世新震怒，親自於堂上跪稟，懇請太守姚昆依律處置。姚昆自然也不會再包庇錢裴，將他收押入獄。

這一切順順當當，毫無波折。

事情這般了結，薛家自然也覺得安慰。薛夫人頗心疼安若希，但又厭嫌安家。原是想著親事拖一拖再說，怎料薛敘然竟然道：「出了這事，我若不娶她，誰還會娶她呢？她家人是討人嫌的，她卻遇事沉著，為人著想，頗有擔當。若娘不把親事定下，怕是安二姑娘會被人指指點點，安家顧全面子，將她送走。安姑娘藉機出家為尼，了卻餘生也是可能。」

薛夫人嚇了一跳，這麼一想確有可能。與薛老爺商量，薛老爺也嚇了一跳，「兒子竟然如此替人著想，今日太陽是打東邊出來的吧？」

薛夫人白了他一眼。

今日太陽是打西邊落的，落下之後，天未全暗之時，安家眾人從衙門回府，還未坐穩，薛夫人就帶著陳媒婆上門了。

安之甫和譚氏喜出望外，原以為出了這事親事得黃，沒料到薛夫人卻是說安若希勇敢無畏，是奇女子，淨慈大師所批命數果然有其道理。親事還是照舊，按原來談好的辦。

安之甫和譚氏自然一口答應，再不敢提什麼加聘禮之事。安若希聽得消息，捂嘴藏住歡喜，傷也不疼了，心也舒暢了，忍不住在床上打了好幾個滾。

薛夫人真是好人！嘻嘻，她以後也會是薛夫人！

安若晨這頭，回到了紫雲樓便回屋裡休息，沒出門。盧正來見她，說今日沒來得及把藥給安若希，他這兩日得再去，正好藉著這案子的事，說是安若晨過問，尋機見見安若希，把藥給她。

「雖是假的，但還是得按時給她，省得日後再有變故，將軍的布局安排出了差錯，便不好了。」

安若晨點點頭，道：「你去安家時，順便探一探安家的動靜吧。錢裴雖是入獄，但他的耳目手下都還在外頭，也不知會生出什麼事來。」

盧正應聲，退出去了。

安若晨坐在燈下思慮，她再看看桌上的卷宗，這是今日案錄以及周長史送來的報函，道是巡察使梁大人派來的監察屬官白英白大人明日入城。

安若晨之前就打聽過，白英是個剛正不阿的好官，嫉惡如仇，行事果斷，所以深得梁德浩的重用。此次巡察肅理與鄰國衝突，查清邊郡大案真相，難度與壓力自不用說。人人都說，梁德浩將最信任的白英派到平南郡，便是為了確保事情穩妥無差錯。

安若晨撇了撇眉頭，難道錢裴故意做這些「蠢事」，是為了應付白英？

第二日，白英到了，入城談的第一件事就是錢裴。他對錢世新跪請懲辦親父一事頗為欣賞，卻也對姚昆庇護錢裴不滿。

姚昆心裡憋屈，坊間傳言裡是有他對錢裴庇護奉承的說法，但那是有心人誇大其辭的抹黑，如今倒教白英看他不起。

錢世新聽了這話也趕緊幫姚昆辯解，白英不想聽，直入正題，開始談邊境戰情。這時一衙差進來報，說姚昆前幾日派去前線的官吏回來了。

白英朝姚昆看去，姚昆解釋了他派人到前線查看詢問，以防有所疏漏。

「如此甚好。」白英道：「太守大人細心，正該如此。」他讓衙差把人叫了上來。那官員風塵僕僕，顯然剛剛趕了回來。

「情況如何？」姚昆問他。

那人報：「我去了石靈崖，未見著龍將軍。」

錢世新眼皮一跳，心中暗喜。

「楚將軍說，龍將軍安排好換俘之事便回四夏江去了。四夏江寬闊線長，不好守，龍將軍得親自押陣。到石靈崖露了臉，是威懾南秦。南秦摸不透龍將軍行蹤，自然就猜不透我軍策略，不敢輕舉妄動。」

白英皺起眉頭，「那戰情如何？」

那人囁嚅著道：「我在那兒只待了一日，正逢南秦攻戰，我瞧著，南秦兵強馬壯，士氣高昂，倒是楚將軍這頭，似乎有些畏縮，雖擋住了南秦攻勢，但未敢出兵反攻。我悄悄打聽了，聽說南秦連日強攻，楚將軍吃了幾回敗仗，失守了兩道關卡。」

白英惱了，「那他與你吹噓什麼威懾南秦，是要龍將軍在才會打仗不成？」

錢世新一臉擔憂，「總不能將龍將軍劈成兩半，一半放四夏江，一半放石靈崖。」

白英又問：「那四夏江那邊又如何？」

那人忙道：「我又連夜往四夏江趕，見著了龍將軍。」

錢世新一愣，竟然真在四夏江？可惜了，錯過了在白英面前告龍騰一狀的機會。

「我將太守大人所言與龍將軍說了，又說了他如何計畫安排，說回來稟告大人。龍將軍說軍務不便透露，我們按他的要求供糧供兵器便成。我又與他報了石靈崖的狀況，他說是我打仗還是楚將軍打仗，我這麼懂，換我上陣好了。」那人說得頗有些委屈，只是眾位大人沒人幫他說話，他這抱怨話說完，換來一片沉默。

最後是白英開口：「你將事情寫清楚，我要稟報梁大人。我此番主要察糾平南郡內諸事，前線戰情，得梁大人處置。」

姚昆心道，可不得梁大人處置嗎？白英的官銜與他一般，都在龍騰之下。雖拿著皇上旨意巡察，但終究也是隔著梁德浩一層授權，要管龍騰，還真輪不到他白英。

屋裡又是片刻安靜，白英忽問：「聽說龍將軍在中蘭城裡與一商賈之女定了終身？」

「是。」姚昆答。

「那女子與細作案有關？」

「是。」

「那我先看她的案錄，一會兒差人送到我屋裡來。」

姚昆一口應承。

白英又道：「派個人傳話給她，讓她明日來見我。」

「是。」

白英又想了想，「她住在何處？」

「紫雲樓，那處目前是用作將軍府衙。」

「龍騰在時她便也住那兒嗎？」

「是。」

白英點頭，沉吟片刻道：「莫叫她過來了，我過去。我要親眼看看，龍騰是怎麼安置這姑娘的。她的案錄，凡是與她有關的，無論大小事情，全都給我。」

姚昆當場叫人進來囑咐了，之後他繼續與白英敘著話，心裡頗有些擔憂。真是託龍騰大將軍的福，白英一來便對安若晨有了成見。

安若晨與錢裴，一個在將軍府裡逍遙，一個在牢裡受嚴懲。白英的注意力全在安若晨身上，完全忽略了錢裴。這不是一個好的開始，但姚昆暫時想不到什麼對策。

正如姚昆所擔憂的，第二日白英見安若晨的過程不甚愉快。他擺著視察紫雲樓的官威去的，然後對安若晨百般質問，還查了軍中各部的卷宗案錄，甚至還有驛兵傳令兵的往來、令書信函記錄等。

而安若晨的表現白英自然是不滿意。安若晨名目上是受龍騰之令查細作案，但她的一舉一動、採用的對策等等，軍中並無記錄。白英提前做好了準備，拿著些案子疑點細節相問，安若晨說來說去，都是案錄中的言辭，分毫不差，跟背過似的。案錄未記的，她都推給了龍騰，說是將軍囑咐辦事，為何要如此辦，她未敢細問。這當然可疑，白英為官多年，對如此門道自然也是清楚，一時間也沒抓住真憑實據的把柄，黑著臉走了。

◆　◆　◆

靜心庵裡，靜緣師太給密室中的安若芳送了早飯，看著她吃飯，與她道：「妳家裡都好，妳二姊訂親了。錢裴入獄了，這般倒是不好殺他了。」

安若芳差點被饅頭噎著。

靜緣師太又道：「我再打聽打聽，他既是入了牢獄，妳家裡頭該是沒了威脅，若沒甚大問題，我便送妳回去。」

安若芳忙問：「那錢裴為何入獄？」

「莫擔心，這回與妳娘無關。錢裴欲劫走妳大姊，又派人侮辱妳二姊，其手下被抓到現行，且供認不諱。證據確鑿，無可抵賴。」

安若芳吃了一驚，「那我大姊、二姊可有事？」

「她們都安好。」靜緣師太道：「不馬上送妳回去，是因為我還需要再查探查探，不是故意拖延，妳莫擔心。」

安若芳搖頭，「師太莫這般想，師太於我有救命之恩，我只愁不知如何報答。」

「不必妳報答，妳好好活著，過好自己的日子便好。」

安若芳咬咬唇，「若是，若是我回家了，師太要去哪兒？」

這靜心庵被查封，肯定不是長居之地。

靜緣師太靜默一會兒，道：「有人臨終前告訴我一件事，我得去查一查。若他未曾說謊，那表示我從前有件事還未解決圓滿，得去處置。」

「那我們還能見面嗎？」

靜緣師太看著安若芳，安若芳也正看著她，抿著小嘴，眼睛裡是真摯的關切。這種眼神，靜緣師太許久許久未曾見過了。她忍不住伸出手，摸了摸安若芳的頭，好半天才低語：「也許不再見面更好。」

◆　◆　◆

白英回到郡府衙門，讓姚昆去忙，卻是將錢世新留了下來，「我看了案錄，安家那些亂七八糟的事，似乎總有你父親的蹤影。」

錢世新立時露了羞愧之色，站了起來施禮，「我父親確實做了些不光彩的事，是我督管不周，請大人責罰。」

「原是該罰的，但他既已被判罰入獄，平南郡又是這麼個危機四伏的狀況，還有用得上你的地方。」白英頓了頓，「這帳且先記著，日後算吧。」

錢世新忙謝過，表了一番忠心。

白英又道：「來此之前，梁大人曾與我相議過平南郡的所有的官員，對你頗是欣賞。只是你這父親，給你拖了不少後腿。」

錢世新垂目低首。

白英道：「到中蘭城之前，我還走訪了其他三個城縣。福安縣倒是不錯，前線雖有戰事，但百姓並無驚恐，市坊間談笑如常，日子安樂，衙門行事嚴謹認真，巡察得力。你不在縣裡，也一切井然有序。與些百姓人家聊起，他們倒是都對你讚譽有加。」

錢世新忙誇讚了一番他的那些縣官，亦稱早在戰前便多給百姓疏導安排，幸虧得了百姓信任，又道全仗著龍將軍在前線駐守邊防，擋住南秦侵略，平南郡百姓才得安樂。

白英聽得他這般道，哼了聲，「龍將軍威名在外，屢建奇功，我是對他佩服的，可沒料到他到了平南卻是犯糊塗。我常說，為官者，莫戀權貪財好色，否則必出差錯。你看龍將軍，被個姑娘迷了，行事也亂七八糟起來。其他的不說，李明宇我卻是認識的，他為人耿直，忠心耿耿，怎會編排汙衊一個姑娘是細作？那證據既是粗糙，便也可知李明宇不會這般蠢偽造這些東西出來，這裡頭定有內情，可竟無人去查，竟就這般將他定為細作結案了！」

錢世新低著頭，微皺起眉頭。

「龍騰這人，得了威名，便剛愎自用了。識人不清，用人不明，辦的事情疑霧重重竟睜眼看不清。這些案子……」他用力拍了拍桌上那厚厚一疊案錄，「看似詳實，實則大多都是懸案，沒頭沒尾，未查明結果，就這般放著了？」說著還真是動了怒氣。

錢世新道：「這個，也不能全怪龍將軍。」他支吾著，似乎有顧慮不好開口，最後道：「畢竟龍將軍是來邊境打仗的。」

「可不是！」白英隱忍怒氣不發作，「他是來守城打仗的，可不是來迎娶個上不得檯面的商賈之女。他任由那商賈之女任性妄為，瞞天過海，再任由姚昆草草結案，睜眼閉眼。他還壓不住姚昆嗎？」

錢世新面露尷尬不說話。

白英盯著他，緩和了語氣，問道：「你覺得姚昆如何？」

錢世新答道：「太守大人一心為民，忠心為國，是個好官。」他抬頭，看著白英，為姚昆說話：「大人，安若晨的那些案子我也是知曉的，裡頭牽扯重多，好幾條人命，又事關南秦細作陰謀，確實不是短短時日能糾查清楚……」

「好了好了。」白英打斷他，「你這人，別的都好，只一點，太顧及顏面，事關親友便畏首畏尾。顧念情面便是綁了自己雙手，鐵面無私這詞，你須得好好琢磨。」

錢世新忙道：「大人教訓得是。」

「這些案子，我會徹查到底。駐蟲不除，前線危矣。」

「大人所言極是。」

「你須得助我一臂之力。姚昆被龍騰擺布，這些事情裡也不知道有多少機密，你與他交情甚好，這些年，相信他也幫著維護你父親不少事，你們既是互有把柄，你該能從他那處套得些消息才是。」

錢世新愣了愣。

白英加重語氣：「如何？」

錢世新忙應道：「下官一定全力以赴。」

錢世新從白英的居院出來，去見了侯宇，他將眼下的情形與侯宇說了。

侯宇道：「昨日已經飛鴿傳書，若是順利收到，他們該會抓住機會的。石靈崖是個大破綻，且梁大人很快會收到白大人的報信，這般對應起來，時機正正好。」

錢世新點頭。

侯宇又道：「既是到了這一步，一切都如預料的那般，那麼從今日起，你便可聯絡遣使其他人。暗號是，解鈴還需繫鈴人，只是要將鈴鐺綁緊些，打上四個結才好。」

錢世新心裡一動，「打四個結？」

「正是。」

「誰授的令？」

「解先生。」侯宇道：「第三位解先生。」

「而我是第四個。」

「正是。」

錢世新笑了起來，暗裡明裡，他都有重要的位置，「我能知道他是誰嗎？」

「他暫時不方便，有些事需要在暗處才好辦。他說若有機會，他會親自告訴你。」

「好。」錢世新也不客氣，「既如此，你將我能用上的人告訴我。我先對付安若晨，然後是姚昆。」

侯宇附他耳邊，輕聲說了幾句。

錢世新聽罷，愣了一會兒，有些驚訝。

侯宇微笑，「確實如此，不過安若晨對她身邊的人也是提防，我們頗有一陣子未能掌握她的心思了，那姑娘確是極狡猾的。」

話說安若晨躲過白英的盤問，卻不知下次又是何時，會否又有新的把柄。她索性裝了病，請了大夫，像模像樣地開始喝藥，又讓陸大娘悄悄給玉關郡孫掌櫃遞了信，讓孫掌櫃藉前線開戰，她又生病為由，以龍家之名將她接走，不能讓她拖累了將軍的計畫。

曹一涵這頭，他隨著南秦兵入了南秦軍營，見了南秦大將，遭了幾番嚴查盤問。所幸他與被俘的南秦兵結下患難情誼，一眾人幫他說話，為他做保，他的身分被確認下來。曹一涵在營中住了數日，聽得南秦連連取勝，暗自心焦。

這日聽得重大軍情，原來東凌竟有大軍就在附近，準備與南秦軍會合，共同滅殺蕭國。曹一涵坐不住了，正琢磨著如何辦。幾位南秦兵卻來與他敘話閒聊，透露今日將軍言道，皇上聞得霍先生死訊，悲憤萬分，已御駕親征，正往前線來。全軍上下振奮鼓舞，士氣高漲，立誓要攻下石靈崖做迎君大禮。

曹一涵聽著聽著，猛地站起。他在送羔羊肉的幾個牧民裡看到了一張熟悉的臉，他居然敢這麼混進南秦軍營裡。

一旁的兵士嚇一跳，「怎麼？」

曹一涵忙道：「皇上來了，我要見皇上。霍先生的冤屈，我要上稟皇上。」

兵士道：「就算來了，也輪不到我們去說話。到時皇上身邊定然全是大官，守衛森嚴，可不會讓你近身。」

「皇上知道我是誰。」

「那好吧。」兵士聳肩，「到時你見著了，也算了卻心願。」

可曹一涵等不到南秦皇帝趕來了，稍晚時候，他終於找到了機會靠近謝剛。謝剛飛快地道：「我不能久留，一會兒得跟著牧民們一起出營。」

「皇上要來了。」曹一涵也不廢話，直入重點。這對他來說是個很好的消息。

「我知道。」

「東凌大軍就在附近，會與我南秦一起聯手攻石靈崖。」

「我知道。」謝剛很鎮定。

曹一涵訕訕，那你還有什麼不知道的？

謝剛道：「東凌還有一隊人馬往關城方向去了。」

關城是南秦都城往石靈崖方向的必經之地。

曹一涵不懂，這表示什麼？

謝剛道：「若是輝王確實有謀反之意，皇帝離京，便是他的極好機會。若是皇上回不去了，皇位豈不是唾手可得？」

曹一涵一愣。

「霍先生最擔心的事，要發生了。」

中蘭城錢府。

陸波與紫雲樓裡的那人見面後急忙回來，向錢世新細細報了。

「那陸婆子向外頭遞了信？」

「是的，遞往玉關郡。」

「果然啊，那姑娘確是有安排。當然不能讓她走，她可是重要籌碼。」

錢世新火速派人，於半途劫下了陸大娘給孫掌櫃的信，他得阻止安若晨借病逃走，但劫信也攔不了多久。過一段日子，安若晨或是那孫掌櫃說不定會發現中間出了問題。得趕在他們發現問題之前，名正言順地將安若晨拿下。

「安之甫必須死。」錢世新交代陸波。

「家有喪事，她便得留下？」陸波猜測意思。

「不，安若晨可不會在乎安之甫。她是凶手，所以她得留下。」錢世新冷冷地道。

這日，安之甫迎來了意外之喜，錢世新領了人上門，問他願不願讓安榮貴到衙門做事，他身邊缺些可靠聰明的親信人手。

這哪有不願意的道理，安之甫自然一口答應，安榮貴也喜出望外，於是錢世新留下了一位文書先生和幾個武夫，說是暫留在安府教導安榮貴讀書及拳腳功夫，過段時間便到衙門上工去。

安之甫客客氣氣，將這幾位奉為上賓。他並不知道，這幾人的目的是伺機對他下手。

錢世新留下的先生叫李成安，領著那幾位武夫開始像模像樣地教導起安榮貴來。安之甫不懂那些，但瞧著也是歡喜。這事卻又惹來了另一樁頭疼事，譚氏趁機與他道，日後安榮貴是要入仕途的，可家裡還有個瘋癲的段氏，後患無窮，該趁早將段氏送出府。

道理確是這個道理，但安之甫不忍心。段氏貌美，他當初對她很是動心。如今安若芳沒了，還要將她母親趕出去，安之甫心裡有些不是滋味。他索性將這事交給了譚氏處置，讓她找個地方，就說是讓段氏出去休養一陣子。

譚氏心喜，踢出門後哪有可能再讓她回來。她一口答應，操辦去了。

地方很快找好了，安之甫躲出門去，說是與人喝酒談生意，眼不見心不煩，但待他晚上回來，卻是聽說段氏還未走，叫來了譚氏一問，原來是段氏鬧了一日，撒潑尋死，就是不走。譚氏怕鬧出人命來壞了安榮貴的前程，便先將段氏關了，等安之甫回來處置。

安之甫無奈，猶豫了一會兒，去見段氏。

安之甫到了段氏那處，原以為會見著尖叫哭喊的瘋婦，豈料段氏已把自己收拾得乾乾淨淨，化了個妝，精心打扮過，真真是我見猶憐。見得安之甫來，雙目含淚，輕喚一聲：「老爺。」便偎進了安之甫懷裡。

安之甫許久未得段氏如此溫存，今日又念了她好一番，不由得心一軟。他將婆子和小僕都遣了出去，自己摟著段氏坐下了。

「你莫慌，不是趕你，只是讓你出去休養，待你病好了，就接你回來。」

段氏泣道：「老爺不必安慰，我明白。我只是想著日後再見不著老爺了，心裡難過。」

安之甫忙道：「不難過，妳乖乖的，我與妳保證，一定接妳回來。妳好好養病，早一日好了，便早一日回來，如何？」

段氏聽罷，看著安之甫，破涕為笑。那一笑，竟有幾分當年初見時的模樣。段氏抹去淚，倒了一杯水給安之甫，「有老爺這話，我就放心了。沒有酒菜，就用這水表表心意。我就是惦記著老爺，怕再回不來，老爺好好與我說，我自然是聽話的。」

安之甫接過水杯，仰頭喝了，段氏又笑起來，「我會去的，老爺讓我去，我便去。」

安之甫鬆了口氣，「那就好。」

「我去了，老爺也快了。」

段氏的笑容很是詭異，安之甫汗毛都豎了起來，他開始心慌，原就醉酒頭暈，這會兒覺得頭更暈了，「妳這話是什麼意思？」

段氏還在笑，她看著安之甫，細聲細氣地說：「我在剛才老爺喝的那杯水裡下了毒。老爺是不是要問為何要下毒？我恨老爺呀！我從前太傻，老爺說什麼是什麼，老爺要將我女兒嫁給錢裴那畜生我竟然不敢反對。我錯了，所以女兒沒了。如今我也沒別的要求，只想好好等女兒回來見她一面，可你們狼心狗肺，竟然連個容身之處都不給我。我想了一日，老爺該死。」

安之甫瞪著她，再按捺不住，欲轉身出門喚人。可剛一動，卻似戳著了段氏的神經。她猛地跳了起來，揚手狠狠給了安之甫一記耳光。

「啪」一聲，極響亮，把安之甫整個人打懵了。

段氏打完一巴掌，又撲上來，安之甫一愣之下竟被她撲撞到地上。嘩啦一聲響，撞翻了一把椅子，二人摔倒在地。

安之甫吃痛，一下子從那記耳光的震驚中醒了過來，隨即湧上心頭的是憤怒。

段氏一巴掌一個撲倒的動作飛速連貫，一氣呵成。她撞倒安之甫後便騎他身上，左右開弓毫無章法地亂打。安之甫抬手臂阻擋，揮拳反擊。

段氏大叫大嚷：「你這殺千刀的王八蛋！你休想將我送走！錢裴想用我引芳兒出來，他還在打芳兒的主意，我不會再上當了！我要殺了你！你死了，芳兒就安全了！你喝了那杯有毒的水，三五個時辰之後便會腸穿肚爛而亡，沒人救得了你！我要你死，要你死！我這般相信你，我把自己的一生交給你！我為你生了個好女兒，你就這樣對我們！」

段氏一邊打一邊挨打，一番話說得斷斷續續亂七八糟。

安之甫又驚又怒，極怒之下，一拳打在段氏的太陽穴上。段氏悶吭一聲，不再叫了，卻拿手去掐安之甫的脖子。安之甫氣得血直往腦子上湧，兩眼通紅，手上用勁。待他緩過神來時，發現段氏掐他脖子的手勁已經鬆了，再後來，段氏的手啪一下，軟倒在地。

安之甫瞪著段氏。段氏睜大了眼睛看著他，嘴大張著，臉色發紫。那神情，猶如死屍厲鬼一般。

安之甫的心怦怦亂跳，他這才發現自己騎在段氏身上，手正緊緊掐著她的脖子。他想鬆開，手卻未聽使喚。他瞪著段氏，而段氏也瞪著他，只是目光呆滯，再無神采。

安之甫明白過來了。他的手開始抖，越抖越厲害。他終於放開了段氏的脖子，嚇得往後一捧，倒在地上。

他瞪著躺在地上的段氏，忽地一震，對了，她說她給他餵了毒。安之甫覺得肚子疼了起來，他爬起來出去喚人，僕役婆子跑來，安之甫正欲讓他們速找大夫，卻聽得一旁有人喚：「安老爺。」

安之甫一看，是錢世新留在他府裡的李成安先生。

李成安一直留意安之甫的狀況，聽著聲音不太對，趕緊過來看。見得安之甫神情緊張，便知出了事。「你們先退下吧。」李成安將僕役遣走，對安之甫道：「安老爺，錢大人讓我在這兒，是相助安老爺的。」

安之甫這會才想起，對的，他殺了人，是需要錢大人的相助。安之甫看看周圍，再無旁人，趕緊低聲將事情與李成安說了。

李成安進屋查看，段氏確實是死了，這真是個大麻煩。李成安安撫好安之甫，確認他並未中毒，不是段氏說謊，便是那毒是假的。然後他找來了他的幾個手下處置現場，自己速去報了錢世新。

第二日一大早，錢世新領人去了紫雲樓，帶走了陸大娘和田慶、盧正。說是安府四夫人段氏屍體在陸大娘舊居被人發現，仵作判斷是被男子掐死的，死亡時間是昨日夜裡。而昨日半夜，這般巧巡城官兵遇到田慶、盧正在外喝酒歸來，也正是那個方向。

情況不妙，安若晨心裡有數，這事是衝著她來的。

安若晨飛快地寫了封信，折好用蠟封起，交到春曉手上。

「這信妳先收著，莫要被別人瞧見了。如若我被官府帶走，回不來了，妳便為我做兩件事。一，把我被衙門扣押的事傳出去，越多人知曉越好。第二件，到玉關郡都城蘭城找正廣錢莊孫建安孫掌櫃。將這信交給他，便說妳是我派過去的。」

安若晨猜對了。

當天下午，錢世新再到紫雲樓，將安若晨帶走了。

到了衙府，白英問話，直指段氏生前因為女兒安若芳失蹤之事與安若晨起過數次衝突，甚至還鬧出了當街劫馬車的鬧劇來。這些安若晨無法辯駁。白英又問安若晨是否試圖阻撓二妹安若希與薛家公子的親事以報復安家，這個安若晨也沒法辯駁。

安若晨被扣下了，但白英並沒有安若晨做案的確切證據，又因為安若晨的身分特殊，所以她未被關進大牢，而是被軟禁在了衙府的廂房裡。

春曉聽到了消息，依安若晨的囑咐，悄悄出城去了。

安若晨在郡府衙門待的這一晚並無特別的事發生，第二日，方元來了。

安若晨見著方管事自然大喜，方元也確實是來給她報消息的。他告訴安若晨，看到不少生面孔在郡府衙門和太守府外的兩條街上喬裝遊蕩。

安若晨吃了一驚，「不是我的人。」古文達也不會這麼蠢，讓軍方的人著平民素衣喬裝包圍衙府的，又不是要造反了。

方元道：「也不是衙門的人手。」

兩人對視著，都感覺到了疑慮與危險。

錢府裡，侯宇問錢世新：「萬一主簿不聽擺布呢？時間太急，恐難說服他。」

「那就別說服了，換一個方法。他妻兒性命，他必是會在乎的。屆時他下不了手也無妨，只要他露出蛛絲馬跡，能讓我們把帳算到他與姚昆頭上就好。」

侯宇思慮怎麼處置，錢世新加重語氣：「莫忘了還有龍騰那頭，如今他連連戰敗，正是天助我們。待等他反應過來，重整旗鼓，前線局勢扭轉，事情恐怕會有變故。再者等他派的人到中蘭城接安若晨，我們就沒籌碼了。」

侯宇聞言忙點頭。龍騰手握兵權，殺回來確實會是最大的麻煩。

「行，我去安排江鴻青，定讓他乖乖照辦。」

此時，凌晨的四夏江，天水相連的那端才隱隱顯出一抹藍，天快要亮了。

朱崇海點將完畢，正向龍騰請示。

驛兵剛剛離開，龍騰拿著那四封信粗略一翻，沉吟道：「沒有她的信。」

朱崇海嚴肅點頭，「待我們拿下南秦，說不定就有了。」

龍騰飛快看了遍信，「也未提她的境況。」

朱崇海撓撓額頭，所以咧，將軍，還打嗎？「將軍要派人去看看嗎？」

「看了也沒用。」除了他自己，誰去都壓不住白英。若是好的，白英在能保護好安若晨，若是不好的，其他人去也左右不了白英的決定。再者說，派個大將，違了戰時軍律，派個小兵，除了跑腿傳話別無他用。

所以，唯有讓安若晨離開那個地方才能安心，但孫掌櫃離得有些遠。龍騰將四封信往桌邊一放，壓在了另一封信的上面。那封被壓的信是梁德浩寫來的，他說驚聞石靈崖連連敗仗，讓龍騰勿要只重四夏江，快想法解決石靈崖危情。他建議龍騰將四夏江先放放，加派重兵到石靈崖，他那頭也會調令兵馬去石靈崖解圍。

不過龍騰並不打算聽梁德浩的，他有自己的計畫。四夏江的攻戰早已安排好，既然石靈崖那頭南秦與東凌聯合重兵的事已經顯露，那正是強攻四夏江的好時機。

龍騰站起來，整了整身上的鎧甲。「走吧。」攻下四夏江，占領南秦武安郡，他才能有機會回中蘭去接他的安姑娘。

校場裡，兩萬兵列隊整齊，分營分隊旗幟飄揚。十四將於陣前精神抖擻，見得龍騰提刀跨馬奔至，眾將一舉拳頭，身後旗令兵揮旗，全營兵士發出震天吼聲。

龍騰策馬躍上點將台，一舉長刀，長嘯喝道：「戰！」

全營兵士呼應：「戰！」長槍杵地，大刀敲盾，咚咚咚地響徹天際。

「勝！」

全營大呼：「勝！必勝！」助威的敲擊聲伴著吼聲，於靜寂的晨色中分外震耳。

聲音隱隱地傳到了江對岸，南秦的兵將聽到了，一人皺著眉頭嘀咕：「他們日日天不亮就開始操練了。」

另一人道：「生怕別人不知道他們嗓門大似的。」

「是啊，天天這般吵吵。聽說了嗎？他們在石靈崖敗得一塌糊塗，夾著尾巴逃，只能在這邊嚷嚷了。」

「就是，光嚷嚷有屁用，有本事真打過來呀！」這人話剛說完就被旁邊的兵士白眼。

一將官騎馬奔過，喊道：「莫鬆懈，戒備，盯好江面！」

「是。」兵士嘴裡應著，心中不以為然。這般天天聽著對岸的吶喊迎接天明都成習慣了，起初以為要打過來，慌得不行，現在覺得龍大將軍的威名大概是靠喊出來的。

南秦兵士們小聲嘮叨嘀咕笑話著，天邊慢慢亮了起來，今日的風很大，呼呼地颳著臉疼。隨著風聲，對岸的呼喝叫喊聲時不時飄來，南秦兵士們都知道，他們這清早操練最少得一個時辰，離結束還早著。兵士們縮了縮脖子，躲著那冷凛的春寒。一士兵打了個哈欠，半口氣卡在喉嚨裡，含著淚水的眼睛似乎看到了什麼。

那兵士的哈欠還沒嚥下去，一枝火箭已經射到他的面前，「嗖」一聲劃過他的耳邊，落在他身後的地上。兵士大驚失色，「敵」字剛出口，另一枝箭射至，刺進他的胸膛。

他身邊的兵士驚慌大叫，但已經來不及，放眼望去，烏泱泱的一大群水兵從水裡冒了出來，江邊戰船上被點了火，船上的守衛兵將這才發現敵軍來了，慌忙應戰。

對岸的操練呼喝聲仍隱隱傳來，但對面江邊在晨光中竄出許多船隻，這頭已上岸的水兵拉著粗繩，綁到了攻下的戰船上，用盤索軲轆絞著粗繩往這邊拉。大蕭戰船順著風就著拉力神速地朝南秦這邊衝來，南秦眾兵將大驚失色。

號角吹起，戰鼓敲起，越來越多的大蕭兵從水裡冒了出來。南秦兵將心裡明白，照著這形勢，分明是半夜裡就潛了過來，天邊微光時的呼喝吶喊取代了戰鼓聲，給了這些水兵進攻的號令。

轉眼間，大蕭南秦兩邊兵士打成了一片。大蕭旗兵扛著戰旗占據了戰船最高竿頂，旗令揮舞，向江中及各路兵士報呈戰況及進攻形勢。鼓令手依著旗令用力擊鼓，大蕭兵士人多不亂，雖倒下不少，但其餘的很快擺開了陣形，士氣振天，吼聲震耳欲聾。

一南秦兵士忽地指著江面大叫：「那，那個，那個……」

眾人望去，陡然變色。原以為大蕭的戰船只是拚速度往這邊衝，沒曾想他們竟是擺開了陣形，船上放下了一排排浮板橋，船上眾兵士踏著浮板橋一路奔向岸邊。滯後的戰船也並非跑不快，而是停在了需要的位置，將兩岸串連起來。對岸的兵士已經踏上浮板，不必坐船，直接往這邊沖了過來。

風很大，浮板一塊挨著一塊，斜著排成一片，靠著船邊，竟也穩穩當當。大蕭兵士一個接著一個奔來，急而不亂，訓練有素。

這時候一個高大魁梧的漢子身著鎧甲，手持長刀，一馬當先，率馬衝上戰船。那馬兒在船上也不懼，揚蹄躍進，一船躍過一船，風速衝了過來。

幾位大將緊隨其後，策馬踏船，轉眼殺至。

南秦一大將看清來人鎧甲裝束，再一看大蕭兵將的神情，聽到他們的震耳歡呼，頓時明白了。「是龍騰！是龍騰！龍騰來了！」

主將到！大蕭眾兵將如有神助，歡呼雷動，戰鼓震天。龍騰一馬當先，刷刷砍倒一片。南秦大將忙策馬相迎，龍騰以一敵三，轉眼便砍殺了一員。

南秦兵退守，卻發現旁側防堤不知何時竟被擊穿，大蕭兵瞬間湧入，三名大蕭將領已殺入堤後。

堤上督戰將官臉色鐵青，大蕭如此攻勢，必是策劃籌備已久，這龍騰竟是不顧石靈崖敗相，沉住氣強攻四夏江，以為如此便能掐住南秦脈門嗎？

將官呼喝著讓兵士點煙，向石靈崖示警。寫上密文，放飛信鴿。

黃昏時分，一直密切關注四夏江戰況進展的石靈崖南秦主將得到了確切消息，四夏江失守，龍騰率軍占領了江生縣，直逼武安城。

石靈崖全軍整個震動，南秦與東凌迅速集結兵力，決定全力攻打石靈崖。不能再被石靈崖縮頭縮腦的大蕭兵拖延了，哪怕血流成河，也要殺進崖內，奪取石靈縣，踏平高臺縣，看看龍騰還打不打算要中蘭城了。

◆　◆　◆

安若晨在郡府衙門廂房裡待得煩躁，白英與太守大人並未來提審，也沒人來給個話，這事就晾著了，究竟是要如何？這案子破綻如此多，她不信他們真能把白的說成黑的。或許他們就是打算這般耗著，但是耗著有什麼用處呢？

安若晨看看外頭的狀況，窗外一切如常，有衙差把守，偶爾還有白英領來的衛兵巡視走過。安若晨深呼吸一口氣，告誡自己要冷靜，必須沉住氣。

這時候屋角的衙差看到她了，忙走過來。這衙差是方元交代過的人，叫安子，與方元相熟，方元託他照顧她。安若晨在這兒兩日，安子常偷偷幫她打聽事，也幫著給方元傳話，所以安若晨知道古文達想見她被白英阻攔了，知道陸大娘與田慶他們還被押著。

安子跑過來，到了安若晨窗外，小聲問：「姑娘有何事？」

「可有新消息？」安若晨早摸清他們換崗的時辰，安子應該剛換崗過來不久，想來之前有機會去打聽。

安子搖搖頭，「今日白大人、太守大人關門議事，沒什麼新消息。」

「錢大人呢？」

「與他們一起。幾位大人似是商議重要的事，關屋裡許久了，其他人都不讓進。」

安子還想說什麼，卻遠遠看到有人過來，安子忙跑開了，站回屋斜角邊上值崗的地方，背脊筆直，嚴肅端正。

想來走過來的人是個人物。

安若晨伸頭張望，看到一位同樣穿著衙門差服的男人緩緩走來。瘦瘦的，高個子。他的腰帶是紅色的，與尋常衙差的灰色腰帶不同。是個衙頭，難怪安子這般緊張。

那人走近了，走到了安子面前，安子恭敬施了個禮。也不知那人與安子說了什麼，從安子的舉止動作來看，他似乎應了聲「是」。之後安子施了禮走了，而那衙頭招了招手，喚來了另一位衙差，站在了安子的位置上。

他把安子調走了。

安若晨仔細看著那衙頭。他忽然轉了頭，也看了安若晨一眼，那眼神讓安若晨心裡本能地不安起來。她面上鎮定地迎視著那衙頭的目光，對他有禮一笑，微微施了個禮。那衙頭也對她微微一笑，點點頭，抱拳施了個禮，然後走了。

安若晨看著衙頭遠去消失的背影，有風拂過，窗前的樹枝搖曳，沙沙作響。

真可疑呀，他調走了衙差中唯一會兒幫助她的人。

方管事特意準備了銀耳潤喉湯，配了些甜棗軟糕，領著位他信得過的小僕，給姚昆於郡府衙門中的書房送了過去。

他再一次被攔在了外頭。

攔他的是白英手下的衛兵：「大人們在裡頭議事，不能打擾。」

方管事和氣地笑著，「便是瞧著大人們議事辛苦，這才準備了這些湯水點心。大人們總得休息休息，吃點東西。」

那衛兵想了想，正猶豫，屋子裡走出一人，衛兵忙施禮喚道：「錢大人。」

方管事也忙恭敬施禮，「錢大人。」

錢世新看了看小僕手上的東西，再看看方管事，微笑問了怎麼回事，然後揮手讓衛兵將東西送進去。衛兵領命接過托盤，進書房去了，方管事和小僕被留在了外頭。

方管事未動聲色，只關切問道：「各位大人後頭是何安排，是否要回太守府用飯？還是將飯菜送到此處來？還需要些什麼？小的好安排準備去。」

錢世新道：「把飯菜準備到此處來吧。大人們議事，恐得到夜裡頭才能完了。大人們的飯菜，準備四人份的便好。白英大人的侍衛將官，八人，單備一桌，其他人等，便隨著衙差衛兵們一起用飯便好。」

方管事聽了，應了聲，又似好奇問道：「不知大人們都議的何事，竟是要這許久？」

錢世新撇了撇眉頭，「方管事這問得，我竟不知如何答了，倒是不知太守府裡的規矩，竟是內宅管事過問官府公事的。」

方管事忙惶恐施禮，「是小的莽撞逾矩了，小的真是不該。因著夫人問起來不知我家大人何時回府，我這一著急，當真是糊塗。大人恕罪，大人恕罪。」

錢世新揮揮手，再不理他。

方管事施禮退下，心裡頭暗暗盤算，四人份的飯菜，那屋子裡便是太守姚昆、主簿江鴻青、白英以及錢世新了。而屋子外頭，衙差們都排不上頭，全是白英的手下。

方管事領著小僕退下了，走了稍遠，回頭看了看，再四下張望了好一會兒，確認沒人，便低聲對那小僕道：「石頭，還記得嗎，若被人發現了怎麼說？」

「我養的小貓丟了，我正找貓呢！」

「好。當心點，去吧。」

小僕機靈地一點頭，貓著腰貼著牆角一溜跑，小心地鑽進了書房周邊的花圃樹叢裡。

方管事回到太守府裡，大管事朱榮正等著他。

「如何？」

方管事搖頭，「還是進不得。那守門的衛兵原是猶豫，但錢大人出了來，將我們擋下了。我打聽大人們議的何事，錢大人也未曾透露半句，言語之間還有責備。只說會到夜裡，讓將飯菜送過去。」方元如此這般將事情詳細與朱榮說了，兩個人臉上皆有愁容。

朱榮道：「我問過衙門文書庫房管吏了，白大人將近五年的卷宗全都調了過去。今日便這般與大人耗了一日，怕是在翻舊帳找毛病。」

方元皺眉，「大人為安姑娘說話，也不是無理無據，此案確實太過牽強，就連文吏也道，主簿大人那處也是說不出什麼鐵證來。依規矩，便該將人放了，往別處再仔細探查。日後找出新線索，再抓人不遲。」

「那白英大人久居京城，與大人素未謀面，但似乎成見頗深，想來也是想藉這案子給大人個下馬威。翻那舊帳，怕也是如此。話說回來，有許多事可是與錢大人有關的，主簿大人也脫不得干係，既是他們一共商議，該會無事才對，但事情總歸是太怪。」朱榮沉思著，他跟隨姚昆多年，自然也是忠心耿耿。

方元道：「確實極怪。我瞧著，錢大人的態度不太對，難道白大人真是抓著了什麼把柄，錢大人想撇清干係，便故意如此？」

朱榮惱道：「他親爹可還在牢裡關著，他能撇清什麼干係？」

方元卻是道：「包庇縱容還是大義滅親，那還不是一張嘴的事。」

朱榮皺眉。

方元繼續道：「說起來，自龍將軍領兵入城，懸案是一件接一件。馬場被燒，徐媒婆無端自盡，安四姑娘失蹤，謝金身亡，姜氏衣鋪被燒，劉則那一案死了許多人，李長史莫名摔死，霍先生突然自刎，那嫌犯唐軒被大人放了後也突然自盡了……這一件接一件，白大人若是有心刁難算帳，大人若想撇得清楚怕也是難了。」

「這些事都是與細作有關，也不全是大人的責任。大人盡心盡力，花費了多少功夫，你我都是看到的。再者說，如今前線戰情如此，須得全郡上下齊力支援，太守之位何其重要，諒那白大人也不敢妄動。」朱榮說完這話，卻也猛然反應過來，可就是因為太守之位太重要，所以龍將軍若是戰敗，太守自然也得跟著擔責，巡察使有權查懲，若真是欲加之罪，何患無詞？

方元道：「你說的對，前方戰況才是最緊要。打了勝仗，便能腰板挺直，聲音大些，若敗了，便是做什麼都不對了。也不知四夏江的具體情況如何？」

坊間傳言有村民說昨日在山上看到四夏江那頭焚煙傳信，但衙門這頭還沒有收到官方的戰報，白英又一直緊逼查案，似乎卯足了勁想在中蘭城揪出細作來，好反制南秦，幫助前線取勝。方元與朱榮愁容相對，真有些著急，盼著戰報又有些擔心會是壞消息。若是四夏江也打了敗仗，那就太糟糕了。如今只能寄希望於龍將軍，千萬要挺住才好。

一個傳令兵氣喘吁吁地由衙差領著趕到郡府衙門太守書房那兒，大聲道：「奉龍騰將軍之命，向白大人、姚大人報重要軍情！」

衛兵將他攔下，查了他的權杖，問了他的姓名，正待進屋去報，一直坐在窗前盯著外頭情形的錢世新搶先進了來：「何事？」

傳令兵緩了口氣，一臉興奮，將那話又說了一遍。

錢世新看他的表情，心裡一動，將他帶到一邊，道：「大人們正在商議要事，你把事情告訴我，我轉告大人們。」

傳令兵興奮道：「報大人，龍將軍親自領軍，於四夏江大敗南秦，已殺到對岸，攻占了南秦的江生縣。」

錢世新不動聲色，冷靜道：「如此，戰線推到江那頭，防守恐怕不易，南秦隨時會反撲，龍將軍可需要什麼援助？」

傳令兵笑著搖頭，「南秦焚煙報信，於是石靈崖那頭的南秦與東凌集大軍猛攻，欲在石靈崖處取勝，以箝制龍將軍於四夏江的戰果，但那樣正中了龍將軍的誘敵之計。楚將軍退守石靈縣，南秦與東凌大軍長驅直入，一路追擊。楚將軍領軍邊打邊退，石靈崖口一封，各村各處陷阱一拉，各處埋伏的軍隊湧出，將他們盡數拿下了。」

錢世新腦子一懵，「你說什麼？」

「大人，我們在石靈崖也大勝，甕中捉鱉，拿下了他們近萬人的大軍。」傳令兵很是興奮，「南秦沒戲唱了，石靈崖與四夏江，全是我們的。」

錢世新緩了一緩，想消化一下這些消息，「近萬人，如何擒得住？」

「石靈縣早已騰空，各處都做好了困敵的準備，擒得住。人手、糧食、兵器全都備得齊齊的，具體細節我也不知，但事情就是如此的。」那傳令兵掏出一封信來，「這是龍將軍親筆信函，要交給白大人和姚大人的。」

錢世新接過那信，「給我吧，我拿進去給他們。」他垂下眼，看著信封上龍騰蒼勁有力的筆跡，還有他的封蠟，問道：「有傳聞昨日四夏江處有起煙，便是這戰事嗎？」

「是的。」傳令兵答。

「你方才說，龍將軍攻下了南秦邊境的江生縣，於是石靈崖那頭接了消息，這才猛攻石靈縣，那你是如何不到一日功夫拿著戰報趕回來的？」他在撒謊，一定是，這是龍騰的詭計。

那傳令兵笑道：「龍將軍料事如神，成竹在胸。他讓我拿了信先回來，若是看到四夏江那處有南秦的黑煙，便是他已攻到江生縣，接著石靈崖揚旗鳴鼓會有大戰。我一路往中蘭城趕一路留心，看到石靈縣和高臺縣連綿灰煙，便知楚將軍大勝。按將軍的囑咐，馬不停蹄，給大人們報信來。兩處的軍情捷報，此時也定在路上了。」

侯宇也一直在不遠處守著，看得屋前有動靜，便過來了。他站在錢世新不遠處聽完了那傳令兵的話，與錢世新互視一眼。

兩人心中都明白，這戰報來得如此急，還未開打便讓傳令兵上路準備，龍騰果然對中蘭城內的境況是有戒心的，他必是有十足把握才敢如此安排。早早清空了石靈縣，暗設擒敵陷阱，他的戰略計謀設得長遠，那什麼連吃敗仗，狂傲自大，也必是與楚青一唱一和地演戲。龍騰不在石靈崖，南秦大軍才敢去攻那處，就是因為盯緊了石靈崖，反而忽略四夏江，反被龍騰兩處得手。

錢世新笑道：「這真是天大的好消息，我這就去與大人們稟報。你一路辛苦，快先去吃杯茶歇歇腳，讓廚房給你做些熱飯菜。」錢世新轉向侯宇，「帶他下去吧。」

傳令兵與侯宇均應了聲，錢世新又囑咐那傳令兵莫離開衙府，大人們說不定還得找他問話的。傳令兵施禮，跟著侯宇走了。

錢世新看著他們的背影消失，將龍騰的信塞到懷裡，然後轉身回到屋前，與守門的衛兵低語了幾句，進門去了。

躲在樹叢裡的石頭屏聲靜氣，他之前還擔心他們說話他會聽不著，結果這般巧錢世新帶著那傳令兵往屋邊一站，竟就站在他藏身之處的前面。

石頭聽得捷報很是興奮，龍將軍啊，那可是個大大的英雄，真想見到真人一面。可這激動只能壓著，半點不敢動。直到錢世新回到屋裡，石頭還蹲在原地，大氣不敢喘。

等了好一會兒，再無動靜。石頭有些按捺不住了。他小心退了出來，躲過衛兵的視線，穿過衙府後門，朝太守府奔去。

方元與朱榮正在細細商議，今日無論如何，多晚都得見到太守大人一面，眼下究竟是何狀況，需要做些什麼，他們心裡也好有數，早些安排。

正如此這般推斷著各種可能和想著對策，卻見石頭飛奔回來。

「見過朱管事、方管事。」石頭跑得有些喘。

「如何？可探聽到什麼？」

石頭道：「因得藏得好些，故而離書房有些遠，衛兵還挺多的。」

「說重點。」朱管事板著臉打斷他。

石頭忙道：「未曾聽清屋內說得什麼，倒是白大人嗓門挺大，似乎很是生氣，但是門外的事我聽清了。有位傳令兵急急來報，說龍將軍在前線打了大勝仗。」

「什麼？」朱管事、方管事異口同聲，很是關切。

石頭將那傳令兵所言一五一十地全說了，朱榮、方元驚得目瞪口呆，而後狂喜。龍將軍大勝，那他家大人也算立下大功，顏面有光，白大人還真不能如何了。若翻舊帳，那有得琢磨對峙查驗的，如今緊要的，還是當前的戰事。

朱榮忽地心一跳，問道：「那錢大人聽了傳令兵所言，如何說的？」

「錢大人拿了信，說會與大人們好好說這事，然後讓侯衙頭帶著那軍爺下去用飯。」

「然後呢？」方元追問。

「然後錢大人就進屋去了。」

「進屋之後呢？」

「就沒了。」石頭撓撓頭，「我等了一會兒，沒什麼動靜，便趕緊回來報信了。」

朱榮與方元再對視一眼，如此重大的消息，錢世新進屋一通報，屋子裡哪能不得炸了鍋去？就算各位大人從容冷靜笑不露齒，那也得出來囑咐一聲給各縣通報，給京城通報，給巡察使梁大人通報，怎地會一點動靜都沒有？

朱榮趕緊囑咐石頭：「石頭，你速去郡府給各地信吏傳令兵差爺們歇腳的院裡尋那令兵去，便說是夫人聽說了消息，請他過來問話，也慰勞感謝他遠途辛苦，將他帶過來。」

「是。」石頭點頭應了，正待拔腿跑，方管事叫住他：「當心些，若是遇著了別人，問你幹什麼去，只說給廚房跑個腿，晚上要給各位差爺布飯的。」

石頭答應了，飛快跑掉。

朱榮與方元等著，心裡都有擔憂。過了好一會兒，石頭回來，喘著氣道：「朱管事、方管事，小的去了，那院裡今日沒有來客。我特意問了守院的衙差，就說是要布飯，問問有沒有客人需要安排的。那差大哥說，今日無人來住。」

朱榮與方元俱是一驚，難道將那傳令兵引到了別處？可郡府規矩森嚴，各地來的無官階的兵差暫住歇息只能去那院裡。

朱榮將石頭遣下去了，方元道：「說起來，侯宇今日還幹了一事，他將安子從安姑娘屋前調開了，換了宋立橋。」

朱榮沒說話，衙頭調遣衙差換崗換值，那是很正常的事，但他調走安子，又把帶著重要消息的傳令兵給帶沒了，這就詭異了。

方元道：「我再去一趟吧，便說是問問大人們有沒有特別想吃的。你去與夫人說一聲，還是提防著些好。」

兩位管事分頭行動。方元又去郡府，出來應他的仍舊是錢世新，他聽得方元的問題，像模像樣地點了幾道菜，謝過方管事費心。方元客套應過，再退回太守府。

這次朱榮與蒙佳月一道等著他。方元面色凝重，「錢大人絲毫未提將軍大勝之事，從神情上瞧，似是未發生過什麼特別的事。」

蒙佳月心一沉，「大人可還在那屋裡？」

「該是在的。」

「我去找他，便說要急事，那錢世新還攔我不成。」蒙佳月怒氣沖沖，甩手要走，兩位管事忙攔她。

「夫人莫要衝動，待想想這事如何處置。毫無準備，便是大人出來見妳又能如何？」

「我便告訴他龍將軍前線大勝，發了軍報回來。」

「夫人從而得知？」

「我……」蒙佳月一噎，對的，她從哪裡知道的，她讓家僕派人偷聽到的。勝仗便勝仗了，又如何，白英、錢世新可以說是等正事談完再議戰事，或者說待一會兒吃飯時再說這大喜事。總之她捅出來了，他們頂多說我沒想瞞啊，這不正準備說呢。可她呢？她怎麼知道的？內宅婦人竟敢遣人偷聽軍機密聞，這還了得？

蒙氏退後再退後，一屁股坐在了椅子上。

「他們肯定打著壞主意，肯定有。我得告訴大人，得讓大人當心。」

方元道：「我方才去郡府衙門那趟，發現當值人手裡衙差被調走許多，與之前走又不一樣了，許多衛兵是生面孔，也許都是白大人的人。」說也許，是他並不認得，反正穿上了兵服，大家互相以為是其他大人手下的，也不是不可以。

蒙佳月緊緊抿著嘴，忽地用力一拍桌子，「豈有此理，他們想造反不成？」

「夫人！」兩位管事齊聲喝止，這話可不能亂說。

蒙佳月閉了閉眼，努力冷靜了一會兒，然後睜開眼，道：「從府裡調隊護院過去，接應接應大人。若有人問，便說是我突然病倒，昏迷不醒，讓大人回來看看。」

朱管事趕緊去辦。

方元提醒道：「夫人，若事態真如我們猜測，那安姑娘也危矣。」

蒙佳月想了想，「先將她帶過來，便說我有話問她，留她在府中吃個晚飯。在太守府裡，總比郡府衙門那好些。她那案子不是沒證據嗎？將軍又大勝了，那白大人還能衝進太守府將她抓到牢裡不成？」

方元忙去辦了。

郡府衙門外，一位面容嚴肅的尼姑正站在牆根處。方才，她看到側門那有輛破馬車，有兩個衙差出來，抬出個麻布袋子。從形狀看來，袋子裡裝的是個人，只不知是死人還是打暈的，不會動了。那兩衙差把麻布袋丟上了馬車，未曾注意到暗角的尼姑，轉身回了衙門，關上了門。

馬車急馳而去。

此時的安若晨很不安，她試圖向門外那個看守她屋子的衙差套話，但那衙差對她不甚理會。安若晨除了問出那衙頭名叫侯宇外，其他的再問不出來。

安若晨與那衙差道自己頭疼，讓衙差幫她請大夫來。衙差卻說今日衙府裡忙碌，沒有人手，讓她先睡一覺，等一等。

安若晨這下是明白了。出事了，那個衙頭確有古怪，這個衙差也有古怪。安若晨關好門窗，坐在屋子裡靜思，但她腦子空空，半點法子也想不出來。她這邊這般，也不知陸大娘、盧正、田慶他們又如何。

這一天快要過去，忽地有人敲門，方元在門外喚道：「安姑娘，我奉夫人之命，給姑娘送些吃食和換洗衣裳來。」

安若晨忙將門打開，方元捧著一包東西站在門外，安若晨下意識地看了看屋外那個衙差，他也正往門口這邊看，對上了她的目光。要說這衙差當值守崗的位置還真是好，站在斜角，窗戶屋門的情形都能看清。

安若晨將方管事請了進來。剛一關門，方元的面色便凝重起來，小聲將今日發生的事飛快說了一遍。

安若晨心狂跳，「將軍打了大勝仗？將軍安好？」

「確實是。」方元道：「先前幾場敗仗，那是誘敵之計，讓南秦軍自傲自大，看輕了楚將軍。龍將軍打到江對岸，攻下南秦邊城。由此引得南秦軍衝過石靈崖，闖入石靈縣，楚將軍甕中捉鱉，將他們全部俘獲。」

安若晨大喜，捂了面大笑，果然將軍是智勇雙全的將軍。她歡喜得快要落淚，被困郡府，前途未卜她都不在乎了。將軍安好，將軍打了大勝仗，誰也不能拿將軍的把柄了。

「姑娘，」方元道：「今日之事甚是古怪，姑娘萬事小心。」

安若晨趕緊道：「錢世新攔下了傳令兵，便是要隱瞞將軍勝仗的消息，只是這麼大的事，他不會蠢得以為自己攔得下，所以，他們定是要動作了，如今這般，不過是為了爭取一些時間。」

方元點頭，他將布包打開，幾件女裳下面是套小一號的衙差服和帽子，「姑娘趕緊換裝，我去打聽打聽太守大人那的消息，而後過來接姑娘。姑娘先到太守府裡暫避，夫人說了，到時便說是她邀姑娘過去說話。」

安若晨心裡一陣感動，這節骨眼上，太守那頭已夠教人擔憂，而太守夫人還願冒險護她。「方管事……」道謝的話，安若晨竟不知要如何說才能表達感激。

「姑娘快準備吧，我去去就來，若生了變故，我脫不得身，也會囑咐別人來引開外頭那衙差，他叫宋立橋，是衙頭侯宇的心腹，侯宇讓他在此，怕也是有打算的。總之姑娘見機行事，先離開這院子，想法往太守府去。到了那兒，便安全了。陸大娘他們被關在東院那頭，我會差人報信，讓他們自行想法脫身。如今郡府衙門裡滿是白大人帶來的官兵，姑娘小心。」

安若晨應了，將衙差服藏在床褥下，道：「方管事，你可知郡府的信鴿養在何處？可知哪些鴿子能到四夏江？我們需要給將軍報信。」

方元道這就去辦，施了個禮，匆匆離開。

安若晨關了門，從門縫處偷偷觀察，那宋立橋走前幾步，一直在觀察方管事，然後招手喚過稍遠處的一個衙役。那衙役奔來，宋立橋與他說了些什麼。那衙役匆匆跑掉了，跟著方管事離開的方向。安若晨心裡一沉，只盼著方管事莫要出什麼事才好。

宋立橋看那衙役離開後，轉頭看了看安若晨的門。安若晨隱在門後不動，省得光影變化反惹宋立橋疑了心。宋立橋看了一眼，轉身走開了，走回到他值崗的那位置。

安若晨扣好門，迅速退回屋內，將那身衙差的衣服換上了。低頭看了看，豬狗牛羊雞鴨鵝，胸有點太顯眼，這般看不著正臉都知道這衙差不對勁吧。安若晨從方管事拿來的薄衫裡扯了一塊，將胸使勁裹好。她家將軍有說過，不歡喜她裹胸，想到將軍，她心頭發熱，她一定要躲過這劫，她要見到將軍。

她希望，還有機會見到將軍。

一切都收拾妥當，安若晨的心怦怦亂跳，等了好一會兒也不見方管事來，倒是聽得外頭有人大聲說話。安若晨透過窗縫往外看，只見一個她未曾見過的衙差在與宋立橋說話，宋立橋似是不耐煩，那衙差又道「就借兩日，定會還你的」云云，似在向宋立橋借錢。安若晨仔細看了看，宋立橋被那人拉著面向窗戶這頭，與那人爭執了幾句。安若晨迅速奔到門邊，悄悄打開了門，從門縫裡擠了出去，隨手將門掩好，然後貼著牆避開宋立橋的視角迅速退到了屋子的後牆根上。這邊是片竹林，無人看守，安若晨正待鬆一口氣，卻見一小僕從那竹林裡冒了出來，看見她了。

四目相對，安若晨全身僵住。

那小僕卻是將手指擺在唇邊，對她做了個噤聲的手勢，而後招了招手，讓她快過去。

安若晨沒猶豫，這節骨眼上，她沒機會猶豫。她奔了過去，小僕帶著她鑽進了竹林裡。小聲與她道：「方管事過不來了，方才他欲找人出府辦事，卻被衛兵攔下了。說今日大人們商討要事，任何人不得出府。方管事正想辦法，他讓小的來，先領妳過去。」

小僕領著安若晨穿過竹林，要橫過一個院子，他先出了去，一路看好了，衝安若晨招手，安若晨趕緊奔了過去，緊跟在他身後。

兩人一路小心觀察一路急走，躲一段跑一段。正欲衝向一個院門時，有衛兵交談的聲音，似在正往這邊而來。小僕拉著安若晨躲進了一個大屋子後面的矮樹花叢裡。將將躲好，兩個衛兵從他們面前的花叢前走過。小僕與安若晨皆屏聲靜氣，絲毫不敢動彈。

等那兩個衛兵走遠了，小僕悄聲道：「我先去探路，一會兒來找妳。」

安若晨點頭，小僕貓著腰跑了。

安若晨躲著，忽聽到身後的窗戶裡傳來爭吵的聲響，聽起來竟似太守的聲音。她往後退了退，貼在牆根處，頭頂便是窗戶，這下聽得更清楚了。她聽到太守姚昆道：「白大人，你如今說這些又是什麼意思？欲加之罪，何患無詞？這會兒豈是翻舊帳栽罪名的時候？前線戰事吃緊，我們商議一日，繞來繞去卻是淨往我身上潑這髒水，於眼下危機又有何助益？」

白英喝道：「姚昆！若不是你失職，龍將軍疏忽職守，你非但不及時上報，還幫著他，戰況能有如今模樣？我們說再多，還是得等梁大人的大軍趕到方能解決前線之危，而如今在我這，最緊要的就是肅清地方，還地方太平，還百姓安樂，為前線做好支援準備，否則，不止是你這平南郡危矣，我蕭國也會危矣！」

姚昆也大聲嚷道：「大人！」

「莫要多說！」白英再喝：「我須得將你拿下，今日說的那十八樁案，六件事，你仔仔細細都好好交代了，不然，我便將你就地懲治！」

他話音剛落，卻是「啊」一聲慘叫。

安若晨嚇了一跳，下意識地起身趴在窗邊往裡看，卻見是主簿江鴻青一劍刺進了白英的腹部。白英捂著肚子蹭蹭後退，血一下湧了出來，染紅了他的手掌和衣裳。

江鴻青待要再刺，太守一把將他攔下，大叫：「你這是做什麼？」

江鴻青道：「下官依大人吩咐，若是情勢不對，便要處置。」

姚昆目瞪口呆，「我何時說過讓你這般？」

白英忍痛怒喝：「姚昆，你想造反！」

江鴻青聞言又待上前砍殺白英，白英已然大叫：「來人，來人！」

姚昆奮力護著，奪下了江鴻青的劍。無論如何，刺殺朝廷巡察史，這可是要殺頭的重罪，江鴻青瘋了嗎？

這時錢世新領著人從屋外衝了進來，見此情景，大吃一驚，「白大人！」

白英傷勢頗重，血流如注，臉色慘白，他拚命喘氣，叫道：「拿下他們！」雖是大聲呼叫，可聲音卻是虛弱了。錢世新趕忙過去扶了，對眾衛兵喝道：「拿下！」

姚昆手裡拿著劍，已是整個人僵直，腦子一片空白，怎會如此，怎會如此？那些編排他的舊帳，他可以慢慢耗細細磨，總會想到辦法解決。為官者，有些事不得不做，從前他做過什麼自然清楚，把柄如何，後路怎樣，他自然也是知曉。他有把握能脫身，又或者不會太慘。或是最後龍騰能在前線取得勝果，那他便有出路。

可如今刺殺巡察使，劍還在他手上，他如何說得清，如何說得清？

姚昆將手中的劍丟下，大呼：「不是本官所為！」他看向白英，白英卻是緊閉雙眼，靠著錢世新。錢世新大聲呼喝著叫大夫，根本未曾看他這邊一眼。

而江鴻青呢？

他總不能汙衊這事是他所為。

姚昆聽得一聲慘叫，猛地轉頭，卻見一名衛兵一劍刺進江鴻青的心口。江鴻青一臉不可置信，卻就此一命嗚呼。

窗外的安若晨緊緊捂著嘴，生怕自己叫出聲來。她看得清楚，江主簿未曾反抗，他只是站著，等著那些衛兵將他拿下，而那衛兵二話不說，一劍便刺了過去。

太守大人呢？太守大人……

安若晨還未看得姚昆如何，卻感覺到頸上一涼，微微一痛。她全身僵了，微側頭瞧，一柄長劍架在了她的脖子上。

「不想死的話，就莫要亂動。」一個男聲低聲在她耳邊道。

安若晨的心停了半拍，她輕微的呼吸，不敢有大動作，那劍貼著她脖子上的皮肉，劃一下死不了卻很痛。

安若晨眨眨眼，問道：「不亂動的是如何動？我就這般站著好，還是該做點別的？」

那男聲道：「慢慢轉身，離開這裡，回妳的房間去。」

安若晨慢慢轉身，她差不多貼著牆轉的，那人沒法跟著轉到她的身後去，於是安若晨看到了他的樣子，竟是衙頭侯宇。

侯宇道：「別耍花樣，走！」他手上的劍稍壓了一壓。

安若晨覺得脖子一痛，想來該是被劃傷了。

她沒掙扎，順從地移了步子。她走得很慢，好半天才挪了兩步。她得想辦法，不能回到那屋子去，那是牢獄，他們囚著她，定是有壞主意。若他們想對付的是將軍，將軍打了大勝仗，他們沒把柄可拿，便可用她來威脅。

威脅什麼，她不知道，但她並不想成為被用來傷害將軍的工具。

「快走！」侯宇壓低了聲音喝道。

安若晨泣道：「太害怕了，腿抬不起來。我今日頭疼，你們也不讓請大夫。」

侯宇道：「快走，否則我劃花妳的臉，砍了妳的手指。」話還沒說完，那書房的窗戶忽地砰一聲，一個人從窗戶裡撞了出來。

這突如其來的變故嚇了侯宇一大跳，他下意識轉頭一看。

安若晨的手其實早已緊緊握著匕首，自知情勢不妙，她從紫雲樓一直貼身帶著以防不測，如今正好派上用場。她趁著侯宇轉頭之際，拔出匕首直刺他的胸膛。

侯宇反應也快，眼角看到安若晨動作便迅速後退，但仍被刺中，他慘叫一聲再連退幾步，捂住了傷口。

安若晨刺完便跑，動作之迅速，讓跳窗而逃的太守大人目瞪口呆。

安若晨怎麼跑這兒來了？還這身打扮？假冒衙差，這是要做什麼？來不及細想，身後屋裡已有人衝到窗戶這頭追來，待姚昆反應過來時，發現自己已跟著安若晨在跑。

安若晨那個氣，不是分頭跑比較容易逃脫嗎？而且太守大人，你這目標也太大了，你得招來多少追兵啊？

心裡剛抱怨完，只見一群護院和衙差忽地湧了出來，越過他們，迎上前去攔下了那些追兵。兩邊二話不說，先打將起來。

護院、衙差和捕快們大喝：「大膽，竟敢在郡府衙門內刺殺太守大人！」

衛兵們也大叫：「爾等逆臣賊子竟敢造反！太守謀刺白大人，我等奉命將他拿下！」

這群護院是奉了朱管事之命來的，對姚昆忠心耿耿，帶著同樣忠心的捕快衙差們，又豈會聽衛兵們編排這些？他們一邊奮力砍殺抵抗，一邊怒喝：「胡說八道，明明是你們欲謀害太守大人！」

安若晨可不想在這兒觀看戰況被人逮著，她頭也不回地繼續跑，沒跑一會兒被姚昆趕上拉住了，「跟我走。」

安若晨喘著氣回頭一看，有四個捕快護著姚昆在逃。安若晨權衡一下眼前形勢，好吧，看來跟著姚昆比她自己亂跑好些，現在這裡也不知哪些是敵哪些是友。

「田大哥和盧大哥呢？」安若晨一邊跟著姚昆逃命一邊問。

姚昆氣喘吁吁，「在另一頭，太遠了，我們如今顧不上回去找他們了。」他帶著安若晨，往郡府外方向逃去。四個捕快將他們護在中間，小心戒備著四周。

「夫人讓我去太守府。」安若晨一邊跑一邊告訴姚昆。

「不行，我們若是回府裡，他們便有藉口抄家，傷我家人。」姚昆面容極嚴肅，話說得頗有氣勢。

這話讓安若晨心裡一動。如此危急時刻，這太守大人還是以家人安危為先。

這時候一隊衙差迎面奔了過來，姚昆大喜，叫道：「快來人！主簿謀反，白英大人重傷，衛兵們都誤會……」

話還未說完，那隊衙差已經趕到，一刀便砍倒一個捕快。

姚昆後半截話噎在那，目瞪口呆，眼睜睜看著一個衙差一刀向他砍來。

「小心，他們是反賊！」姚昆方才說話時安若晨便已看到那隊衙差裡宋立橋赫然在列，忙大叫著。她的話與姚昆的話交疊在一起，姚昆未曾注意，一名捕快卻是聽到了。

在一位捕快被砍倒的同時，這捕快一個急步上前，正正擋住了刺向姚昆的那一刀。

「大人快走！」捕快們大叫著。另兩位捕快已與對方廝殺了起來。

安若晨與姚昆趕緊換個方向接著跑，宋立橋領著幾人在後頭追。安若晨眼尖，看到方才領她逃走的那小僕躲在路邊樹叢裡，她一邊狂奔一邊衝那小僕擺手，示意他快跑，莫管這邊了。

小僕會意，一下子隱進了樹叢深處。安若晨暗暗鬆了口氣，與姚昆左躲右閃，逃了一會兒，卻見到又一批衛兵趕了過來。

姚昆這時候喊道：「安姑娘，我引開他們，妳趕緊走，想法見到將軍，告訴他郡府裡有人謀反，城裡恐會有亂，讓他快想法處置。」

安若晨簡直要倒地不起，大人你看看對方的人數，這時候才說分頭跑來得及嗎？

眼看著馬上就要被衛兵和衙差們圍住，又一群衙差趕到。衙差們都穿著差服，分不清誰在幫誰，誰站在哪邊，總之一場混戰。衛兵們也不管這些，衝著姚昆就殺了過來。

安若晨與姚昆狼狽不堪，欲分頭跑，結果安若晨腳下一絆，摔倒在地。姚昆見狀，回頭來扶她。一衛兵一劍刺來，直取姚昆心口。安若晨大聲尖叫。

這時一人凌空飛起，一腳將那衛兵踹開，另一個人影閃過，一掌拍開另一位殺過來的衛兵。

安若晨定睛一看，驚喜大叫：「盧大哥！田大哥！」

竟是盧正、田慶趕到。

盧正、田慶顧不上多話，幾拳幾腳與衛兵衙差們拚殺起來。

田慶喊道：「從北側門出去！」

姚昆拉起安若晨，帶著她朝著北側門跑。田慶、盧正被囚著，既是出來了，肯定是有人幫忙，所以北側門那頭也定是做了安排的。安若晨跟在姚昆身後拚命跑，一邊跑一邊回頭看。盧正、田慶已經奪到了兵器，正攔下欲追趕他們的衛兵衙差。對方人數實在不少，也不知能攔著多久，攔不攔得住。還有陸大娘呢，又在哪裡？

奔過一個拐角，跑過遊廊，正要穿過花園，忽見一胸腹處綁著繃帶的瘦高男子領著幾個人堵在路前。

「侯宇。」姚昆叫道：「你這是為何？」

侯宇毫不理會，只囑咐身後那數人道：「殺了太守，留下那假冒衙差的姑娘。」

姚昆橫劍在胸往後退，安若晨也舉起了匕首，可侯宇只冷冷地看著他們，這時候姚昆和安若晨發現，身後也冒出來數人，為首的是宋立橋。

姚昆與安若晨只得往側邊退，但這些人也逼了過來。安若晨大叫：「你們要什麼？總有條件可談。對方給你們什麼好處？我與太守大人也能給，雙倍！」

姚昆附和道：「對，要什麼都好，一切好商量。」

先拖得時間，也許還能等來援兵。

侯宇卻揮了揮手，只道：「要你的命，要安若晨的人。」

他這一揮手，身後的人便撲了上去。姚昆一咬牙，舉劍準備應戰。他是文官，哪裡有什麼好武藝，但如今卻也不能坐以待斃。

劍一舉起，攻上來的那人「啊」一聲慘叫，胸前一個血窟窿，往後仰倒下去。姚昆傻眼。不是吧，他還未曾出招呢！

這時身後一個力道撥來，姚昆被推到一邊去了。姚昆與安若晨定睛一看，身後竟是站了個尼姑。表情嚴肅，一臉殺氣，她的劍尖上還滴著血。

安若晨還沒緩過神來，那尼姑已經衝到前方一劍一個，飛快了結掉兩人。所有人都呆住。這姑子出現得突然，殺人也很突然。她不給大家任何反應的時間，動作毫不猶豫，似想也未想舉劍便殺。一劍心口一劍腦袋，如切豆腐一般。

太守和安若晨與那些衙差一般傻呆。衙差們本能舉刀應敵，但那尼姑出手極狠，武藝高強，招招奪命，毫不留情。一轉眼，已經又砍倒三人。有衙差要跑，她竟也不放過，幾大步追上去殺掉才回頭。

侯宇這時也反應過來，正待與那尼姑師太說兩句，剛說了一句：「我知妳是何人，莫動手，自……」

自字剛吐出來，尼姑一劍刺穿他的胸膛。好似她只是剛殺完那衙差，走過來隨手給侯宇一劍這麼方便順手罷了，正眼都未看他。侯宇目瞪口呆，完全不敢置信地瞪著自己胸膛，然後「咚」一聲，倒在了地上。

宋立橋認出來了，連忙大叫：「自己人！那日是我放妳進來的，自己人，記得嗎？」

「記得。」靜緣師太淡淡地答道。揮手一劍，削掉宋立橋的腦袋。

這血腥殘忍讓安若晨本能閉眼轉頭，姚昆更是差一點吐出來。從未見過這般殺人的，對方還套著話搭著訕，竟這般就下手了。

那日宋立橋放她進來了，進來做什麼？那日是哪日？

姚昆瞪著那姑子，腦子裡有個答案呼之欲出。

靜緣師太殺完了，面容平靜地轉過身來，對著安若晨說了一句：「跟我走。」

安若晨喃喃問道：「靜緣師太？」秀山靜心庵，遍尋不到的靜緣師太。

靜緣師太自覺很有耐心地再補一句：「妳四妹在我那，跟我走。」

安若晨一震，果然如此，那許多事都能說清了。唐軒為什麼帶人去秀山，靜緣師太為什麼失蹤。還有她四妹，她四妹真的活著。安若晨趕緊跟上靜緣師太。

姚昆原還猶豫了一下，但一想對方如果想殺他們方才早動手了，不必多此一舉帶他們走，於是姚昆也跟了上去。

靜緣師太撇眉頭有些嫌棄地看了姚昆一眼，彷彿在說「叫你了嗎你就過來」，但她最終沒說話，領在前頭走了。

姚昆忙喊：「北側門該是會有人接應。」

師太腳下一轉，朝著北側門方向去。姚昆暗暗皺眉，這姑子竟然知道郡府各處方位？

靜緣師太走得極快，安若晨一路小跑才跟上，「我四妹怎地在妳那裡？」

靜緣師太掏出一個首飾丟給她，以證明自己未說假話，然後道：「那日在南城門她未趕上車隊，便向我求助。」

安若晨一看東西，確實是四妹的，再聽未趕上車隊，想來也是四妹說的，這才安心。「為何不直接告訴我？」偷偷摸摸地遞紙條，耽誤了許多時候。

這時側旁衝出三個衛兵，巡查到此，看到他們，大叫著：「來人啊，人在這！」

靜緣師太衝上去刷刷刷地一頓猛砍，殺完了回來，答：「她不過是想回家而已，結果你們一個一個全是廢物。」說到「廢物」一詞，還連帶著看姚昆一眼。姚昆憋屈至極，卻不敢迸一個字。

三人快趕到北側門時，盧正和田慶也已經趕了過來，但大批衛兵聽到叫喊也已殺至。事實上，北側門這頭正有激戰。衛兵要封府，而方元帶著一群人苦守北側門，等著太守趕到，兩邊正在拚殺。

「方管事！」姚昆遠遠看到，大聲喚著。

「大人！姑娘！」方元也是激動。

盧正、田慶和靜緣師太一路拚殺過來，將姚昆和安若晨護在中間。

方元一揮手，幾名僕役從牆角拉出四匹馬來。「大人，快走！」方元奔入戰圈，護著姚昆到馬邊。姚昆這才明白，這些人如此守著這圈苦戰，竟是護著這些馬。

靜緣師太大喝：「你們先上馬！」

盧正、田慶護著安若晨上了馬，轉身砍倒數人，踢飛兩人，也上了馬。

「別讓他們逃了！」衛兵們大喊。方元帶的人已是死的死傷的傷，還在拚命為太守殺出一條血路來。盧正、田慶一馬當先，砍倒一片。越來越多的衛兵趕到，方元提著劍，奔到牆邊，拎了個籠子飛跑過來遞給馬背上的安若晨，「姑娘，我已派人，但希望渺茫，來不及寫信，這信鴿給妳……」

話未說完，一衛兵砍殺而至，方管事急急轉身舉劍擋住，但他只有架勢未有武藝，被那衛兵刺中。

方元慘叫一聲，中劍倒地。

「方管事！」安若晨大叫。那籠子她還未提穩，被那衛兵這般一衝撞，馬兒受驚跳開，籠子摔在地上。安若晨緊咬牙關，揮舞匕首猛砍，砍傷那衛兵的臉。那衛兵捂臉大叫退開，被一個衙差衝上來補了一劍。

安若晨的馬兒受驚跳著，安若晨極力控制，免得摔下來。她跟著盧正和田慶向前，回頭看，方元倒在地上一動也不動，鮮血淌了一地，染紅他身下的土地。

安若晨的眼淚奪眶而出。

一個小僕忽地從一旁竄了出來，他撿起那信鴿籠子，拚命急奔，趕上了安若晨的馬兒，小小的個子舉高籠子，大聲叫著：「給妳！」

安若晨抓緊籠子，來不及說「謝謝」，那小僕腳下一絆，摔倒在地。前方盧正、田慶殺開了血路，馬兒們急奔起來。靜緣師太趕了上來，跳上安若晨的馬背，坐在她身後。

安若晨回頭看，卻看到一個衛兵趕上前來，舉劍刺向了倒在地上的小僕。

「不……」安若晨悲痛大叫，眼淚無法抑制。

四馬五人，奔向前路。

參之章 ◆ 嫁禍

白英受重傷後速被送回了他的院子，大夫也趕到了。

處置傷口時，白英痛醒，昏昏沉沉，只聽得大夫與錢世新道：「傷勢頗重，所幸醫治及時，用些好藥，也不是不能救……」白英聽了這話，心放下一半，又昏睡了過去。

安置好白英院子裡的事務，錢世新到郡府書房去，看著被姚昆撞開的窗戶，笑了起來。這倒是疏忽了，居然沒把窗戶扣上。人說狗急跳牆，這姚昆急了，也是會跳窗的。

屋子裡地上還有一片血跡，那是白英和主簿江鴻青的。桌椅撞得東倒西翻，卷宗散了一地。錢世新沒管那些，他找了把安好的椅子坐下了，環視著這屋子，沒能當場也殺了姚昆，真是可惜。

不一會兒，郡丞夏舟帶著白英的衛兵隊長在門口求見，說有要事相稟。

錢世新心情愉悅，白英重傷，太守逃亡，主簿已死。縣丞夏舟領著衛兵隊長來稟事，那討好聽話的姿態不言而喻。錢世新很滿意，做足了樣子，請他們進來說話。

書房裡又亂又是血跡，但大家也顧不上理會這些，趕緊將事情都說了。

夏舟道郡府裡多場惡戰，死傷了許多人，他已差人在清點人數處置。他是萬沒想到太守和主簿會心存謀反之意，竟敢對白大人下毒手。他們二人平日的心腹都有誰他都比較清楚，已與衛兵隊長商議好，將人都抓住先囚著，之後待白大人傷好後再慢慢細審。

衛兵隊長也是報了傷亡及追捕情況。太守和安姑娘都逃了，還有盧正、田慶及那個陸婆子，他們已派人快馬去追。現時初初審了些人，應該是太守府的那位二管事方元差人將安若晨等人放了。方元已在激戰中身亡，他領的手下也俱被剿滅。另外之前郡府衙門裡闖進來一個尼姑，也不知是何人。那姑子武藝高強，是安姑娘和太守一夥的，也是她相助將他們救走。

夏舟遞上一份單子，這是粗略統計的傷亡情況，小兵小差的都沒寫，有些官階管些事的人都寫上了。

錢世新掃了一眼，看到侯宇的名字。他未動聲色，問：「太守府那頭如何？」

衛兵隊長道：「已派人過去搜查，但太守的管事領了人堵在府門處，言道真相未明，憑何抄家？若非有巡察使或是皇上聖旨，方有權進太守府內搜查。」

夏舟在一旁點頭，正是這狀況不好處置，他們才趕緊來找錢世新，畢竟錢世新與姚昆的交情最好，於公於私，由他出面或許更合適。

錢世新想了想，整整身上的官服，道：「那本官過去瞧一瞧吧。」

錢世新去了，與朱榮管事客客氣氣地說話，勸解一番。

朱管事心裡自然是信不過錢世新的，他心裡也明白，衛兵們若真是硬闖，雖名不正言不順，他們太守府又能將對方如何？權衡之下，錢世新就算拿話拖延平衡事態，於他們也不是壞事。

「錢大人請稍候，我去與夫人稟報一聲。」

過了好一會兒，太守府門開了，蒙佳月親自出來，將錢世新迎了進去。錢世新當著蒙佳月的面對夏舟與衛兵隊長下令，封府即好，莫要攻府，莫要擾了府內安寧。夏舟與衛兵隊長答應了。

錢世新與以往一般，被迎到正堂廳，貴客一般。蒙佳月命人上了好茶，之後未語淚先流。錢世新一陣安慰。將郡府衙門書房內發生的事細細與蒙佳月說了一遍。蒙佳月捂面痛哭，大罵主簿坑害她家大人。又懇請錢世新看在往日與姚昆的交情上，要為姚昆洗冤。錢世新一口答應下來。他例行公事般問了些問題，又提出去姚昆書房看了看。沒找出什麼，又問了蒙佳月可知姚昆這般出逃會去哪裡，讓蒙佳月在白英擒到姚昆之前想法勸姚昆回來，免得禍事越闖越大。

蒙佳月只道不知，說著說著又哭了起來。

錢世新見狀，道：「衛兵們封府，是職責所在，但府內生活也得有人正常進出。這般吧，除了生活採買的交代，夫人欲派人出府辦事，來知會我一聲，我給夫人開張令條，持令便可出去。這般與衛兵們不衝撞，大家平安無事。待大人回來了，事情過去，封府之事自然便能解禁了。」

蒙佳月謝過，兩邊一陣客套後，錢世新告辭離去。

朱榮將錢世新送到門外，看著他離去，又仔細看了府外那些衛兵，轉身叮囑家僕護衛們小心嚴守，而後他回轉進府，將情形與蒙佳月報了。

蒙佳月沉默半晌，道：「你回頭去向錢大人將方管事他們的屍體領回來，一個一個，全點清楚了，莫要漏了誰。咱們府裡欠他們的，必要將他們厚葬。」

朱榮眼眶一熱，忙應了。

「若有還活著的，便接回來。」話說到這蒙佳月已哽咽。哪裡會有活著的，滅口都來不及，豈會留下後患？

「等事情平穩些了，看看郡府那頭還有哪些人能用的，千萬小心，莫教錢大人發現了。給白大人瞧病的大夫，也打聽打聽是誰。」

朱榮道：「那白大人怕是凶多吉少。」

蒙佳月點頭，但她確實猜不出錢世新能如何？借刀殺了白英，殺了主簿，殺了太守大人，他一縣令，在郡中再有地位，又能如何？難不成就此還能當上太守了？可是梁大人會再派人來，巡察使一到，哪裡還有他錢世新的戲唱？還有龍將軍呢！龍將軍前線大勝，定會回來，錢世新明知如此，卻還敢犯難。

◆　◆　◆

安若晨與姚昆等人騎馬一路急奔，南城門處守城官兵見得是太守，也未阻攔。姚昆過城門時對官兵大喝：「後面有遊匪偽裝的衙差衛兵，將他們拿下，待我回來處置！」說完，也不待官兵們反應，馬也未停，急急走了。

守城官兵愣好一會兒，互相討論了一番，覺得情況是這樣的：太守大人有急事出城，但他知道有遊匪偽裝官差，讓他們把人攔下，太守一會兒辦完事回來要處置這些人。

正商議呢，還真有一隊官差騎著馬趕來了，看那打扮模樣跟真的衛兵衙差似的。守城官兵還速速放下城門，將他們攔下，擺開架勢要細細盤問。沒想到那領頭的凶巴巴大喝開門，說他們正在執行公務，追擊叛賊。

守城官兵呵呵了，誰叛賊啊，沒見著叛賊，就見著太守大人了。還有你，別嚷嚷，你那身兵服從哪兒來的呀！

衛兵隊長急了，他們追捕姚昆，上馬便直追而來，也沒個文書權杖的，但跟守城官兵打一場？那太傻了。

守城官兵呼啦啦圍過來一圈，竟要將他們拿下，說太守大人囑咐了，回來要處置審問他們的。衛兵隊長火冒三丈。兩邊都拔了武器對峙起來。

衛兵道太守刺殺了白英大人，如今他們要捉拿太守姚昆歸案。

守城官兵道沒人通知他們白英大人遇刺，倒是太守通知他們你們是遊匪。他們認得太守，可不認得這些兵差。

最後衛兵隊長咬牙，命一人快馬回郡府拿權杖。

這時候守城官兵將信將疑了，但誰知道是不是虛張聲勢？兩邊一邊對峙著一邊等。錢世新聽得衛兵報被攔在城門裡真是氣得無語。他丟了個權杖過去，心裡知道他們肯定是追不上姚昆了。

給白英抓藥的衙差回來了。錢世新看了看藥，叫了個他的心腹衙差過來負責煎藥，每天伺候白大人喝。他囑咐著，一邊將藥包裡最重要的兩味藥挑了出來。那衙差會意，應道：「大人放心，小的定會辦好的。」

錢世新滿意點頭，處置完白英，城中就沒什麼問題了。他已經確認過，主簿江鴻青的家人們全部都處置妥當。因江鴻青意圖謀反，刺殺白英大人不成反被擊殺，而其家人又是羞愧又是傷悲，於是「全家服毒自盡」。衙差與衛兵們趕到江家拿人時，看到的便是江家人留下遺書全部身亡的情景。錢世新派了仵作過去，記了案件文書，放進卷宗裡。

看起來，現在只剩下姚昆和安若晨這些後患了。錢世新想了想，囑咐人給他備好紙墨筆硯，他要寫信。

安若晨他們出了城門，一路往秀山方向奔去。安若晨欲見四妹，靜緣師太說去哪她就去哪。姚昆無處可去，逃亡者一共五人，兩個護衛也是安若晨的，若他脫隊便會變成孤身一人，他當然不會犯傻，於是緊跟安若晨，一起往那靜心庵去。

靜緣師太熟門熟路，避開耳目，帶著他們從山后僻道上山，無人察覺。到了庵廟，田慶跟著靜緣師太由正門進去，表示要搜查庵廟安全。姚昆、安若晨聽了師太吩咐，先將馬牽往後山林子裡栓好。院子小，裝不下這些馬。

安若晨心急如焚，恨不得馬上見到安若芳，但她知田慶顧慮是對的，誰知這師太究竟是正是邪，說話是真是假，先查看一番才好。

她在後院門外等著，覺得時間過去許久。

姚昆一言不發，他回想著發生的一連串的事，想到他都沒能與家人告別，不禁紅了眼眶。前途茫茫，生死未卜，悲從中來。

盧正在庵外四周走了一圈，查看安全。走到菜園子時，被腳下的石板路絆了一下，差點摔了。他回頭看了看那石板，再看了看菜園旁邊的棗樹，尋思著。

這時候後院門開了，門後站著田慶。安若晨剛要問話，卻又看到一個小個子從田慶身後探出腦袋來。

安若晨的眼淚奪眶而出。

安若芳先是不敢置信，她盯著安若晨看，慢慢從田慶身後走出來，走到安若晨面前，然後想摸摸安若晨的手，又有些猶豫。

安若晨大聲喚道：「芳兒！」她一把將安若芳摟進懷裡，放聲大哭。

安若芳這才有了真實感，跟著安若晨一道哇哇哭，大聲喊著「姊姊」。

盧正、田慶均走開幾步，背過身讓她們姊妹好好說說話。姚昆遠遠看著她們，心裡竟有些羨慕。靜緣師太突然冒了出來道：「快進來，莫喧譁。」

姚昆遠遠地聽不清他們說的什麼，但看師太表情嚴肅冷漠，暗想這人當真是不近人情。他拍拍馬兒的背，四下看了看，趕前幾步，跟著眾人一道進了庵裡。

進了庵，靜緣師太道：「我去拿些乾糧和水，你們盡快商議好要去何處。此處並不安全，不宜久留。」

大家面面相覷，這剛進門就被趕了。靜緣師太不管他們，轉身走了。安若晨拉著安若芳要去看她住的地方，其實是想找個地方好跟妹妹單獨說說話，院子裡只留下姚昆與盧正、田慶三人。

田慶道：「我都看了，庵裡沒別人。」

盧正點頭，「唐軒案時，派了許多人搜山，大家不見師太蹤跡，就轉往別處查探，倒是疏忽了此處。可今日師太在衙門殺了許多人，他們會聯想到這裡的，確實不宜久留。」

兩人一起看向太守。姚昆發著呆，不知道能說什麼。如今這境況，他並不知道還能怎麼辦。白英遇刺，將事情賴在他頭上。梁德浩也必是會收到消息。他一身冤屈無處可訴，恐怕去找龍騰將軍也無用。而他的家人還在中蘭城，在白英的手上，他能怎麼辦？

相比院子裡的無言，安若晨姊妹兩個卻是有說不完的話，安若芳將自己那日逃家後的遭遇一五一十說了。

安若晨抱著妹妹，心裡很是害怕。這師太殺人的樣子，她可是見過的。這不是一個尋常會武的人，且她還與細作有關係。若非認出妹妹便是當初贈食的小姑娘，怕也不會收留她。四妹小小年紀，擔驚受怕，日日禁閉躲藏，真是受苦了。

安若晨很心疼，忍著淚道：「大姊對不起妳。」

「姊姊平安就好。我們如今都平安，便是好的。」安若芳稚氣未脫的臉上有著不符年紀的老成，「妳瞧，我們說好了會再見面的，果然是如此了。」

安若晨點點頭，眼淚還是忍不住落了下來。她想起了已去世的段氏，她說要等女兒回來，竟是沒等到。安若晨咬咬牙，時候不多，後頭還得奔波逃命，她需得將事情盡快說了。「芳兒，我得告訴妳，妳娘……」安若晨琢磨著用什麼話表述好，想了好一會兒沒想到，只得直接道：「妳娘去世了。」

安若芳整個呆住，如遭雷劈。難怪師太欲言又止，難怪師太說需得再去城中查探。原來如此，原來如此！

安若晨向安若芳說了段氏去世的案情，其中免不了解釋了其中的一些關聯。她如何從狗洞逃生，如何得龍將軍相救，她如何參與抓捕細作的行動，錢裴與她的怨仇，安家的利用價值等等。

「所以，我娘是被人害死的，但還不知真凶是誰？」安若芳問。

安若晨點點頭，段氏究竟是如何死的她並不知曉。

安若芳呆愣了一會兒，掩面大哭，罵自己不孝，對不起娘。

安若晨嘆息，「就算妳聽話嫁給了錢裴，又如何是孝？」

安若芳思前想後，抱著安若晨，嚎啕大哭。

兩姊妹相擁了一會兒，靜緣師太過來喚人，她已為大家準備了乾糧和水，問大家的打算。安若晨毫不遲疑地道：「我要去找將軍。」

靜緣師太道：「那芳兒不能跟妳走。妳這一路必會遭到追殺，就算能到前線，龍將軍戰敗，自身難保，芳兒跟著妳，就是送死。」

安若晨叫道：「將軍打了大勝仗，從前的戰敗那是誘敵之計。傳令兵今日到郡府衙門報的戰情，方管事派人打探到了，千真萬確，是他告訴我的。將軍在四夏江打到了對岸，攻占了江生縣，而石靈崖處亦擒獲近萬南秦軍，將他們困在了石靈縣，將軍打了大勝仗！」那驕傲的語氣，像她自己打勝了似的。

「什麼！」姚昆猛地跳了起來，「我怎地不知？」

龍將軍居然打了大勝仗，居然打了大勝仗！這事若是當時知曉，白英便無話可說，又怎會咄咄逼人，鬧得這般僵。那江鴻青也自然不會突然瘋魔起來……姚昆忽然懂了。

「誰將消息攔下了？」

「錢大人。」

姚昆踢翻了椅子，罵了一連串髒話，「這畜生，我幫了他許多，他為何如此害我？」

靜緣師太冷冷地道：「這些不重要，先說明白你們打算如何，芳兒怎麼辦？」

姚昆一噎，怎地不重要？怎地不重要？他的性命，他家人的性命，全被人給害了！

姚昆對上靜緣師太冰冷銳利的眼神……好吧，這些可以先放一放，說說眼下。

姚昆把椅子扶起來，重又坐下，「如此，安姑娘，妳去找將軍吧，我打算回中蘭城。」

「回中蘭？」安若晨吃驚，「大人，眼下只有將軍能幫你了。」

姚昆搖搖頭，「將軍幫不了我。既是錢世新，那肯定謀劃已久。他對我知之甚深，別人我還得猶豫猶豫，錢世新嘛，他太了解我，他手上有不少我的把柄，我辯無可辯，就算到皇上面前告狀，錢世新也能舉出許多我的短處來。他知道我在乎什麼，我若不回去，他會對我家人下手的。將軍幫不了我，我必須回去，他會傷我家人。」

「愚蠢！」靜緣師太罵了一句。

所有人都一呆，喲，師太居然還管太守送死的事，還以為她只在乎安若芳小姑娘。

靜緣師太看也不看其他人，只對姚昆道：「他若是要用家人威脅你，你活著一日，你家人便能活著一日。你回去送死，他砍完你的腦袋轉身便會砍光你家人的腦袋。所謂斬草除根，你家人活著，便會想著為你報仇，他怎會留後患？」

姚昆吃驚，他竟是未想到這一層。或者該說，他未把錢世新想得這麼狠。

「萬一……」他猶豫著。

「你不重要了，隨便你如何。」靜緣師太撇下太守，又與安若晨道：「就算將軍打了勝仗，芳兒跟著妳去前線仍是不妥。路途遙遠，追兵在後，妳才兩個護衛，還不怎麼頂用。前線戰情千變萬化，待你們到時，說不定南秦又反敗為勝。總之芳兒不能去，妳可還有其他地方安置她？」

安若晨想了想，「有的。」

「何處？」

安若晨剛要答，田慶忽地跳了起來，「外頭有人！」

眾人俱是一驚。

靜緣師太皺著眉側耳傾聽。安若晨忙道：「田大哥、盧大哥，煩請出去查探一下。」盧正、田慶拔出劍往外走，安若晨又道：「請務必小心。」

姚昆補上一句：「若能生擒，抓回來問話。」

田慶、盧正應了聲，翻牆出去了。

靜緣師太久久不語，她看了看安若芳。小姑娘握著姊姊的手，依偎在姊姊身邊，頗有些緊張地盯著後院門看。

靜緣師太與安若晨道：「妳的兩個護衛，看起來也不是靠得住的。」

安若晨不語，方才是她疏忽了，差點說漏嘴。姚昆不說話，他現在對人的信任感也是極低。他曾經最信任的主簿江鴻青，最信任的錢世新，最後也不過如此。

靜緣師太看著安若晨的眼睛，過了一會兒道：「妳過來，芳兒也來。」

安若晨沒拒絕，拉上妹妹起身。姚昆皺眉頭，什麼意思，撇下他要做什麼？靜緣師太冷冷看了他一眼道：「你就在這兒待著，我們一會兒就出來。」

姚昆沒法，眼睜睜地看著靜緣師太帶著安若晨姊妹兩個去了前院。

靜緣師太帶著她們到了自己的廂房裡，說道：「那個可託付的人家是誰，太守可知道？妳的兩個護衛可知道？」

「他們認得，但未必會想到。」

「錢世新也認得，但未必想到？」

「是。」

「是哪家？」

「薛家。我二妹的未來夫家。」

「為何能靠得住？」

「將軍選的人。」不必多解釋，一句話就夠。靜緣師太果然不再疑惑了，她只問：「與妳交情深嗎？確定薛家會收留芳兒，會護著她？」

「薛公子會護著四妹的，不過不是為我，是為我二妹。」

「那好。事不宜遲，妳現在就寫信給薛家，讓芳兒帶著，再給芳兒一件信物。薛家怎麼走，找誰，怎麼說話，妳且交代清楚了。我信不過妳的護衛，那個太守也是大麻煩。他目標太大，全城都是追捕他的人，我一會兒便帶芳兒下山。」

「師太……」安若芳很緊張。

安若晨安慰道：「無事。師太說的對，我們幾人都是通緝要犯，進城後會被盯上。妳離開中蘭城已久，大家都以為妳死了。衙門那處尋妳之事早已鬆懈，妳混在人群裡入城，該是不會引人注目。師太，妳不能這身打扮，須得換換裝……」

安若晨話未說完便被靜緣師太打斷：「還用得著妳教？」

靜緣師太轉向安若芳，道：「妳且放心去，我喬裝成普通婦人在暗處跟著妳，到了薛府，再陪妳進去。若是一切順利，妳就在那處藏身。」她說著，拉開屋內暗格，摸出兩大包銀兩來。一包遞給安若芳，「妳拿著銀子，吃住別人家裡，也不虧欠他們的。剩餘的自己收好，日後若是沒別人依靠，還有銀子依靠。」

安若芳看看安若晨，安若晨對她點點頭，她才接過去。

「還有妳。」靜緣師太轉向安若晨，將另一包銀兩給她，「看妳逃得如此狼狽，定是身無分文。我還有些尋常村婦的衣裳，妳且換上逃命去。妳虧欠我的，日後妳若能活著，別忘了去薛府接妳妹妹。我與芳兒緣分已盡，送她到那之後，便不會再見。與妳嘛，希望也不會再見。」

「師太……」安若芳聽得她這麼說，眼眶紅了。

「莫哭，哭也無用。快回密室裡拿上妳的東西，我一會兒帶妳走。」

「大姊！」安若芳抱住安若晨，眼淚落了下來。才見面又要分開了嗎？

「莫哭。」安若晨抱緊她，「告別的話，我們去年在家裡便已說過，記得嗎？如今不必再重說一遍。大姊守諾，大姊信妳也會守諾，我們一定會再見面的。」

「嗯。」安若芳用力點頭，擦了淚，速奔去密室拿包袱去。

靜緣師太速準備筆墨紙硯，讓安若晨磨墨寫信。又拿出兩套衣裳給安若晨，告訴她這屋內及庵內的機關，然後道：「莫要與任何人說起芳兒的下落，誰都不要相信。待我與芳兒走後，你們也速速離開。莫打聽我的事，莫害了芳兒，不然我可不管妳是她的誰，定會讓妳付出代價。」

安若晨將信折好，道：「師太，既是也許再無機會見面，有些事我問妳。」

「是我殺的。」靜緣未等她問便直接說了。

安若晨被噎住。

「你們派去豐安縣的探子是我殺的，閔東平是我殺的，李明宇是我殺的，霍銘善是我殺的。」靜緣師太看著安若晨的眼睛，冷冰冰地道。

安若晨嚥了嚥唾沫，告誡自己不能害怕，不可露出膽怯的樣子。

「細作都還有誰？」安若晨跳過一切，問重點。

「聯絡我的閔東平、唐軒，都死了，其他人與我並無接觸。」

「他們倆是頭目，是聯絡接頭人，是嗎？」

「對。」

「那麼若來了新的聯絡接頭人，妳如何辯認真偽？」

「有暗語。解鈴還需繫鈴人，可是繫上的鈴鐺幾個才夠響。差不多這樣的意思。」

「幾個？」

「閔東平是一個，唐軒是兩個。」

安若晨明白了，她問：「若是再有聯絡頭子，便會說三個鈴鐺才夠響是嗎？」

「那便不知了，唐軒沒交代後事。」

「錢裴是細作嗎？錢世新是細作嗎？妳可有細作的證據？」

「錢裴是。閔東平就是靠著他庇佑，我想殺他時發現的，所以一開始沒敢動手。當時閔東平未死，我擔心殺了錢裴惹來閔東平疑心，暴露了芳兒。後來再想殺他時，他找了替身，我失手了。」靜緣師太道：「沒證據，錢世新的事我不清楚。」

安若晨懂了，原來錢裴遇襲就是師太幹的。

「他們不過是傳令聯絡的，幕後的主使是誰？妳為何願意為他們賣命？他們都有哪些手段招攬手下？他們給妳安排了這許多工，總有蛛絲馬跡……」

安若晨還未說完，又被靜緣師太打斷了。

「我回答了妳一些問題，不表示我願意接受妳的盤問。我對這些都沒興趣，沒功夫與妳聊家常。」她冷冷說完，伸手拿過安若晨手上的信，用下巴指指房門，「妳走吧。」

安若晨張了張嘴，在靜緣師太冰冷的目光下將話嚥了回去。她拿上靜緣給的衣物銀兩出去了，走到院子有些恍惚，許多事她都有推測，如今有些被證實了，卻不知如何是好。李長史的死，霍先生的死，她知道凶手是誰，卻又沒法為他們報仇，討回公道。

安若芳回來，看到姊姊站在院子發呆，忙跑過來抱住安若晨道：「姊，日後我定會有出息，也能辦大事，能讓妳依靠。妳一定要好好，要回來找我。」

「好。」安若晨眼眶熱了。經歷太多生死別離，已無法描述心情。

安若晨轉頭，看到靜緣師太已經換好了村婦的衣裳，包著頭巾，站在屋門處看著她。

「妳記住我的話。」靜緣師太道。

哪一句呢？安若晨沒有問。

安若晨獨自回到院子。姚昆坐在那兒一臉不耐煩，盧正與田慶剛回來。盧正道：「到處都搜過了，無人。許是有走獸飛鳥的動靜，馬兒也好好的。」田慶也跟著道：「我也未曾查到什麼。」

安若晨點頭，道：「也許他們沒想到我們敢回秀山，得追出一段沒追上才會回頭來這兒搜山。我們還有時間，先休息休息，等天色黑了再走，我們去四夏江找將軍。」

姚昆沒異議，卻還惦記著中蘭城內的內應是何人，他希望那人能幫忙照應他的家人。安若晨道：「師太說我說的那人沒本事靠不住，她有別的人選，明日一早會去聯絡。」

姚昆皺眉，總覺得那師太不可靠，而且這地方不安全，她竟然還要拖到明早！

安若晨催大家快找廂房休息去，養好精神趕夜路。

安若晨回到師太屋裡，靜緣師太與安若芳已經不見了。安若晨思緒萬千，但也顧不得多想，先將給龍騰的信寫了。擔心這信被人所截，她寫得隱晦，只說她遇難得到四夏江，取道東南，希望看到這信的人務必將信轉交龍騰將軍，務必讓龍騰看到。

強調讓龍騰看到是因為只有龍騰能看明白她的意思。龍騰在四夏江打了勝仗，所以人人以為他們會去四夏江找龍騰，但安若晨打算去石靈崖。只要進了軍營，進入了軍方管轄的範圍，他們就能得到保護，所以龍騰不在也沒關係。比見到龍騰更重要的，是他們這一路要躲過追捕，順利到達。

安若晨對龍騰有信心，覺得他會看懂這信裡的意思，然後派人接應他們。

不要相信任何人。安若晨有些難過，這是件多麼可悲的事。可將軍這般說過，師太這般說過，就連她自己，也是這樣想的。

安若晨靜靜坐了一會兒，覺得師太應該已經帶著安若芳走遠了，她走出屋外，未聽到任何動靜，她將捲成小筒紙卷的信握在掌心，悄悄去了後院。

一路安安靜靜，沒有人。安若晨走到後院樹下，看著吊在那裡的鴿籠。那是方管事和小僕用生命遞給她的信鴿，如今她將她與太守等人的生命也要交給這信鴿了。

安若晨將鴿子抱了出來，將信塞到鴿子腳上的小竹筒裡，兩邊塞緊了，確認不會掉，然後舉高雙臂鬆開手。鴿子略一猶豫，撲騰撲騰飛了起來。牠飛到牆頭立了一會兒，安若晨盯著牠看，看到牠轉著腦袋四下張望，而後張開翅膀，飛了出去，再不見蹤影。

安若晨靜靜站著，等了好一會兒沒見鴿子回來，沒聽到什麼異響，於是懷著忐忑的心情回轉廂房。再等一會兒，她要叫上太守大人他們起來上路了。

安若晨並不知道，信鴿剛飛出院牆外，便有人盯上了。那人一路跟隨信鴿，奔了一段路，手中已捏緊了削好的竹鏢，尋個了機會，正待揚手將那信鴿射下，一把劍忽地架到了他的脖子上。

「盧正，我就知道是你。」這是田慶的聲音。

◆　◆　◆

陸大娘逃出了衙府，奔至招福酒樓，她悄悄找了齊徵，很快被領到趙佳華的面前。

趙佳華看著陸大娘直嘆氣，「我真的欠安若晨太多了，是吧？」

陸大娘忙道：「我不會久留添麻煩，只是需要趙老闆幫幫忙。」

「當然需要我幫忙，不然妳來這兒做什麼？」

「在弄清楚究竟發生什麼事之前，紫雲樓我是回不去了。我家姑娘曾在城裡安置了些應急用的屋子，我有地方住，但我需要些衣物吃食，還有錢銀。」

「這些都沒問題。」齊徵搶著答，被趙佳華白了兩眼。齊徵沒看見，繼續關切道：「大娘，田大哥呢？」

「他與盧正去接應姑娘去了，我也不知他們如今在何處。我得先找個地方安頓下來，之後再行打探。」

趙佳華嘆氣，「大娘，我送妳出城去吧，秀兒和我家茵兒都轉到外郡避禍去了，妳去與她們會合，互相有個照應，如何?安若晨的境況，我替妳打聽著，到時給妳消息。」

陸大娘搖頭，道：「我不能走，這城中需要人張羅打點，無論姑娘如何了，我都得在這城中守著。」

趙佳華道：「這安若晨給妳灌了什麼迷湯啊，妳說妳何苦，圖啥呀？」

「不圖啥，就是事情總得有人做。我家漢子若在世，也定會這般的。」陸大娘不願繞著這些廢話，又道：「還得請趙老闆幫忙散個消息出去。龍將軍在前線大勝，打過了四夏江，又在石靈崖俘虜了近萬南秦兵。」
趙佳華瞪眼，「什麼？偽造軍情可是重罪。」
「這是千真萬確的消息。龍將軍派了傳令兵來報白大人和太守大人，結果被錢大人攔下了，方管事派人將我們放出時就是這般說的。我們不能讓這消息被拖延，必須得讓全城的人速速知曉。」
趙佳華皺起眉頭，錢大人故意攔下了消息，他想做什麼？
陸大娘走後不久，招福酒樓和劉府被官兵盤查了。他們在搜尋一位四十歲左右的婦人，姓陸。問遍酒樓和劉府僕役，人人都說認得陸大娘，但沒見過她。趙佳華鎮定應話：「聽說她與安姑娘都被太守大人抓進衙門了，如今是發生何事，人不見了嗎？」
當然沒人回答她，官兵搜不到人，走了。
稍晚，中蘭城裡開始流傳一個驚人的消息——龍騰將軍前線取勝，大勝！
這消息火速傳出，並火速得到了印證。有人說難怪看到四夏江的黑煙報信，那是南秦戰敗的消息。又有人說石靈縣那頭確有人說起這事，全縣大多數人都轉到了其他縣去，縣城村落空出，就是給將軍囚俘用的。一時間全城百姓興奮不已，還有人家點起炮仗。
但這驚人好消息也伴著一個驚天壞消息，說是太守大人被巡察使白大人查出瀆職之罪，太守大人情急之下刺殺了白大人，行凶後逃竄，同夥還有未來的將軍夫人安若晨，所以太守府被衛兵團團圍住，衙差們全城搜捕逆賊。
兩個消息夾在一起，全城百姓心情微妙。龍騰將軍於前線辛苦拚殺滅敵，他家未來夫人在城裡勾結太守大人一起當上了反賊？逗誰呢？這事情鐵定另有內情。只是城內氣氛肅殺，大家不敢明說，暗地裡討論幾句，見有人來忙裝正經，大家心照不宣，越發覺得事情不簡單。
錢世新聽到手下人來報，氣得拍桌。這些事要是傳到白英的耳朵裡，那還了得？

齊徵與趙佳華聽到安若晨的消息，憂心忡忡。她竟然與太守大人一起逃了，正被大批衛兵衙差追捕。這真是……半路被砍殺了都喊不得冤吧？

齊徵強笑道：「沒事沒事，田大哥武藝高強，他與盧大哥在一起呢，他們能護著安姑娘找到將軍的。」他頓了頓，難掩心慌，問趙佳華：「老闆娘，他們是去找龍將軍了吧？找到龍將軍定會安全的。田大哥武藝高強，會沒事的吧？」

趙佳華沒說話，她回答不了。

◆　◆　◆

秀山上，天色漸漸暗了。

盧正用眼角看了看自己脖子上的劍鋒，努力壓下緊張，正要說話，身後田慶輕喝：「莫動，手中握著何物？丟遠些，讓我看到。」他一邊說一邊壓了壓手中的劍。

劍在盧正脖子上劃出一道口子，盧正聽話地將手中的鏢丟遠了，「兄弟，你誤會了。」

「誤會什麼？誤會那日你慫恿我去飲酒，還是誤會你時不時會失蹤不知去了何處？」

「我慫恿？」盧正嗤笑，「你喜歡喝酒，是我逼迫的？我又哪裡知道會這般倒楣正好與那段氏之死時間撞上。我也被抓到衙門了不是嗎？你心裡不好過，但不能如此便怪罪他人。我時不時失蹤又是何意？你不當值時，我也不知你去何處，難道我也該說你失蹤了？我可是不知道原來我做什麼都得與你報告。」

「莫要詭辯，你方才欲射殺姑娘放的信鴿，我可是親眼所見。」

「我恐有追兵過來，於是出來巡查，未叫上你是想讓你好好休息一會兒。這信鴿究竟是不是去前線的，我們都不知曉。方管事不管衙門事務，真的分得清這些信鴿嗎？又或是他被人利用了呢？信鴿若是不往前線反而飛回郡府呢？那我們的動向去處豈不是全讓錢世新知道了？那追兵要找到我們便太容易了不是嗎？之前著急趕路，我也未考慮周全，方才看到信鴿飛出，猛然想起，但已來不及，只得想著先將信鴿擊落，此事從長計議。」

「莫要詭辯！」田慶怒喝：「先前我只是懷疑，如今親眼所見，怎會有假？我看你是未找到機會先下手滅了信鴿，又怕信鴿好端端突然死去惹了姑娘生疑，這才冒險等到如今才動手。我要將你交給姑娘和太守，你這些說辭，你當他們會……」

「信」字還未說出口，田慶忽地一哼，全身僵住。盧正趕緊就地滾開，躲閃出劍下範圍。回頭一看，一柄長劍刺穿了田慶的胸膛，田慶口吐鮮血，不敢置信。他一心只注意盧正，為抓到他的現行而怒火中燒，沒料到一旁竟還有人。

田慶聽到身後有個男人說道：「你說的對，他就是在詭辯。你推斷的都對，你被利用了。你發現了他的祕密，可惜太晚了。」

田慶拚了最後一口氣欲回頭看，那劍猛地一扭，田慶痛哼一聲，倒在地上。

陸波拔出了劍，看了盧正一眼。盧正舒了口氣，「安若晨放了信鴿給龍騰報信。」

陸波踢了踢腳邊，盧正一看，正是方才那隻信鴿的屍體。陸波道：「你沒截下，於是我截了，幸虧我及時趕到。」

盧正過去拆了那信卷看，「無妨，她在信中未說何事，只是希望龍騰來接應她。」

那人將信拿過去也看了看，「不必管她，反正這信龍騰收不到了。庵裡是何情形？」

「那姑子便是屠夫？」其實盧正已經知道答案，但怎麼都想再確認確認。

「對。」

「果然如此。她是叛徒，安若芳果然一直在她這兒。閔東平定是察覺了什麼，他的失蹤，必與她有關。」

「現在說這些有何用？」

盧正咬咬牙，是沒什麼用，只是他想知道真相。一個大活人，剛剛告別，卻從這世上消失了，總該有個真相，「他們都在裡頭。屠夫、安若芳、安若晨，還有姚昆。」

陸波思索著，「我們將這山包圍了，但我沒敢讓人上來，怕打草驚蛇。聽說屠夫武藝高強，又恐她有別的幫手。我看到你留的信號，就先自己上來看看。」

「那裡頭只有她一人會武，沒有其他幫手。」

「好。你的身分還不能暴露，先回去，我下山叫人。一會兒你聽到聲音，想辦法先將安若芳帶出來。我們假意擒下你，再擒下安若芳，事情就好辦了。」

用安若芳一人便能擺布安若晨和屠夫了，先拿下她確實是好辦法，但盧正覺得這事有難度，「他們的計畫是讓屠夫帶著安若芳回城躲藏，安若晨與姚昆去四夏江找龍騰。若沒什麼事，不會把安若芳交給我。」

陸波皺眉，「那我們先引開屠夫？」

「這般吧，我就說我與田慶發現有人上山了，田慶去追蹤一直未回，我們得分開行動，讓屠夫先擋著，我與安若晨帶著她四妹從後山走。」盧正將靜緣師太帶他們上山的僻道告訴了陸波。

兩人很快定好計畫，陸波忙下山叫人去了。

盧正埋了信鴿，藏好田慶的屍體，然後悄悄回到庵廟，一路上琢磨著說辭。別的都好辦，就是田慶失蹤了，安若晨定會盤問。盧正一邊想著，一邊跳過圍牆進了後院。

剛落地，嚇了一跳。院子裡站著安若晨和姚昆。

「盧大哥，你們去了何處？我正找你們。」

盧正努力平復心跳，故作鎮定地問：「姑娘有何事？」

「田大哥呢？」安若晨不答反問。

盧正的腦子飛快轉著，現在還不是說田慶受襲失蹤的時候，陸波的人還沒上來，「我與田慶還是覺得方才那動靜可疑，於是再出去看看。沒發現什麼，田慶讓我先回來，怕院子裡沒人看著不安全。」

安若晨道：「你去將田大哥叫回來吧，我們現在離開。」

「好。」盧正一口答應，忽又想起來問：「那師太呢，跟我們一起下山嗎？」

「我們目標太大，一起走不合適。我們走了，追兵自然跟著我們，師太等明早再帶著芳兒離開。」

盧正點點頭，「那我趕緊把田慶叫回來。」他打開後院門，走了出去。在門後聽了聽，沒有聽到什麼動靜。

盧正定了定神，朝林子裡走去，他得想想辦法，他帶不回田慶，這事如何圓？若他拖延太久不回，安若晨定會疑心。到時陸波他們未到，靜緣師太帶著人先走了，事情就該有變數了。這裡畢竟是那姑子的地方，說不定她還有什麼把戲。

盧正想著走著，看到了那幾匹馬。他回頭看了看，四下無人，身後沒人跟蹤。他把馬韁繩解了，輕輕拍了拍牠們，馬兒動了動，然後開始慢慢走，找草兒吃。盧正不敢用力抽打驅趕牠們，生怕牠們嘶叫將庵裡的人引來。他索性先不管，反正解開了，一會兒牠們便該自己跑掉了。

盧正站了一會兒，滿意地看到馬兒果然越走越遠，最後沒了蹤影。盧正拍了拍衣裳，醞釀了一下情緒，然後一臉焦急奔跑著衝向庵廟，一把推開後院門，小心地掩好，轉身果然看到安若晨和姚昆還站在原處等著他。

盧正小聲但急切地道：「姑娘，事情不太對，田慶不見了，外頭拴的馬兒也不見了。」

安若晨一驚，「不見了？不見了是何意？」

「就是四周都尋遍了，並不見他。」盧正皺眉，一臉不安，「按理他不會走太遠的。我仔細找了，周圍沒有他的蹤跡，也未聽到什麼動靜。我去看馬兒，竟也全沒了。」

姚昆又驚又疑，問道：「那他方才讓你回來之時，可曾說過什麼？」

「沒什麼特別的，就說讓我回來以防有人突襲，他查看查看就回來。」

安若晨眉頭皺得死緊，問道：「我四姨娘死的那晚，田大哥與你去飲酒，是何表現？你平日時與他相處，可覺得他有何異樣之處？」

盧正心中暗喜，面上卻是大驚，「姑娘懷疑田慶？不會的！」他故意頓了頓，想了一會兒道：「我、我是相信田慶的。平日時他盡忠職守，挑不出毛病來，但……」

「但是如何？」姚昆大聲追問。

盧正嘆氣，「但是他有時確實不知去了何處，我也曾問過，他神神祕祕支吾過去，我猜是去了花樓或是又貪酒了，便未多問。總之平日裡並非耽擱正事的，我也不好說什麼，也不曾懷疑過他。」

安若晨咬咬唇，問道：「可如今這般，他悄悄離開，又是何意？」

姚昆急道：「若他是奸細，該是去報信去了。他把馬兒全放跑了，就是防著我們逃呢，我們得馬上走！」

安若晨一臉陰鬱，「若是田大哥都不能相信，那我如何相信師太？說不定師太根本還是細作一夥的，囚禁了我四妹好隨時威脅我。我四妹年幼，當她是救命恩人。如今她當我面證實四妹在她手裡，日後還不定拿她要求我何事。她不願讓我安排去處，根本就是可疑。不行，我得說服四妹跟我走。」

安若晨對姚昆道：「大人，煩請你看著點院門外頭，看是否有人上來了。夜色黑了，他們會點火把的。」她再轉頭對盧正道：「盧大哥，你隨我來。」

盧正趕緊跟在安若晨身後，朝著靜緣師太的廂房走去。安若晨小聲囑咐道：「我們且當什麼都未發生，先將我四妹哄出來，我就說還是捨不下四妹，想與她再說說話。待四妹隨我出來了，我們就悄悄離開。你在屋外等我，若有什麼意外，你便進來接應我。」

盧正答應了。到了靜緣師太門外，他依安若晨所言，恐被靜緣師太看到起疑，於是站得稍遠。安若晨對他點點頭，輕敲房門，貼著門聽了聽，然後推門進去了。盧正隔著段距離等著，接著突然聽到安若晨的驚叫聲：「盧大哥！」

盧正嚇了一跳，趕緊衝了進去，可進去一看，什麼都沒有，房裡是空的。

安若晨驚懼道：「我方才明明聽到有人應聲才進來的，我還聽到四妹的聲音。」

盧正往裡走，四下看了看，一桌一床，什麼都藏不住，難道床下有祕道？「可聽到四姑娘說什麼？」他話音剛落，卻聽得鐺一聲，盧正驚得回頭看，發現一道鐵柵欄將整個房間隔成了兩半，他在裡面那一半，安若晨在外面那一半。

盧正大吃一驚，更讓他吃驚的是，安若晨臉上的表情變了，沒有驚恐沒有意外，相當冷靜和鎮定。

盧正心一沉，但仍認真演下去，「姑娘，這是怎麼回事？」他回頭看了看，窗戶上竟然也有鐵柵欄，他被困住了。

「我不相信你，盧大哥。」安若晨道：「田慶沒回來，有兩種可能。一種是他真是叛徒，他去報信。另一種是你是叛徒，被他發現，於是被你殺人滅口。」

盧正努力維持著鎮定，叫道：「我與他武藝一般，他若是對我有防心，我如何能殺他？他怎會不向姑娘報信？」

「我不知道，」安若晨道：「也沒時間去琢磨真相。我只知道我不信任你了，不能讓你與我一同上路。」

「姑娘！」盧正撲向柵欄，暗使內勁搖了搖，竟是搖不動，「追兵在後，若是無我護衛，姑娘如何順利到達四夏江見到將軍？我知道姑娘經歷許多事，對人對事容易猜疑，但我一片忠心，姑娘懷疑我事小，若是沒了護衛半路慘遭毒手，我如何向將軍交代？」

「便說是我自找的。」安若晨毫不動搖。

盧正咬牙，仍不能放棄，「姑娘，田慶去通風報信，帶回追兵，姑娘將我困在此處，會害死我的！」

「你裝作知道我們行蹤的樣子投降，幫著他們追捕，又或是假裝不知道田慶是叛徒，與他道你被師太暗算，不知道我與太守大人如何了。無論如何，總能編出許多話來，這有何難？」

盧正啞口無言，他竟然還是低估她了。

「姑娘，求姑娘三思，我須得護送姑娘安全到達將軍身邊方能安心。姑娘認真想想，若真是姑娘猜測那般，田慶懷疑我，他定會與姑娘說的，他……」

安若晨打斷他：「你回來的時候是跳牆的，很鬼祟，但我讓你去找田慶，你卻是順手開門出去，回來也是走門。正常出入護衛巡察環境，都會走門。我見過你們太多次做這樣的事，所有的衛兵，所有的護衛，當值巡察，均是正常出入門口。作賊才需要跳牆，心虛才需要跳牆，有所發現才需要跳牆。而你當時說，周圍並無異常，你只是被田慶勸說回來休息的。」

盧正再次啞口無言。

安若晨後退兩步，退到門口，「我不相信你。若日後證明是我多疑猜錯，我向你斟茶磕頭認錯。但如今，我不會讓你與我一道上路。」

安若晨轉身便要出門，盧正卻是喊道：「有件事，我確是一直在騙妳！」

安若晨不理，繼續走。

「將軍讓我給妳二妹下的毒，是真的毒。」

安若晨腳下一頓。

盧正趕緊道：「但他不知道是何毒，他囑咐我去找毒，囑咐我去辦，只有我有解藥。」

安若晨慢慢轉身，看著盧正。盧正也看著她，再次道：「只有我知道解藥。」

安若晨盯著他，一字一句地道：「第一，我不相信你。第二，將軍若讓你下真毒，他會給你真毒，他會有解藥。若他沒有，便是你私自換了藥，你違抗將軍之命，你是奸細。第三，也就是我沒本事，不然我會將你擒住交給將軍處置。第四，我不會問你是何毒解藥在哪裡，因為我知道你不會真的告訴我，你想用這個與我談條件的算盤打錯了。第五，若我二妹因你的毒而死，你等著，我安若晨活著一日，必殺你為她報仇。」

她說完，扭頭便走。

盧正整個僵在那，好你個安若晨，竟然心腸硬到如此。盧正咬牙，那就等著吧。等安若希毒發那日，她自然就得來求他了。既是撕破了臉，便撕到底。他知道她在乎什麼，她從前使的那些小計謀，他全知道。

安若晨腳步不停，拿起了包袱走出後院。姚昆站在棗樹上眺望，見得她來，忙爬了下來，「果然是有隱隱火光，有人上山了。」

安若晨點點頭，很鎮定地遞給姚昆一個袋子，「這是錢銀，師太給我的，大人拿好了。若是我們路途中走散了，大人莫管我，自己想法去找將軍，我也不會浪費時間去找大人。」

姚昆看看她身後，「妳妹妹呢？盧大人呢？」

「沒時間了，我們先離開，路上再說。」

姚昆心裡一沉，知道出了事，但既然安若晨這般說，自然有她的道理。他也不浪費時間糾纏問題，跟著安若晨急步快走。

◆　◆　◆

薛敘然瞪著面前這個眉眼如畫的小姑娘，問向雲豪：「她從哪裡冒出來的？」

「屬下在院子牆角發現她的。她叫了屬下的名字，說她要見公子。她說她叫安若芳，是公子的小姨子。」

薛敘然沒好氣地瞪著安若芳，「誰送妳來的？」

安若芳淡定答：「我大姊說那不重要，不必回答。」

薛敘然噎得，這答案肯定是安若晨教的不會錯。

「大姊讓我給你帶封信。」安若芳將信掏出來，遞給薛敘然。

薛敘然接過仔細看了一遍，又抬頭看看安若芳，哼道：「安若晨把我當什麼人了，使喚這個使喚那個。」

安若芳道：「二姊夫。」

「什麼？」

「大姊說，你是我的二姊夫。」

薛敘然再被噎住，然後忿忿地想，他可不是愛聽奉承話的好嗎？

安若芳再道：「大姊說，二姊夫會收留我，讓我能平安見到二姊。」

薛敘然瞪著安若芳，小小年紀就學會威脅了，這合適嗎？

薛敘然粗聲粗氣，問：「妳說，妳喜歡妳大姊還是二姊？」

安若芳看著薛敘然，認真想了想，答：「我覺得二姊夫挺好的。」

薛敘然完全說不出話來。這家裡頭四個姑娘，不會他家安若希最傻吧？就這樣那傻瓜還覺得她是姊妹裡頭最會欺負人的。她蠢成這樣，拿什麼欺負她大姊、四妹啊？

薛敘然咬牙。行，看在那傻瓜的面子上，收留這個小狡猾！

安若晨與姚昆小心躲藏，避開了上山的追捕，順利逃了出去。陸波帶著人一心奔著靜心庵來，未曾料到安若晨他們提前跑了，就此錯過。待他進得庵來，見到被困的盧正，大吃一驚。

屠夫呢？盧正不知道。

安若芳呢？盧正不知道。

那安若晨和太守去了何處？盧正不知道。

陸波真是一肚子火沒處發。怎麼這麼廢物，只需要再拖著他們一會兒，只一小會兒，就能把他們全圍捕。結果呢？陸波留了兩個人幫著盧正找機關，其他人散出去繼續搜尋安若晨和姚昆。陸波又下山了一趟，派人到沿途各關卡囑咐，姚昆與安若晨合謀行刺了巡察使，現已逃竄，正往四夏江方向去，務必嚴查攔截，將他們拘捕。

搜山搜到天明，一無所獲，而盧正也直到天明才被放出來。開柵欄居然是屋外牆角的一塊磚，與關柵欄的不是一個地方，故而在屋內摸了半天什麼都沒摸到。

陸波面色鐵青，什麼話都不想說了，只領著盧正回城，讓他自己去錢世新交代。

錢世新在白英的床前坐了一夜。

原以為能將龍騰前線戰勝的消息拖延上至少一日兩日，一兩日能辦成許多事，但現在全城皆知龍將軍大勝，他的計畫不得不改一改。他得抓緊時間，得讓白英一睜眼見到的第一個人就是他。

白英看到錢世新時有些恍神，然後身上的劇痛與虛弱感讓他想起了一切。他憤怒，痛得吸了一口氣。錢世新忙道：「白大人莫動，小心傷，有何囑咐儘管說。」

白英喘了喘氣，問：「姚昆可曾抓到？」

「他逃了。太守府的管事領了人過來，搶馬殺人助他逃走，安若晨和田慶、盧正也隨他一路殺戮出去，還有一個身手了得的尼姑闖了進來救他……」錢世新將發生的事細細說了一遍，這部分用不著說謊，從表面上看事情確實如此。

白英聽得一口氣差點喘不上來，錢世新仔細看著他，小聲道：「大人莫憂心這些，好好養傷要緊。待傷好了，這些逆賊就算跑到天邊去也能抓回來。」

白英氣得直搖頭，「不行，不能讓他們跑遠了。他們竟敢如此，事情必不是如此簡單。是否勾結了外敵，是否還有其他同夥，龍騰又是否知情，是否也與他們同流合汙……」

錢世新抓緊機會道：「說到龍將軍，今日姚昆他們逃後，坊間便有流言，居然說龍將軍在前線大勝南秦，這本是大好消息，但我們未收到龍將軍的軍報，且消息散布的時間點太過巧合，讓人不得不生疑。」

白英眉頭皺得死緊，「定是他們的詭計。石靈崖連吃敗仗，哪有大勝？你莫要聽信坊間說的，要以軍報為準。那些反賊這般傳謠言，定是想混淆視聽，製造事端。」

錢世新心裡暗喜，忙道：「大人提醒得是，我定會小心處置。」

白英又道：「那主簿江鴻青身邊的相關人等是否已逮住？還有姚昆身邊的其他官吏，全都要扣下。姚昆既是能讓主簿行事，其他人他也定是有所交代，就算沒有，也該會有些消息走露風聲。你把他們細細審來，切莫給他們再生事端的機會，必要全部剷除乾淨，方能有安寧。」

「大人放心，已經在查了。」錢世新將圍封太守府，查審主簿家，盤查安若晨平素交往的友人，派人追捕，沿途設卡，去信各縣報急要求協捕等等一系列處置說了。白英聽得點點頭，說他處置得非常及時。

錢世新卻是露了為難表情，吞吞吐吐道：「只是……」似不好往下說，停住了。

白英虛弱地喘著氣，好一會兒緩過來了，道：「我知道，你只是個縣官，郡官你不好動。但郡官全是太守姚昆那邊的，你若不動，後患無窮。我奉了梁大人之命到此嚴查，原就是要好好查查姚昆，他身為太守，怠慢職守，徇私枉法，梁大人也是略有耳聞。這次將軍在前線的事務未辦得妥當，還連連敗仗，他與那安若晨的親事，亦是姚昆張羅的。這裡頭也不知姚昆打的是什麼主意。原是想逼出他的狐狸尾巴，教他露了馬腳，只是未料他竟是這般沉不住氣不經事的，竟敢當眾讓主簿行凶。」他頓了頓，喘了喘氣，深思起來，「這事確實有些古怪……」

錢世新垂眉，掩出目中精光，輕聲道：「大人快莫多想了，勞心傷神，於養傷不利。我雖官職不高，但這危急關頭，又怎能推脫？無論如何，我定會盡心盡力查明真相。」

白英聽得這話，道：「梁大人誇你是可塑之材，果然如此。有我在，你不必擔心官職之事。」白英說著，要強撐坐起，錢世新趕緊上前去扶，又叫了衛兵進來。

白英讓衛兵去叫他的幾位屬官來，還有書吏先生。

錢世新恭敬站在一旁，任他張羅。不一會兒，屬官及書吏都到了。白英扶著傷處，開始囑咐。他雖然虛弱，但說話還是清楚的。他與幾位屬官道，城中各官員相互勾結，通敵賣國，情勢危急。前線戰況不明，真假難辨，還得派人去細查。龍將軍那頭，自有梁大人親自過問，只是這平南郡中蘭城，得靠大家齊力肅清汙垢，懲治反賊叛吏。他自己受了重傷，養病臥床恐耽誤時機，眼下可信任的人裡，唯有縣令錢世新。錢大人熟悉平南郡各事務，於眾官員中也有聲望，是最靠得住的人選。出事後，他亦處置及時，應付得當，有手腕魄力。

白英最後道：「姚昆謀反，平南郡太守之位空缺，原該是我主持事務，但我身負重傷，恐無精力照顧周全，故而委任錢世新大人暫時代行太守之職。」

幾位屬官均應聲，錢世新也趕緊施禮，道：「下官定不負大人重託。」

白英又囑咐幾位屬官，值此危難之際，定要齊心，全力協助錢大人。

眾人齊齊答應。

書吏按白英的吩咐擬好了令狀，白英又親簽名字，用了官印，再當眾交代了錢世新這個如何辦那個如何辦，錢世新一一答應。

這番事做完，白英終是體力不支，傷口又滲出血來。錢世新忙喚人換了藥，伺候白英睡下了。他拿著令狀和官印，看著白英白裡透青的臉色，好言安慰大人好好養病。眾官員都散去，錢世新也出了去，待四下無人，悄聲對心腹道：「已用不著他了，把藥換了吧。」

心腹點頭，退下了。錢世新很滿意，回到居院。沒多久，陸波回來了，他帶回了壞消息，於是錢世新趕回錢府見盧正。

盧正無奈又不甘心，「安若晨不會再信我了，不能讓她見到將軍。」

錢世新黑著臉，「這是自然。若龍騰也不信你，那才是糟。」

盧正抿緊嘴，若失去將軍的信任，那他潛伏幾年的辛苦全白費，他不能接受。

錢世新問：「安若芳被送去了哪裡？」

「不知道。安若晨準備說的時候，田慶打斷了。」

錢世新想了想，「城裡的事你莫管了，你帶些人去追安若晨。你對她最是熟悉，她的想法，她的行事方式，你最清楚。把她抓回來，要活的。將姚昆殺了，弄成意外，然後我們按原來計畫好的，你去找龍騰，成為他身邊最信任的部下。」

◆　◆　◆

安若晨與姚昆均是又累又渴又餓，帶的乾糧和水不多，都得省著點吃喝。沿途都是官兵卡哨，他們只得繞上山路，好幾回差點都發現，他們只得咬牙奔逃。

「這樣不是辦法。」姚昆道：「他們想殺我，不會留活口。我死了，平南郡便在他們掌握之中。若我們遇敵，莫管我，妳跑妳的，我想法把他們引開。只是妳若見到了將軍，莫忘了替我美言，定要救我家人。」

安若晨卻提了另一個主意：「若我們被包圍了，無路可逃，大人便劫持我吧。」

姚昆一愣。

「他們要活捉我，大人以我之性命相逼，他們不敢動手，我們便能拖得些時候。」

姚昆簡直無言以對，他嘆氣，「那般怕是更糟，逼得對方急了，不管妳的死活，將我們一起殺了。」

「誰知道會怎樣呢？反正不能任他們擺布。拚到最後一刻，不要放棄，也許還有希望。當初在安府，我以為我死定了，結果我逃出來了。大人跳窗時，是不是也以為自己沒退路了，結果不是也逃出來了嗎？我們不能洩氣，能堅持多久就堅持多久，也許將軍會突然出現救我們。」

姚昆聽得動容，想到蒙佳月，頓時振作，「妳說的對。」

與此同時，四夏江有一隊兩百人的輕騎隊伍急馳飛奔出軍營，隊伍在往石靈崖和中蘭城方向分岔路口時刷地分散開，分成兩組各奔一個方向。鐵蹄聲聲，威風凜凜，氣勢如虹。其中一隊為首的，正是龍騰龍大將軍。

入夜了，安若晨與姚昆躲在一座山上。水喝沒了，乾糧也吃光了，飢腸轆轆，還很冷。兩個人都睡不安穩，警惕著周圍的動靜。下半夜時，看到了山下有一隊火把的光亮沿著大道過去，那定是搜查他們的兵隊。慶幸還未被找到，又惶然不知還能好運多久。

衙府裡，錢世新的心腹將錢世新叫醒，告訴他事情辦好了，白英傷重過世。錢世新急忙換衣，培養好了哀痛的情緒和表情，趕到白英的屋子。

不一會兒，白英的屬官和郡裡各官員都趕到了。錢世新痛聲疾呼，白大人被叛賊逆臣所害，大家定要齊心協力，將凶手緝拿歸案，嚴肅城中安寧，絕不讓細作趁亂生事。

眾人齊聲附和，表達了忠心報國，與叛賊誓不兩立的決心。

錢世新忙著給白英安排後事，為各官員布置防務、各崗職安排等等。轉眼天已大亮，吃了早飯，有衙差來報，說是獄中的錢裴又吵著要見大人了。

錢世新這會沒功夫理會父親，讓衙差不必理他。衙差道：「錢裴也知大人會是這話，他說只消轉告一句便好，他說侯宇大人生前對他頗多照顧，他聞得侯大人死訊很是遺憾，讓大人別忘了好好給侯大人辦喪事。」

錢世新愣了愣，揮手讓那衙差下去了。

錢世新處理了些公務，想了想，最終還是決定去大牢看看。

錢裴見得兒子來，很是高興。他笑道：「聽說你當上了太守。」

「還不是，只是暫行太守之職。」

「那便是了。當初姚昆也是這般，之後便受了皇上的御旨，成了太守。」

錢世新皺了皺眉，不喜歡父親話裡的意有所指，「你想見我，就是為了說這些嗎？」

「倒也不是，只是我為人父親，自然會惦記著兒子的狀況。衙門裡頭出了大事，我猜你需要幫助。」

錢世新冷笑道：「父子之情什麼的，從你嘴裡說出來就像個笑話。」

錢裴正經嚴肅，「這不好笑。」

錢世新也嚴肅，「確實不好笑。」他轉身欲走，卻聽得錢裴在他身後喚他名字，還問他：

「你喜歡鈴鐺嗎？」

錢世新一僵，停下了腳步。

◆　◆　◆

安若晨與姚昆又繞過了一座山。

姚昆抬頭看了看天色，現在只走了不到一半的路，天黑之前肯定是到不了石靈崖兵營關卡了。馬兒已經跑不動了，人也精疲力盡，正待叫住安若晨商量商量對策，他騎的馬兒忽地嘶了一聲，腿一軟，將他摔了下來。姚昆嘆氣。前面的安若晨回身看，姚昆從地上爬起來朝她招招手，還沒來得及說話，卻見安若晨驚恐地大叫：「大人！」

姚昆心知不妙，就聽得刷一聲，一枝箭從他耳邊擦過，他連滾帶爬地躲開，安若晨已經催馬朝他奔來。一個聲音大叫著：「那女的留活口，莫傷到她！」

數枝箭又射過來，兩枝射在了姚昆的馬上，一枝射在了安若晨的馬上，還有兩枝射向姚昆。姚昆與安若晨碰頭，那兩枝箭被安若晨的馬兒擋住了。馬兒嘶叫著倒地，安若晨摔倒在地上。

顧不得喊痛，安若晨強撐著摔到的腿站起來撲向姚昆，「大人！」

她一把將姚昆撲倒在地，兩枝箭再從二人身邊飛過，又一個聲音大叫著：「莫傷那女的，留活口！」

這個聲音安若晨和姚昆都認得，是盧正。

他們轉頭四望，一群官兵從四面八方湧了過來，將他們包圍。林子離他們二人還有些距離，但話說回來，就算離得近，依現在這般狀況，他們也逃不進去了。

安若晨往姚昆面前一站，張開雙臂對盧正喊道：「莫傷他，我中了毒，只有他有解藥。他說見到了將軍才會給我，不然不出三日，我必死無疑。」

所有人一愣，弓箭手搭好的弓停住了，盧正的臉色一陣青一陣白，她這是在諷刺他，還是唬他呢？

「姑娘，這般耍人有意思？」他冷笑。

只這一來一往兩句話的時間，姚昆已經拔出了劍看好方向。他拉著安若晨後退，背靠在一棵樹上，把劍架在了安若晨的脖子上，然後大聲喝：「都別過來，也別亂放箭，我若傷到了，劍就拿不穩了！」

盧正的臉色這下黑了。很好，這招比毒藥強，很有安若晨的做派。

安若晨冷冷地看著他，「你呢，那般耍人有意思？」

盧正道：「我可沒騙你，妳二妹確實是中了毒。」

「是嗎？多久會毒發？」

「我最後一次給她『解藥』的一個月內，算算日子，她該是沒機會活著上花轎了。」

「所以你是用最後一次『解藥』的機會下的毒？這世上怎會有這樣的毒？」

「自然是有的。妳不用套我的話，我未曾說謊，妳可以不信，但她毒發之時，妳便會知道了。她不會馬上死，先是咳嗽頭痛，以為是普通風寒，接著大夫會給她開治風寒的藥，她越吃，狀況便會越嚴重。直到她死。所以，我是不是說謊，妳自然有機會知道的，但我猜妳不希望真的親眼驗證。我有解藥，妳跟我走，妳和妳二妹的性命都可保住。」

「沒看我被劫持了嗎？如何跟你走？」安若晨淡淡地說。

「莫與我說笑話。」盧正道。

「誰與你說笑話？」姚昆再次喝道：「誰亂動一下，我的劍可沒長眼睛！我若死了，她也別想活！」

「你聽到了。」安若晨道：「不如我們商量一下如何解決這事。」

盧正看了看形勢，他不信姚昆真敢傷安若晨，但他覺得安若晨自己敢。姚昆背後的樹算不上粗壯，未能擋住他全部後背，他側身有空檔，他的頭部也是可擊中的部位。弓箭手是最適合解決眼下狀況的選擇，但若是後背和側面射中，姚昆未能控制他的劍，恐怕安若晨脖子真得挨一下。

看來得與他們耗上了一段時間，等他們鬆懈了疲倦了撐不住了，若能聽話最好，若不聽話，弓箭手一箭射穿姚昆的腦袋，而他們趕上去撥開劍，一拳將安若晨擊倒在地，很容易便能將她制住。

「我要去商議一下。」盧正道。然後他往後退，為首的官兵也跟著他退開，而其他人則上前一步，將姚昆和安若晨圍得更緊。

盧正與官兵首領說了打算，囑咐好他們的分工，找最好的弓箭手站好位，尋好姚昆的空檔，重點在他的頭。他會負責與安若晨談判，分散他們的注意力。這兩人很累了，撐不了多久。

這邊，安若晨看不到盧正，她掃視了一圈包圍他們的人，與姚昆道：「他定是與人商議如何拿下我們了。」

姚昆苦笑，「那確是遲早的事。」

「最起碼現在我們還活著。」

姚昆再苦笑，勸道：「姑娘，若妳被擒，莫急著求死。他們雖會用妳威脅將軍，但龍將軍機智過人，是個有謀略的武將，他不會甘願聽從他們擺布的，他會將妳救出來。」

安若晨沒說話。她腦子裡是龍騰的笑容，真想見見他啊。她想像不到這些人會威脅他什麼，但盧正能在軍中潛伏這許久，能獲得信任，證明這幕後之人是有手腕且蓄謀已久的。她真怕自己害了將軍，可她想見他，真的很想見。

不一會兒，盧正回來了。包圍安若晨和姚昆的官兵們互相悄聲傳遞了訊息，移動了一下位置。安若晨看著他們的行動，心裡防備著。

盧正看著她的表情，道：「姑娘，妳該知道，今日妳定是走不了的。」

「當然了，我不走，我累了，我要騎馬，若是有馬車就更好了。」安若晨胡扯。

盧正抿了抿嘴，按捺住脾氣，道：「若是姑娘願意跟我走，馬車我可以安排。」

「想讓我去哪兒呢？」

「自然是個安全的地方。」

「你們會向將軍要求什麼呢？」

「能要求什麼呢？」盧正很機警地反問，然後道：「我們只是幫將軍保護好姑娘，教他能安心打仗。」

安若晨道：「將軍定會感動的。你知道，我總願意把自己在將軍心裡的地位想得特別高，想像著自己對他特別重要，可是男人啊，我娘說，男人都是薄倖的。盧大哥，你說，我對將軍真的這麼重要嗎？」

盧正簡直要寫一個「服」字給安若晨。

「姑娘，我在妳身邊護衛很久了。」盧正忍不住提醒她。他不是別人，他是她的護衛。先別說龍騰對安若晨的情不自禁他看在眼裡，就是安若晨對付別人的這些小手段他也看在眼裡。她是狡猾的，會演戲，一肚子主意，她的話不可信，不能聽，不要理。

安若晨自然明白他這話裡是什麼意思，她微笑，「我記得呢，你曾經是我的護衛。我真感動，你教導了我如此重要的學問，讓我長了見識，這可是旁的護衛做不到的。」

盧正臉抽了一抽，她這又是諷刺他了嗎？

盧正注意到姚昆聽他們說話聽得手上的劍鬆了鬆，他的手背在身後，悄悄打了個手勢，提醒弓箭手注意。

安若晨這時候問：「殺了太守大人你能領賞嗎？」

這話提醒了姚昆，他復又集中了精神，把劍再架穩了。

盧正不說話。

「把我抓回去，你能領賞嗎？」

盧正還是不說話。

「盧大哥，我很好奇，你們做這些，能得到什麼呢？」

盧正反問：「我也好奇，妳拖延這時間，又能得到什麼呢？」

「我在等將軍。」安若晨答：「你知道的。」

「我知道將軍不可能來。那信鴿死了，方管事派出的人死了。春曉從紫雲樓派出的兩名個役也被追回了。傳令兵的消息也回去了，也許將軍這會兒正聽傳令兵報事。」

「另一個傳令兵嗎？將軍會疑惑原來那個呢？」

「不會。傳令兵路途勞累，回程是另一人報信是很正常的安排。」盧正鎮定地看著安若晨，「所以將軍不會來了，等他得到中蘭城出大變故的消息時，姑娘已經在其他安全的地方睡大覺了。」

安若晨不說話。

盧正等著她，等了許久，她還是不說話。

最後是盧正沒忍住，他看了看姚昆，再看看安若晨，「無論耗多久，結果都是一樣的。我不想傷了妳。姑娘，姚大人氣數已盡，妳幫他什麼好處都得不到，他甚至會拖累將軍。他謀反，他傷了白大人，將軍不可能護他。將軍護著他，將軍也會背上謀反的罪名。姑娘希望這樣？姑娘想害了將軍？」

姚昆聽得心裡恨極，好你個盧正，竟然這般狡猾，竟挑安若晨最在意的軟肋說事。

安若晨還是不說話，她看著盧正，眼神裡一絲軟化猶豫的意思都沒有。

盧正只得又道：「你們沒了體力，根本撐不了多久。我如今也是怕姚大人誤傷了姑娘才沒有動手，但過了一會兒，只怕姚大人會累得劍都拿不動了，到那時，結果還不是一樣？不如現在便痛痛快快的，大人與姑娘都不必受累。」

「我樂意受這累，我樂意耗著。」安若晨開口，「此時此刻，我仍活著。」她鼓勵自己，也鼓勵姚昆，「我的事你既是清楚，便知我哪一次放棄過？哪一次不是撐到最後？」

「何必？」盧正語氣譏諷，「結果已定，又何必嘴硬？」

安若晨咬咬牙，她確實是嘴硬，但她不能放棄，絕不放棄，「從前我也以為是死定了，但我沒放棄，我拚到最後一刻，然後我見到了將軍……」

盧正大聲喝斷她，這女人是瘋魔了嗎？「沒有將軍！不會有人來救你們！」

「們」字剛出口，就聽得「嗖」一聲，一個弓箭手慘叫著從藏身的樹上摔了下來。

盧正大驚失色，只這一剎那，身後左側的林中忽地冒出一隊騎兵。他們的注意力全在安若晨身上，竟是未曾注意到周圍。定是這隊騎兵先打探好了情況，悄聲掩了過來。

所有的事只霎時間便發生了。

樹上的弓箭手慘叫倒地，更多的箭射來，盧正身邊數人均中箭倒地。大家反應過來，揮舞刀劍撥擋。衛兵首領大聲叫喊：「放箭！退後！」

但盧正知道，來不及了。

因為竟然沒有箭是射向他的，對方要留他一命，而他沒有聽到有人叫喊指令，騎兵隊居然能如此安靜便將他們包圍，這麼訓練有素，他所知只有一個人能辦到。

一匹戰馬如箭般衝了過來，從盧正頭上躍了過去，馬上之人長刀一揮，一刀砍掉了衛兵首領的腦袋。他回身，反身一刀，刀尖挑起一個弓箭手，將他拋向安若晨的方向，正好撞開一名欲趁亂砍向姚昆和安若晨的衛兵。馬兒與他配合得當，轉身一腳，後蹄踹飛一名衝上來的衛兵，然後撒開蹄奔向安若晨。

盧正轉身便跑，絲毫不敢戀戰，他根本不用仔細看那人是誰，那人也未將他看在眼裡。

龍騰，龍將軍。

「我在等將軍。」他想著安若晨的話。怎麼可能，怎麼可能？

安若晨的心裡也在狂喊怎麼可能。她瞪大眼睛，看著戰馬上的男人，眼眶發熱。

姚昆嚇得顧不上周圍的凶險，趕緊把劍一丟，大叫：「我沒有要殺安姑娘的意思！」

龍騰沒理會他。他駕著馬，圍著安若晨在跑，他的大刀揮舞，他的眼神凌厲，如風的馬蹄聲，步伐輕快穩健，有如舞蹈。龍騰砍倒一個又一個圍攻安若晨的衛兵。衛兵們往後退，再往後退，他們發現退無可退，騎兵隊已經將他們包圍。衛兵們趕緊丟下了武器，跪下，雙掌抱頭。

盧正沒跑出多遠，還未能上馬，兩把大刀便已架到他的脖子上。另兩個騎兵跳下馬來，將盧正綁了起來。

龍騰騎著馬圍著安若晨轉著圈，一圈又一圈，直到所有襲來的衛兵都跪下了。

安若晨看著他，想起她學騎馬的那會兒，龍騰也似這般，在她身邊轉著，還問她「妳學會了嗎」。

「將軍。」

龍騰策馬到她面前，低頭看她。

她仰頭，也看著他。

她的眼眶發熱，她想哭，但她不能哭，多久沒見將軍了，好不容易見到，該是歡喜興奮的，怎能落淚？

龍騰向她伸出了手。

安若晨看著他的手掌，眼淚還是滑下了臉頰。

她鄭重地，將自己的手放進了他的掌心裡。

他緊緊握住，有點嚴肅。

然後她看到他嘴角微微彎起的弧度，緊接著一股力道將她往上拉。她絲毫不抵抗，任他彎下腰來，一拉一握，摟著了她的腰將她攬上馬去。

她把頭埋在他懷裡，藏住眼淚。

「將軍。」

「是我。」

肆之章◆成親

錢世新看著錢裴，錢裴對他微笑，說道：「若是喜歡，便得將它繫緊，不然摔了便不會響了。依我看，繫上三個結就好，但若是你喜歡，繫四個結也無妨。」

錢世新呆立一會兒，慢慢走了回去，隔著柵欄站到了錢裴面前。

錢裴繼續道：「一開始，一個鈴鐺就夠響了，但不巧被個姑娘破壞了，得兩個鈴鐺一起才響，可結沒繫好，鈴鐺摔了。」

錢世新吸了一口氣，轉頭看了看這牢獄，錢裴獨自關在一間，且與其他關著人的牢房隔著幾間空的。

錢裴道：「侯宇安排的，這般他與我說話時比較方便。」

錢世新還未從震驚中緩過神來，他只能瞪著錢裴。

錢裴又道：「我聽說衙門裡出了大亂子，侯宇死了，我猜你定是會遇上些麻煩，畢竟侯宇知道的比你多些。沒了他，確實是一大損失。」

錢世新仍有些不敢置信，「是你？」

「一開始就是我，不然你以為鈴鐺們如何安身？強龍壓不過地頭蛇，他們外來的人，總得找些知根知底能辦事的人。人海茫茫，他們能找誰？誰又信得過？自然得找我。我能安置他們的住處，給他們安排身分，幫他們特色人選。」

「你推舉了我？」

「不，我與輝王見面時，他與我提起這事，我拒絕了。我都這年紀了，吃香喝辣人人巴結，想做什麼便能做什麼，我對當官沒興趣，也不缺財，我何必費力辛苦蹚這渾水？誰當皇帝打不打仗，與我又有何相關？」

錢世新不說話。

錢裴道：「我知道你覺得當個縣令是屈才了，你想要更高的位置，我也覺得是你應得的，我的兒子本就應該呼風喚雨。我過得舒坦，我兒自然也得如意。這件事我記在心裡，對付姚昆我有辦法，用不著靠別人，但偏偏他們來告訴我，已與你談妥了，你會協助閔東平於平南活動。事成之後，平南便是你的。」

錢世新抿抿嘴，對父親將自己說得多為親兒著想不以為然。若他真有心為自己，便不會荒淫無度，拖累他的名聲，讓他在百姓面前丟臉，在眾同僚中抬不起頭。這樣的父親，不過是個任性妄為、毫無廉恥、無德貪婪的小人罷了。若不是因為有這樣的父親，他也不會覺得此生最高只能做個縣令。他明明學識淵博，勤政愛民，仕途無量，偏偏父親作惡多端，令他蒙羞。他曾想調任外郡，卻屢屢受阻，他覺得就是因為他父親惡名在外拖累於他。若不是如此，他又怎會鋌而走險，做這樣的事？

「如此這般境況，你才說當初如何如何，又有何用？你編得再好聽，又能如何？用這事威脅我放了你，不可能。我不但不能放你，我還得將你關回福安縣，離我越遠越好。你除了拖累我，還能做什麼？」

錢裴笑道：「我還能讓姚昆當上太守，也能讓你當上縣令，還能讓姚昆處處抬你，讓全平南的官商巴結討好你。」

錢世新欲說話，錢裴擺擺手，繼續道：「你不必著急反駁，姚昆能當上太守靠我，你能當上縣令也靠我。當初我倒是想讓你直接當太守，我知道你喜歡做官，有野心。不過那時候你年紀太輕，資歷不夠，所以我幫了姚昆。我能控制他，便先讓他替你占個位置。你道你為何升職去外郡總是不成？是因為你太順遂了，所以你以為當官是件簡單的事，其實不然。每個郡都有自己的勢力，你在平南平步青雲，姚昆處處對你提攜，不是因為你比別人好多少，是因為我替你鋪好了路。你企圖去外郡不成，便是證據。外郡不是我的地盤，沒辦法幫你。」

錢世新噎得，氣得咬牙道：「那還多謝父親了。」

「不必謝我，反正你也不是真心的。」錢裴道：「我年輕時也想做個規矩的好人，但後來發現，不規矩，不好的人，才過得好。這一點，姚昆最清楚。」

錢世新皺了皺眉，所以姚昆是怎麼了？

錢裴看著兒子的表情，道：「別著急，我讓你來，就是想告訴你。你手上需得有籌碼，事情才能辦好。現在最麻煩的，一個是屠夫，一個是龍騰。」

錢世新腦子裡數個念頭閃過，他連屠夫都知道，所以他真的是第三任解先生？「你還未說你怎麼摻和進這事裡的。」

「因為你呀，兒子。」錢裴看著錢世新的眼睛，道：「我是個只想對自己好的人，可惜生下了你，誰我都可以不管不顧，我的骨肉卻不行。你可以不相信，但事實確實如此。你以為他們當真看中你，想借你的人脈長才，將平南郡雙手捧你面前嗎？那樣的話，他們為何不選姚昆？」

錢世新抿了抿嘴角。這事情他想過，他比姚昆果斷，他比姚昆有野心。姚昆對妻兒太過寵溺，婆婆媽媽，他卻不一樣。他為了前途大業，是可以丟掉家累的。

「是因為我。我對他們才是真正有用的人。姚昆和你都有野心，卻無狠心，你們都被道德禮教拘束，做起事來只會綁手綁腳。若是他們找上姚昆，我是不會插手，但如若你與他們一夥，為他們做事，我卻不能袖手旁觀。」錢裴慢吞吞地道：「這就是他們招攬你的原因。有我為他們打點一切，將你隱在了暗處，你才能踏踏實實，安安穩穩地等著收取勝果，可惜中間出了些小差錯……」

錢世新冷笑，「是因為你好淫貪色招惹了安家出的小差錯嗎？」

錢裴不理他的諷刺，道：「到了如今這一步，很快就要有結果了。南秦皇帝死在親征路上，南秦新皇上位，會與我們大蕭議和……」

錢世新再次打斷他：「龍騰大勝南秦，都殺到了江生縣，如今不知會不會連武安城都攻占了。石靈崖那處擒獲近萬南秦與東凌軍，南秦是換帝議和，還是根本就得投降？」

錢裴愣了愣，「果然是龍家大將啊，二十年前如此，如今也是如此。」他想了想，道：「那也沒關係。就算龍騰勝仗也不影響，南秦那小皇帝必死，如此計畫照舊。你如今最緊要的是要顧好自身安危，屠夫都殺到衙門來了是嗎？」

「她救走了安若晨和姚昆。」

「安若芳定在她的手上。她與我無怨無仇，為何暗殺我，定是為了安若芳。」

錢世新皺眉忍耐，這種事聽起來就覺得父親噁心。

「我為了避禍，才躲到牢裡來。」

錢世新又皺眉頭，錢裴白他一眼，「不然你以為我會這般蠢？」

錢世新不說話，他確實覺得父親又壞又蠢。

「我進了大牢，屠夫才不好下手，白英也才會忽略我，對你更加信賴，安若芳也才有可能安心回家。待你抓到她，就有與屠夫談判的籌碼。再有，屠夫救走了安若晨，盧正定會跟著，可有消息傳來？」

錢世新耐著性子將後頭發生的事說了說，因為他確實需要知道更多的內情，侯宇死了，這個比較麻煩。

「不該讓盧正追捕安若晨。不論你們後頭攔住了多少通往前線的消息，龍騰定會猜測出城中局勢。事到如今，你便做好盧正落入龍騰手裡的準備吧。到前線路上不止有你們設的關卡，還有軍方的。龍騰能棄驛兵不用，專派傳令兵提前趕路等他大勝的戰果，就是覺得城中有異動了。他要用大勝的消息來保護安若晨。他不會只做這一件事的。」

錢世新道：「我也覺得是如此，才希望能將安若晨盡速捉回來。」

「盧正落到龍騰手裡，怕是會有麻煩。」

「有何麻煩？你有嫌疑，我有嫌疑，白英有嫌疑，盧正有嫌疑，田慶有嫌疑，姚昆有嫌疑……在安若晨心裡，每個人都有嫌疑。若安若晨被抓回，盧正便是平安無事，他還可去前線報龍騰說想保護安若晨去前線無奈半途被追殺。若安若晨未死，她向龍騰報告所有人都有嫌疑，與盧正被抓的後果不是一樣嗎？」

錢裴對兒子的從容有些吃驚，他笑起來，「我倒是低估你了，我兒果然有膽識。」

錢世新對父親的稱讚不稀罕，他道：「所以不必管龍騰，他那頭自有人處置，這不是一早就安排好的事嗎？你倒是說說，還有什麼緊要的？」照錢裴所言，他該是平南郡裡知道最多內情的人了吧？

錢裴道：「確是有件事要告訴你，若姚昆未死，如何讓他成為你的內應。」

錢世新有些吃驚，抬眼看錢裴。這能辦到？

「那是他最害怕的事，你捏著他的七寸，他必對你言聽計從。」

◆　◆　◆

安若晨抱著龍騰的腰，滿心歡喜。不，不該說歡喜，那是形容不出的心情，比歡喜更勝出百倍千倍。

「將軍。」她又喚一聲，聽到將軍「咚咚咚」的心跳聲。

龍騰一夾馬腹，將她帶至無人的一旁。

「讓我看看妳。」

安若晨沒抬頭，只伸出右手，「將軍有帕子嗎？」

龍騰：「……」

安若晨吸吸鼻子，再道：「有梳子也成。」

龍騰望了望天，嘆氣，「算了，那妳還是莫抬頭了，要是不小心看到，我也恐會後悔怎地沒帶帕子和梳子。」

安若晨抓著他的衣襟猛抬頭，瞪他了。

這是笑話她嗎？這種時候，歷劫重逢，不是該說些好聽的話嗎？

龍騰被她瞪笑了，看著她的臉道：「真的髒兮兮亂糟糟的。」

安若晨抿嘴，卻見龍騰低頭，親了親她的額頭，又啄啄她的眉心。

安若晨心裡頓時被溫暖漲得滿滿的，眼眶又熱了。

她聽見龍騰道：「我的姑娘這般好看，用不著帕子和梳子。」

安若晨用力眨著眼睛，可不能再哭了，太丟臉。想調侃將軍說這些情話語氣不太對，怎地跟與士兵下令似的。還沒開口，又聽龍騰道：「我的姑娘還很勇敢，非常機智。」

安若晨的眼淚沒受控制，不知怎地就冒出來了。

她忙又伏在龍騰懷裡，藉著衣裳抹去淚水。

「我不知道你會來。」她哭著說。

龍騰挑高了眉毛，「我怎地聽到妳說在等將軍？聲音之大，山那一頭都能聽到。」

「我只是希望你會來。」她心裡一直盼望著。

龍騰抱緊她，其實心裡也後怕，只差一點，真的只差一點。

「我昨夜躲在山上，迷迷糊糊睡著，做了個夢，夢見將軍了。」

龍騰心疼，知道她一定受了很多苦。

他低頭親親她髮頂，臉頰挨著她的頭，認真聽她說。

「我夢見我一直在狗洞裡爬著，很冷，地上全是血，每爬一步，手上都沾得黏乎乎的。我要爬不動了，身上也很疼，可是那洞似無止境，我很害怕，覺得不行了，定是沒希望了，可是那時候我聽到你叫我。」

「我說什麼了？」龍騰問著。

「你說，晨晨啊，我在這兒啊，妳堅持住，再爬一會兒就能看到我了。」

「我叫妳晨晨？還是用這種語氣說話的？」龍騰的眉毛挑得老高。

安若晨撇嘴，「就是這般的。我聽了真歡喜，便答應你了。」

「嗯。」龍騰有些想笑，明明經歷凶險與苦痛，她怎麼能說得這麼好笑。「晨晨啊！」他故意用那語氣喚她。

「將軍笑話我呢？」安若晨擺出嚴肅臉。

「未曾。」龍騰也嚴肅。

「將軍，你過來，我有話說。」安若晨繼續嚴肅。

龍騰挑眉，晨晨啊，妳凶巴巴喔。他聽話低下頭來，耳朵挨近她。

安若晨迅速在他臉上啄了一記，紅著臉道：「我真高興你來了。」

龍騰簡直想捂心口，他家安姑娘晨晨姑娘居然會用這招了？正要親回去一表他這麼長的日子牽掛與想念，安若晨卻道：「我知道是誰殺了李長史和霍先生了。」

龍騰：「……」原來是真的有話說，不是哄他過來親親的。

龍騰領著騎兵隊，將安若晨、姚昆、盧正及那些被俘虜的官兵衙差押回去了。

姚昆分到了一匹馬。他得救了，精神鬆懈下來，疲憊席捲全身，好幾次瞌睡得腦袋點啊點，差點從馬上摔下去。想建議龍將軍不如我們快馬奔馳趕緊到目的地，可看了看最前方的龍騰，他用披風裹著安若晨，穩穩抱在懷裡。不說話也沒大動作，只是騎馬慢吞吞地走著。

姚昆也不說話了，明顯安若晨睡著了，龍騰不想擾她。姚昆強打精神，安慰自己能感覺到累感覺到痛，那表示還活著。活著就是好的。他活著，他的家人也必是平安。姚昆想著蒙佳月的笑容，想著兒子調皮搗蛋時的表情，振作起來。

安若晨醒過來的時候發現自己獨自睡在一個帳子裡。床硬梆梆的，但那不是她腰酸背痛全身難受的原因，是多久沒好好睡一覺了。那些逃亡奔走，就像是剛才做了個夢。安若晨晃了晃腦袋，清醒過來。

摸了摸臉，好像擦洗過了，頭髮是散開的，該也是梳過了。安若晨學著龍騰挑眉，她是睡得有多死才什麼都不知道？她站起來，環顧四望。帳子很大，各類家具一應俱全。安若晨摸到屏風後，把自己打理好。出來看到桌上有張字條，是留給她的，上面是龍騰蒼勁有力的字。

龍騰說自己要出去打個仗見見敵軍大將，然後轉頭就回來，讓她把小爐上熱著的粥和包子吃了，要是無聊就看看書，累了就繼續睡。

安若晨嘆氣，又想笑。嘆氣是因為需要打仗，她真的很討厭打仗，而忍不住笑是因為這語氣說得像出去打個獵一會兒就回來似的。安若晨看到了門邊架著的小爐，上面蒸熱著一大籠食物，有包子、粥和小菜。她這會兒覺得餓了，一口氣一掃而空，吃完了竟還想要，但她有些不好意思，這實在是吃得太多了些，算起來得有三人的量吧？

不行，忍住，不能讓將軍手下的兵士以為未來的將軍夫人是個飯桶。

安若晨慢吞吞收拾了餐具，緩了好一會兒，終於把食慾壓下去了。

將軍還沒有回來，安若晨看了看桌上，還真有書，是《龍將軍烈傳》和《龍將軍新傳》。真煩人啊，這有什麼好看的，安若晨哈哈大笑。

精神很好，不想再睡，但將軍沒交代可以出門，安若晨就連帳子門都沒掀開。她索性鋪了紙一邊思慮一邊寫下近來發生的種種事，整理整理思緒。也不知過了多久，忽聽得外面有龍騰的聲音，他問衛兵：「她醒了嗎？」

衛兵答：「未聽得姑娘喚人。」

然後是龍騰囑咐備吃食的話，聽起來他馬上要進來了。安若晨不知他身邊是否有別人，趕緊將手上的紙折了起來藏進懷裡。

龍騰掀帳入內，一眼就看到安若晨睜著大眼睛背著手端正站著一副迎接的樣子，不禁笑了，「還說怎麼都得把妳喚起來了，不然睡了一天一夜，得餓壞了。」話剛說完，轉頭看到一旁小爐上的吃食全都空了，他不禁挑了挑眉。

安若晨清了清喉嚨，裝作不知道那些吃食有多少，問道：「現在是什麼時辰了？」

「過了酉時了。」龍騰笑了笑，「該吃飯了。」

安若晨有些臉紅，忙轉移話題：「將軍今日順利嗎？我聽說將軍攻占了江生縣，是打算繼續朝著南秦內城打過去嗎？」

「當然不。」龍騰道：「雖能拿下武安城，但其防守嚴密，打下去會讓我將士死傷慘重，最重要的是，我並不想要他的武安城。今日是將他們趕出石靈崖十里外，劃好界線，議妥了停戰。」

安若晨愣了愣，「將軍去了石靈崖又跑回來了？」

龍騰大笑，「此處便是石靈崖軍營，我未帶妳去四夏江。四夏江局勢穩定，有朱將軍他們在便好。石靈崖戰俘太多，倒是有許多事要處置。如今都安排好了，暫且等著吧。」

「等什麼？」

「等輝王與我大蕭叛臣的下一步。」

剛說到這兒，外頭有衛兵詢問可否進帳。龍騰應聲讓他們進來了。三個衛兵進帳，向龍騰與安若晨點頭行禮，然後一人擺開小桌，一人打開食盒拿出飯菜熱湯，另一人收拾了原先的小爐和餐具。擺好桌子，一衛兵過來幫龍騰卸鎧甲換裝，另一人換掉銅盆裡的髒水換上淨水。安若晨站在角落分外端莊地看著，不聲不響，生怕惹人注目。好在那幾個衛兵動作迅速，做事麻利，且目不斜視。

安若晨看著看著，一轉頭，發現龍騰正看著她微笑，她立時漲紅臉。將軍看著她，衛兵們看著將軍，於是他們全都知道將軍在看她。

安若晨只好盯著帳頂，將剛才琢磨過的種種事情再琢磨一遍。

衛兵們忙完施禮退出去了，安若晨趕緊掏出自己寫的筆記遞給龍騰。龍騰接過了，一本正經問：「這是表示妳對我心無雜念，一心撲在破解案情上？」

安若晨臉紅了紅，忙道：「兵士面前，將軍總得注意點威儀。」

龍騰哈哈大笑，安若晨不知哪裡好笑。龍騰認真看完她寫的，很多內容安若晨只列了人名，但龍騰看懂了。他將那紙就著燈火燒了，拉安若晨到桌前，問：「還吃嗎？」

「吃。」安若晨老實不客氣。她可是餓了許久，多吃一些怎麼了？理直氣壯。

龍騰又笑了，安若晨撇眉看他。

龍騰道：「把妳接回身邊了，頗是開懷。」

安若晨接不上話，原來打了勝仗後，說情話的本事也會提升的。

龍騰未再調侃她，盛了兩人的飯，他招呼一聲開始吃，顯然也是餓了，吃飯的速度像打仗似的，果斷又有效率。安若晨看著，覺得自己也想笑了。這般笑來笑去的，真是傻氣啊。她為龍騰布菜盛湯，自己倒是沒吃幾口。

龍騰很快吃完了飯，開始說正事：「我審了盧正，他什麼都不肯說。他一直潛伏於軍中，我推斷軍中情報與嫁禍李長史的事是他幹的，但其他的事，比如劉則、徐媒婆這些的，未必與他相關。他從軍五年，能混到今日的位置，頗費功夫，除了努力，還需要許多機遇運氣。為了不暴露，他不會太多參與其他計畫，他比其他的探子都來得重要。」

「所以除了我們已知和懷疑的那些人，他沒有透露更多？」

「他除了承認給妳妹妹下毒，其他什麼都不說。什麼毒，解藥是什麼，他也不說，他只說解藥在一個只有他知道的地方。」

「他想用什麼交換？」

「放了他。」

「那他得用情報換。不止解藥，還有細作名單，他坦白了，我們查證屬實才行。」

龍騰挑了挑眉，「晨晨啊……」尾音拖得長長的。

安若晨立時反應過來自己僭越了，趕緊用巴結的語氣道：「一切得將軍做主，將軍英明神武，定會有好主意。將軍覺得怎樣合適，只管吩咐。」

安若晨想辯解自己沒有，是真心尊敬。

龍騰戳她額頭，「拍馬屁。」

「頗教人歡喜。」

安若晨不辯解了。對，她剛才就是真心尊敬著拍馬屁呢！

「他的嘴很硬，我對他用了刑，暫時沒效。他也明白我不會殺他，他有價值。妳不要去看他，不要問他話，不要理會他。他覺得拿捏著妳，妳出面他會更有信心。」

安若晨點點頭，問：「那太守大人呢？」

「他的事暫時沒辦法，若我沒猜錯，白英應該已經死了。」

安若晨吃驚。

「白英這人嫉惡如仇，也自視甚高，他若是認定了什麼事，就會一直鑽到底。姚昆與我說了白英入平南後的種種事，他明顯被人利用，是個棋子，但這棋子不能用太久，因為久了，白英會發現問題，一旦他察覺真相，非但不是棋子，還會變猛虎。」

「他們需要白大人挑剔我的種種疑點，需要白大人譴責太守大人的種種不是，然後在他意識到情況不對之前將他殺了，解除隱患，還給太守大人坐實了罪名。」

「沒錯，所以我想要不了多久，有關白大人死訊的官文會發到這裡來。一起來的，應該還有錢世新暫代太守之職的消息。若是他們一切順利，那錢世新日後便會是皇上御封的太守，名正言順，還會有臨危受命，勇於承擔的美名。我們前線大勝，逼和南秦的功勞，他也會沾得一份。」

「將軍，切不可讓他得逞！他們父子二人，全都是叛國賊子！」

龍騰道：「妳說的沒錯，但因為姚昆的謀反之罪，我們暫時還不能動錢世新。錢世新之上還有人，他們是綁在一起的，破解一個，其他的把柄就都能抓到了。所以，除了盧正之外，我們還需要其他人證。」

「靜緣師太！」

龍騰搖頭，「靜緣師太行蹤不定且武藝高強，抓她太難，有另一個人更容易下手。」

「誰？」

「錢裴。」

安若晨張大嘴，驚訝道：「將軍要回中蘭審他？」

「當然不是。中蘭如今是錢世新的地盤，我一不能離開前線，二沒有正當的名目，三在衙門還不能用刑，自然是擄到軍營來。」龍騰用右拳擊到左掌掌心上，以示這事必須是武力手段。

安若晨兩眼發光，聽起來很解恨，「將軍，請務必多揍他幾拳！」

龍騰摸摸她的頭，「從前時機未到，有些主意不能顯露，許多事也不能做，確實是拘謹了些。如今取得大勝戰果，怎麼都輪到我們居功自傲，為所欲為了。」

安若晨撇眉。將軍，你的意思是誇自己是嗎？用詞頗講究啊！

龍騰又摸摸她的眉毛，看著她的眼睛，「留妳在中蘭，沒能好好照顧妳，是我不對。我須得仔細謀劃，安排妥當，方可扭轉一切，所以這些日子讓妳受了委屈，妳莫怪我。」

多簡單的話，但安若晨就是很受感動，「不委屈。將軍須得照應戰場，凶險四伏，我未能好好助將軍一臂之力，還讓將軍掛心，拖了將軍後腿，是我不好。」

「好吧，是妳不好。」

安若晨頓時垮臉。將軍，你能讓感動多留一會兒嗎？

她的表情讓龍騰歡喜，他哈哈大笑起來。

安若晨撇嘴，就知道將軍拿她逗樂子。

「將軍，軍中可還會有其他奸細？」

「我不能十成十肯定，但前線各軍營都嚴查過，也用軍情計畫試探過，暫時沒有查到異樣。」龍騰道：「說到這個，太守大人與我說了你們為了向我求救使出的各種辦法，他問我最後究竟是從哪兒收到了消息。我告訴他，只是碰巧要從四夏江趕到石靈崖，途中聽驛兵道沿途有另一撥官兵設了許多關卡，我這才順道去找了找你們。」

安若晨反應過來，「所以其他的那些路子都沒能成功傳消息，是嗎？」

「妳猜我如何知道？」

「古大人的祕信。」負責探子的將官，怎會只有驛兵這個路子，而這事不能讓別人知道，所以必須瞞著太守。

「這個就是我的問題了，妳如何知道古文達信得過？」

「你支走了謝大人，必須得有一個靠得住的人繼續辦事。城中局勢何其重要，我當然不會以為將軍把這事交給我了。軍方正經查案的，肯定有安排。別的人不好說，古大人跟隨謝大人多年，謝大人若信不過他，自然不敢將這麼重要的職責交到他手上，將軍也不會認同。」

安若晨看看龍騰，見到他眼中的讚許，心中歡喜，又道：「當然，也得防著軍中別的細作，所以古大人行事小心，顯得綁手縛腳，啥事不敢幹，處處與周長史商量，又常去信蔣將軍拿主意，似乎是為了避免步謝大人後塵。他碌碌無為的姿態做得好，我自然也不敢與他太多接觸，以免讓細作察覺懷疑。我被細作們盯得緊，大家以為我才是大麻煩，這時候古大人便有施展拳腳的餘地了。」

龍騰點頭：「妳讓他查的事，他也告訴我了。」

「將軍覺得如何？」

「姚昆確實會是個隱患，他定有把柄捏在錢裴手上，得小心防範。」

「我們該怎麼做？」

「妳與太守大人逃到我軍營來，這事是瞞不住的。加上白英死訊，再有近萬戰俘須處置談判，梁大人定會到此軍營巡察過問。妳被人迫害，死裡逃生，我自然心疼不捨，又趁著大勝，士氣大振，喜氣洋洋，於是便將婚禮辦了。」

安若晨呆愣愣，怎麼突然拐到親事上了？

龍騰一本正經，「妳成了將軍夫人，名分身分擺在這兒，他們在明面上不敢輕易動妳。妳我夫妻，相伴隨行，妳不離我左右，他們暗地裡也不好下手。再有，兵士們尊妳一聲夫人，妳也才能名正言順的使喚他們。」

安若晨想提醒將軍，內眷婦人，不得插手公務，更何況使喚兵士呢？不過將軍說了，居功自傲，為所欲為……安若晨用力點頭，將軍說行那就是行的。

她肯定被將軍帶壞了，真歡喜啊！

「安若晨姑娘，妳的頭點得太用力了些。成親一事，好歹裝個樣子，羞澀推拒，說會不會太快什麼的。」

安若晨撇嘴，「白撿了個二品夫人之位，幹麼推拒？快，接著說。」先在自家將軍面前練練將軍夫人的氣勢。練完了，她自己也覺得好笑，看著將軍笑了，她也沒忍住。

龍騰擺回嚴肅臉，「妳二妹身上的毒，先當是真的吧，我們得想辦法拿到解藥。」

「我已經讓盧正告訴二妹毒是假的了，不過也不知他說沒說。」

「還有一個重要的人，就是南秦皇帝。他御駕親征，還不知自己正往鬼門關走。後頭的事，我需要他活著。南秦、東凌，還有我們大蕭，全是這個陰謀裡。上至皇帝，下至販夫走卒，全在棋盤上。」

安若晨深呼吸一口氣，事情聽起來很是凶險波折。

她看著龍騰的眼睛，心裡全是信任與安寧。

「安若晨姑娘，啊，不對，龍將軍夫人，妳準備好與本將軍一起全面反攻了嗎？」

安若晨頭點得很用力，「將軍指哪兒我打哪兒，只攻不退。」

龍騰笑起來，將她擁到懷裡，額頭抵著她的，「事情不會那般容易，牽扯眾多，勢力深遠，我們須得步步為營，小心謹慎。」

安若晨也笑，「將軍放心，我也是有見識的，活到今日，遇到的事裡，除了成為將軍夫人容易些外，其他的都不容易。」

龍騰的眉毛挑得老高。夫人，妳再說一遍，什麼事容易？

龍騰與安若晨的婚期定在當晚。這麼神速，讓安若晨吃驚。

龍騰道：「原本該是昨日與妳說，今晚行婚禮，讓妳有時間準備，結果妳睡了兩日。」

居然睡了兩日？安若晨更吃驚。想了想，不由慶幸自己及時醒來，不然場面大概會變成龍騰拍醒她說：「醒醒，起來拜堂了。」

龍騰從衣箱子裡拿出兩套喜服，一套他的，一套安若晨的。

喜服明顯是匆忙之下備的，料子一般，繡圖簡單，沒有喜冠，衣裳配著個單薄的紅蓋頭。

安若晨卻視如珍寶，小心翼翼地摸著，抬起頭來，傻乎乎地笑，「我從前真的憧憬過會嫁個什麼樣的夫君。」普普通通，老實善良，他們和睦平安地過一生。那時候想像中的喜服，與這個差不多。不華麗，不富貴，但有情。

「憧憬過？是什麼樣的？」龍騰問。

安若晨眨眨眼睛，這可不能告訴他。正想轉移話題，龍騰卻道：「猶豫什麼，照著我的模樣描述一遍不就對了嗎？」

安若晨哈哈大笑。

龍騰一臉嚴肅，「這般好的拍夫君馬屁的機會，妳不把握，還能指望妳成何大事？」

安若晨差點笑倒，龍騰扶著她，順手將她擁進懷裡，「我說的不對嗎？哪裡不對？」

「對，將軍說的對，將軍說什麼都對！」瞧，她抓住了每一個拍馬屁的機會。安若晨想到這兒，又笑了。見到將軍短短時日，比她獨自在中蘭城一個多月笑的都多。

「將軍，」安若晨想起中蘭城，斂了笑容，「成親都要做什麼呢？」

「正經還是有許多事要做的，那些待我們回到京城了，重擺宴席時再操辦。今日便是在兵將們的面前，讓他們見證我們結為夫婦，然後大家一起喝酒吃肉歡歡喜喜。我父母雙亡，妳母親已逝，父親可以不提，太守大人及夫人從前為我們辦好了婚書禮聘等，這禮數算得上齊的。妳覺得呢，還缺什麼？」

「這般啊……」安若晨覺得挺好，她本就不是古板死守禮的人，只是她確有一事想辦，「將軍，我先準備準備。」

龍騰允她。新嫁娘嘛，有就是該有些場面，他委屈她了，她卻一句怨言沒有。

龍騰讓人搬來了大桶，燒了許多熱水，又給安若晨準備了些澡豆布巾之類的。軍營裡頭本就不太注重這些細節，東西頗是粗糙，安若晨不介意。她迅速把自己洗漱乾淨，換好了衣裳，梳好了頭，接著磨墨鋪紙，凝神靜氣，從她離家那時開始想，一件件事湧上心頭，她在紙上寫下了一個又一個名字。

寫好了，晾乾墨，她鄭重地把紙折好，放進懷裡，貼在心上。她掀開帳門一角，小心翼翼地看了看，不遠處守衛的衛兵忙奔過來，安若晨讓他轉告龍將軍，她準備好了。

龍騰過來的時候穿好了喜服，神采飛揚，高大俊朗。他看了安若晨半晌，忍不住低頭吻她，「我可曾誇讚過妳的美貌？」

安若晨大笑：「將軍是覺得，未能為我備上好的胭脂和首飾，得用誇讚來彌補？」

龍騰握拳放在心口上，作起誓狀，「確實是真心實意。初見時倒是不覺得，可後來不知怎地，越看越好看。」

安若晨臉紅了。

「臉紅起來的樣子更好看。」龍騰偏偏還要補一句。

安若晨的臉更紅。

龍騰再看看她，低頭再親一記，將她緊緊抱在懷裡，「總覺得很掛念，總覺得對不起，總覺得對妳太輕浮了些，總覺得時機甚是糟糕，總害怕妳會以為我虛情假意，也總害怕妳對我只是感恩回報，但我真的對妳甚歡喜，很想速速娶妳為妻。」

安若晨抬頭看他，問：「將軍頗是婆媽，被什麼附身了嗎？」

龍騰撐著臉皮說完這些，聞言臊了臉，戳她額頭，「便知妳是個沒良心的。這不虧欠妳許多，婚禮也沒個樣子，再不說些好聽的，告訴妳我的心意，太對妳不住。」

「嗯。」安若晨點點頭。

龍騰等著，等半天居然沒下文了，又戳她，「這種時候妳該回報，也說些好聽的。」

安若晨誠懇問：「將軍，我可曾誇讚你的美貌、智慧與英勇？」

龍騰：「……」

「初見時倒不覺得，可後來不知怎地，越看越覺得就是如此。」

「安若晨姑娘，妳能自己想些詞嗎？」

「我可比將軍多了兩個詞。」

龍騰擺出生氣臉。安若晨忍不住又哈哈笑。

龍騰親親她的眉心，道：「我是知道的，妳頑皮時，是真頑皮。」

再親親她的鼻尖，「從前妳無處可頑皮，想想便心疼。」

再親親她的唇，「時機雖算不得好，婚禮也簡陋了些，還有許多麻煩在等著我們，還不知道有何凶險波折，但我向妳保證，我對妳全心全意。從前我與妳說過，平南郡的安危、大蕭的安危，這些與妳的命相比，它們全擺在前面。如今這些仍未變，但我想告訴妳，妳的命，排在我的前面。」

安若晨把頭埋在龍騰的懷裡，道：「將軍，你喚我一聲龍安氏。」

「龍安氏。」

「哎！」安若晨答應得響亮，聲音拖得長長的。答應完了，她抬起頭來，對著龍騰笑，「將軍，好聽嗎？」他想聽好聽話，這個可以嗎？

「好聽。」龍騰將她抱著緊緊的，「打完仗，回了京城，我帶妳去拜拜龍家列祖列宗，讓他們看看妳。我祖父祖母、父親母親，定想不到我娘子是這般的。」

「將軍，請加個『好』字。」

「好吧，他們定想不到我娘子是這般好的。」

兩個人相視笑著，分外珍惜眼前的時光。

龍騰親手為安若晨蓋上了紅蓋頭，牽著她的手出去。

眾兵將早已在校場等著，楚青還安排人找來了轎子，用紅布紮一紮算是喜轎了。兵士們抬著安若晨，繞了營地一圈，旗令兵揮旗，鼓號齊奏。眾兵士大聲喝采，敲著鐵甲兵刃，聲音響徹天際。

安若晨在轎子看不到，但不慌張，她在心裡對母親道：「娘，我嫁給了最想嫁的人，我婚禮的賓客多到您想不到。我逃出來了，我活成了我想要的樣子。」

◆　◆　◆

錢世新面前站著蔣松和古文達。

古文達恭敬地站在蔣松身後，半垂著頭，沒說話。錢世新未將他放在眼裡。於他看來，蔣松才是麻煩的那一個。他脾氣火爆，不好糊弄，官職還不低。且如今他能回到中蘭城來嘰嘰歪歪，那表示前線局勢真的很安穩了。

蔣松是來送正式軍函的。前線打了勝仗，無論是四夏江還是石靈崖，南秦那頭都不敢再亂動彈了。不但不敢亂動彈，還得想法子與大蕭談判，畢竟近萬人押在大蕭手裡，南秦與東凌不急才怪。

但這件事對錢世新來說不算壞事，他冷靜地問：「之前報說南秦皇帝御駕親征，是否他親自來談和？」

「這個便不清楚了。」蔣松道：「將軍只說會與南秦東凌相談議和之事，相關事宜已另去信報梁大人。另外，將軍抓到了南秦於我軍中的細作，便是一直在安姑娘身邊的盧正。」蔣松說到這個，咬牙切齒。盧正是他親自挑的。這個人是細作，簡直就是啪啪啪地在使勁打他的臉。他眼瞎腦子壞了，竟然半點沒看出來，還一路將他提拔到營尉的位置。

錢世新正想裝裝驚訝說他不知道，可蔣松沒給他編排這些話的機會，迅速接著道：「龍將軍指示，白大人遇刺，許是細作的陰謀。凡與細作相關，便是軍方待審的案子，相關案錄卷宗移交軍方。」

錢世新道：「江鴻青死前明確說了，這是姚昆的指示，姚昆便是主案。這可是抓個現行，人證物證俱在。」

「姚昆已被將軍押在軍營，如何審案，龍將軍自會定奪。」

錢世新頓時一噎，但他仍道：「所有案情，我已報梁大人。白大人是梁大人親派，自然得與梁大人交代。」

「龍將軍自會交代。」蔣松還在為盧正的事生氣，說起話來自帶一股怒火，「還是錢大人覺得自己不必與將軍交代，只與梁大人交代就好了？」

錢世新呼吸幾口氣，道：「自然不是。只是白大人對安若晨懷疑甚深，這懷疑當日也得到了印證。安若晨與姚昆勾結，他們一起出逃，還得細作殺手相助。蔣將軍方才也說盧正亦是細作一夥，那麼盧正行事是否是受安若晨授意，這裡頭究竟有何陰謀，將軍軍中細作潛伏，將軍猶不自知，釀成大禍，將軍自查恐不妥當，還是由梁大人處置好些。」

這些話簡直是火上澆油，蔣松更氣，「將軍給衙門的報函，錢大人仔細看看吧。錢大人說安姑娘，不，說將軍夫人嫌疑重大，可有實證？將軍夫人因安府四夫人段氏一案受審，衙門這處未有實證，擅自扣押，且讓將軍夫人險些送命，不得不驚險逃命，這責任不知是白大人該負還是姚大人該負，或者錢大人你來負？」

將軍夫人？錢世新捏緊那信，他確實是還未看，但聽起來龍騰那傢伙居然不管不顧，給安若晨火速許了個身分嗎？而且安若晨才逃了幾日，龍騰接回去椅子還未坐熱呢，就算成親，消息傳回來哪有這般快？又玩的事情未辦完就先派人報信的那一招嗎？

將軍夫人？錢世新在心裡冷哼！將軍都快沒法自保了，何況他夫人？

石靈崖軍營裡，龍騰與安若晨行完禮，喝了交杯酒，眾兵將舉杯共飲。有人起鬨這輩子怕是唯一一回能在戰場上見證婚禮了，想見見新娘真容，當面向夫人行禮。

旁邊一堆人大罵。有說不識禮的，有說拍馬屁的，也有人小心附和。大家七嘴八舌。龍騰捏捏安若晨的手，安若晨用力回捏了他一記，表示自己並不害怕。

「好吧，妳與大家說幾句。」

龍騰的聲音不大，但大家頓時都安靜下來，眼巴巴地盯著安若晨看。

安若晨咬著唇，但也點點頭。

龍騰替她把蓋頭掀了起來，她對龍騰笑了笑。

龍騰也笑了，道：「她說不緊張，原來是假的。」

眾人哄笑，有人大叫：「夫人好！」

一吵鬧，安若晨更緊張了。龍騰一抬手，大家安靜下來。

安若晨深呼吸，道：「我，呃，謝謝大家，陪將軍出生入死。」

大家都看著她。安若晨腦子裡空空的，擠不出話來。龍騰問她：「只說一句？」

安若晨窘，眾人笑。安若晨看著那一張張剛毅漢子的臉，忽然覺得很想再說什麼。她拿出那張紙，道：「我與將軍初次見面，是在將軍領兵入城那日。將軍來此，是為了南秦入侵陰謀。後來我們相識，也是因為奸細之事。因為這些事，死了許多人。那些人，有些是南秦細作，有些是我大蕭奸細，有些是無辜百姓，有些是我不認識的，有些是素未謀面的，還有些是為了救我而死的。我很幸運，能嫁給將軍，但我不能忘了他們。那些真相，那些公道，我還欠著他們。今天是我與將軍的大喜日子，我在帳子裡，寫下他們的名字。」

安若晨咬咬唇，開始大聲念名字。

這些名字，兵士們當然是陌生的，但他們心裡也有名字。於是一個人說出一名字，另一個也接上，那是他們戰死的兄弟。那些名字，遠比安若晨名單裡的多的多，安若晨並不認識他們，但她落淚了。

真相與公道，必須還清。

安若晨握緊了龍騰的手。

這邊蔣松還在與錢世新道：「既是拿不出實證，又無新的線索，那請錢大人撤銷對我將軍府衙管事陸嬤嬤的緝捕令函。前線大勝，是我大蕭盛事，請大人速發告示，以定民心。郡府衙門那場胡亂混戰，前因後果，與細作何干，龍將軍要知道。城中搜捕何人，如何搜捕，龍將軍要知道。對太守府的管制監查，由我軍方接手。」

錢世新真是不敢相信，龍騰這是完全不將梁德浩放眼裡了嗎？巡察使安排的事，他派個人過來說踢開便踢開了？

「蔣將軍，」錢世新定了定神，道：「許多事是白大人生前囑咐的，不止我，他的一眾屬官均得了令。軍方的搜查，對太守府的監管，也是對白大人遇刺一案的交代。蔣將軍一直在軍營，未知城中情形。」

蔣松打斷他：「所以如今我來接手，我未知的情形，還請眾位大人相告。白大人生前囑咐了什麼，我想龍將軍也想知道。白大人既是去世，城中不可一日無主。聽說白大人讓錢大人暫代太守之職，將軍覺得姚昆從前與錢大人相交甚密，恐白大人遇刺之事錢大人也撇不乾淨，白大人這般安排並不妥當。」

錢世新臉色鐵青，這是反咬一口？

蔣松又道：「龍將軍囑咐，若對他的安排有異議，都可好好商量，他如今有空了。」

錢世新：「……」

另一頭，安若晨與龍騰的婚禮時間並不長，畢竟是戰時，兵將們熱鬧了一番後很快就各回各位，各值各崗。有些無事的，坐在篝火旁繼續喝酒吃肉歌唱。歌聲嘹亮，稱不上悅耳，卻頗有氣勢，讓人心情舒暢。安若晨坐在帳子裡，聽著隱隱傳來的歌聲，一邊與姚昆敘話。

姚昆自被龍騰救下，這還是第一次見到安若晨。比起在中蘭城裡的警戒尖銳，眼前素顏紅裝的安若晨才真正像個二八年華的小姑娘。今日日子特殊，姚昆也不敢多打擾，只表達了恭喜之意，又說自己已與龍將軍將中蘭城裡發生的大小事都說了。龍將軍的意思，是暫時沒有辦法洗刷乾淨他的嫌疑，得找證據線索反駁指控，但謀害白大人一事栽贓得太粗糙，定有辦法處置，讓他莫要心急。他家人的安危，已派人去盯著了，諒那錢世新不敢做得太過。

姚昆道：「將軍說，我龍騰還未死，他錢世新不給自己留些餘地，便是他找死了。」姚昆說這話時，頗有感慨，龍將軍說話就是硬氣。

安若晨安慰道：「將軍既是如此說，那便是會如此辦，大人勿心急。」

姚昆點點頭，卻道：「我想回中蘭，將軍既是已穩了局勢，又有把握制得住錢世新，我想回去。衙門裡還有許多我的部下屬官，有愛戴我的百姓，我回去了，才能引出線索，找到真相，只是龍將軍不答應。」

安若晨道：「將軍不答應，自有他的道理。方才大人不是也說了，將軍親口與大人說的，這事已派人去處置，大人莫要心焦吧。錢世新見不得大人，便不敢對大人家人施害，但若大人便在他面前，他自然就得拿著大人軟肋威脅。到那時，大人是眼睜睜看著夫人公子落難，還是自己屈從錢世新？」

姚昆心裡嘆氣，就知道龍將軍不管做什麼，這安若晨定會全力支持。他想讓她幫著說話，怕是不能夠了。只是他記掛蒙佳月和兒子姚文海，真的不能心安。

錢世新心亦不安，但他未屈從。就算龍騰當著他的面親自說，他也要駁上一駁，何況只是蔣松而已？

武將說話硬氣，喊打喊殺，但真要動手，他們敢嗎？錢世新覺得他們不敢。若真敢這般武斷行事，先前龍騰懷疑這個是細作懷疑那個是細作便該先除了再議，何必磨磨嘰嘰查來查去？如今亦是一般。他錢世新可疑，證據呢？

所有的事都是思慮清楚才安排。每一個人，每一個位置。龍騰是這樣，白英也是。龍騰會被舉薦來這兒，就是因為他如此的性子，他講究什麼公正公道，必就會顧慮冤假錯判，顧忌傷害無辜。在武將身上，這可不算優點。未開戰前，他都會優柔寡斷，所以他們有足夠的時間。這是當初上頭定計畫時的思慮。事情也確如他們認為的一般，龍騰確實未有疑人就抓，未有聞風就動，所以錢世新覺得，現在也是一樣。

錢世新與蔣松道，他受白英之命，代任太守之職，代掌平南之事，如今白英屍骨未寒，他定不能違背所託，拋棄承諾。再者，令書已呈梁德浩，若非梁德浩下令，他不敢交出太守之職。

蔣松也不退讓，「既是錢大人堅持，那我就得依令將錢大人押下，等候梁大人的令書到了再處置了。」一言罷，一擺手，一隊衛兵便要上前來。

錢世新大喝：「蔣將軍，你這是目無王法了嗎？」

「王法是你錢世新不成？」蔣松喝起來可比錢世新有氣勢。

錢世新口氣一軟，道：「蔣將軍，你我都是奉命辦事，龍將軍與梁大人處置這個也自然是有商有量的，我們鬧得不好看，會教兩位大人為難。不如這般吧，蔣將軍與我一同處置衙內事務，我一文官，遇著白大人遇刺身亡，細作四伏的險情確實不知所措，蔣將軍對平南事務不熟，處置起來也會吃力。你我齊心協力，才可度過此難關。也好與龍將軍與梁大人交代，你看如何？」

蔣松聽罷，想了想，點頭，「也好，那般也不是你抗命，我也未負將軍之令，但我醜話說在前面，可莫要在我這兒耍什麼花樣手腳，發生任何事，均得相報與我。」

錢世新連連點頭稱是，道自然是如此。

蔣松滿意點頭，讓錢世新先召白英的衛兵官將過來說話，他要處置的第一件事，就是白英帶來的兵。

那官將就在門外，錢世新喚人去請。他看了看蔣松，蔣松板著臉，顯然想擺官威。錢世新垂目低首，聽著蔣松與那官將對話，暗鬆了一口氣。他故意先硬氣後示弱，無非就想取得眼下的成果——共同管置平南。只是說是共管，蔣松一武夫，又哪裡管過一個郡？錢世新只需要片刻就想到了許多瑣事能讓大小官吏煩死這蔣松，而他該幹嘛還幹嘛，只能再拖到這一陣便好了。

龍騰不過是剛奪得一點時間，而他拖垮這點時機就好。

石靈崖軍營那頭，龍騰很晚才回來。姚昆離開多時，安若晨自己在帳子裡整理案子思緒，完全沒有新嫁娘的自覺，直到看到龍騰，這才感覺到害羞。

龍騰進帳還一臉驚奇，「這麼晚了，還未歇息？」

安若晨愣愣，看起來將軍大人也沒有新郎官的自覺。今晚不是洞房花燭夜，對吧？

「未歇息正好。」

安若晨又警覺了，看來他沒忘。

還沒來得及重新害羞，聽得龍騰道：「正好可以跟妳聊聊。」

聊聊？好了，不必害羞了。安若晨不知該給將軍大人什麼表情合適。

龍騰打開櫃子，取出兩張紙，坐到椅子上，招招手，「妳過來，我還未曾與妳仔細說過我二弟和三弟。」

所以，現在是要給她看畫像認人嗎？

安若晨坐過去了，龍騰很自然地將她從椅子攬到自己腿上，抱在懷裡。有點熟練啊！他抱著和她坐著都是。安若晨心跳得又似戰鼓了。咚咚咚！咚咚咚！假裝不知道自己臉很燙，她低頭認真看龍騰手上的紙。

龍騰打開了，不是畫像，是封信。「是我二弟寫來的。」龍騰將信展示給安若晨看。「我二弟呢，從商，掌家的。我三弟呢，喜歡交些友人，到處遊歷。我家裡頭，父母去得早，所以兩個弟弟也皮些，不是太講規矩，也不愛那些繁文縟禮。」

龍騰摟著安若晨一邊看信，一邊絮絮叨叨講著兩個弟弟的瑣事，講著講著，又道：「我二弟講究些，我三弟不太講究……」

安若晨已經沒顧上聽龍騰說什麼了，她看這信似乎是將軍二弟寫的，稱呼大哥三弟什麼的，信上交代了些家常，然後提到龍騰的親事，他說別的不管，但回京必須要擺酒宴，酒宴大小和賓客請誰他已心中有數，這個他來操辦，大哥不必操心。另外他鄭重告誡大哥，一定要拖到回京再生娃，這般可以擺兩次宴，請兩回賓客。當然多生多好，生一回擺一回。

安若晨都沒心思害羞生娃呢，琢磨半天，這裡頭講究的是啥？

她問將軍，龍騰摸摸鼻子，無奈又縱容的語氣，「妳知道的，我二弟掌家。」

所以咧，還要掌家中兄弟何時生娃？安若晨不明白。

「掌家呢，錢財上的壓力是大的，有各種花費支出。」

這個安若晨懂，包括將軍大人讓她隨便從錢莊取銀子，也是支出。

「我何時讓妳隨便取？」龍騰不承認。安若晨覺得沒關係，但她更不懂了，設宴不是花費更多嗎？銀子不是該省著花？

「成親、娃兒滿月，都是喜宴。賓客來了，要給喜錢的。」龍騰道。

安若晨：「……」她決定，將軍讓她隨便支取錢銀的事，還是不要告訴二弟的好。

這晚，兩個人一起躺在床上。龍騰未提洞房的事，安若晨自然也裝不記得。只是黑著燈並排躺著頗是尷尬。她沒敢動，僵著手腳直挺挺作躺屍狀。

過了好一會兒，龍騰嘆氣，「說好了，適宜時候我們可比比身上的傷痕，其實這會兒便是適宜時候啊！」

安若晨漲紅臉，他們有說過這種出格的話嗎？她記得沒有吧。難道是從前將軍自己心裡說的，他以為說出口了？但他語氣如此篤定，安若晨嚴重懷疑是不是自己忘了。不不，這不是重點。比身上傷痕什麼的，很羞啊！

「其實後頭仍有許多凶險，此處又是軍營，確實不好做生娃的事。」龍騰又道。

安若晨覺得臉要燒起來。將軍，你這般自言自語的話，留在心裡默想便好了。

「可我們是夫妻了，新婚夜，妳會不會怪我？」龍騰居然問。

安若晨閉上眼睛，她已經睡著了，沒聽見，真的。

龍騰的手在被子下悄悄地摸過來，握住了她的手。安若晨又是驚訝又是害羞，不自禁哼喘了一聲。這聲音很小，但在靜夜中卻很是清晰。

沒一會兒，龍騰翻過身來，將安若晨拉進懷裡，小聲道：「那……抱著睡好了。」

也，很是撩人。

安若晨咬著唇不敢言聲，已羞得動彈不得。

「就抱抱。」龍騰又道，聲音更小，似在她耳邊吹氣。

安若晨閉著眼埋頭在龍騰懷裡，很想大叫：將軍，你別解釋了！

似乎還真是抱著而已，但安若晨的心快要跳出胸膛。戰鼓一直在狂敲，咚咚咚。

過了好一會兒，安若晨忽然意識道，那戰鼓般的心跳，是將軍的啊！

「將軍。」安若晨忍不住喚了他一聲。

這一聲，似觸碰到了什麼開關。

龍騰猛地低頭吻住了她。這個吻纏綿熱情，似一把火將兩個人燒化。

龍騰的手掌熱得發燙，熨過她的肌膚，摸到疤痕時，細細撫摸一陣。他吻著她，在她耳邊道：「噓，我們小點聲就好，好不好？」

安若晨羞得要昏倒。她發誓，要是將軍再問一次，她要答不好。

不過龍騰沒再問，他探索著她，努力讓自己和她都小聲一點。

去他的時機，去他的地點！豬狗牛羊雞鴨鵝的，洞房最重要！

◆ ◆ ◆

蒙佳月這數日食不知味，夜不能寐。她想盡了所有辦法，都沒能探聽到姚昆的消息。他是生是死，如今何處，她都不知曉。

這日，錢世新來了。與他一同來的，還有蔣松。

蒙佳月非常驚訝。

錢世新告訴她，龍將軍前線大勝，聽聞白英大人遇刺，將太守大人扣押在前線軍營，如何處置，要等龍將軍的意思。如今中蘭城內凶險，衙門裡頭也不安全，怕是有許多奸細潛伏，龍將軍為確保前線後方亦安穩，讓蔣將軍與他一起暫時管轄平南郡，之後如何，等梁大人的指令。

蒙佳月摸不清他們的意圖，「我家大人在龍將軍手裡？他可平安？」

「龍將軍從四夏江前往石靈崖時，途中拿下了太守大人和其他一眾人等，押回了石靈崖。」蔣松解釋道。

「我想見見我家大人，不知兩位大人可否安排？」

錢世新客氣回道：「事情還未查清，再者，石靈崖路途遙遠，戰火未盡，按理，是不合適讓夫人去的。」

蔣松道：「將軍未讓我安排夫人去。」

蒙佳月心涼半截，又問：「那既是我家大人未被定罪，兩位大人可否解了我府中的監禁，讓我們日子過得方便些？」

錢世新道：「白大人遇刺那日，太守府中多人到衙門殺戮，這些事夫人還未說得清楚，雖都說是方管事私自所為，但太守府裡僕役眾多，奸細潛伏也有可能。未查清府中所有人等的嫌疑，恐不能讓他們自由進出，不然案犯潛逃，我與蔣將軍都沒法交代。」

蔣松未反駁，點點頭。

蒙佳月心裡不確定了，蔣松蔣將軍其人她是知曉的，但印象中連話都未曾說過，如今突然上門來給她些讓她安心的消息，卻仍與錢世新一般將她全家軟禁著，她見不到大人，又怎知他們消息的真假？

蒙佳月越想越是猜疑，心中似被刀割火燒。她含淚告退回屋，朱榮卻是來與她道，讓她去西屋一趟。

蒙佳月去了，一開門，卻見屋內是個身著軍服的男子。

男子自稱古文達，於軍中任職，受安若晨所託前來。

蒙佳月知道這名字，她甚至記得這人就是接替謝剛職權的，但她不知道他的長相。

「你如何進來的？」

「自然是與蔣將軍、錢大人一同進來的。」

所以是真的古文達？「安若晨託你何事？」

「安姑娘……」古文達頓了頓，改口道：「將軍夫人託付我，若是城中情勢不妙，太守或是太守夫人需要幫助時，我來提供幫助。夫人不認得我，自然會有疑心，所以我帶了另一人來。」話說著，屏風後走出一人。蒙佳月瞪圓了眼睛，吃驚地看著那人，「陸大娘？」

這下她信了，這確實是安若晨安排的。

蒙佳月與古文達、陸大娘商議好，便去找錢世新。她醞釀好情緒，未語淚先流，「大人，方才蔣將軍在，有些話我不好說，但大人忙碌，恐再拖延，日後更沒機會說了。」

蒙佳月抹著淚道，實在太過憂心姚昆，她無人可託付，只能仰仗錢世新幫忙。希望錢世新看在與姚昆往日的情分上，能幫姚昆洗脫罪名，助他們一家團聚。若能辦到，那麼需要她做什麼事，錢世新只管開口便是。

錢世新一番客氣，應承下來。

蒙佳月看著他的表情，並無把握他會上鉤，但也只能將戲演到底，抹淚相謝。

錢世新將事情處置完，去了一趟牢裡見錢裴。他將龍騰的安排和蒙佳月的反應說了：「蒙佳月孤立無援，倒是可以利用。盧正落到了龍騰的手裡，他該知道怎麼做，但我另一個重要的幫手也失蹤了。」錢世新指的是陸波，他數日無音訊，情況不妙。

錢裴皺眉琢磨半天，「你速找個由頭，將我移到別處。不能是福安縣衙門，要到一個尋常人想不到的地方。」

錢世新吃驚，「怎麼，你覺得屠夫敢在這時候到衙門裡殺人？如今沒有比郡府衙門的大牢更安全的地方。」

「不是屠夫，是龍騰。」錢裴道：「若盧正真按規矩辦，自我了斷，那龍騰定會著急。一個重要人證沒有了，他只能再找一個。安若晨早就懷疑我了，但她沒有證據。」

「龍騰也沒證據。」

錢裴冷笑，「你真是當好官當久了嗎？這時候還要什麼證據，抓回去嚴刑拷打一番，我自然什麼都招了。」

錢世新瞪著他。

錢裴嚴肅道：「他也會疑心的。」

錢世新自然知道這個「他」是誰，也知道這個疑心的意思是指疑心龍騰會盯上錢裴，並讓錢裴招供。

錢裴看著錢世新的表情，道：「你總不能讓你親爹就這麼被謀害了，再者說，你親爹一不小心還會把你供出來。當然了，後半句是玩笑話。這世上我誰都能不顧，卻不能不顧骨肉親情。」

錢世新撇開頭完全不想看他，「最後這句確實是玩笑話。」

錢裴道：「我為你鋪好了路，你才能走到今天。我本可以不攪進這些破事裡，全是為了你。後頭的事你還需要我護著你，這些可都是確確實實，沒摻半點玩笑。」

錢世新咬咬牙，「我想想辦法。」

石靈崖軍營裡，盧正瞪著面前的安若晨也在咬牙微笑，「將軍夫人！」

「盧大哥。」安若晨努力維持著鎮定，她知道將軍對盧正用了刑，卻沒想到會這麼慘，盧正兩隻手掌幾乎爛掉，光著膀子，凍得臉有些白，而身上全是一鞭一鞭的血印，簡直體無完膚。他被吊在校場中間，安若晨覺得這算是給全軍一個警示：奸細的下場。

安若晨捧著一杯酒，盧正看了看那酒，因為疼痛而吸著氣問：「請我喝喜酒嗎？」

安若晨道：「我想請你幫個忙。」

「我這樣了都未曾開口，妳以為一杯酒，叫聲大哥，我就會告訴妳嗎？」

「田大哥死了嗎？」

盧正的笑容僵住。

安若晨看他的表情，知道了結果。她嘆口氣，翻轉手腕，將那酒倒在地上，「這酒是給田大哥的。他喜歡喝酒，卻沒喝上我的喜酒。」
盧正抿緊嘴不說話。
安若晨問：「他的屍體在哪兒？」
盧正不說話。
安若晨道：「將軍不讓我來見你，他今日出去了，我偷偷來的。我覺得這個問題他來問你，你一定不願答，但我來，也許你願意回答。」
「是嗎？」盧正笑了笑。
「畢竟朝夕相處，也算有兄弟之情，你就讓我替他收個屍吧。」
盧正笑不出來了。他閉上了眼睛，想起另一個人。那人也曾與他朝夕相處，有兄弟之情，他定是也死了，而他不知道他的屍體在何處。這種遺憾，很平常不是嗎？
「妳定然不是為了這件事來的。」
安若晨答道：「對你不重要的，也許對我很重要。」
盧正道：「妳真正想問的是妳二妹的解藥。」
「你覺得重要的事，也許對我不是太重要。」
盧正睜開眼睛，看了安若晨好半天，告訴她秀山上的一個方位，「在那裡挖吧。」
安若晨點點頭，轉身要走，盧正卻道：「我可以告訴妳妳二妹的解藥放在哪裡，但妳得想辦法讓將軍放了我。」
安若晨淡淡地說：「我跟你不一樣，我不會背叛將軍。」
「妳被將軍哄得真好，死心蹋地，男人都會這一套。」
安若晨站回盧正的面前，看著他。
盧正道：「妳不高興？我說的是實話罷了。妳如今對將軍多有用，從他進城開始，再沒有遇到比妳更好用的棋子了。他用妳誘捕細作，用妳製造沉迷女色的假象，用妳當攻擊對手的藉口。看誰不順眼了，便當是為妳出頭教訓。妳想想，引君入甕之前要佯敗，對方才會掉以輕心，記得嗎？」

「所以？」

「所以他挑這時候與妳成親，妳覺得將軍真的喜歡妳？他託庇祖蔭，年紀輕輕得封二品大將軍，滿朝文武，家中有適齡姑娘的哪個不想與他結親，妳算什麼？等打完了仗，妳再無用處，將軍會如何處置妳？」

「這些話我聽過挺多的，若要挑撥，恐怕得換些新鮮的。」

「我不是挑撥。」盧正語氣輕鬆，仍像從前那般親切，「姑娘，我再叫妳一聲姑娘。我如今這般了，只有我會對妳說這些。妳好好給自己留個後路，將軍不可能帶妳回京，他這樣的身分，帶妳回去，只會丟臉。這事妳當他沒算計過嗎？他心裡真正的想法，妳可知道？」他頓了頓，道：「五年前，我也認得一位姑娘，我騙了她，我說極歡喜她，我討好她，於是她也歡喜我，我們成了親。我這麼做，不過是為了能在那個村子入個籍，好入伍，其實我不是那麼喜歡她。我娶她，對她極好，全村都誇我，我們還生了個兒子。我常拿他們在軍中提起，路過些地方，看到孩童玩的玩意兒，我會故意說給我兒子買。大家對我印象極好，覺得我穩重可靠忠厚老實。」

安若晨道：「我倒是沒怎麼聽你提起。」印象中她是知道盧正成了親，但知道他是細作後，她以為這身分掩飾而已。

「因為離開太久了，能拿來說的事情不多，總不能反反覆覆地說同樣的事，我也不舒坦。」盧正道：「我甚至不太記得她的模樣。我兒子現在該有四歲了吧？她有時會託村裡人給我寫信，信要很久很久才會輾轉到我手裡。我收到的最後一封，是她說院子裡的樹長壯實了，兒子總鬧著要爬，她盼著我回去。」

「她真可憐。」安若晨平靜地道：「可惜田大哥是孤兒又沒成親，不能與你比慘。」

盧正苦笑，「妳知道，細作被捕，為防洩祕，會自我了斷。我有很多機會，但我沒死。可就算沒死在將軍手裡，也會死在南秦人手裡。他們不會讓我活著，就像唐軒一樣。我猜他是被自己人處置了。我不甘心就這樣死了，我想起我娘子，我該回去看她一眼。」

安若晨想了想，「你告訴我解藥在哪？我二妹活過三個月，我就替你想辦法。」

盧正大笑，笑得咳裂傷口，「妳以為我是傻子？」

「那你以為我是？」安若晨轉身要走。

盧正又叫住她，「我可以給妳一個線索。」

安若晨站住了。

盧正道：「妳說的對。若是將軍問我，我該是不會說，但妳來問，我得說一些。」

「聽起來充滿了陰謀詭計。」

盧正又大笑，「妳還是這般多疑。妳告訴將軍，錢世新身邊有個幫手，代號是船夫。真名叫陸波。他代表錢世新與我聯絡，該是最親信之人。錢世新官職在身，將軍動不了他，但若是抓到陸波，審出證據來，便可以了。」

安若晨盯著盧正看，盧正回視她的目光，道：「妳二妹的毒，只有我知道解藥。妳幫我，我才會幫妳。還有，告訴將軍，我不會回答他任何問題，若他想留活口，就少用刑吧。但是妳的問題，我會看心情答的。」

安若晨看著盧正半晌，轉身走了。這回盧正沒有再叫住她。

錢世新回了錢府一趟，他不知陸波是否出了什麼狀況，會否在錢府給他留消息，他還有一些事需要安排錢府的人辦。

他回了自己的院子，洗個澡打算休息休息，從屏風後頭著好衣一出來，他愣住了。兩名侍從已經倒地身亡，一顆人頭擺在桌上，正是陸波。一個姑子打扮的人坐在椅子上，冷冰冰地看著他。

錢世新後脊發冷，僵在了那兒。

靜緣師太道：「你坐下，我有話說。」

錢世新不敢不坐。坐在靜緣師太的面前，就是坐在陸波頭顱的面前。

靜緣師太看著錢世新，面無表情，「他頗機靈，我追蹤了他兩日才將他擒下。」

錢世新覺得這種誇獎陸波該不會歡喜。算算日子，靜緣師太該是在陸波出城打探盧正追捕安若晨狀況時截得他。她讓陸波回不得城，還殺光了他領的那些手下嗎？

「確實費了番功夫。他們人多，且在山裡頭躲藏逃竄，不易找到。」靜緣師太淡淡說著，彷彿那不眠不休不吃不喝的兩日追擊算不上什麼，「我告訴你這些，是想讓你明白，我若想殺誰，便一定能殺掉，除非我死了。」

錢世新沒吭聲，他猜靜緣師太這次並不想殺他，不然也不會與他費這些功夫說話。

果然，靜緣師太這般道：「我有幾個要求。」

錢世新指尖戳進掌心，掩住緊張，他等著靜緣師太往下說，可靜緣師太只冷冷盯著他，於是錢世新清了清喉嚨，回道：「師太請說。」

靜緣這才開口：「第一，不許動安家四丫頭一根汗毛，撤回搜捕令，讓你那些官兵衙差不許再找她。也要管好你那禽獸爹，他碰了安若芳一根指頭，我便砍你兩根指頭。」

錢世新道：「我爹在牢裡，自然做不得什麼。尋找安四姑娘，也是給她家人一個交代，想讓他們全家團聚。」

「別解釋，別狡辯，我沒耐心，你只管應好或不好。」

「好。」錢世新趕緊應。

「第二，告訴我安若芳她娘是怎麼死的。」

錢世新愣了愣，這要求是何意？

「別說謊，別解釋，別拖延。」靜緣師太冷道。

錢世新趕緊將段氏想毒害安之甫，結果安之甫一怒之下殺掉段氏的事說了。

靜緣師太也沒再問，似乎她真的只想知道段氏的死因，別的毫不在意。錢世新的心稍稍安定。這姑子愛殺人，但也許沒那麼多的彎彎腸子。

「第三，」靜緣師太道：「你要替我查一件事。」

「何事？」

「我女兒六年前死了，輝王知道真相。你見到他時，問問他，我女兒被劫持的事，究竟是如何的。」

錢世新道：「我從未見過輝王，如何問？」

「你幫他成就奪權大業，日後自會見面。論功行賞，舉杯同賀，難道不是機會？再者，就算見不到輝王，你也可以想辦法從其他途徑查。我給你半年，查不到，你就死。」

錢世新忙道：「這沒頭沒尾的事，妳也與我說清楚，不然我毫無線索，如何查？」

「怎地沒頭沒尾？唐軒不是將我的事告訴了你，讓你想辦法將我處置了嗎？」

「這又是從何說起……」錢世新話還未說完，靜緣師太卻猛地一拍桌子，厲聲喝道：「莫說謊！再敢對我胡扯，我就立時殺了你！」

桌子被拍得一震，陸波的人頭被拍得飛起，撞到牆邊的櫃子又摔到了地上。錢世新臉色慘白，頓時不敢說話。

靜緣師太盯著他，道：「我從前不愛過問別人的事，我也不喜管那閒事，但我如今發現，凡事還是多問幾句的好，所以我殺陸波之前，一點一點剮了他，讓他告訴我許多事。你囑咐過他的，我都知道。」

錢世新垂目不語，所以方才她問段氏怎麼死的，難道也是想測試他有沒有說謊嗎？

「陸波是你的左膀右臂，我先斷你一臂，以示警告。你莫與我耍花樣，我不管旁的，你得去查我女兒之死的真相。你跟他們是一夥的，自能想到辦法。半年內，若查不出來，我便來殺你。你可以躲，可以找高手護你，但我發誓，有生之年，必取你人頭。」

錢世新咬咬牙，道：「師太若是懷疑誰，殺了便是。寧錯一百，不漏一個，這般師太才能真正放心不是嗎？我若告訴師太什麼，師太不信，那我又如何？」

「那就想法讓我信。我不信你，自然是你的錯。」

錢世新被噎住。

「殺人容易，懷疑誰便殺誰，這又何難？我殺了。我殺了黃力強全家老小全府上下，但直到如今我才知道，也許我根本沒有得到真相。想知道真相，竟比殺人還難。」靜緣師太的手在桌上握成拳。錢世新盯著那拳頭，後背冷汗已出。他想起唐軒與他說的話，這屠夫是頭猛虎，用好了，天下無敵，用不好，引火焚身。

「師太所言，我記住了。我一會兒去衙門便下令取消盤查安四姑娘的下落，但對師太的追捕令無法撤銷，畢竟師太眾目睽睽闖進衙府殺了許多人，這個我就掩蓋不住了。」

「我知道，無妨。」靜緣師太毫不在意，「但你記住，你不找我麻煩，我自然也不麻煩你。撒謊解釋拖延，死！半年之內無真相，死！找我和安若芳的麻煩，死！」最後一個「死」字迸出來，靜緣師太已經離開了屋子。

錢世新瞪著面前的空椅子，好半天才鬆了一口氣。

◆　◆　◆

龍騰回來的時候夜已經深了。他先去軍帳聽了各將士報事，這才回自己寢帳。他手裡拿著個大碗裝了一簇花，那是回程時路邊看到的。花兒開得正好，粉豔豔的顏色，小小一朵，卻長成一大簇，迎風搖曳，花枝舒展，走到近前，還能聞到淡淡的香氣。

龍騰不知道這花叫什麼名字，但讓他想起了安若晨——若不留心，容易錯過，可真正靠近，便會發現美好。

龍騰將那一簇花連根帶土拔了，看到隨行士兵的古怪表情，索性命他們每人拔一束。

「將軍，這有何用？」一衛兵問。

「回去種到營門處。」

「做什麼？」另一人又問。

「這等小事還用問？」龍騰板著臉道。

不用問嗎？可是真的不懂啊！士兵們不問了，還擔心不夠用，差點將那山坡上所有花都拔了。每人都抱著一大簇花，策馬揚蹄回來，很是奪目。回營之後大家集中交花，統一種上。龍騰抱著他那簇花鎮定開溜。沒有花瓶花盆，找個大碗裝上。處置完軍務，問了問安若晨今天的動靜，拿著花碗回帳。

到了帳前有些臊臉，在腦子裡琢磨一番說辭，這才掀帳門進去一看，白緊張了，安若晨趴在桌上睡著了。

龍騰放輕腳步，將花碗輕輕放在桌上。看了看安若晨，她沒有醒。枕著臂彎側著臉，長長的睫毛在臉上投下彎彎兩道陰影，秀氣的鼻子粉嫩的唇，顯得娟秀嬌弱。

龍騰知道她皺鼻子做鬼臉是什麼樣的，知道她彎起嘴角笑起來是什麼樣的，長得是嬌氣柔弱的樣子，但他知道她其實一點也不嬌氣。

龍騰忍不住低頭輕輕吻她的額角。他還知道她抱起來是什麼感覺，知道她的唇軟軟的，知道她咬著唇的樣子很可愛，知道她害羞的時候閉著眼睫毛會一顫一顫的。對了，他還知道她睡覺不老實，半夜會踹人。他控訴她的暴行，她還不相信，末了勉強琢磨出個理由，說自己大概不習慣跟旁人一起睡。

這是可以不習慣的事嗎？龍騰再親親她額角。他也是剛練習與人同床共枕，也沒踹她啊。好吧，幸好他沒這睡夢中推開人踹人的壞毛病，不然把她踹壞了，沒人賠他一個這般讓他歡喜的人兒。

越看越是歡喜，居然還不醒。龍騰看著安若晨的睡顏，心裡一動，摘下兩朵花，輕輕別在她的髮際。挺好看的，再摘幾朵別上去。這般映得臉蛋兒更豔了。可惜另半邊頭壓著，龍騰一邊琢磨一邊繼續往安若晨頭上插著花，不小心插多了，正想摘幾朵下來調整一下，安若晨忽地動了動。

龍騰趕緊背過手去，咳了咳。安若晨睜開眼，驚喜叫道：「將軍，你回來了！」

「對。」龍騰作嚴肅狀，「聽說妳晚飯吃得太少。」

安若晨揉揉眼睛，剛醒來，聲音軟軟的，「我等將軍呢，萬一將軍回來沒用飯的，我再陪將軍吃一點。」

龍騰笑起來，捏捏她的臉，覺得自家娘子的臉蛋真是好捏，「我用過飯了。妳餓嗎？我讓他們再準備點。」

安若晨忙搖頭，軍營裡頭總擔心耽誤軍爺們的正事，「將軍，我有事與你商量。」

「嗯。」龍騰坐下，他知道安若晨今日去見了盧正，他還想著如何委婉地批評她，既是她自己要提了，那就正好。

安若晨說的果然是去見過盧正的事。她將她與盧正說的話，盧正與她交代的事都說了，末了道：「將軍，你說已派蔣將軍回中蘭城主事了，那是不是已無大凶險，我可以回去嗎？那兒還有許多事要辦，我想回去。」

「都有何事要辦？」

「為田大哥辦後事，為李長史正名，尋找陸大娘的行蹤，還有接回四妹，再加上我二妹的毒，總得找找解藥。若是真有這藥，盧正既沒帶在身邊，那定是在中蘭城裡。還有盧正說的那個陸波，也得查查。」

「為何非得妳去查？」龍騰再問。

安若晨張了張嘴，答不出來。

龍騰又道：「若是從前我剛救下妳時，問妳這個問題，妳大概能說出好幾大段的理由，如今妳知道為何妳答不出了嗎？」

安若晨閉了嘴，因為今非昔比，不是非她不可了。

「那時妳是唯一與徐媒婆交過手的人，是人證，亦是目標，所以事情妳來辦，自然比別人強，但如今妳身分不一樣，便輪不到妳查什麼陸波了。」龍騰耐心地道：「我不是與妳說過，我都有安排了嗎。」

「是。」安若晨應了，可還是不放心。

龍騰道：「當初我年少，是前鋒將時，初戰開路便是我去的。我領著人，與敵軍正面相對，拚殺出一條血路，以供後頭大軍入城。後來我當了主將將軍，便調令前鋒後衛，安排陣形戰略。再往後，我是大將軍，打得仗更少，也許就如現在這般似的，只是坐在帳中說話。也許是與我的將官們商議軍情，又也許是與敵軍將領談判交手。仗還是得打，但需要我親自動手時，那一定是非常、非常重要的硬仗。」

龍騰看著安若晨的眼睛，道：「妳明白我的意思嗎？」

安若晨點點頭。

「身分不一樣了，做的事也要不一樣。看似越來越閒，其實越來越難。因為妳做的決定得更多，而這些決定的影響更大。」龍騰問安若晨：「妳現在是將軍夫人，妳知道將軍夫人需要做什麼嗎？」

安若晨不知道，想著若將軍說答案是「伺候將軍」，她反駁不得，但心裡會不舒服。

龍騰道：「將軍夫人是要與將軍同甘苦共患難的，還要幫著將軍一起解決問題。」

安若晨兩眼發光，崇拜地看著龍騰。將軍，你這麼會花言巧語，難怪威名遠播，簡直能寫一本《龍將軍新新傳》。

「這時候妳該問與將軍一起解決何問題。」龍騰溫柔提醒。

安若晨趕緊聽話問：「將軍，我們要一起解決何問題？」她覺得她知道啊，不就是抓住陸波，審出盧正，找出二妹的解藥，抓住師太，讓四妹回家，劫來錢裴，找到證據洗清太守的冤屈，揭穿錢世新和輝王的真面目，為那些冤死的人們正名討回公道，終止戰爭，兩國恢復和平。看，她真的知道，不過她是賢內助，這些等將軍再告訴她一遍好了。

龍騰看安若晨表情就知道她腦子裡主意多，他又問：「我剛才說大將軍都做什麼？」

「打硬仗，還有坐在帳子裡聊天。」安若晨迅速答。

龍騰戳她額頭，「什麼聊天？是決策千里。」

「好的，大將軍決策千里。」拍馬屁的口吻安若晨用得相當熟練。

「所以將軍夫人也不是跑腿的。」龍騰道。

安若晨垮臉。意思是，她從前是個跑腿的？好吧，沒什麼不服氣的，她從前還真就是個跑腿的，而且她現在還想繼續跑腿。安若晨明白將軍的意思了，但她沒本事決策千里，她覺得她跑腿挺合適的。

「還有，我囑咐妳的事，雖然不是全部如此，但一些特別重要的事，我那般囑咐，必是有重要原因的。比如說我讓妳不要去見盧正，也與妳簡單解釋過理由，妳也答應了。但妳今日違背我的意思，私自去見了他。」

安若晨辯道：「那是因為將軍不在，我惦記著田大哥是生是死，屍首何處，總該要有人知道。將軍昨夜還說未從盧正那兒審出話來，我只是想去試探一下……」

「妳破壞了我的權威。」

安若晨愣了愣，說不出話來。她想說可她好歹問出了些線索，但她不敢頂撞龍騰。

「盧正從軍，聽的是軍令，服的是軍威。他是奸細，但這些訓練影響仍在。我命人將他綁在校場，施刑問話，也是為了給眾兵士看看，叛軍者便是如此下場。盧正於昔日同袍面前受辱，比受刑更讓他煎熬。他撐這幾日，是條漢子，他未似別的細作那般有自我了斷的意思，便是他有自己的盤算。這些盤算，必須是向我屈從供出線索才能得到。包括他欲威脅妳，欲與妳討價還價，也得通過我。這就是談判，是籌碼。」

安若晨咬咬唇，她自作主張，讓盧正占了先機，將軍失了籌碼。

「所以如今盧正得償所願，他一定很滿足高興。他能向妳透露陸波，自然也能向我透露，什麼線索可以給，什麼情報不能說，妳當他心裡沒數？」

「我錯了。」安若晨很難過，問到線索的喜悅消失殆盡。盧正讓她轉告將軍以後只與她透露消息，想來也是這個打算。打破了將軍的權威，讓將軍在他那邊不好施展，這些的確是她不懂事造成的。

龍騰看她表情，嘆道：「是我先前未教導過妳，妳不曉得，如今明白便好了。也不算大錯，這不，妳也問出了些東西，起碼我們知道盧正不是大蕭人，他得通過娶妻入籍混入軍中，那他也許就是南秦人。還有陸波這人，我讓蔣松和古文達分頭去查。」

龍騰頓了頓，看安若晨仍是無精打采，哄她：「好了，這不是都說清楚了嗎？說不定過兩日便將陸波抓回來了，還有錢裘，我們能審出一大堆的線索來。」

「將軍，」安若晨道：「你一會兒去告訴盧正，你略施小計，他便什麼都說了，一切正如你所料。」

龍騰失笑，這是要裝作安若晨是他故意派去的嗎？

「這般氣死他了可怎麼好？我還要留活口呢！」

安若晨破涕為笑，「將軍別逗我。」

她一笑，龍騰便也歡喜起來，揉揉她的臉，還是喜歡她開心的模樣。

「將軍總沒正經，我有時也猜不到將軍說的是真的假的。」

龍騰板個臉，「這便是狡辯了不是？本將軍一向嚴肅，說話清楚明白。」

「我不懂軍中規矩，將軍多教導我些。將軍忙碌，也可讓衛兵攔著我點，什麼不能做的，教他們不許我做便是。」

「那怎麼行？我不囑咐他們那些，是因為妳也需要權威。妳是我的夫人，難不成還得被他們指來喝去，這不許那不讓的？」

「可我不懂事，讓將軍丟臉了。」

「怎麼會？」龍騰將安若晨摟進懷裡，「全軍上下誰不知道，本將軍的夫人貌美伶俐，智勇雙全，甚得本將軍喜愛。」

安若晨忍住笑，龍大將軍用這麼權威的腔調說這麼噁心的情話……太教人歡喜了。

「將軍，」安若晨看到了桌上那碗花，「為什麼桌上有花？」好醜啊，誰會用大碗公裝著花啊，而且好多花枝子都禿了。

龍騰看看她的表情眼神，清了清喉嚨道：「今日回程時，士兵們鬧著玩，挖了許多花說要種到營前，我就隨手從營前拔了些拿回來給妳瞧瞧。」

安若晨笑起來，大家還喜歡種花啊？「挺好看的。」她安慰將軍。

龍騰點點頭，「嗯，明日便還給他們，讓他們再種回去好了。對了，既是說到正事，我得與妳仔細說說。」

安若晨從他懷裡坐直了，話題又跳到正事了啊，那她仔細聽。

龍騰嚴肅道：「方才我說了，決策千里才是關鍵。」

安若晨點頭，她不是跑腿的，她記住了，要跑就跑關鍵的腿。

「所以我們要看計畫的實施情況來及時判斷和處置。如果計畫順利的話，南秦皇帝會來這裡，梁大人也會來。若計畫不順利，南秦皇帝來不了，梁大人也會來。」

「梁大人是重點？」安若晨問。

龍騰點點頭，壓低聲音道：「南秦皇帝若來不了，會麻煩一些。因為輝王勝了一半，他登上南秦皇位，事情會更棘手些，但我們也還有機會。」

「我們要幫南秦皇帝奪回皇位嗎？」

「自然不是，南秦皇帝若來不了，表示他已經死了。」

安若晨一驚。

「別國的事別國的皇帝，與我們無關，但輝王奪權是有同夥的。他拿到了皇位，他的同夥拿到什麼，這個就與我們有關了。這也不是我們邊境這頭就能解決的。錢世新不過是棋子，別說一個縣令，就是一個太守，難道還能翻出天去？最大的危機在京城。」

京城？那真是一個很遠的地方啊！安若晨仔細聽著龍騰分析形勢及他的安排，終於明白什麼是決策千里。

安若晨正抓緊機會提問，卻聽得帳外有衛兵報：「將軍，有信鴿到。」

安若晨忙跳起來，用拍馬屁的速度奔到帳邊，為人妻子恭敬謙卑的態度為龍騰掀開了帳門，清脆的嗓音報：「將軍，衛兵來了。」

龍騰攔阻不及，只得看著安若晨殷勤開門，與衛兵打了個照面。

衛兵見著安若晨，手中捧著的小小信筒「啪」一聲掉在地上，目瞪口呆。

安若晨不明所以，下意識地低頭看那信筒，隨著這低頭，一朵小花飄落下來，落在了那信筒旁邊。安若晨愣愣地看著那花，摸了摸自己的頭，摸到半邊腦袋的花。

一抓就是一把。

安若晨盯著手上的花，狐疑地看著將軍。龍騰一臉無辜，門外的衛兵更無辜。

安若晨再摸一把頭上的花，明白過來了。她嘆了一口氣，轉身對那受驚嚇的衛兵道：「我正哄將軍開心呢！辛苦你了，是這信嗎？」

那衛兵點點頭。

安若晨也不指望他有什麼正常反應了，她自己蹲下來將信撿起，和藹地問衛兵：「還有別的事嗎？」

衛兵愣愣搖搖頭。

安若晨端莊微笑，「多謝，辛苦了，信我拿去給將軍。」

衛兵再愣愣地點頭。

安若晨繼續微笑。大將軍的權威啊，她維護得好辛苦。

帳門關上，安若晨轉身看著龍騰。

龍騰攤了攤手，表情特別無辜，道：「既然是緊急軍報，快讓我看看。」

能不給嗎？安若晨板著臉將信塞到龍騰手裡。龍騰打開一看，信上只有一橫。安若晨不理他，轉身去找鏡子。一邊找一邊瞪幾眼那碗醜醜的花，難怪一堆禿掉的花枝子！

安若晨對著鏡子哭笑不得，真想把將軍大人按腿上揍一頓。將花都摘乾淨了，回身看到龍騰的微笑。

安若晨回他一個假笑。將軍，你還好意思笑呢！

龍騰乾脆大笑，將安若晨摟懷裡。

「夫人，」龍騰問她：「我可曾誇讚過妳的美貌？」

安若晨沒好氣。

龍騰附在她耳邊道：「夫人，南秦皇帝救下了，他們正往這邊趕。」就是說，將軍的計畫成功了？安若晨大喜。唇上被龍騰一啄，他道：「我去安排安排，得有人去接應。」

龍騰眉飛色舞往外走，走一半，摘了一朵花轉回來，給安若晨戴鬢角上，「只戴一朵挺好看的，真的。」說完火速跑了。

安若晨瞪著他的背影，轉到鏡子前，將花調整了下位置：「這樣才好看，笨蛋！」

◆ ◆ ◆

曹一涵喘著粗氣，扶著德昭帝拚命跑，「皇上，加把勁，過了這座山就好了。」

德昭帝腳下一軟，差點拖著曹一涵一起摔到地上。他咬著牙撐起來，話也說不出來，只得跟著曹一涵跑。

旁邊忽地竄出一人，正是謝剛，他低聲喝道：「莫喚他皇上，叫順子！」

曹一涵不敢反駁，但也不敢叫順子。順子是德昭帝的貼身太監，先頭是與他們一起跑的，但半路中箭身亡，他們為掩人耳目，匆忙讓秦德昭與順子的衣服互換，然後將順子的屍體推入了江中。

之後果然聽得有人大叫德昭帝中箭，還有人嚷著快撈屍好回去交代，更多人的人喊著繼續追，莫留活口。

曹一涵聽從謝剛指示，拉著皇上朝著這山頭跑。謝剛他們人不多，才八個而已，這一混戰，還不知能剩下多少。如今見得謝剛冒了出來，曹一涵心裡稍稍安定，起碼謝大人還在，若只剩下他一人，他可沒把握能平安將皇上帶出去。如今哪些是輝王的人，哪些是忠心皇上的，他也分不清了。

德昭帝更是分不清，為什麼自己的兵將要殺他，而大蕭的兵將卻要救他。

黑夜迅速將這山林包裹，月光也看不清。德昭帝覺得臉上濕濕的，不知是淚還是血。一切都這麼的突然，完全措手不及。

昨日夜裡，他才接見了東凌的使節團，那一隊兵將帶著東凌國君的旨意，說前來相迎，以示敬意，並表示東凌傾盡兵力，將與南秦並肩抗蕭，絕不後退。

德昭帝深受感動，當即賞賜寶劍、玉石，以示同盟謝意。宴罷，他回得房來，卻見到曹一涵。他吃驚意外，以為曹一涵早已隨霍銘善一同去了。

曹一涵拿出霍銘善親筆信函，言說一切都是輝王陰謀。御駕親征，也是中了輝王的詭計。曹一涵說自己歷盡波折才見到皇上，四處都是輝王耳目，不可掉以輕心。

德昭帝看罷信，陷入深思。霍銘善的死訊帶來的痛心早已過去，如今只得細琢磨他生前的教導。輝王欲奪位，恐名不正言不順，又落入五年前眾臣討伐的境地，於是將他誘出皇宮，在外動手，給他個死於沙場的美名？他既戰死，他的皇兒年幼，皇權自然就落在了皇叔的手裡。

「可我如今走到這裡，如何回頭？」德昭帝問曹一涵：「前線六千將士落入大蕭手中，我棄他們於不顧，如何回頭？」

「皇上，」曹一涵將謝剛的交代說了：「皇上可下令大軍繼續前進，讓人喬裝成皇上繼續隨軍同行，而皇上隨我們另一路悄悄去石靈崖，龍將軍希望能面見皇上。」

德昭帝喝住他：「我們？你們是哪些人？」

曹一涵猶豫，但還是直說，是大蕭龍騰將軍派了人，護送皇上去石靈崖。德昭帝頓時大怒。他堂堂南秦皇帝，竟要與敵國軍將勾結，私自離軍嗎？這傳出去，不必輝王派人殺他，軍、民、臣都得討伐於他。德昭帝當即喝道，他身邊三萬大軍，那龍騰若要相見，便石靈崖陣前見。

「看在霍先生的面子上，我不殺你，但你也莫要再出現在我面前。」德昭帝將曹一涵趕了出去。之後召來左右太監和衛兵相問，竟無人發現曹一涵是如何混進來的。

德昭帝拿著霍銘善的信，近天亮時才沉沉睡去。第二日近午時，眾人從前一夜的宿醉中醒來，欲召集隊伍繼續出發，這才發現德昭帝的衛兵隊全死了。德昭帝頓時想起了悄悄潛進來的曹一涵，但率隊一路護他的任重山將軍卻與東凌的使團吵了起來，他質疑昨夜看到東凌使團的人鬼鬼祟祟偷換了酒。東凌使團自然不認，反問南秦這是何意。幾番爭吵，任重山拔劍相向，一邊大喊保護皇上，一邊砍殺了東凌使節團的兵將。

任重山的部下朝著德昭帝圍了過來，德昭帝這才突然明白了曹一涵所說的意思。輝王確實是想置他於死地，可人家沒說到了邊境沙場上再趁亂殺他。

居然現在就是時候！居然是他自己南秦的兵將！

德昭帝大喝讓那些人退下，可顯然他們更聽任重山的。德昭帝身邊還有些忠心衛兵與公公們，但又哪裡是對手。這時候曹一涵再次出現，帶著敵國的兵將。

「皇上！」曹一涵的呼喚讓德昭帝驚醒，又或者是被冷醒的，他居然在山裡睡著了？

「莫喚皇上。」謝剛又冒了出來，丟過來兩身衣服。德昭帝還在發愣，曹一涵快手快腳幫他換衣，「皇……公子，我們得快些。若他們撈著了屍體，就知道不是你了。」

「我們去哪兒？」德昭帝終於開口，他發現自己聲音沙啞。

「石靈崖，見龍將軍。」謝剛答。

「怎麼去？」

「找到馬之前用走的。」謝剛答。他們的馬死的死跑的跑，還是兩條腿最可靠。

德昭帝又累又餓又渴，石靈崖啊，那麼遠，後頭又有追兵。用走的，回答得真好。

「皇上？」曹一涵喚道。

「不要叫皇上。」謝剛再喝：「再改不了我就揍你。」

曹一涵抿抿嘴，「黃公子，霍先生信得過龍將軍，我們也相信他吧。」

謝剛看著四周，一個手下冒了出來，跟他打個手勢。謝剛把曹一涵他們換下的衣服埋好，對他們道：「走。」

曹一涵精疲力盡，但仍強打精神架起德昭帝，一腳深一腳淺跟著謝剛，奔向前路。左右後路，竄出來三人，護著他們三個，也一起朝著石靈崖的方向出發。

「皇上，加把勁。哎喲，別打我！」曹一涵很委屈。

過了好一會兒，「皇上，再不遠定就能休息了，哎喲！」曹一涵又被謝剛拍了。

再過一會兒，「皇上……公……哎喲，又打，不是已經改口了嗎？」曹一涵累得想死，乾脆大哭，「皇上他打我，皇上他打我，嗚嗚……」一邊哭一邊拖著德昭帝跑。

德昭帝一臉菜色，要不是沒力氣說話，真想求謝剛把曹一涵打到不哭為止。

◆　◆　◆

田慶去世的消息傳回了中蘭城，紫雲樓上下皆悲痛傷心。蔣松下令，讓一隊兵士去秀山尋找他的屍體。

古文達依陸大娘的要求，將這消息告訴了齊徵。齊徵聽罷，呆若木雞，而後笑道：「騙人，我田大哥武藝超群，怎可能就去了？他還說好了，待得空了，教我武藝的。他還說，待我學好了本事，將軍軍裡再要招人時，他要舉薦我的……」

古文達看著他，不知該如何安慰，只得默默看著這小小少年淚流滿面地笑著。齊徵笑著笑著，再笑不出來，靠著牆嚎啕大哭。

田慶的屍體找到了，隨著搜山尋屍的動作，衛兵們還挖出了另一具屍體。屍體已經腐爛，認不清模樣，衙門以無名屍收殮。

這日，錢世新來找蒙佳月，與她道想到了個能讓姚昆回城，讓他們全家團聚的辦法，「夫人去信大人，便說當日混亂，文海失蹤，妳不敢與外人聲張，又聽說從前有件驚天懸案，須得與大人當面相商。事關文海性命，大人與龍將軍說個情，說不定龍將軍就願意派人將大人押回來，這般，你們就能見面了。」

蒙佳月呆愣半晌，要用兒子的性命嚇唬她家大人嗎？還是這是在嚇唬她？若她不聽話，便要用她兒子性命作為代價？

錢世新道：「夫人寫了信，後頭的事我來辦。龍將軍並不能將姚大人定罪，姚大人親兒出了事，他總不能不近人情，不讓人回城。這是我能想到的唯一的辦法了。待大人回來了，城中我還是能做主的，到時我讓大人回來與夫人、文海團聚。」

蒙佳月滿心疑慮，「可是……」

「若不如此，怕是錯過了時機，夫人再無一家團聚的機會了。」錢世新拖長了尾音，語調裡意味深長。

蒙佳月心一顫，只得道：「那一切就依大人囑咐。」

◆ ◆ ◆

安若晨自上次之後再沒有去見過盧正，她覺得龍騰說得有道理。她反省了一番，還認真向龍騰請教將軍夫人在軍營裡能做什麼。問話時，將軍大人剛剛與他家夫人做完了重要的事，正饜足愜意，摟著他家夫人沉沉欲睡，聞言挑高了眉，勾起嘴角笑道：「妳可以看書，我們軍營裡也有書冊，比如兵書，再比如……」他故意拖長了聲音，道：「啊，妳能看的大概只有兵書了。」

安若晨看著她家將軍閃亮的雙眼，「哦，那就請將軍借我幾本兵書。」

龍騰噎住。安若晨甜甜謝過，然後睡了。

居然對還有其他什麼書完全不好奇？第二日，龍騰一早起來當真給了他家夫人兩本兵書。結果中午回來，安若晨真看了那書，甚至畫了重點與他請教，求他解惑。

龍騰頗失望，她怎麼不嫌棄抱怨一下這書好悶？要他再拿些其他的來看看。好吧，龍騰覺得不問也好，省得他在她心中的形象不夠威武正直。

龍騰認真為安若晨講解兵法，這其中又有許多戰情故事，安若晨聽得津津有味，睡前還求將軍再講一個，惹得龍騰嘆氣：「我究竟是娶了個什麼樣的夫人啊？」

安若晨蹲在花圃前整理花兒，太陽曬得她的臉紅紅的。她在心裡與將軍說她真的是個勤勞的好娘子。何止勤勞，還善解人意。晚上要陪將軍做運動，白天還要照顧將軍的顏面權威。衛兵與她說了，說是將軍讓摘了許多花，全種在營門前。

安若晨笑得傻傻的，便說是她求將軍幫著找些花，卻給大家添麻煩了。衛兵紅著臉說大夥兒也是想著大概是夫人喜歡花，這才來問問。要是夫人歡喜，兄弟們路過哪兒看到，再給夫人摘些。安若晨謝過了。能說什麼呢，總不能說是將軍自己要摘的。

於是，將軍夫人在軍營要做的事多了一件，那便是種花。營門前的那一片真成了花圃。龍騰路過瞧見了，還故意大聲對她道：「喜歡歸喜歡，可不能這般操勞。」而兵士們還真的討好地又從各處挖來更多的花。安若晨一邊整理花圃一邊嘆氣，其實她來這兒是逃命來的，順帶的還想破解破解細作案，可不是來當花匠的。

夜裡，安若晨看著將軍熟睡的俊顏，真想悄悄往他頭上也插朵花啊。最終還是沒下手，她決定回了京城的龍府再這麼幹。嗯，如果她真的能隨他回去的話。

安若晨眨眨眼睛，將自己埋進將軍的懷裡。

龍騰迷糊中將她抱緊，喃喃道：「好好睡，不許再踹人了。」

這日，安若晨坐在花圃前頭曬太陽看花，一衛兵來喚，說是龍將軍找夫人。安若晨隨他去了，卻是去了馬場。遠遠看到龍騰在輕撫一匹熟悉的馬兒，安若晨「啊」一聲歡呼，正想撒腿奔過去，前頭衛兵回身看了她一眼，她忙端莊慢走。龍騰看著她的模樣哈哈大笑，安若晨覺得將軍真是不該。

走到近旁，她也忘了將軍的權威，抱上了戰鼓，歡喜地喚牠的名字。

「馬夫說妳喜歡刷馬。」龍騰道。

安若晨給了他一個鬼臉，馬夫才不會這麼說呢。她只是熟悉環境與人搭話時順手幫著馬夫照顧馬兒，幫著伙夫燒了燒水而已，可沒幹什麼出格的事。

「所以把戰鼓接來讓妳有事做。」

安若晨臉靠著戰鼓，藏著自己的微笑。她知道將軍對她好，她還知道將軍會害羞。

讓安若晨與戰鼓親近了一會兒，龍騰將她帶回房，說紫雲樓那兒還給她捎來了衣物生活用品。安若晨回去一看，還真有一箱子。她開箱子準備收拾，看到了一個裡三層外三層包裹著嚴嚴實實的東西。小心拆開，是她熟悉的小罐子。

「霍先生。」安若晨忙恭敬地把霍銘善的骨灰盒請了出來。

龍騰朝那骨灰罐子施了禮，對安若晨道：「古文達沒漏這個就好。妳不是答應過曹一涵，要將骨灰送回給他？」

「曹先生可平安？」

「還未接到不平安的消息。」龍騰答。只是他們一日未到，一日便不能確定平安。

「霍先生會保佑他們的吧。」安若晨合掌，閉目向那小罐子祈禱。

◆　◆　◆

曹一涵滑下山坡，跌跌撞撞地朝樹林裡跑。樹林那頭是什麼，他不知道；能不能跑過這個樹林，他也不知道。他在心裡念叨著霍先生，覺得自己未曾辜負先生所託。他盡力了，他真的盡了全力。

他們一路被追殺，方才情況緊急，叛軍有馬，腳程快，而謝剛這邊又已犧牲兩人，曹一涵向謝剛磕頭，求他務必將德昭帝安全送到石靈崖，然後他孤身奔向另一路，大叫著：「順子，快，這邊！」

他要將叛軍引開，為謝剛和德昭帝爭取時間。

曹一涵狂奔著，回頭看時，已看不到謝剛和德昭帝的身影。他心裡又是欣慰又是淒涼，絲毫不敢停留，拿出所有力氣奔跑。霍先生啊霍先生，您在天之靈，請保佑皇上！

身後有叛軍的追逐和吆喝聲，曹一涵連滾帶爬，心裡害怕得要命。他不是英雄，但他是英雄的侍從。不能給霍先生丟臉，霍先生頂天立地，他自然也是挺直脊樑的。

「嗖」一聲，一枝箭從曹一涵耳邊擦過。

曹一涵尖聲大叫，他一邊哭一邊繼續叫：「順子快走，別管我！」

哪裡會有人管他呢？他只剩下自己一人了。

曹一涵放聲大哭，一邊藉著樹躲箭，一邊恨這些樹讓他跑不快。

嗖嗖的好些聲響，更多的箭射來。曹一涵正朝向另一棵樹，忽地腿上一個劇痛，他「哎呀」一聲大叫，倒在地上。轉頭一看，腿上鮮血一片，他被射傷了。

有個弓兵站在不遠處，正盯著他看。對著他的目光，拉開了弓弦。

曹一涵猛地閉上了眼睛。

「嗖！」

他聽到了箭矢破空之聲，但他沒感到痛。

曹一涵睜開眼，剛才那弓兵居然已經倒地。

更多的箭飛來，竟是前後兩個方向，而他正躺在箭矢互射的範圍中間。

有人騎馬衝入了叛軍的那片林裡，有廝殺慘叫的聲音。曹一涵還在愣，卻感到自己領口一緊，有人抓住他了。曹一涵一驚，那人正將他往後拖，一個熟悉的聲音大叫著：「澤清，留些活口！」

曹一涵猛地回頭，看到謝剛的臉。這時候發現自己被謝剛拖到了一棵大樹後頭。謝剛沒管戰局，低頭察看曹一涵受傷的腿。

曹一涵抓住謝剛的手臂，還未開口，謝剛道：「放心，救兵到了。」

曹一涵這才緩過神來，原來如此，果真如此。他嚎啕大哭起來，太好了，太好了。

「腿好痛啊，謝大人！」

謝剛一臉菜色，這人真是吵。不過他運氣也是好，箭擦傷了腿，看著嚴重，卻不致命。老天爺是嫌棄他太吵，不想收他吧。

「哇，他是真的很認真在哭呢！」

曹一涵哭了一會兒，聽到有人這般說。他睜開眼，看到一張娃娃臉正看著他。

「你好，愛哭鬼，我是你的救命恩人，你可以喚我虎威將軍。」娃娃臉很跩地說。

「啪」一聲，虎威將軍被謝大人拍腦袋了。

「他奶奶的熊的，老子千辛萬苦緊趕慢趕，接到信就火萬火急趕來救你們，你居然打老子！」娃娃臉跳腳了。

「你也很吵。」謝剛道。然後一指看得挺入神的曹一涵道：「找個人來背上他，趕緊撤，他們不止這點人，後頭還有追兵。」

宗澤清招來個士兵將曹一涵背上，活著的戰俘堵了嘴綁了丟馬背上，一眾人迅速撤退。

「為什麼背他？」

「他是條漢子。」

曹一涵聽到謝剛的話，感動得想哭。嗚嗚嗚，霍先生，我真的給您爭了口氣了！

「漢子又哭了。」宗澤清道。

「你還是這麼吵啊！」謝剛道。

伍之章 ◆ 博奕

石靈崖軍營帳中，安若晨一邊收拾箱子裡的東西，龍騰一邊與她說中蘭城中的狀況。

首先是田慶的屍體找到了，確實是盧正所說的那個位置。紫雲樓裡已經簡單安排了入葬禮數，為田慶送行。屍體會火化，骨灰到時會隨他們龍家軍一起回京城。在京城有一個地方，葬著如田慶這般沒有親人家眷的戰士。

安若晨點點頭，想起田慶往日對自己的照顧，很是難過。

龍騰又道，齊徵在紫雲樓外長跪不起，希望蔣松收他入伍。他說自己的養父是軍人，他視如兄長的田慶亦是軍人，他們忠肝義膽，一心為國，最後都被細作害死。他希望自己能接下他們的責任，也入伍效力。

「蔣松沒答應，說忠心為國者，不會在這亂局時添亂，要入伍哪時都有機會，便讓他回去了。」龍騰道。

安若晨唏噓：「齊徵是個好孩子，機靈，也很有義氣。」

龍騰道：「這會兒確實是時機不對，待日後再收下他吧。」龍騰接著說，古文達的信裡用暗語報了，還未找到對錢裴下手的機會。

「另外，錢世新讓蒙佳月給姚昆去信，說他兒子失蹤了。」

安若晨一愣。

「他想讓姚昆回中蘭。」龍騰從桌上拿了封信晃了晃。

安若晨走過去看，信的封口用蠟封好，摸起來薄薄的，一兩張紙的模樣，「太守夫人與太守大人生死別離，好不容易有個寫信相述的機會，竟寫得這般少。」

「說是被押著寫的，根本沒機會好好琢磨。」龍騰道：「他想讓姚昆回去，定有其用意，這事得好好處置。」

龍騰與安若晨帶著蒙佳月的信去見了姚昆。

姚昆頗激動，當即拆信讀了起來。寥寥數行字，看得他面色慘白。他再看一遍，不禁咬緊了牙，垂目難語。安若晨試探著問：「夫人說了什麼？」

姚昆緩了一會兒才哽咽道：「我兒失蹤。」他咬了咬牙，「定是錢世新那惡人擄了。」他不願多說，只把信遞了過來。

安若晨接過一看，還真是與古文達所報情況一樣。她看了龍騰一眼，龍騰對她點點頭。於是安若晨將信還了，對姚昆道：「陸大娘此時便在夫人身邊照應，她託古大人發來消息，說令公子未失蹤。」

姚昆猛抬頭，想了想卻又道：「我夫人既是寫下這信，那也定是被錢世新擺布，聽從了他的意思。她不是個軟弱的人，若不是他們處境凶險，她又怎會如此？」

「大人有何打算？」安若晨問。

姚昆未理她，只轉向龍騰道：「龍將軍，請讓我回中蘭城，錢世新要如何，我與他面對面說清楚。」

龍騰淡淡地道：「那豈不是正中錢世新下懷？」

姚昆張了張嘴，終是沒出聲。

龍騰又道：「大人明知錢世新撒謊布局，卻仍願遂了他的意，這頗讓我有疑慮。」

姚昆大聲喝：「龍將軍！我妻兒在他手上，難道我撇下他們不管不問……」

「你有什麼齷齪的把柄落在他手上？」龍騰打斷他的話，極嚴肅地問。

姚昆張大了嘴，似突然被狠狠打了一拳。

安若晨也驚訝地看著龍騰，不知將軍忽然來這麼一齣是什麼意思。這個時候要翻太守大人的舊帳嗎？可那也是無憑無據的猜測，甚至連猜都沒猜到具體發生過什麼。

「晨晨，妳先回帳去。」龍騰忽然道。

安若晨看看龍騰，龍騰對她點點頭。安若晨聽話地與姚昆施了個禮，告退了。

帳中只有龍騰與姚昆二人，龍騰壓低聲音，對姚昆道：「大人，只有我們二人了，你有什麼話須得與我說明白，不然我無法幫你。」

姚昆搖頭，「龍將軍這是何意？所有的事，我不是與龍將軍都說過了嗎？」

「是嗎？依我看，並非全部。」龍騰盯著姚昆。

姚昆再坐不住，跳了起來，「我不知將軍在說些什麼！我妻兒身處險境，將軍卻在與我繞圈子！」

「不繞明白了，你便不能回去。不然不止你的性命，怕是我全軍的安危都會搭上。」龍騰極嚴肅，「如今這局勢，每一步都是計算清楚，小心翼翼。錢世新敢拿一個莫須有的事來威脅你，他手上必還有個沒疑惑的，能令你言聽計從的籌碼。」

姚昆背對著龍騰站著，直挺挺的，全身僵硬。

龍騰道：「若我不知道這個籌碼是什麼，我不可能讓你回去。錢世新一旦有機會與你見面，不是你質問他，而是他控制你，他讓你做什麼，你便會做什麼。說不定你馬上寫封奏摺，誣陷我與我的眾將士如何霸欺百姓，擾亂地方，我如何淫亂軍營，強擄民女。錢世新會與你合謀，假造證據，指稱是我收買脅迫江鴻青，刺殺白大人，嫁禍於你。因為白大人查出我的劣跡，要向朝廷稟告……」

「我不會做這等事。」姚昆轉身大吼，怒火沖天。

「為何呢？這般妻兒會看你不起，這比讓你去死更難受？」

「正是。」

龍騰嘆氣，放軟了聲音，道：「大人，你現在只有我一個幫手了。我不幫你，你根本無路可走。就算你願意去死，錢世新還是可以將那把柄公諸於眾。你一死百了，你的妻兒如何自處？所有的事，必須得從根上解決了才好。」

姚昆抿緊嘴不說話。龍騰輕聲道：「說起來，大人你覺不覺得錢世新此次奪取太守之位，與十七年前的情形頗有些相似。」

姚昆一震，瞪向龍騰。

「同樣是太守最信任的屬下，臨危受命。同樣是太守遇險，不幸身亡。」

姚昆瞪大眼睛，臉色鐵青。

「當然了，也有完全不一樣的。十七年前太守遇刺，十七年後是太守行刺。十七年前的凶手認罪，十七年後的凶手還不知肯不肯認罪。不過奇怪的是，十七年前的凶手稱，自己的家人在戰亂裡全被南秦軍所殺，所以他對我大蕭明明取勝卻願議和極為不滿。他要殺死主張議和的太守以洩私怒，但原來他還有一個兒子……」

姚昆一臉震驚，他扶著桌子，似有些站不住。

「那凶手既是極重視家人，為何要丟下年幼的孩子不顧，行刺太守大人？既是還有孩子，他為何聲稱全家已亡，他不願獨活……」

姚昆一屁股坐在椅子上。

龍騰板著臉，冷冷地道：「大人，其實我早已經查清一切。」

姚昆面色慘白，眼眶發紅，表情都僵住了。「我……我……」他艱難地開口，終於濕了眼眶，羞愧地低下了頭，「我當時也不知怎地，一時鬼迷心竅。錢裴說，他說……」

龍騰沒說話，冷靜地等著他繼續。

姚昆哽咽道：「也怪不得他，是我利慾熏心，不怪別人，最後釀成悲劇，無法挽回。我，我……那日錢裴拿著張紙，上面畫著衙門到客棧的地圖，還有些筆記，是蒙太守赴宴的時間地點，在一個巷道口畫了圈。錢裴說，他書院的一個雜役自兩國議和後便不太對勁，對蒙太守和朝廷很是忿恨，說了些大逆不道的話，被人喝斥才閉了嘴，於是他便有些留心。那數日雜役總是外出，兩眼通紅，像是沒有休息。他去盤問，那雜役答得前言不對後語，慌忙走了，袖中無意中落下這紙，錢裘看了，覺得那人計畫行刺太守。」

原來如此，龍騰懂了。

「我那時很是著急，想去向太守示警。錢裘卻問我，難道我對太守就沒有怨言嗎？我那時確實是……確實是心裡有怨的。」幾番出生入死，雖是為國，但也是為在太守面前表現。太守卻對他說莫要對他女兒存妄想。他借戰事休妻，對蒙佳月的那些關懷，對仕途的野心，似乎都被太守看穿。看穿便罷，還看他不起。他豁出命去，得不到肯定，他想日後論功行賞，他大概能得不少賞賜嘉獎，但他永遠不會被太守真心讚賞。不被真心讚賞，是不會步步高升的。而太守會將蒙佳月許配別人，與蒙佳月編排他的各種不是揭穿他的齷齪……

那時候姚昆猶豫了。一猶豫，錯過時機。他有兩日的機會向蒙雲山說這事，有兩日機會緝捕凶嫌，雖錢裘說那人自那日被他問話後便無蹤跡，但這珍貴的兩日，足以改變一個人的生死，蒙雲山的生死。

而他就這麼混帳地這讓兩日過去了。待他悔恨，狂奔向那巷道，趕到那兒卻只看到蒙雲山倒在血泊之中。轎夫說，有位百姓喊冤，大人便下了轎。聽那人說話時，毫無防備被連刺三刀。那人刺完便跑，衙差們已去追了。

毫無防備，這四個字讓姚昆也像被刺了三刀，鮮血淋淋，再無法癒合。但就算有傷，他還是得償所願了。錢裘恭喜他，幫他打點關係，加上他實實在在立過好幾次大功，他是蒙雲山最重要的左膀右臂，是太守女兒蒙佳月最依賴倚重的人。他有人脈，有功勞，有聲望，所以他成為了太守。

成了太守，娶了嬌妻，生了兒子，心中也有了一生抹不掉的悔恨。

姚昆沒臉細說，但對龍騰而言，隻言片語已經足夠。

「那張紙還在錢裘那兒，是嗎？」

「應該是。」

「因為你的那些齷齪私心，所以你也未有仔細追究那雜役所說的行刺目的是否屬實，之後你知道他居然還有個兒子，便讓錢裘送走，給了錢銀，讓人撫養他長大，莫再生事，是嗎？」

「他兒子知道父親刺殺太守，這身世說出來於他並無好處，自然不會生事。」姚昆盯著地板，想起自己遠遠看過那個年輕人，長得與他父親頗像。改了姓名，笑起來憨憨的。

姚昆不再說話，龍騰也沉默，帳子裡靜悄悄的。

過了好一會兒，龍騰問道：「你現在冷靜了嗎？」

姚昆緩過神來，抬頭看他，「將軍，我不會被錢氏父子威脅的，從前犯過的錯，我不會再犯了。你讓我回中蘭城吧，我必須得與他們做個了斷。」

龍騰點點頭，「好，我派人送你回中蘭，但你要去的地方，是紫雲樓。你作為刺殺白大人的凶嫌，在案子未破之前，要被我軍方監管。押於紫雲樓內，未經允許，不得見外人。你與錢世新，不得見面，以防串供。」

姚昆愣了愣，不明白龍騰的意思。

「姚大人，從現在開始，我囑咐你做什麼，你便做什麼。我說過了，如今這形勢，每一步都是計算，小心翼翼。錢世新是如此，我也得如此。他是別人的棋子，我也需要棋子，而你正好用。你好好助我一臂之力，我便盡全力保你全家安危。你如今除了我，也再無別人可依靠，但我醜話說前頭，若你擅自作主，違背我的意思，被錢世新所左右，破壞了我的計畫，那我就把你這些齷齪勾當與你夫人孩子細細說明。你娶你夫人是為了太守之位，是為了內疚彌補，是為了製造正人君子的假象。你對她並無半分感情，這二十年全都是虛情假意，矇騙於她。」

「胡說八道！」姚昆激動地跳了起來。

龍騰冷靜地道：「也許事實確實不全中，但我不在乎真相究竟有多少是對的，而且我還有人證。姚大人，你說，你夫人會相信多少？」

姚昆瞪著龍騰。

「與其讓你受錢世新脅迫，不如我來。」龍騰平板板地道：「姚大人，我的話，你可是聽明白了嗎？」

姚昆當然聽明白了，他震驚，龍騰比起錢世新，更邪惡幾分。

最後，姚昆被送回了中蘭城。未入衙門，未回宅府，直接被送到了紫雲樓裡。錢世新聽到消息頗是滿意，他要見一見姚昆，卻被攔住了。蔣松振振有詞，說錢世新與姚昆交情匪淺，恐有串通之嫌，案子未有結論前，不宜見面。

錢世新也不生氣，他去了太守府。

太守府裡眾衙差和衛兵們都接到了蔣松之令，各隊人馬正準備撤離。錢世新微笑客氣，見著了蒙佳月，告訴她姚昆已經回城，她可以向紫雲樓遞帖去見姚昆了。

蒙佳月既激動又緊張，不知錢世新有何意圖。

「夫人莫忘了，見到姚大人，告訴他，我與他多年情誼，自然是幫著他的。十七年前，他當上太守，走到今日，實屬不易，讓他切莫忘了當初的艱難，如今這一關，定也要挺過去才好。我定會盡全力相助，你們放寬心吧。」

錢世新這番話說得懇切，蒙佳月聽得膽顫心驚。送走了錢世新，蒙佳月忙回後院將事情與陸大娘說了。陸大娘也摸不透錢世新是何意，只得去找古文達。

古文達沒多說什麼，只道先照著錢世新的意思辦，走下去自然明白他是何意了。

錢世新去見了錢裴，將這數日發生的事以及龍騰的安排與他說了。錢裴道：「姚昆在石靈崖軍營待了一陣子，肯定知道些消息。別的不說，盧正是何情況，他定然是知曉的。你讓姚昆交代清楚，我們也好想法處置。」

錢世新自然已有打算，他看了看錢裴，道：「你自身難保，莫操心別的吧。梁大人那頭來了令函，將派魯升大人過來。魯大人若到了，便由他去對付蔣松那廝。再有，我已判了一些囚匪流放之罪，五日後便得押走。臨走前一日，我會在名單裡再加上數人，包括你。這般蔣松來不及反應，你便已經走了。流放到了半途，我讓人接應你，你且隱姓埋名，先避一陣子。」

「一陣子？」錢裴撇撇眉，「這哪是一陣子的事，你就沒別的法子了？流放是什麼狗屁主意，我可不願過苦日子。我從前苦夠了，看人臉色看夠了。我要暖被美食、美酒美人，還得有僕役伺侯。你判我流放，就得先安置好這些。」

錢世新按壓著怒火，「那你如今在牢裡可有暖被美食、美酒美人，可有僕役伺侯？」

錢裴冷笑，「除了美人外，還真都有。」

錢世新抿緊嘴，很想賭氣說那你便在這處等死好了，可他心裡明白，龍騰對錢裴下手那是遲早的事，只是如今時機未到。龍騰沒有證據，不明內裡，沒法與梁德浩及皇上交代，所以並無撕破臉的把握。他沒有名目提審錢裴，自然也沒有名目對付自己，但這只是時間的問題。看蔣松現在的架勢，削他權職那是勢在必行，到時衙門裡的每個人都會落到蔣松手裡，他想審誰便審誰，想對誰對刑便對誰動刑。錢裴知道的太多，留在平南，確實危險。梁德浩雖說派了魯升過來，但不知壓不壓得住蔣松，亦不知來不來得及。

錢世新看著錢裴，可惜他是他的父親，不然事情真的會簡單許多。

蒙佳月依言向紫雲樓遞了帖子，與姚昆見上了面，夫妻二人執手淚眼。姚昆細說了當日凶案，江鴻青突然行刺，莫名嚷嚷是他囑咐。蒙佳月也說了方元與眾僕的忠心與大義，說到傷心處，不禁淚流。

姚昆聽得錢世新讓蒙佳月傳的話，心裡一驚，錢世新果然是知道了那事，想藉此威脅他。姚昆忙問錢世新還說過什麼，又問錢裴是何動靜，可有託人到府裡來留話尋事的。

蒙佳月不疑有他，皆道沒有。姚昆仔細看得蒙佳月的表情，內心稍安。他道龍將軍答應想辦法洗刷他的冤屈，讓蒙佳月莫太擔心，亦不要相信錢世新說的任何話。他們父子看來確實是與南秦勾結，心懷不軌，欲殺他奪位，可惜他大難不死，但錢世新定不死心，造謠誣陷，還會生事。

蒙佳月握緊姚昆的手，道：「如今得見大人一面，之後再辛苦艱難我亦不懼。大人也定要提防，千萬保重。」

姚昆忍不住將蒙佳月攬進懷裡，柔聲道：「夫人，我對妳真情實意，天地可鑒。」

蒙佳月失笑，紅著臉抬頭看他，「大人這是怎麼了？大人大難不死，必有後福，大人務必振作才好。」

姚昆看著蒙佳月的眼睛，紅了眼眶，道：「我只是想起當日事出緊急，來不及見妳最後一面，竟也未與妳說過這心裡話。差一點便再無機會說，如今補上，日後才無遺憾。」

「大人……」蒙佳月滿心感動，動情看著姚昆，「我對大人的心意亦是如此。」

姚昆狼狽避開她的目光，別開頭去，藉著說話掩飾愧疚，「妳回去後，那錢世新定會再來找妳，妳便告訴他，這太守之位，我定是要奪回來的。」

蒙佳月卻道：「大人，你比太守之位重要，請多保重。」

姚昆差點落淚，急忙點頭。

夫妻二人再敘了些話，可衛兵前來催促，二人雖依依不捨，終是別離。

蒙佳月走後，姚昆去見了蔣松，「龍將軍囑咐我的，我都照辦了。」

蔣松道：「那便等著吧，尊夫人還會再來的。」

姚昆有些不放心，「錢世新問什麼，我便答什麼，這般便行嗎？我妻兒的安危，你們會護衛的吧？」

「這個自然。將軍一諾千金，忠誠守信。他耿直正派，可不是什麼錢世新之流。」姚昆嘴角抽了抽，什麼話都不說了，無奈垂頭離開。

耿直正派什麼的，絕對是對龍騰的誤解。

蒙佳月回到家中，果然錢世新又來問候。提到去見姚昆是否順利，蒙佳月小心答了。錢世新又道：「蔣將軍與我說，姚大人寫了奏摺向皇上訴冤，請朝廷派專使來查此案。」

蒙佳月驚訝，「大人並未與我提起此事。」

「因這案子裡姚大人是被抓個現行，且不止白大人，衙門裡死傷數十，還有南秦細作殺手捲了進來，將姚大人救了出去，這事怎麼審都對大人不利。姚大人怕是恐夫人憂心，就才未提及。」

蒙佳月想了想，問：「錢大人當時在場，可否幫我家大人說說話？我家大人說，當時是江主簿突然動手，然後莫名嚷嚷是我家大人支使。這誰都知道，若要幕後悄悄支使，哪會讓行凶者當場嚷嚷出來的？若是錢大人肯為我家大人作證，那事情便有轉機。」

錢世新點頭，「這倒是可以，若朝廷真派了大人下來查案，我自然會將當時情形一五一十說出。另外，龍將軍說盧正是細作，可當時盧正與我說他被細作困住，安姑娘與姚大人只得獨自逃命。我也是中了他的計謀，才讓他速去找姚大人和安姑娘。盧正是對所有一切最清楚的人，包括細作如何行事，刺殺白大人究竟是細作安排還是另有隱情，盧正才能說得明白。姚大人在石靈崖時，可從盧正那處問出線索來？」

蒙佳月搖頭，「我與我家大人見面時候並不長，未聽他說安姑娘與盧正之事，也未提及石靈崖太多事。他只細說了冤情，還問了問我文海失蹤之事。」

「那夫人找機會再去問問大人吧，我多知道些消息，才好幫大人申冤。」

蒙佳月心一沉，錢世新是把她當探子用了。

此時，龍騰與盧正面對面在帳子裡坐著。盧正很虛弱，身上的血跡汙漬都被擦乾淨了，換了身乾淨的衣裳，卻更顯出他慘白的臉色來。

盧正防備地看著龍騰，不知他此番過來是何用意。龍騰久久不語，盧正越發緊張，越緊張越告訴自己要小心，龍騰將軍是故意用沉默嚇唬他。他不開口，他也用沉默對抗。

龍騰看著他的眼睛，忽然微笑起來，「你完全不知道自己該怎麼辦。」

盧正用沙啞的聲音道：「難道將軍知道該怎麼辦？殺我還是不殺？」

「看心情。」龍騰道。

盧正揣測著這話裡的意思。

龍騰道：「我派人查了你說的陸波，他確實是錢世新身邊的人，侍從而已，常幫他跑腿，做各種雜事，沒聽說有什麼太特別的。姚昆與我夫人逃命時，確實有陸波這人領隊追查，但他只是將你救下，後來就沒了。」

盧正不禁皺了眉頭，「沒了」是何意？

龍騰盯著他的眼睛，「他消失了，不見了。你提供的所謂重要線索，毫無價值。」

盧正愣了愣，「不見了？」怎麼可能？「他是錢世新的左膀右臂，那時與我分了兩路去追殺太守，怎會消失？是不是你們的人走漏了風聲，他躲了起來。」

「如何走漏了風聲？還有誰是細作？」龍騰問。

盧正搖頭。他什麼都不會說了，讓他說話，必須要有對等的條件。

龍騰也搖頭，「那麼你對我沒用處了，不知道你對別人還有沒有用。我讓人回中蘭城傳話去了，現在錢世新他們所有人應該都已經知道你還活著，活得好好的。這只會產生兩種猜疑，一種是你招了，一種是你快要招了。你不自我了斷，就是背叛。」

「所以將軍在等我被人滅口，然後抓凶手嗎？」

「你有被滅口的價值嗎？」龍騰反問。

「若有這價值，才能與將軍再談條件是嗎？」盧正笑得頗難看，「夫人怎地不來看看我了，不知道她二妹有沒有生病？你們要多留心啊，毒發開始，只似風寒，一般人便會去看大夫。大夫診著也覺得是染了風寒，便會開藥，越喝藥病症越重，最後不治身亡。」

龍騰不理這話題，他道：「或許你可以告訴我誰會來殺你，我提前做個準備，那樣便能保住你的命。」

「將軍不信有這毒嗎？你不覺得這症聽著頗耳熟？聚寶賭坊的楊老爹是怎麼死的？將軍查出是何種毒了嗎？沒有吧？你們沒有解藥，我有。」他回視著龍騰，「將軍說我無用處了，不知將軍夫人的二妹是不是也無用處。將軍夫人呢，對將軍有用處嗎？我可還記得，將軍說過，士兵只有兩種人，有用的和無用的；戰場只有兩種人，活著的和死了的。將軍說要拚盡全力做有用的人，最後才能是活著的人，我一直記得將軍這話。」

「所以你還有用？」龍騰和氣地微笑，「那我考慮看看。」他說完，轉身走了。

盧正愣了，暗自琢磨自己剛才緊張著急是不是說錯了什麼。

而中蘭城裡，錢世新迎來了他急切盼望的人物，「魯大人！」

魯升是梁德浩身邊的重要官員，與白英一般，稱得上是梁德浩的左膀右臂。熟悉他們的人都知道，這二人互相牽制，對許多事看法不同，明爭暗鬥，卻也惺惺相惜，為梁德浩出謀劃策，辦了不少大事。

之前梁德浩帶著魯升在茂郡破案、佈兵，嚴防東凌，整治邊郡。將白英派到了平南，白英去世，而茂郡的事安排得差不多，於是魯升過來了。

「大人到得比我預料的快。」錢世新道。

「你這裡出了麻煩，我自然得快馬加鞭。」魯升皺著眉，「沿途一里一哨，全掛著『龍』字旗，龍騰那廝是打算造反嗎？」

錢世新是知道龍將軍現在抽得人手了，所有官道全部控制，他的人要送個消息，都得提著小心，「龍將軍讓蔣將軍掌管平南郡。」

「你的信我看了。」魯升頗是惱火，「你且與我仔細說明白了，他都還做了什麼？白英之死，未留下什麼把柄吧？那個姚昆呢？」

「姚昆活著，還回到中蘭了。」錢世新趕緊將近期發生的所有事細細說了一遍。魯升認真聽著，不時提問。二人談到最後，魯升道：「不怪你，先前那些辦事不力的，甩手西去不濟事了，靠著你撐到現在。你說的蔣松確實是個麻煩，這人你也得小心。他在龍騰軍裡負責防衛，雖脾氣爆些，但是個穩妥的。開戰之時，龍騰將他放在後邊的總兵營，不是他不得力，而是那是最後一道防線。盧正被揭發，狠狠打了蔣松的臉，如今他自然是使足了勁要扳回來。」

「他事事插手。我原想用繁瑣小事纏著他，但他還是騰出手來管案子，我批的公函，他每日過來問詢。」錢世新眼下最擔心的，是那個流放囚匪之事。

「這些武將都是蠻橫之徒，不能硬碰硬的。你說你有把握讓姚昆指證龍騰罪行，編排軍方犯案，可靠譜？」

「還是很有機會的。姚昆的舊案新案，把柄全在我這兒，只有我才能保他。」

魯升想了想，道：「好，那就按計畫辦，你且與我說說哪些人可用的。」

◆　◆　◆

安若希這日早上起來就覺得有些頭暈，鼻子有些發堵，喉嚨還癢癢的。丫頭有些慌，「莫不是昨夜裡著涼了吧？這再過數日便要成親了，可別在這時候病倒了。」

安若希很不高興，瞪著丫頭罵：「烏鴉嘴，這話是能亂說的嗎？誰病了？再胡說八道，我可掌妳的嘴。」

安若晨為二妹身上的毒憂心，四妹的下落也一直沒有消息，但她不敢露出煩躁的模樣來，因為她覺得將軍也有些煩躁。當然將軍臉上也沒露出端倪，他只是開始翻桌上的小物件，似乎想分散些心思。

然後，他竟然跟安若晨說要幫她畫眉。這讓安若晨覺得將軍的心事一定很重，壓力大，才會想出這主意來。

要畫便畫吧。安若晨把臉交給龍騰。

龍騰下筆凝重，安若晨看著他的眼睛，覺得他在想戰局，而不是她的眉毛。畫完了，龍騰去擰帕子來給她擦。安若晨提醒自己一定不要看鏡子，一定不要去開門。

龍騰又畫了一次，這回畫完了一邊他又走神了，安若晨耐心等著。等了好半天忽聽得帳外衛兵喚道：「將軍，宗將軍回來了。」

龍騰頓時舒了一口氣，將筆一丟，轉身欲往外走，嘆道：「終於。」

安若晨還未來得及為自己的眉毛鬆口氣，就聽得門口宗澤清的聲音大叫：「將軍！」

話音未落人已衝了進來，那張安若晨很熟悉的娃娃臉上神采飛揚，滿是激動。

「將軍，末將幸不辱命，功德圓滿啊！」宗澤清興高采烈地邀功，卻被龍騰訓斥了：「宗將軍，我可曾說過，我的帳子不能隨便闖。」

「不記得了。」宗澤清大大咧咧應，應完想起來了，他奶奶的熊，將軍趁他不在之時成親了，這般闖帳子確實是不妥！

再一轉臉，他看到了安若晨。

「他奶奶的熊。」震驚！但他真的不是故意的！

髒話剛出口，宗澤清就被龍騰拍頭，宗澤清毫不在意，他仍震驚，「我是瞎了嗎？」

安若晨與宗澤清許久未見，真的不願這般場面重逢。她淡定地伸手蓋住自己的一邊眉毛，道：「瞎就不必了，宗將軍，你失憶吧。」

此時，盧正被綁在帳內柱子上，又渴又餓，身上的傷很痛，他感到虛弱，昏昏欲睡。他希望能睡著，便少忍些苦。他要撐到最後，他不甘心。

正恍惚間，忽有一人進來了。盧正未在意，帳中總有兵士守著他，剛才那位是出去取水喝，故意整治他的，現在該是回來了。他閉著眼，努力在那人又干擾他之前睡一會兒，但帳裡的動靜有些不對勁。應該說，帳裡的安靜有些不對勁。那些兵士仇視他，不斷打罵，不會讓他好好休息的。

盧正猛地一個激靈，睜開了雙眼。

那正走向他的兵士似沒料到他會突然醒來，呆了呆。只這一下，讓盧正看到了他的模樣。這是個陌生面孔，沒有表情，眼神冷靜。盧正大驚，張嘴欲叫，那人眼角一動，已一個箭步衝了過來。

盧正只來得及看到他手中的匕首，他太虛弱，還未叫出聲，已被堵上了嘴。他聽到了帳外那個看守他的兵士的聲音，他回來了！但同時間，他胸腹劇痛，被狠狠刺了一刀。

盧正恢復意識時，有那麼一會兒是迷糊的。他睜不開眼睛，感覺自己是躺著的，怎麼會躺著呢，像作夢一樣。可身上很痛，像是被人捅了一刀，夢裡的痛不會這般真實吧？

接著，他想起來了，他確實是被人捅了一刀，有人要滅口。

他甚至還記得那人的眼神，真的是自己人啊！

盧正努力想睜開眼睛，他想確認自己是不是活著。

受了那一刀後，他兩眼發黑，只聽到外頭的聲音越來越近，而那殺手當然聽得比他更清楚，因為他很快速地走了。盧正沒有看到他離開的背影，他想大叫抓住他，可惜叫不出來，他喘息著，被黑暗吞沒。

盧正睜開了眼睛，他沒死，他看到了安若晨。

安若晨也看著他，對於他的醒來也不知是欣慰還是惋惜，只輕聲道：「大夫說，若你今日能醒，便不會死了。」

盧正張了張嘴，卻發現喉嚨乾得說不出話。安若晨取了水，用勺子給他餵了兩口，又道：「你活下來了，將軍會高興的。那個細作未抓住，守帳的兵士沒留心，只從眼角看到好像有人出了帳子，轉頭看只看到一個穿兵服的背影走了，然後待進了帳看到你死了的模樣和一地的血，才知道方才那人不對勁。」

盧正嚥了嚥唾沫，終於能說出話來，虛弱地道：「我認得他的臉。」

安若晨皺眉，「認得臉？所以你也不知道那人是誰嗎？」

「若我再見到他，我會認出來的。」

安若晨嘆氣，「你是有機會再見到他。將軍說了，若你未死，那人會回來再殺你。」

盧正抿緊了嘴，他知道龍騰說的沒錯。也許自他被捕後，他們就一直想殺他了。只是看守森嚴，又在軍營之中，對方肯定觀察了許久才找到這機會。

安若晨靜默了好一會兒道：「我並不希望你死。我身邊的人，死了太多了。若你能知道是誰動手的，在哪兒能找到他們，便好了。」

盧正想搖頭，搖不動，只道：「我不知道，我們互相不認識。五年前來大蕭時，說好的是聽暗號行事。互不打聽，知道的越少越好。」

安若晨不說話了。

盧正看著她，頗是費勁，「我看不清妳。」

安若晨低下頭，離他近了些，「你傷得很重，從鬼門關轉了回來。」

「真是福大命大。」盧正自嘲，說完這句，喉嚨發乾，咳了幾聲。安若晨又餵他喝了兩勺水，才將碗放到一邊，「大夫說你不能多喝，既是醒了，一會兒藥煎上，喝藥吧。」

盧正疲倦得閉了閉眼，努力再睜開，虛弱地說：「沒想到還能再看到妳。」

「我以為要幫你收屍了。」安若晨這般答。「將軍同意我來的。」她停了好一會兒，再嘆氣，「盧大哥，既是命不該絕，你就莫要嘴硬了，這次是個機會。從前將軍若放了你，如何與朝廷交代，與軍中弟兄交代，但這回你死了，大家都知道你死了。」

盧正腦子有些暈乎，但他覺得他明白安若晨的意思。他閉眼深思許久，就在安若晨以為他睡過去或是暈過去之時，他忽地開口道：「我確實是不知道軍中還有哪些奸細，我只與解先生聯絡。最後一個解先生是錢世新，他派了陸波與我接頭，這個千真萬確。將軍說陸波失蹤了，那我也沒辦法。」

「誰派你來的呢？總會有些線索。」安若晨語氣裡有著擔憂，這讓盧正獲得許些安慰，似乎還有人擔心著他，就算是錯覺，也覺得安慰。

「五年前，我們被挑選出來，在凌永鄉受訓。我們的師父叫武濤，他教我們改掉南秦口音，學習大蕭習俗，熟悉暗語，苦練武藝。一組三個人，我只認得同組的，我知道肯定還有其他人，但從來沒見過。閔東平便是與我一組的，我也是見到了他才知道他來了這裡。我們去不同的地方，爭取入伍，或是入仕途，或是做些能招攬人脈的買賣。離開南秦後，我再未見過武濤，也未聽到他的消息。」

盧正一口氣說了那麼多，停了許久，緩了半天才能繼續說：「我隨龍將軍來中蘭後，遞出消息，才接到聯絡，讓我打聽軍中狀況。最終的目的，是要兩國打起來。」

「打仗死這許多人，究竟有什麼好呢？」安若晨的語氣悲傷。

盧正咳著笑，「有權就好，誰不想當皇帝呢？必須打大仗，這般皇帝才會御駕親征。他死了，皇位便能換人坐了。」

「那對你又有什麼好呢？」

「我們都是快死的囚犯奴隸，一朝翻身，為什麼不好？」盧正太疲倦了，閉了眼輕聲道：「不聽話的，早就死了。」

安若晨道：「既是如此，那你告訴我我妹妹的解藥在哪兒吧，你不殺她，我便想法說服將軍。現在是個好機會，你借死遁走，離得遠遠的，再別回大蕭。」

盧正猛地睜開眼睛，盯著安若晨看，「將軍若是這般好說服，那他還是龍將軍嗎？」

安若晨悲傷道：「那你的意思是非要與我妹妹一起共赴黃泉嗎？死的人還不夠嗎？」

盧正喘著氣，有些心軟，他覺得這一定是傷重鬧的，他試圖理清腦中的思緒，道：「將軍不是還要用我引軍中其他的奸細嗎？」

「假裝你未死，用替身引不是更好？」安若晨道。

盧正一下子懵了。對，確實如此。方才抓住把柄的得意一下子被打散了。

安若晨等了半天，長嘆一口氣，道：「好吧，既是你不改主意，那就這般吧。我去喚大夫來，該給你煎藥了。下一回，將軍未必同意我再來了。」

安若晨作勢要走，盧正腦子一熱，道：「等等。」

安若晨又坐下，盧正道：「我不能給妳解藥，但可以告訴妳拖延的法子。那個藥吃一顆可以維持近一個月的時候不發作，但吃得越多，毒積得越深。妳可再給她吃一顆，然後妳有一個月的時間幫我離開大蕭。我安全離開的時候，就給妳解藥。」

安若晨道：「你離開了，又如何給我解藥？你這般騙我，又還有什麼好說的？」

「不，我未騙妳，解藥就在妳身邊，在妳可以取到的地方。只是妳想不到，誰也想不到，只有我知道。我離開後，告訴妳在哪兒，妳取出來便是了。」

「這太荒謬，我見不到東西，無法證實，你怎麼鬼扯都行，我不能相信你。」

盧正閉上眼睛，這談判真的太累，他的體力快要支撐不住，但他必須撐住，安若晨說的對，她下回未必有機會再見他了。這是他的大好機會，必須抓住，他得把話說完。

「妳不敢信我，我又何嘗敢信妳？妳又不是能拿主意的那個。將軍不同意，妳什麼都做不了。那藥就放在我紫雲樓的屋裡，書桌靠右的抽屜，剩下八顆，全是那藥。田慶買回來的滋補藥丸我全換掉了，光明正大放著，這般才不會惹人懷疑。妳讓妳妹妹再吃一顆，然後妳有時間好好考慮如何說服將軍。我離開的時候，就告訴妳解藥在哪兒。」

安若晨瞪著他。

「真有解藥？」

盧正聽著安若晨的聲音有些遠，他努力睜開眼睛看她，「真的。」

「在我一定能拿到的地方？」

「是的。」

「你怎能確保它還在，沒被別人拿走？你的屋子早被搜了個遍。紫雲樓、軍營，凡是你待過的地方，全是搜遍了。萬一它被別人無意中毀了呢？」

「不會。」盧正的眼睛快睜不開了，他喃喃地道：「那麼……重要……妳、妳不會碰的，我藏得很好。」

盧正閉上了眼睛，安若晨等了許久，他都未再睜開。她探了探他的鼻息，還活著。

安若晨走出帳子，帳外正站著數人，監聽著小帳內的動靜。安若晨走出來，看到龍騰，腿有些發軟。只是短短的一小會兒交手，她已緊張得手心冒冷汗，耗盡全力。

龍騰迎向她，將她摟入懷裡。

謝剛擺了擺手，曹一涵忙扶起德昭帝，進入隔壁另一頂帳內。龍騰帶著安若晨也過去，進門時對謝剛低語了幾句。謝剛應了聲，轉身走了。他行到樹林那頭，幾個手下正等著，其中一人抬起臉來，正是那殺盧正的刺客。
謝剛拍拍他的肩，「幹得好，他醒了。」
那刺客誇張地鬆了一口氣的模樣，拍著心口，「嚇死我了，真怕捅偏了。」旁邊數人笑話他。謝剛招呼大家：「走吧，我們入南秦。」
德昭帝著一身兵服，沉著臉，默默坐著。
龍騰牽著安若晨進來，對德昭帝道：「陛下如今親耳聽到了，細作活動的籌畫和安排，五年前就開始了。」
德昭帝恨道：「他表面與朕親近，誓言忠心，暗地裡卻一直狼心不死，原來他從未放棄過要奪取皇位。處心積慮，竟有這般耐心隱忍五年。」
「如今陛下既是明白了，那便照我說的辦吧。」
德昭帝想了想，道：「可以，但朕有個要求，把這盧正交給朕。他是指證輝王的重要人證。他一心想要活命，朕能將他救出，他會聽朕的。」
龍騰道：「陛下與我配合行事，最後能順利走到指證輝王這步，盧正自然就能為陛下作證，請陛下耐心些。」
德昭帝咬咬牙，點頭。
龍騰與德昭帝交代好了後頭如何行事，便讓人將他和曹一涵帶下去安置了。為免惹人耳目，招來軍中其他細作的窺查，德昭帝和曹一涵居於軍營不遠處的一個村子裡，由謝剛手下密探護衛著。
龍騰將安若晨帶回房，讓安若晨即刻給古文達去信。一是用飛鴿傳書寄送，這般快些，二是讓驛兵再遞送一封，確保交代仔細，安穩周全。
安若晨一邊寫一邊問著：「將軍，盧正的話可能信？」
「該是真的，他必得留個後手。若是假的，妳妹妹的毒沒發作，他就沒戲唱了。他對這個籌

碼很有信心，所以若這個月未生變故，他會給第三次毒藥，而不是解藥。」龍騰是這般推測的，
「解藥是他最後的籌碼。」
龍騰說著，有些自責，自安若晨身後將她抱著，下巴靠在她頭上，柔聲道：「是我不好，未能察覺他的詭計，給了他可乘之機，置妳於險境，也害了妳妹妹，教妳難過。」
龍騰的道歉頗是誠懇，安若晨有些吃驚，未想到將軍竟會如此服軟認錯。
「呃，若是能樣樣如意，料事如神，那這世上也不會有這些險惡麻煩了。如今盡力彌補，找到解藥便好。」安若晨這話不知是寬慰龍騰還是她自己。
「擔心妳怨我。」龍騰將頭埋在安若晨的頸窩處。
「將軍……」安若晨一腦門的無奈。這是在撒嬌嗎？
安若晨不知道還能如何安慰因愧疚而撒嬌的猛將，於是就這般身上掛著個大漢將信寫完了。她一寫完，龍騰便恢復英明將軍狀，將信拿過來仔細看了一遍。安若晨在信裡將事情說明白了，讓古文達找到那些毒藥，若是安若希真是毒發，找不到解藥的情況下就先繼續吃顆毒，爭取些時間。另外她在紫雲樓的房間、將軍的房間、陸大娘的房間、招福酒樓、她常去的地方等等全都要仔細搜查。最後還補充了一句，去看看她娘的墳、老奶娘的墳是否有被動過的痕跡，有無可能盧正將東西藏那兒了，必要時，挖墳找藥。
「妳娘和老奶娘的墳？」龍騰真是佩服自家娘子的心思縝密，這個他還真是沒想到。
「他說藏在我身邊，我絕不會去毀壞輕動的地方，對我來說重要的地方。」安若晨也是瞎猜，反正都找找沒壞處，「我娘的墳，我爹可能會去動，說起來老奶娘的墳更保險些，不起眼，安家也不會打那兒的主意。」
信很快遞出去了，安若晨憂心，真希望盧正是騙她的。
安府裡，安若希咳得頗厲害，身子無力，躺在床上養病。這事自然瞞不住譚氏了，她過來將

安若希一頓罵，把她院子裡的丫頭婆子也罵了。

「請陳大夫來，讓他開些重藥，將這病趕緊壓住，別耽誤了上花轎。還有，誰都不許把這事往外說，不然我剝了她的皮。」譚氏瞪著眼睛，很是凶悍。

安若希有些喘不上氣，她狂喝水，試圖讓咳得火辣辣的喉嚨舒服些。她一直躺著，希望自己快些好，不能這般不爭氣，不能病，她要順順利利嫁給薛公子。

紫雲樓裡，陸大娘帶回了消息，說是她的探子打聽到的消息，見著安府有大夫出入，傍晚時大夫又去了一回，臉色凝重。她去找了大夫，給了銀子探了話，安家二姑娘染風寒，吃了藥反而更嚴重了，已是說不得話，起不了床了。

陸大娘憂心忡忡，當年楊老爹就是這般，撐不到數日便去了。

古文達一籌莫展，他也沒查到什麼有用線索。

夜深了，一隻信鴿飛到，古文達急忙看信。按信中所言，火速搜查了各處，很容易便找出了盧正所說的「八顆毒藥」，但除了那八顆藥丸，其它地方再未找到跟藥丸相似的東西。他親自領了人，趁夜黑之時，悄悄去了安若晨母親和老奶娘的墓地搜尋，開了棺仔細搜查了一遍，仍是什麼都沒有。

古文達回了紫雲樓與陸大娘商量，沒別的辦法，只得先讓安若希服一顆「毒藥」，爭得一個月時間，希望這一個月裡能找到解藥相救。

於是，這日陸大娘帶了人去安府，說是安若希婚期到了，她替安若晨來送禮。

譚氏大怒，安若希重病，花轎是上不成了，她才去了薛家厚著臉皮商議日子推後，把安若希婚前重病說是替薛敘然擋災。薛夫人很不高興，但薛敘然同意了。事情勉強穩住，但譚氏受了薛夫人的臉色，又焦心安若希的病，聽得陸大娘這番說辭，覺得陸大娘這是故意來諷刺找麻煩的，於是讓陸大娘進了屋將她狠罵了一頓。豈料從前不愛爭吵的陸大娘這回卻是硬氣了，險些與譚氏動手。

這一鬧，安府與陸大娘帶的人也鬧了衝突。古文達趁僕役丫頭跑開看熱鬧，潛進了安若希的屋子，將藥強餵給她，把事情簡單說了說，「若妳聽明白了，便眨眨眼。不可再喝傷寒的藥了，明白嗎？妳不是傷寒。」

安若希迷迷糊糊，似在夢中。被掐痛驚醒又被塞了藥，頓時清醒過來。她震驚震怒，想說話喉嚨卻是劇痛，她眨了眨眼。

古文達又道：「明白就好。夫人正全力為妳找尋解藥，妳好好養病等著。」

說到這兒，外頭傳來丫頭說話聲響，有人回來了。古文達轉身便走。安若希愣愣躺著，待丫頭進了屋，她才有了真實感，不禁失聲痛哭，把剛回來的丫頭嚇了一跳。

◆ ◆ ◆

錢世新再去了一趟牢獄，去見錢裴。這幾日魯升表面上對他客氣，但錢世新總覺得不放心。魯升未似從前一般熱切許諾，似乎事情走到這步快成了，他就沒那麼重要。錢世新覺得還需要些籌碼。他需要南秦的關係，需要輝王相助。

錢裴露出意味深長的笑，「你終於明白其他人靠不住，只有你親爹才是真心為你。」

錢世新不喜歡錢裴的這種笑，但他不得不承認，他自認為攀上的高枝，若沒人幫他撐著點，恐怕他會摔下來。他需要父親幫他在南秦打點關係，他相信輝王與他一樣，雖與這邊是共建大業的同盟，但也提防著大業成功之後被人背信反咬一口，所以輝王也需要有人接應。這個接應是耳目牽制，最好是在邊境地界，平南郡及平南郡太守自然重要。

錢裴聽了這個要求便笑，「這還用你說，他知道你是我兒子，自然是站在你這邊。」

「但他得知道，可以與我直接聯絡。」錢世新道：「我需要這個聯絡的方式，就像解先生一樣，如何傳消息，如何一起配合。」

錢裴道：「我昨日才給他遞了消息，告訴他我兒即將安排我離開牢獄，我出去後安置好落腳處，便重新建立聯絡線。」

錢世新壓住不悅，道：「你想遞信，可以告訴我。」

「你這不是才告訴我，你要撇開大蕭這邊的人，往輝王身邊靠嗎？我從前不知曉你的心意，自然不會胡亂生事。」

「我不是要往他身邊靠，我是覺得他有用處。」

「這便對了。你莫要太清高，得放下身段，只要對方有用處，什麼人都可以合作的。」錢裴教導他，「再者，我並不是提防你，而是魯升與梁德浩，還有龍騰這些人，他們肯定都盯緊了你的一舉一動，通過你遞信，並不比我自己處置更安全。」

錢世新想了想，確實是如此。

「明日午時囚隊出發去容西礦區，我一會兒就去將你加到名單裡。到水蓮鎮時，有人接應你，你到西江隱居一段日子，我找機會去看你。」

錢裴點點頭，卻道：「明日最後一刻再加名單，得防著魯升。」錢裴道：「那魯升來問了我好些南秦的事。」

錢世新再愣，這事魯升可未與他提過半句。

錢裴道：「我正想著得提醒你，但看起來你自己也有所察覺了，這很好，現在我把傳密信的方法告訴你。」

錢世新忙附耳過去。

錢裴告訴他，中蘭城外的野狼山裡有戶獵戶，眉心有痣，叫宋正。他會負責將消息遞到四夏江，那兒渡口有個船戶老大，叫岳福。這兩人能將消息送到南秦。

錢裴將暗語及信件裡要埋的密令都仔細說了一遍，錢世新記下了。

第二日，押送錢裴的囚車車隊於西城門靜靜地出了城，囚車上蒙著布，沒人看到裡頭關著誰，但有人還是留了心。

沒過多久，陸大娘收到了消息，流放的囚車隊出城了，提前安排好的耳目在盯著車隊。當日稍晚，一農夫來報，囚車隊在林子旁休息時揭起過布簾，他確認裡頭有錢裴。

古文達得了陸大娘的消息後，安排人悄悄出了城。

錢世新這一日略緊張，魯升在傍晚時發現了狀況，過來問他怎麼回事。

錢世新自然是想好了說辭的。他道這確實是有意為之，防著龍騰下手。

「畢竟我爹知道的事情太多，他離得越遠越好。」錢世新道：「大人放心，我爹的下落只有我知道。」

魯升看著他的眼睛，點了點頭，「那就好。」他聽懂了。錢世新的言下之意是他若平安，錢裴便會守口如瓶。

◆　◆　◆

安若希哭了一場後昏睡，第二日竟然大好，把所有人都嚇了一跳。譚氏更是後悔推了婚期，早知道就瞞到今日上花轎，當沒病過就好了。安若希聽得母親抱怨，心裡也很不好受。她可是身中奇毒，一個月後會死的，難道她真沒與薛公子長相廝守的命？

安若希在家中休養二日，找機會偷偷出門去了紫雲樓。見了陸大娘和古文達，再次確認了事情真相，然後她拍桌大罵安若晨，把陸大娘和古文達也罵了一頓。那兩人竟也默默受著，安若希氣道：「你倆好歹也能回罵我一句，轉頭就給妳毒解了，罵什麼罵？」這般不敢言聲，是說她必死了嗎？

「二姑娘，」陸大娘道：「我們一定盡全力找到解藥。」

這不是安若希想聽的話，她垂頭喪氣離開了紫雲樓，沒注意自己被跟蹤了。又走了一段路，面前擋了一人，安若希這才發現向雲豪。一轉頭，薛敘然坐在他的轎子裡沒好氣地瞪她。

安若希看著薛敘然，紅了眼眶。

「為什麼這副模樣？妳過來！」薛敘然看她沒精打采更氣。

安若希過去了，上了轎，坐在薛敘然身邊。

「病好了？」

安若希點點頭。

「怎麼了？妳家裡又出什麼事了？」

安若希搖搖頭。

「好吧，妳既不願與我說話，便走吧。」

安若希趕緊拉住薛敘然袖子，「莫趕我，我活不久了。咱倆也見不了幾回了，讓我多坐一會兒吧。」

「胡說八道什麼？」

「未胡說。」安若希將自己中了毒，暫時還有一個月的命的事說了。她說得有些語無倫次，薛敘然皺了眉聽著。

等她都說完了，薛敘然仔細問了些細節，安若希一一答了。

薛敘然沉默許久，安若希心慌得捏緊了手。

「妳大姊居然敢這般對妳！」

「她也不是故意的，聽說她連她娘的墳都挖了。」

「妳還幫她說話！」薛敘然不高興，安若希忙閉嘴。

薛敘然咬著牙根，隱忍怒氣，「一個月是嗎？」

安若希點頭。

「好，知道了。」薛敘然掀轎簾，命人送安若希回去。

安若希惶惶不安，想問薛敘然親事怎麼辦，終是不敢問。

◆　◆　◆

石靈崖軍營，安若晨收到了古文達的消息，開棺了，沒有解藥。安若晨嘆氣，撐著腦袋苦思，究竟會在哪裡？還有什麼辦法問出來嗎？

這時候她聽得帳外號角吹響，忙出去看。

楚青的副官正騎馬奔過，見得安若晨，下馬施禮。安若晨問他發生何事，那人道：「南秦來了使節，通報國書，南秦皇帝德昭帝在御駕親征途中被東凌軍殺害。輝王暫掌皇權，下令全面停戰，並向東凌討要交代。來使言稱，恐怕先前許多案子都是東凌暗中使壞的計謀，須嚴查，希望我們大蕭相助。」

安若晨大吃一驚。這與她料想的怎地不一樣？奪了皇位，議個和，然後相安無事，輝王也得償所願了。這指稱東凌所為是何意？

「龍將軍呢？」安若晨問。

「將軍去了石靈縣。」

此時，龍騰的面前坐著東凌國的將軍馬永善，兩人中間擺著個棋盤。

這是馬永善被俘後第十一次見到龍騰，也是第五次與他對弈，只是他們之間的談話還是沒有結果。

馬永善每一步棋都下得很快，龍騰卻要思慮許久，所以他們一盤棋頗是費時。在等龍騰落棋之際，馬永善再一次道：「龍將軍不必再費口舌，我不可能寫降書。」

即使淪為戰俘，即便身陷囚牢，但武將一身傲骨仍在。

龍騰盯著棋盤看，點點頭，表示聽到他的話了，他道：「馬將軍，南秦易主了。」

馬永善一愣，但很快恢復鎮定，「看來龍將軍是神算，說天地震盪，國之巨變，竟然成真了。龍將軍賭贏了，可惜我沒法兌現賭約。」當日龍騰與他勸降時曾打賭變故一事，約定輸的那人請喝酒。

龍騰道：「其實定那賭約，我是希望我猜錯了。我輸了，請你喝酒，倒是好事。」

馬永善沉默了好一會兒，問：「你們將南秦皇帝殺了？」

龍騰搖搖頭，「他並非戰死沙場。南秦聲稱，是東凌迎駕使團殺害了德昭帝。」

馬永善愣了好半天，不說話了。

「既是盟國，為何要誣陷你們？」龍騰終於落下一子。

馬永善無話可說，他仍在震驚中，東凌與南秦確實是盟國。

「當初貴國為何下定決心要與南秦一道攻打我大蕭？」

「大蕭殺我使節。」馬永善答。

「如今變成貴國使節殺南秦皇帝了。」龍騰看著馬永善，「馬將軍，這些伎倆簡單得太羞辱人了，不是嗎？」

馬永善置於膝上的手慢慢握緊了拳。是簡單，若放在一起連著用，簡直讓人笑話，但是拆開了，一步一步慢慢來，中間穿插了各種複雜狀況，情形卻又不一樣了。

馬永善沉默，而後看了一眼棋盤，不再胡亂下子，而是真正觀察，思索棋局，「若我們未被將軍打敗呢？」

「東凌照樣損兵折將，德昭帝照樣會死在你們東凌手裡。時間、地點、方式也許不一樣，但結果必是相同的。」

馬永善覺得也是如此，他又是長長的沉默，「龍將軍，你早有此推斷了是不是？」

「一直到今天收到確切的消息，我才能肯定發生了什麼，但我還是要大膽猜測，這不是最後的結果。」

「為何？」

「三方中只有兩方是同盟。為何與小結盟而不與大結盟？東凌最是弱小，不是嗎？」

確實是。也正因此，東凌時刻防備著不想被大蕭欺辱，當南秦示好，拋來善意友愛，東凌自然感恩靠攏。

「但是，兩個大國要侵滅一個弱小，為何這般費勁，彎彎繞繞，拖泥帶水？這不僅會造成不必要的損傷，還徒生事端。」

馬永善答不出。他看著棋盤，先前未考慮輸贏，快攻快打，如今已不知如何繼續才好。他沉聲問：「龍將軍心中可有把握？」

「你行一步，我想三步，動一步，見招拆招罷了。」

若不行到最後一步，局面未定，誰又敢說把握？

馬永善思慮良久，嘆道：「龍將軍，我不能給你降書。就算你說的是真的，我也不可能寫降書。這般我無顏回去面聖，更沒法與那些與我同生共死的將士弟兄們交代。活著的、死去的，降書就是對他們的折辱。」

龍騰不語。

馬永善看著他，反問：「龍將軍，換了你，你會寫嗎？」

「不會。」

馬永善笑起來，「我們重新再下一盤可好？我這一回，定不懈怠，好好思慮。」

◆　◆　◆

錢裴有自己的計畫，他打算在牛山就離開囚隊，先去桃春縣避一避，然後神不知鬼不覺地回到中蘭城。薑還是老的辣，兒子沒他照應可不成。他早已經囑咐好了他的人手，囚隊的衙差也聽他指令。

一路順利，近牛山時，沿途喬裝成農戶保護錢裴的護衛潛近了告訴錢裴，發現有一隊人跟蹤，不清楚來路，但似乎來者不善。

密林裡，宗澤清的探子回來稟報，錢裴自己有一隊護衛，看起來有計畫逃脫。另外還有一隊人跟蹤囚車隊，不清楚來路，但似乎來者不善。

宗澤清也不知怎麼地，明明自己這般驍勇善戰，將軍卻總給他派些瑣碎奔波的活。古靈縣的任務完成得圓滿，入南秦又及時救下了謝剛和南秦德昭帝。可回到軍營，屁股還沒坐熱，話沒說上兩句，又被支回中蘭城。讓他領人在城外候著，莫要暴露身分，隱匿好行蹤，隨時等古文達的消息。這一回，讓他抓錢裴。

宗澤清緊趕慢趕，就這麼走運，剛安排就位，古文達傳的消息就到了。於是一刻不停歇，又奔波在了跟蹤錢裴的路上，但竟有另一組人也在追蹤這囚隊，讓宗澤清很意外。

也是盯上錢裴了？宗澤清想起龍騰的一番囑咐，於是讓兄弟們藏好行蹤，按兵不動，且看看究竟會發生什麼。

錢裴這頭也是不動聲色，一路小心觀察，未見異樣。到了牛山，見得手下人埋伏就位，便與衙差打了個眼神。衙差遂安排大家休息，開了車門趕囚犯們下來，一些綁在車軲轆上，一些押著到林子裡方便，其他衙差也抓緊機會坐下喝口水。

錢裴就在那些去方便的囚犯裡，他一路嚷了好幾句憋不住，等的就是這個機會。行到林中，突然竄出來幾個蒙面大漢，大叫著交出財物否則納命來。喊完之後那幾個大漢一愣，似乎這才發現劫錯了人。衙差和囚犯們更愣，見過蠢的，沒見過這般蠢的，這打劫時還興閉著眼不成？沒看見穿著囚服衣衫襤褸嗎？這像是值得打劫的樣子？

愣完之後雙方開始罵娘。蒙面大漢們互相指責愚蠢，但既然被衙差發現了，這人不得不殺。衙差一聽，拔刀相向。囚犯們大叫著四下逃竄。衙差又要截住逃犯，又得與劫匪相拚，一時間手忙腳亂，大聲呼叫增援。劫匪們又要殺衙差，又得殺逃犯，也是忙亂。

林外的衙差聽到呼喊，慌忙趕了進來。只見林中一片混亂，傷的傷死的死，劫匪們已然逃竄。一點人數，少了五人，受傷倒地的衙差喊著，誰誰誰逃了，誰誰追去了。

過了好一會兒，兩個衙差受了傷回來，抓回了一名逃犯。他們說追著逃犯到崖邊，他們竟敢頑抗。有一名砍死了，一名摔落山崖，定也是死了。而劫匪全跑了。

「摔落山崖的是何人？」

衙差一臉緊張，「錢大人的父親。」

衙差們面面相覷，這確實是難辦了。錢大人樂意自己父親被流放是他家的事，但他父親死在半路了，且還死不見屍，這如何交代？

錢裴甩開手上的枷鎖，在手下的帶領下快速在林中穿梭，很快穿過山林，到了後山的一條小道上。他站在林邊左右張望，手下從路邊停著的馬車上拿了一套衣裳過來與他換上。五個人圍著他一通收拾，然後三人簇擁著他往馬車走，另兩人拿著他換下的衣裳潛入山林，似是回去打點好局面。

錢裴上了馬車，車子很快駛動起來。駛出了小道，過了牛山地界，轉入一片竹林。林中突然飛出箭矢，擦過護車的手下臉龐，射中車身。

眾人大驚失色，急忙停下，尋遮蔽物躲藏。更多的箭矢射來，咚咚咚扎在馬車上。眾手下一邊揮刀擋箭一邊退散，很快躲得不見人影。

馬車裡頭絲毫沒有動靜，錢裴該是知道受襲，不敢下車。

箭矢停下了，一群蒙面人出現，圍著馬車迅速靠攏。一人在馬車門前打了個手勢，用力一把拉開車門，正待往裡衝，卻是啊一聲慘叫，被車裡刺出的一劍洞穿心口。

其他人見此情景大驚失色，最靠近的兩人忙朝著車裡攻了過去，不料同一時間，馬車裡卻躍出了五人，朝著蒙面人打了過來。

車門洞開，車裡頭又哪裡有錢裴的蹤影。

方才四下逃竄的護衛此時也已然回來，悄無聲息將蒙面人包圍了。

不遠處，伏在暗處的宗澤清津津有味地看著兩派人馬打成一團。不得不承認錢裴還真是有幾分狡猾的。這招金蟬脫殼，無論他的手下是輸是贏，他都得以脫身了。

兩邊很快打完，兩敗俱傷。錢裴的人抓到兩名俘虜，其他未死的奔逃，錢裴的人也未追，帶著俘虜離開。宗澤清打了個手勢，他的人散開，分兩路跟蹤去了。這時候奔來一人相報，錢裴穿著護衛的衣裳，穿過林子上了另一頭的馬車，朝著桃春縣的方向去。

宗澤清檢查了一番地上的死人，確實沒活口，於是也往桃春縣去。他信心滿滿，抓錢裴，小事一樁，定會讓將軍滿意的。

石靈崖軍營，安若晨正在校場練習馬術。戰鼓與她的配合越來越好，安若晨甚至學會了在馬上射箭。

這個「會」，僅限於箭能射出去了。教習她的兵士稱讚她學得快，安若晨很不好意思。她微笑道謝，看著對方紅了臉的模樣，想起田慶大大咧咧的豪邁直爽，又想起仍重傷臥榻的盧正。她妹妹的解藥，她仍想不到能放在哪兒。

「嗯哼。」一聲重咳將安若晨從沉思裡拉了出來，她聽到兵士恭敬喊著：「將軍！」

安若晨轉頭看，果然是龍騰。

「將軍。」安若晨招呼著。龍騰昨夜未歸，也不知忙什麼去了。

龍騰揮揮手打發士兵走開，側頭看著安若晨。

「將軍忙完了？」安若晨客氣地問。知道將軍忙不完，不止不完，看起來事情似乎越來越靠近緊要關頭了。南秦大使請求休兵停戰，而軍營上下卻越發緊張，盤查更嚴。

龍騰忽地翻身上馬，與安若晨擠在一塊，將她摟進懷裡，「一回來就看到妳凝視著臉紅的年輕小夥子，心情頗是不好。」

「將軍！」安若晨沒好氣。她家這將軍哪哪都好，就是愛裝。撒嬌也不是正經撒嬌，埋怨也不是正經埋怨。

「告訴我妳方才是在想我，我就原諒妳。」龍騰語氣威嚴，安若晨卻嘆氣，她伸手覆在龍騰接著她腰身的手背上，問：「出什麼事了嗎？」

一有緊張局面就愛調戲人，一思慮焦急就要給她畫個眉抹個唇的，這毛病也不知道是怎麼養出來的。

龍騰捏她的腰，安若晨癢得縮了縮，「夫人得配合為夫，這話才能接下去。」

「將軍，我方才在想你。」安若晨忍不住做了個鬼臉。

「我也想妳。」龍騰靠著她的頭，再不說話，就這麼靜靜坐在馬上不動。

安若晨等半天，等急了。「然後呢？」不是要接話嗎？話呢？她一點都不想杵在這兒演恩愛給士兵們看好嗎？

「然後得回帳裡收拾行李。」龍騰一夾馬腹，帶著安若晨回營帳。

「將軍讓我回中蘭嗎？」

「不，是我們得一起帶南秦使節去茂郡通城見梁大人。」

「我也去？」安若晨很驚訝。她問著，被龍騰拉進了帳裡。

「梁大人說，我成親了，他還未見過妳。」龍騰摸了摸安若晨的臉，「我也不放心將妳獨自留在軍營裡。」

安若晨看著龍騰的眼睛，整理思緒，「將軍帶著南秦使節過去，然後東凌的使節也會去，大家須得在通城談判是嗎？」

「差不多是這意思。梁大人來信，之前在通城發生的屠殺使節的案子他查出來了，凶手是東凌買通的遊匪，他們與在平南邊境殺人劫貨的是同一批人。那些人犯案後，便逃回東凌境內。接到新的任務，再潛入大蕭。」

安若晨皺起眉頭，「那梁大人可有說東凌為何如此？」

「只是派人過來傳令，未有細說，但提了一句，這事朝廷裡有人參與。」龍騰挑了挑眉頭，「往白了說，這是謀反。」

安若晨看著龍騰，他並沒有驚訝的樣子，似乎了然於胸。

「梁大人說恐怕我與他都有危險，須得細細商議，囑咐我將妳帶上。」

「確實是會有危險嗎？」安若晨問。

龍騰笑了笑，撫撫安若晨的臉，「從我決定要做武將那日起，便有危險。從我接旨來中蘭的那天起，便有危險。妳不是早知道？」

她知道。安若晨白了她家將軍一眼，「這是關懷問句。若將軍知道細節，便告訴我讓我有個心理準備。若是將軍不知道，便說些安慰話回應我的關懷。」

「我安慰了呀！」龍騰一臉無辜，「我不是說了，哪哪都危險，所以無須憂心。」

「這安慰頗有效。」安若晨回道。

龍騰哈哈笑，將她摟進懷裡，「最危險便是我遇著妳的時候。」

她又不是刺客，是有多危險？安若晨掐將軍的腰。龍騰把頭埋在她頸窩，沉聲道：「糟糕的是，我那時候還不知道原來這般危險，不然……」

不然如何？龍騰沒再往下說。

安若晨抱著他，也沒問。她在想，若是當初她知道得將軍施救日後會經歷這些，她會如何？她覺得一切應該沒什麼變化，因為那是她唯一的選擇，別無選擇。

「妳在發呆？」龍騰忽然問。

安若晨愣了愣，他抱著她，沒看她的臉，如何知道她發呆的？

「發什麼呆？」龍騰再問。

「想將軍。」

龍騰抬起頭來看著她。那目光深邃，如潭水一般，卻是溫暖的。安若晨覺得自己沉了進去，被那暖意包圍。

「所以……」龍騰似按捺不住，低頭下來吻了她。他呢喃的話尾安若晨聽不清，是什麼真危險還是真心什麼。這個吻極溫柔，讓安若晨覺得這才叫「安慰」。

龍騰吻完她，抬頭看她，又將額頭抵在她的額頭上，「妳這麼看著我……」

安若晨動動眉頭，她怎麼看他了，她都沒怪他那麼看她呢！

「在出發前，我們還有些時間。」

什麼？安若晨吃驚，「要走得這般急？」

龍騰安慰道：「無妨，為夫可速戰速決，但這不是為夫的真本事，妳莫誤會便好。」

安若晨還在想這般著急後頭隱藏的意思，是梁大人著急，還是將軍自己著急，抑或是情勢裡有什麼急迫處？待發現龍騰又吻上來，大掌也撫上她的肌膚，她這才發應過來龍騰最後那話的意思。

「將軍！」安若晨咬牙，一是著惱，二是怕自己叫出聲來。

既是事態緊急，怎地會有這心思？男子腦子裡想的與女子就是不一般是嗎？

「噓，妳小點聲。」龍騰將她抱到了床上。

「將軍！」

「到了那兒，恐怕沒法安心親熱。」龍騰咬她的耳朵，很熟悉她的各種反應。

安若晨漲紅了臉，她這會也沒法安心親熱，但來不及了。她咬著唇，後又覺得委屈，乾脆咬住將軍肩頭。

龍騰一邊占領，一邊在她耳邊輕聲細言。安若晨聽著聽著，聽明白了。這是她先前問他的危險，她說若他知道些細節便告訴她，若不知道便安慰她。他是不知道細節，但他有推測，他就這麼一邊「安慰」著一邊將推測告訴了她。

安若晨咬得更用力些。都說武將是莽夫，她原是不服氣的，她覺得她家將軍不一樣，但如今她覺得這話有道理，她家將軍何止莽夫。跟他在一起不但得有膽子，還得有氣度才行。若不是腿圈著他腰，她真想踹他兩腳。什麼時候該幹什麼事分不清是嗎？

可是越生氣就越熱情，她感覺整個人要燒起來了。

最後，龍騰在她耳邊道：「我知妳惦記妳妹妹的毒。南秦皇是重要籌碼，亮他出來才能誘虜正說更多，但這籌碼還不到用的時候，還有許多事要做。妳莫急，再給我時間。」

安若晨應不出話來，怕一張嘴便喊出來，只得點頭。

龍騰看她的模樣低聲笑，笑得她決定，一會兒一定要踹將軍兩腳方能解氣。

前線正式停戰，龍將軍帶著將軍夫人與南秦使節一起去茂郡見梁大人的事不是祕密，事情很快傳到了薛敘然的耳朵裡。

薛敘然突然拜訪安家，要見安若希。這把安若希嚇了一跳，以為薛敘然想悔婚了。

「妳這是什麼表情？」薛敘然瞪她。這姑娘讓人每次看見她都想罵罵她是什麼本事？就是如果他悔婚了她會想打他的表情。

安若希清了清喉嚨，道：「見得公子來探望，很是歡喜。」

薛敘然一臉沒好氣，「看著可不像是歡喜。我是來知會妳一聲的。」

安若希心裡咯噔一下，把拳頭藏在身後，壞脾氣得收一收，她捨不得打薛公子。

「我要去一趟茂郡通城，聽說妳大姊和龍將軍要去那兒。」

安若希很驚訝，「做什麼？」

「自然是去找他們要解藥。」薛敘然白了她一眼，這笨蛋，難道真的打算就在家裡等死不成？自己的命，自當自己努力去救一救，還真等她那個沒良心的大姊把解藥送過來嗎？先前他們在軍營，他還真是不好見。如今去了通城，倒是機會大些。

「既是婚期推後了，正好有時間，我去一趟看看，時間應該趕得上。」薛敘然粗聲粗氣老氣橫秋地說：「妳給我聽好了，妳家裡頭那些亂七八糟的事兒妳別管，妳就老老實實地等著我回來，一定讓妳安安穩穩地過門。」

安若希聽得心頭發熱，「那你一定要及時回來，誤了婚期，我可不饒你。」

薛敘然真想敲她腦袋，他真的敲了，喝她：「這回是誰誤的婚期？我怪妳了嗎？」

「有，你明明一臉嫌棄。」但她覺得好歡喜啊，安若希抿著嘴笑。

另一邊，錢世新正打算收拾人，他的目標是姚昆。

大局計畫已經走到關鍵一步。南秦易主，接下來議和後將與大蕭一同討伐東凌。大人們的計畫已經達成，而錢世新需要確保他的計畫不會生變。

姚昆不死，實難心安。

被逼到絕境的人是最容易收買的，若是這時候魯升向姚昆示個好，錢世新恐怕自己地位不保。雖然他們撇下他的可能性不大，但錢世新還是防備著，得確保這種可能不存在，他必須要讓自己是有用的，並且是唯一能用的那個。

現在錢世新在等待著，等著姚昆自盡的消息。就算他不死，他也必能讓他身敗名裂，名譽掃地。這樣的姚昆，自然是不能再做太守了，是一顆沒用的棋子。

「我已拿到安家對龍騰、姚昆強搶民女的訟書，姚昆是龍騰的同謀，他若死在紫雲樓裡，與我們對付龍騰大有益處。」錢世新與魯升道。對付姚昆的計畫，他是坦白向魯升說的，撇去自己暗地裡的心思，其他的他悉數告之。這也是在試探。

魯升表示了大力的支持和讚賞，「畢竟性命攸關，姚昆若是不肯就範，那就讓他成過街老鼠人人唾棄，到時我們再動手，做成自盡的樣子，他迫於壓力，羞愧而死，也是合情合理。龍騰失去了一個重要人證，許多事他都百口莫辯，他侵占人妻的鐵證就在身邊，到時也無須別的什麼，皇上盛怒之下，想怎麼處置就怎麼處置。」

這般甚好。錢世新覺得滿意。

至於姚昆究竟會不會自我了斷，以錢世新對他的了解，姚昆太在乎別人的看法，太看重家人，他覺得姚昆會動手的。

姚昆確實是很想動手，他原以為，待逼到了這個分上，自盡這種事也不是太難，但其實很難。他煎熬痛苦。想像著蒙佳月和姚文海知道真相後看他的眼神，他想一死了之。

若不是龍騰也威脅他，只差一點點。

姚昆輾轉反側，數日難眠。他也不知該感激龍騰還是該怨恨他，是他在後頭推著他逼他面對這個現實。他躲在假象之後藏了十七年的現實。

姚昆終還是屈服了，向龍騰屈服，反正最後的結果都是一樣的，他醜陋的面目終會被揭穿。由誰來揭都是揭，他決定選龍騰這邊。

姚昆忐忑不安，將蒙佳月與姚文海叫到了紫雲樓。

「有些話我想親口告訴你們，雖然難以啟齒，但與其讓你們從別人嘴裡聽來受到傷害，不如我自己來說。」姚昆還未進入正題，就已然哽咽。

姚昆看著他們，不自禁雙目含淚。他拚命忍住淚水，再道：「不，其實也不是這般，我不是因為這個原因才與你們說的。若我能夠選擇，我寧願將這件事帶進棺材裡，假裝它從來都沒有發生過，可惜我不能如願。我是因為被威脅……」

淚水終於滑下臉頰，姚昆伸手將蒙佳月抱進懷裡，將臉藏在她的頸窩處，哽咽道：「我把真相告訴妳。我不敢求妳原諒，妳便當我已經死了吧。」

錢世新聽得手下來報，說蒙佳月與姚文海去了紫雲樓。錢世新心裡一動，看來姚昆想了兩日終是有了決定。他讓人盯好太守府，蒙佳月與姚文海回來後再來報他。這手下得令，前腳剛走，後腳又有衙差來報，這次報的事卻是讓他大吃一驚。流放容西礦區的囚隊在牛山遇匪，衙差傷了三人，囚犯死了四人，其中一人便是錢裴。

所有的計畫都是一樣的，但是地點不對。明明該到了水蓮鎮才會遇匪，在水蓮鎮那處錢裴才該死遁。

錢世新橫眼一掃其中一個衙差。那衙差是他安排好半途放錢裴的，見他望了過來便明白意思，忙道：「大人，小的們該死，當時錢裴說憋不住，要方便，我們這才放他們到林子裡去，確實是他自己要求的。」

其他衙差趕忙附和，稱確實是如此。

錢世新明白了，不由得怒火中燒，又是如此，那老頭非要與他作對，非要自作主張。明明安排妥當，他偏不遵從。表面上應得好好的，實際自己另做安排。

錢世新將衙差們遣了下去，仔細想了想錢裴的話。現在也沒有別的辦法了，只有等錢裴與他聯絡，他才能知道他躲到了何處。

◆　◆　◆

龍騰帶著安若晨到了通城，安若晨見到了梁德浩。

太尉大人四五十歲的模樣，修剪整齊的鬍鬚，炯炯有神的眼睛，儀表堂堂，文質彬彬，待人和藹，說話親切。這般模樣與安若晨聽了龍騰所述之後想像的差不多。

梁德浩見了安若晨很是客氣，噓寒問暖，贈她禮物。安排了好些婆子丫頭照顧，給她與龍騰安置的屋子也是布置得極舒適。還說念她路途辛苦，免她拜見各官員，也不必與各官夫人應酬說話，甚至與南秦使節的洗塵宴等等都不必她出席。

龍騰也不客氣，讓安若晨謝過大人，便由她休息去了。

安若晨回到屋裡坐了會兒，真覺得累了。方才吃得太飽，這時看到床眼睛都要睜不開，她索性躺床上睡去。這一睡竟睡到深夜，醒來時發現天已黑了，外屋有人掌著燈，聽得屋內動靜，進來為她點燈，問道：「姑娘醒了？餓了嗎？要用飯嗎？」

安若晨初醒有些迷糊，聽得來人聲音更迷糊，看到她的模樣，一度還以為自己仍在紫雲樓，然後她很快清醒，驚訝道：「春曉？」

春曉比了個小聲的手勢，道：「是我，姑娘。不，夫人。」

安若晨驚喜，拉著她的手仔細看，「妳怎會在這兒？」

孫掌櫃該是指玉關郡正廣錢莊的那位孫建安掌櫃。安若晨記得當初是讓春曉出城向他報信，卻怎地會聽孫掌櫃使喚跑到這兒來了？

「孫掌櫃讓我來的。」

春曉看了看外頭，見得無人，便坐下與安若晨細細說。那時春曉派了兩個男僕出城，引開了衙門的追兵，自己去了玉關郡蘭城。

春曉見得孫掌櫃，將信給了他，事情相報。原是想趕緊回中蘭城給安若晨幫忙，孫掌櫃卻是不讓。他說城中局勢不明，她一個小丫頭回來也是無用。春曉不服，說她冒險趕來送信便是用處，她雖是小僕，但也有忠義良心。

孫建安便道，那更該留下，忠義良心不能隨便送死。然後孫建安派人打探情形，告訴春曉中蘭城裡發生的事，之後又與她道，他奉命得派人到茂郡做些安排，若春曉願意，便可到茂郡來。春曉聽說安若晨有可能到茂郡，便請命過來了。

「姑娘的脾氣我知道，若不是相熟的人，姑娘不會輕易信的。」春曉道：「有我在姑娘身邊，姑娘自然會安心許多，辦起事來才方便，對不對？」

「對。」安若晨有些感動，「妳受苦了。」

「不苦。」春曉兩眼發光，精神抖擻，「就是當初去找孫掌櫃時心中頗迷茫，有些害怕，不知道會遭遇什麼。那會兒我就想著姑娘從前逃家時是不是也這般，後一想不對，姑娘當初處境凶險。這麼一比，便覺得無事。」

安若晨心頭溫暖，緊緊抱住春曉。

春曉難掩興奮，將孫掌櫃怎麼派人帶自己來的，怎麼安排打點人脈，怎麼混進了府衙都說了，然後問：「姑娘，不，夫人，下一步我們做什麼？」

安若晨眨眨眼，她哪知道，她都不知道原來這裡居然這麼多埋伏了。雖然將軍是與她說過些安排，但沒講得這般細。且他說話有時讓人鬧不清真的假的，妳行事聽誰囑咐，後頭是何計畫，不好琢磨。

「春曉，妳與我仔細說說孫掌櫃如何與妳說的，後頭沒計畫？」

春曉仔細說了一遍，道：「後頭沒計畫，就是一直等夫人來，說將軍與夫人會來，就是時間的問題。之後要做什麼，聽將軍和夫人吩咐。我先前在這兒也沒什麼可做的，就是把人都認清了熟悉了，讓夫人來了，心裡能有底。」

龍騰在宴上已經看到了自家人的身影，心裡有底了，孫掌櫃果然按囑咐都辦好了。

宴上龍騰與梁德浩沒能說什麼正事，光聽南秦那幾個大使慷慨激昂控訴東凌的罪行，言稱他們南秦是被東凌矇騙，中了計謀，才會與大蕭刀戈相見。東凌狠毒狡詐，肯定是想藉此坐收漁人之利。梁德浩一番安撫，為南秦國君之死表達了遺憾哀悼，並稱議和也罷，討伐東凌也罷，事關重大，得好好商議。

龍騰當著梁德浩的面再問南秦使節：「貴國國君遇難真相，你們確實查清了嗎？那東凌既是想從中挑唆，為何做出這等蠢事來？這豈不是暴露了自己，惹來禍端？」

梁德浩點頭。

南秦使節丘平道：「龍將軍、梁大人，正如我等先前報的，東凌那使團喝多了說溜嘴，皇上對東凌質疑，宴中起了口角，皇上大怒之下稱戰事蹊蹺，必要嚴查，要到前線來與大蕭重啟談判。東凌那些人便覺得事情恐有暴露的危險，便想阻止皇上如此行事，再將刺殺皇上之罪嫁禍給大蕭，結果被任重山將軍撞破，雙方打了起來，皇上中箭落水身亡。」

梁德浩與龍騰對視一眼，梁德浩問：「那麼，如今是輝王暫代掌管國事？」

丘平忙應：「是。輝王希望能與貴國澄清誤會，停戰和談，共同討伐東凌惡行。」

梁德浩撫了撫鬍子，道：「這事容我們稟了皇上再議。討伐之事，便是開戰之事，貴國與東凌的怨仇，我們大蕭摻一腳，似乎也不妥當。」

丘平忙施禮，「大人，東凌害的可不是我們南秦一國，若無貴國相助，我們南秦與東凌討不回公道，大蕭又豈能安然？」

梁德浩不再言語，將語題轉開了。

宴後，梁德浩與龍騰關在一屋細商，頭一句便點出南秦的心思：「他們也不過是怕我們隔山觀虎鬥，撿現成的便宜。」

龍騰不言聲。

梁德浩道，這事他已經寫了奏摺快馬送到京城，朝廷那頭的意思且等著，他須得先將邊境這些事都處置了再說其他，「你那近萬戰俘不能久留，時間長了定有麻煩。」

「這不是要等大人的意思，若議和便得放，若不和便得殺。」

梁德浩皺起眉頭，「莫將殺人說得如此簡單。」

龍騰攤攤手，表示自己對這種事沒意見，他道：「說起殺人，當初在安省鎮，我與大人會面之時，那些個刺客，大人審得如何？」

當時梁德浩說要嚴審，抓住丞相羅鵬正謀害他的把柄。

梁德浩道：「我將他們抓了回去，還未等審，他們二人竟暴斃了。」

龍騰問：「那麼可與羅丞相質問此事，刺殺重罪，難道就這般了啦？」

「自然不能，但前線軍情更是緊要。原想著待處置完前線之事，回朝後再好好參他一本，屆時還得有你幫忙，你可證明我未曾誣陷於他。只是我未料到，追查使節一案，卻又查出與朝中重臣有千絲萬縷的聯繫。」

「大人覺得與羅丞相有關？」

「還未找到實證。」

龍騰垂眸，沉吟道：「我這兒倒是有條線索，只可惜也沒甚用處。」

梁德浩驚訝，忙問：「是何線索？」

「安省鎮時，大人押著刺客走了之後，我發現地上有一刺客還未氣絕，便問了他幾句。他說未曾見過羅丞相本人，那時候拿銀子過來找他們辦事的是一個叫陶維的中年男子。」

「陶維？這人是誰？」

龍騰道：「聯絡這等勾當，往往掩去身分換個假名。陶維這個名字，也沒甚用處。」

「那刺客可認得那人，他可指證出來。」

「他傷勢極重，說了這個後便死了。」龍騰搖頭。

梁德浩沉默，皺眉苦思。

與此同時，京城的春雨下了一日，石板路洗過一般，空氣裡也瀰漫著清新的氣息。市坊裡人來人往，各家鋪子賣力殷勤，雨後的生意頗為不錯。一家瓷器鋪子門前，掌櫃模樣的中年男子客氣地送兩位客人出鋪子，客人道：「陶老闆請留步。那套花瓶來了，可記得幫我留著。」

陶老闆滿臉堆笑，點頭答應。

客人走後，他站在鋪子前左右看了看，轉身回了店裡。

在這鋪子的斜對角有家茶樓，二樓裡雅間坐著兩人，正透過窗戶看著那瓷器鋪子。

「就是他，那個叫陶維的？」坐左邊的那位藍裳華服貴氣公子問。

「對。」右邊穿白衣的公子應著，他約莫二十左右的年紀。

貴氣公子多看了陶維兩眼，問道：「你覺得這是怎麼回事？」

白衣公子笑道：「我怎知道，我又不是朝中官員，哪曉得誰與誰鬥，誰要害誰。」

貴氣公子白了他一眼，「少裝無辜。你將這事兒告訴我，不就是想讓我插一腳，為你們龍家做主嗎？」

白衣公子又笑道：「我們龍家有什麼要緊的？最重要的是，皇上為了立太子之事，左右搖擺，改了好幾回主意還未定下心來。朝中眼看著就要腥風血雨，一場大亂了。這個時節總得有人出來撥亂反正，為皇上解憂，讓皇上安心。皇上一安心，主意就容易定了。殿下，您說對吧？」

三皇子蕭珩沂輕哼一聲，抬手給白衣公子倒了杯茶。白衣公子笑嘻嘻，拿起壺來也為三皇子倒了一杯回禮。

蕭珩沂道：「龍二，這點你就不如你大哥了。事情一二三四還未摸清楚，你就嚷嚷什麼腥風血雨一場大亂，你這是想給你們龍家招禍是嗎？」

龍二道：「我說的可是實話。朝中人脈，一個拉著一個，一人出事，牽動一串，若是梁大人有個什麼，受牽連的可不止三五人。我提早給殿下示個警，也是冒著極大風險的。」

「這事牽連最大的怕是你們龍家。」蕭珩沂一下揭穿龍二的心思。至於他自己，哪邊都不站，若真是出事，他也是隔山觀虎鬥，傷不著。

羅丞相與梁太尉勢均力敵，還未有勝負，所以他還沒有選定哪一派。一旦選錯，皇位就與他無緣了。他對此等事小心謹慎，甚至與龍家的關係裡，比起與龍騰來，與龍二私下裡走得更近。他可不像皇兄那般明槍明刀擺明面上對著幹，他有他的策略。只是他也知道，朝中勢力，終歸有一派他是要選邊站的，他得挑好了。

「確實是會拖累我龍家，所以我趕緊來抱緊殿下大腿也是沒錯。」龍二喝口茶，「殿下莫要告訴我大哥，他最煩我這般沒骨氣了。」

蕭珩沂再白他一眼，說的跟真的似的。誰不知道他們龍家三兄弟一條心，全家都一個毛病：護短。自己嫌棄自己家人可以，別人碰一指頭就不行。龍二來找他一事，龍騰怎可能不知情？非但知情，還很有可能是龍騰授意的。

眼前這事，關乎朝廷重臣，確實有蹊蹺。南秦易主，東凌詭謀，這邊重臣鬧著刺殺的把戲，要說掀起腥風血雨還真有可能，他提前知道了這事，總歸是有好處。

「好，這事我記著。」蕭珩沂話未多說，但龍二明白，這話裡意思既是領了他的情，也是應允了幫忙打探打探朝中情形。

「那我便等著殿下的消息。」

中蘭城裡，錢世新也等到了消息，兩個消息對他來說都不是什麼好事。

先是姚昆那頭，他的人來報，蒙佳月與姚文海離開紫雲樓裡雙目通紅，情緒激動。蒙佳月更是幾近崩潰，靠著姚文海的攙扶才勉強走到門口上了轎。

這反應與錢世新來說大大的不妙，這表示姚昆自己與蒙佳月坦白了。這有些出乎錢世新的預料，他想了想，冷笑著，其實也不該意外，他爹爹和他都看錯了姚昆，還以為他黏糊懦弱，把名節聲譽看得比命重，卻原來不過也是貪生怕死之輩。

果然，當錢世新去太守府欲見蒙佳月時，吃了閉門羹。蒙佳月讓管事朱榮轉告，這府裡上下與姚昆皆無關係了，錢大人與姚昆有何糾葛自己處置去。

錢世新與朱榮對話時，看著朱榮的眼睛。那眼神裡的憤怒真切，不似裝的。朱榮是老管事，當初為蒙雲山管家，從小看著蒙佳月長大。他從前恭敬稱姚昆為大人，如今卻直呼其名。這般看來，確實是知道了當年的真相，與姚昆斷了關係。

錢世新回到衙門，喚來讓手下，將之前他與魯升商議的事囑咐下去。

沒過多久，市坊間裡開始傳，聽說前太守姚昆的夫人蒙佳月與姚昆恩斷情絕，是因姚昆竟是當年害死蒙太守的真凶。為了奪權篡位，霸占蒙佳月為妻，表面善良仁義，實則陰險毒辣，不但暗殺了人家的父親，奪了太守之位，還欺瞞蒙佳月，假情假意地與她裝成恩愛夫妻十多年。

此事一傳開，全城震驚，有人不信，有人大罵，還聯想起了這次刺殺白英大人的事，稱姚昆的狠心腸果然藏不住，二十年後再現端倪，看來白大人之死確是他所為。

又有人大呼蒙氏母子可憐，哀悼萬人景仰的蒙太守。

在群情激蕩，爭論不休的情勢裡，錢世新與魯升開始籌畫滅殺姚昆的計畫。這其中錢世新還見了一次靜緣師太，靜緣師太讓他查事，他可不敢忘。

錢世新先是客氣一番，問候靜緣身體。靜緣師太一言不發就拔劍，錢世新這才免了那些客套廢話，直截了當地說他已取得了與輝王聯絡的辦法。日後聯絡起來了，見機行事，他可向輝王查探當年案情的線索，但眼下不能操之過急，反而惹來猜疑。他希望靜緣師太多些耐心，並言稱自己在位越穩，越有機會與南秦走得近，與輝王和南秦裡各頭關係就越容易打點，到時查起事來會更方便的。

靜緣師太看他半晌，問他：「你就是想告訴我，有人想扳倒你，將你踢開是嗎？」

錢世新小心道：「倒不是要與師太訴苦，只是我確有自己的難處。」

靜緣師太冷笑道：「你的難處自己解決。若你不是太守，沒了用處，我就去殺你。」

錢世新被噎住，只得訕訕離開，知道想利用靜緣師太殺姚昆那是不可能了。

回了衙門，錢世新就接到個消息，這讓他更不痛快。

呂豐寶風塵僕僕，自稱奉了錢裴老爺之令，來給錢大人遞消息。

錢世新從未見過這人，也未曾聽說過他的名字，但他對上了錢裴留的暗語，還帶著錢裴的書信。錢世新打開信一看，確實是錢裴的筆跡。

錢裴於那信上說，自己已經安頓好了，目前在一個安全的地方落腳，讓錢世新暫時不要找他。倒不是信不過兒子，只是魯升那人靠不住。他在信中說了自己半途遭劫的經歷，聲稱抓到了劫匪，審訊之下，就是魯升派去滅殺他的。

錢裴說這個叫呂豐寶的人是個生面孔，中蘭城無人認得，只要錢世新不要與魯升多言，沒人會將這小子與死去的逃囚錢裴聯想到一塊。他讓錢世新安頓好呂豐寶，有什麼事便讓他給自己遞消息。提防好魯升，其他的事等他消息。

錢世新看完信，將信燒了。給呂豐寶安排了住處。想了又想，去找了魯升。

魯升對錢裴未死之事一定是知曉的。他的人沒能辦成事，沒能回來，他自然明白刺殺任務的結果了。錢世新決定問一問，這裡頭究竟是什麼打算。

錢世新沒料到魯升竟然毫不遮掩，供認不諱，與他道：「你爹爹當真是有幾分手段的，但越是這般就越危險。我未與你招呼便動手，也是不想讓你為難。」

錢世新怒極反笑，「魯大人這般說，我惶恐了，我是否該做好與我爹一樣的準備？」

魯升道：「你如此說，便是還不明白情勢。你爹與屠夫一般，都是極危險的人物。」

錢世新怒道：「他們有何一般的？」

「都是南秦那邊的人。」魯升道。

錢世新一愣。

魯升看著他，道：「你一定要分清楚，我們與輝王合作，是利用他，而不能只被他利用。你是我們找的人，是我們看重的，對你也是委以重任，期望甚高，而你爹是輝王的人。這麼多年來，他一直與南秦與輝王有著緊密的聯絡，他不止把南秦的消息帶到大蕭，也把我們大蕭的消息給了南秦。從前也就罷了，因為我們大家在做同一件事，但如今走到這一步，輝王已經達到他的目的，而我們還沒有。所有輝王的人都必須剷除，輝王於我們大蕭裡的耳目必須滅掉。輝王只得直接與我們聯絡，我們想讓他知道什麼，就讓他知道什麼，我們不想讓他知道的，他就不能知道。」

錢世新心裡一緊，他明白了。

「你不用提防我，你該提防的是你爹。平南郡是你的，這件事已經板上釘釘，我與大人都能確保你日後飛黃騰達，但你爹卻不這麼想。他認為你就是他兒子罷了，他認為你什麼都得靠他，他甚至覺得我們找上你是因為他的緣故。他搞不清楚自己的位置，左一個輝王右一個輝王，似他與我們是平起平坐的，他代表著輝王的勢力，來與我們叫板。你自己說，他是不是與屠夫一般危險？」

錢世新什麼話都說不上來，他想起了錢裴對他說的那些。父親確實看不起他，確實口口聲聲說他有今日全靠他的扶持，絲毫不顧自己給他的仕途添了多少麻煩。

「我急忙趕來中蘭城，有部分原因也是因為這個。」魯升道：「我得確保你在中蘭城坐得安穩。你不方便辦的事，沒能力辦的事，我得替你辦了。」

所以，他來中蘭的一部分目的，是殺了他爹嗎？

「原是不想讓你為難，你爹鬧出這一出來，不為難你也是不行。如果你沒有決心守住平南郡，現在我們還有機會換人。不是一條船的，唯有丟到江裡去。」

錢世新心一沉。

「但若是你有這意志和鐵腕，證明我們從前沒有看走眼，那我們就一起，把障礙都清除掉。殺掉姚昆，讓龍騰再無籌碼。殺了你父親，讓輝王再無耳目。」

魯升盯著錢世新，問他：「你可能辦到？」

錢世新靜默半晌，吐出一個字：「能。」

魯升與錢世新很快便開始執行計策。

流言四起，民心不平，這是個好藉口。錢世新翻出十七年前的舊案錄，把錢裴保留的那張紙加了進去，又去了寧縣清河村，找到當初被判刑斬首的書院雜役尤懷山的兒子。

其子當年才四歲，錢裴派人將他交給了村裡一個老翁撫養。老翁姓梁，孤苦伶仃，白得一筆錢，又多了個孩子，自然喜不自勝，沒多問就將孩子留下來，為他改名梁清河。

如今梁老翁早已去世，留下梁清河獨自過活。梁清河今年二十一歲，家徒四壁，一貧如洗，靠著編竹器賺錢度日。太窮，也沒個親戚叔伯照應，連媳婦兒也娶不上。聽得衙門找上門來的原因，大吃一驚。

梁清河一身破舊衣裳，背了個爛包袱就隨著衙差到了中蘭城。聽了錢世新說了當年他父親的冤情，沉默好半天，猶豫問道：「大人的意思是？」

錢世新道：「你父親蒙冤受死，如今真相大白，當為他討回公道。你是他於這世上唯一親人，該由你親手為他申冤。」

梁清河皺了皺眉，「我對父親沒什麼印象，我是梁老爹養大的。報官討公道什麼的，頗費時日吧？再者，我也不記得當年的事。」言下之意，似是嫌這事累他花費時間精力。

這下換錢世新皺眉，他道：「我知道你自小也聽過些風言風語，受過不少委屈，那都是因為當初你父親的冤案。如今你有機會為他洗刷冤屈，也可令自己堂堂正正過日子。」

梁清河似乎緩過神來了，他搓了搓雙手，訕笑道：「那都是十幾年前的舊事，我那會兒還是個孩子，說起來也真是吃了不少苦頭。大人能夠體恤真是太好了。這個，我是說，當初這冤情讓我家破人亡，我能得些錢銀的賠償嗎？」

錢世新一愣，為他平冤，又哪有跟官府要錢的道理？他看了看梁清河，對他臉上現出的貪婪有些厭惡，但他需要這個苦主，還需要他當人證，畢竟蒙佳月和姚文海是不可能出來指證姚昆的，他只憑一張隱含著謀害意圖的圖紙，還不足以給姚昆定罪。況且隱瞞不報不是什麼罪名，只能說這人無德，定不了罪。但若刺殺一事是姚昆策劃，支使尤懷山動的手，那事情就不一樣了。

梁清河想要銀子是好事，錢世新道：「可以給你銀子。」

梁清河臉上頓時露了驚喜。

「但你須配合著，好好申冤告官。」

梁清河用力點頭，「那是自然的。我爹是冤死的，自然得申冤。」

這會兒又記得他爹了，錢世新對梁清河更是看不起，「要翻案也不容易，畢竟你爹當初對罪行供認不諱，所以你得拿出些真憑實據，且能說出門道，這才能指證姚昆。」

梁清河有些著急：「怎麼還得拿出憑證？我可是沒有的。我當初年紀小，什麼都不記得了。只隱隱記得有人來我家，給我吃好吃的，說我爹不會回來了，然後將我帶到了清河村，交給了梁老爹，我後來就一直跟著梁老爹過日子了。我是有聽說過些傳言，什麼有人刺殺了太守，但我一提起這事兒，梁老爹便打我嘴，讓我莫要多言，以免惹下禍端，我就再沒問了，也未聽梁老爹提過。」

錢世新聽得臉色難看，道：「你這般說自然是不行的，告不倒姚昆。告不倒他，即是說你爹不冤，那你就沒有銀子可拿了。」

梁清河急道：「那可如何是好？大人，得要什麼證據才能告倒他呀？」

錢世新道：「這般吧，我把東西幫你準備好，你按我說的，好好練練說辭。練好了，你便到衙門大門處擊鼓鳴冤去。」

梁清河趕緊點頭，「好的好的，大人你怎麼說我怎麼做。」他頓了頓，又道：「大人，那這般我是得在中蘭城裡住下吧？這城裡什麼都貴，沒錢銀可不行，我身上沒錢……」

錢世新忍耐著道：「自然會幫你安頓好，不會缺你銀子。」他朝一旁候著的親信言遙使了個眼色。言遙上前來，拿出兩串錢給梁清河。

梁清河喜笑顏開，飛快將錢接過了。

錢世新道：「這些你先拿著，事成之後，再給你十兩銀子。」

梁清河聽到十兩，眼睛都發起光來，「大人，你就是我再生父母，我全聽你的。」

陸之章 ◆ 反覆

安若晨聽龍騰的話，在吃飯的時候，當著眾僕的面發了頓小脾氣。理由是到了通城後，她都未出過院子。龍騰時時忙碌，背影都沒能見過幾回。原先哄她的什麼到了這兒肯定沒什麼事，定會有空帶她到處逛逛，見識見識，全是騙她的。

龍騰擺出一臉寵溺，哄著說等忙完這一陣，等東凌使節到了，將事情談清楚就有空了。到時定帶她出去玩耍，絕不食言。

安若晨默不作聲，擺出一臉不高興悶頭吃飯。

事後，龍騰與梁德浩談公務時，梁德浩提起了這事，他說聽僕役們在傳，龍將軍懼內。問龍騰究竟怎麼回事。

龍騰簡單解釋了幾句，梁德浩頗不認同：「你這位夫人，出身低微，見識短淺，如何帶得出去？我是聽說了些她的事。她經歷坎坷，有些莽勇，在中蘭似乎是立下了些功勞。你若喜歡，收入房也是可以，但明媒正娶怕是不妥。二品夫人便該有二品夫人的模樣，她小裡小氣不懂規矩，為這等小事給你臉色看，不識大體，日後還了得？」

龍騰拱拱手，「讓大人為我操心了。晨晨有晨晨的好，我心裡知道。她從前受了苦，又為我做過許多事，該讓她過些好日子的。大人就莫憂心我的事了，我心裡有數。倒是東凌這頭，使節遲遲不到，大軍於邊境嚴守，姿態甚是倨傲，大人如何看？」

「東凌小國，兵力不值一提。你我手上加起來的兵力，莫說區區東凌，就是東凌加上南秦，也不會是我們對手。」

龍騰笑了笑，「倒是我不好了，手腳太快，擄了太多人，未給大人橫掃沙場的機會。該讓楚青慢些誘敵，待大人處置完茂郡的事親自佈兵。」

梁德浩白他一眼，「你這是顯擺自己的功勞嗎？那仗確實是漂亮，你幹得好。好了，我也誇過你了，莫炫耀了。」

龍騰哈哈大笑，道：「既是兵力懸殊，大人不覺得東凌做那些小動作很愚蠢嗎？挑釁我大蕭，無異於以卵擊石。再把南秦也得罪了，弒君大仇，他們怎地這般想不開？」

梁德浩點點頭，道：「殺了南秦德昭帝一事怕真是意外。被識破了，情急滅口，但這下也全部敗露了。說起對付我大蕭，若無人煽動，暗中支持，他們斷不敢有這膽子。刺殺使節團那回，便是精心策劃，拿到了詳細的時辰和地點。我查到史平清身上，當初是他這太守留下使節，招呼遊樂，行程住宿，他清清楚楚。他說是收到過羅丞相的指示，讓他與東凌交往時多些客氣，他是萬沒想到，東凌居然有此居心。」

「羅丞相也可說他萬沒想到東凌有此居心。」

「確實如此。」梁德浩道：「暫時未有鐵證能證明羅丞相在此事中做了什麼。另還有一事，你說你佈在南秦的探子被殺，朝中有人洩密。我派人查了，彭繼虎曾進過軍碟密庫，時間上差不多。庫守禁衛錄上記著，當初彭繼虎是說要查固沙兵庫的將官名錄，夏國有些莽動，羅丞相頗憂心，但我派人進庫中看時，發現你祖父的密令盒被撬開了。那些陳年密令早已封塵，誰會動呢？」

龍騰動容，「他們這般作為又是為何？」

梁德浩道：「你想，南秦有進犯之意，於是你領兵來了。平南郡裡細作潛伏，甚至你軍中也有奸細，你處境如何凶險。不止平南，茂郡也是如此。你將遭遇前後夾擊，損兵折將。羅丞相還想派彭繼虎來任這巡察使，你打勝仗也罷，打敗仗也罷，總能抓住你把柄。你那夫人便是一個，你軍中奸細又是一個……」

「所以，是想藉機置我龍家於死地？」

「也許是其中之一的目的。當然這只是我的推測，最壞的結果，怕是他欲勾結外敵，毀我大蕭兵將，到時南秦、東凌邊境進犯，夏國蠢蠢欲動，是逼宮篡位的好時機。」

龍騰挑了挑眉，「這推測頗是大膽。」

梁德浩苦笑搖頭。

「如若這般，他如今該是急得火燒眉毛。南秦易主，若他是與輝王勾結。輝王已得償所願，隨時能將他踢開。東凌原是與南秦一起唱齣戲，結果德昭帝還未到邊境，已看穿東凌的把戲，他們不得不將德昭帝滅口。羅丞相若是與這兩國勾結，必是答應日後稱帝后給他們好處。輝王篡位是好處之一，東凌弱小，皇上一直對他們頗為嚴厲，若是羅丞相承諾免他們貢金，多給資源，也是可能。可惜東凌被大人查出背後的陰謀動作，南秦又裝得無辜不依不饒，恐怕羅丞相這戲不好唱下去了。」

梁德浩尋思，「你這般說，還真是如此。」他沉吟道：「若你是他，你會如何辦？」

「最緊要的是提防南秦、東凌將我供出來。只要維持了清白，在皇上面前還是忠臣，繼續得皇上重用，日後定還會有其他機會。」

梁德浩道：「我們得想辦法揭穿他才好。」

「此事須從長計議，省得引火焚身。惹了皇上猜忌，大人與我都有麻煩。」龍騰道。

梁德浩點頭稱是，待送龍騰出門時，卻見龍騰的衛兵等在門外，一臉焦急。

「怎麼？」龍騰見狀問。

那衛兵道：「將軍，夫人自己出城去了，她說將軍沒空，她自己逛逛也好。」

龍騰臉一沉，「胡鬧！可有派人跟著她？」

「有的。」

龍騰對梁德浩施個禮，「大人見笑了，我先去處理家事。」言罷，匆匆與那衛兵走了。

梁德浩看著龍騰的背影，直到再看不見，這才轉身回屋。

龍騰領著衛兵趕到城外，安若晨的馬車在一林邊等他。見他來，問道：「如何？」

龍騰笑道：「委屈夫人裝怨婦了。我出入不便，總被盯著，若是尋妻倒方便了。」
「所以將軍要做什麼？」
「你領著他們到處逛逛吧。我得去個地方，回來再與你說。」
安若晨聽話照辦。龍騰單騎穿過樹林，拐上大道，直奔到一村落裡。村子東邊有個宅院，紅漆大門，兩棵大樹。
樹上坐著一人，一臉無聊地搖著樹枝，見得龍騰，跳了過來，娃娃臉笑得很燦爛。
「哎喲，看這來的是誰人啊？多日未見，將軍越發英俊瀟灑春風得意了。」
龍騰不理他，將韁繩丟給他，問道：「人呢？」
「在裡頭。」宗澤清笑嘻嘻，「將軍啊，我見面誇了你，按禮數你不回誇一下嗎？」
「多日未見，你越發無聊三八春風得意了。」龍騰面不改色一口氣說完。
宅子裡有士兵著布衣扮成村民模樣守著，見得龍騰進來忙施禮，將他引到裡屋。門一開，屋裡空空蕩蕩，只一把椅子。椅子上綁著一人，嘴裡塞著布。
宗澤清尾隨龍騰身後，道：「將軍，我知道你想親自動手，所以我都未捨得打他。」
龍騰盯著眼前這人看，點頭，「你說的對。」
椅子上的人看著龍騰來，眼露驚恐。
「許久未見了，錢老爺。」龍騰面無表情地招呼完，一拳朝錢裴的臉上揍了過去。
安若晨直等到太陽落山才見得龍騰回返。龍騰滿面笑容，顯得心情很是舒暢。上了馬車，將安若晨抱在懷裡，卻不說話，只是笑著。
安若晨狐疑地拍拍他的背，「將軍定是幹大事兒去了。」
龍騰哈哈大笑。
「像打了大勝仗似的。」安若晨道。

「比打了大勝仗還舒坦。」

安若晨撇撇嘴，「那定是遇著了心愛的姑娘。」

龍騰再次哈哈大笑起來，輕拍她腦袋，「不許調戲本將軍。」

安若晨一本正經地道：「你們當官的都這樣，只許州官放火，不許百姓點燈。」

龍騰又笑起來，他伸長了腿愜意地靠在車壁上，道：「我若是個尋常百姓，早就將他揍得滿地找牙。這不礙著為官的身分，有些事要辦起來束手束腳。」

安若晨頓時眼睛一亮，一把握住龍騰的手，壓低聲音問：「錢裴？」

龍騰點頭，安若晨整張臉都亮了起來，握緊拳頭揮舞了兩下，彷彿打人的就是她，「揍得如何？可有將他打得不能人道？」

龍騰垮臉，「這位夫人，端莊呢？」

「為民除害的時候，計較這些做什麼？」安若晨理直氣壯，然後急切問道：「不會再讓他逃了吧？不會再讓他出去害人了吧？」

「不會的。」龍騰將她抱在懷裡，「他無處可逃。在官方的案錄裡，他已經是個死人了，我怎麼處置他都不為過。」

「他是細作嗎？」

「是。」龍騰點頭，將如何抓到錢裴，審到了什麼都告訴了安若晨，「這老傢伙可不是什麼硬骨頭，多打幾拳就都招了，問什麼答什麼，但裡頭的真假還需驗證。只有一樣，他咬死不承認錢世新也是細作。他說一切都是他聯絡安排，錢世新完全不知情。」

安若晨很驚訝，「這般噁心的惡人，居然會顧念親情？」

「他再如何顧念也是無用。錢世新罪孽累累，怎麼都是掩不住的。」龍騰敲了敲馬車車頭的廂壁，示意車夫啟程，「我們回去，還有許多事情要辦。」

龍騰如此這般地交代安若晨一番，安若晨仔細記下了。聽著聽著，卻又遺憾，插話道：「那錢裴交代得如此利索，豈不是不能再揍他了？」

龍騰眉毛挑得老高，「誰說的？交代完了接著揍。我也就是趕著時候，又恐弄髒了衣裳回去不好掩飾，才沒怎麼親自動手。我走了，還有別人招呼他。再者說，他供述的是真是假，是不是全部，是否有隱瞞遺漏，是否有栽贓誣陷，多的是需要揍他的理由。」

啊，這麼殘暴之事，當真讓人歡喜。安若晨心安穩了，很有幹勁。「將軍放心，將軍囑咐的事，我一定辦好。」一定不辜負將軍幫她揍壞人的恩情。

兩人回到城中府衙，代任太守崔浩聞訊過來，給安若晨帶了些玩耍的小玩意兒。他道：「聽梁大人說，將軍夫人在這處住得頗是煩悶。這怪下官招呼不周，這些東西給夫人解解悶。我也囑咐了賤內，待夫人方便時，過來多陪陪夫人說話。夫人有什麼想做的，賞花看戲等等，皆可交代她。」

安若晨客客氣氣地謝過，道自己暫居於此處，卻給大人添了如此多的麻煩，真是過意不去。龍騰在一旁附和訓了安若晨幾句，給足了崔浩面子。又囑咐安若晨，若真覺悶了，可以出去走走，只要帶好婢女和衛兵便行。不許自己亂發脾氣，也別弄得跟誰囚禁了她似的。想玩便玩，別闖禍就好。

之後數日，安若晨果真是時常出去玩耍，有時還拉上了其他官夫人，有時自己帶著丫鬟和衛兵。龍騰這頭忙碌，東凌的使節終於來了。三國官員一起坐下談判，他也無暇顧及自己夫人去處。大家看在眼裡，見不再有吵鬧，便也安心下來。

說到東凌這頭，其使節姍姍來遲，卻也不卑不亢。他們否認了所有對東凌的指控，反而質疑南秦在這一系列事件當中的角色和作為。

東凌使節包恆亮道，當初是南秦邀東凌結盟，是南秦懇請東凌協助與大蕭的和談，讓東凌派出使節團，帶上南秦使節一同赴大蕭京城。所有的事都是南秦提了主意，東凌基於同盟立場和情義提供援助。去迎接御駕親征的德昭帝，亦是南秦的要求，說是彰顯兩國同盟締結的決心。如今出了意外，事實真相未明，南秦就著急忙慌地與大蕭共同將東凌樹敵，且從前所有種種南秦與大蕭間的爭端糾紛，倒成了東凌的罪過。這讓東凌不得不懷疑，這一切都是大蕭與南秦共同的陰謀。

南秦使節丘平情緒激動，駁斥反擊，一件件一樁樁又將事情翻來覆去地再訴一遍。

包恆亮臉色陰沉，道東凌不會屈服，又警告南秦，與大蕭合作是與虎謀皮。他聲稱已發國書予各鄰國，澄清東凌於這些事中的無辜，「且讓天下看看你們大蕭的陰謀嘴臉。」

梁德浩對東凌使節包恆亮的態度極不滿，與龍騰私下抱怨，但又顧慮到這事大蕭朝廷裡真有叛國逆臣，故而也不敢將話說得太過，但南秦這頭丘平卻是不依不饒，席上與包恆亮幾番爭執，對於梁德浩不溫不火的反應也極為憤怒。

龍騰與梁德浩道：「到了這一步，拖延周旋也不是辦法。若真是羅丞相從中搗鬼，我們得找到證據，揭穿他的陰謀。陰謀揭穿了，事情也就解決了。目前我們手上還有兩國的兵將俘虜在手上，仍是占了先機。但正如大人所說，這麼多的俘虜，關押久了會出大麻煩。不如這般，我們邀請輝王來大蕭商議解決爭端的辦法。輝王在此事中已經拿到好處，拿到好處的人，是最容易背叛盟友的人。過河拆橋，人之天性。他若願意揭穿羅丞相，指證他的罪行，我們在兩國和談的條件裡讓他一步也不是不行。」

梁德浩想了想，「他堂堂國君，若不願來呢？」

「德昭帝御駕親征，為國而死。他想取而代之，不做足姿態怎麼可以？」

梁德浩思慮半晌，點頭應允，「你說的有理，這事我去安排，速速辦來。」

而中蘭城裡，錢世新的計畫進行得非常順利。梁清河雖然目不識丁，沒甚見識，但也是個聰明人。他很快就把錢世新交代的說辭練好了，還幫著出了不少主意。

最後定下的說辭是這般的：當年日子過得很苦，父親只在書院做個雜役，沒有別的本事，掙不到什麼錢，他當初還生了病，父親得帶他求醫，欠下不少銀子。因為那會兒日子過得苦，父親總與他念叨，所以他年紀雖小卻也記得當時情景。後來某日父親說有位貴人託他辦一件極凶險的事，若是辦成了便會有許多銀子。聽得有銀子，他還問了父親幾句。父親哭了起來，說這是件違背良心的事，但他們窮到這分上，也顧不得良心不良心了。後來父親被捕，他才知道父親說要做的事居然是刺殺太守大人。

父親死後，他被人送到了清河村，交到了梁老爹手裡。後來他見過幾次姚昆過來，給了梁老爹銀子。那會兒他不敢多問，生怕惹下禍端，又怕梁老爹不肯撫養他。後來日子久了，事情慢慢就淡了。

直到前一陣子，他聽得坊間傳，說是姚昆是刺殺蒙太守的主謀，他這才將所有的事都聯繫起來。他想起自己冤死的父親，覺得不能再沉默下去，故而前來告官。他手上藏著當初父親留下的一張圖，說是託他辦事的人給的，這是物證。

那張圖自然就是錢裴留下來的路線圖紙。錢世新重畫一張，上面按姚昆的筆跡寫上字，好指證姚昆。梁清河便是帶著這張紙敲響了鳴冤大鼓。錢世新像模像樣地聽他訴冤，接受了他的狀子。案子一立，公文遞到紫雲樓，有苦主告訴，須得姚昆到案。

蔣松自然沒辦法再藏著姚昆，便將姚昆交了出來，但他叮囑錢世新，姚昆亦是白英刺殺案的重要人證，希望錢世新莫要擅動重刑，若將姚昆打死，後果自負。

錢世新自然不會做這樣的傻事。他將姚昆收押入牢獄，按規矩提審，按規矩入獄。姚昆正眼也不看錢世新，似是對他怨恨至極。

錢世新還親自去了趟太守府，欲告之蒙佳月重審蒙太守遇刺一案，但他仍舊吃了閉門羹。管事朱榮出來答謝，只說已將消息轉告夫人，但夫人身體欠安，不便見客。

錢世新又道若是蒙佳月欲見姚昆，他可以代為安排。

朱榮又答，夫人與那人已沒有關係，不會再見。且蒙太守遇刺案過了許多年，當年夫人並不在蒙太守身邊，對事情全不知曉，在審案上幫不了大人。此案對夫人傷害甚深，夫人不願再提，也不願再想，還望大人莫要再打擾。

錢世新聽罷，放心了。他微笑告辭，蒙佳月不打擾他那才好。

有人證有物證，姚昆心如死灰亦不多言，案子很快就定了結論，姚昆被打入死牢。

另一件事，錢世新就沒有辦姚昆這般果斷。他拖了又拖，拖得魯升過問，這才下定了決心。他找來了呂豐寶，問他錢裴的具體地址。呂豐寶有些警覺，錢世新藉口呂豐寶被人察覺了，魯升來問了他錢裴是否給他遞過消息。他說魯升正在追查錢裴下落，他需要在魯升之前找到錢裴，將錢裴轉移到安全地方。

呂豐寶忙道：「那我即刻出發，給老爺報信。」

「方才不是說了，你已被盯上。你就在城中不動，方能轉移他們的注意力。我派別人送信，這才妥當。」

呂豐寶不再遲疑，將錢裴的居處說了。

錢世新拿了地址，交到了魯升的手裡。

魯升看了看，滿意了，「這事我就不插手了，你派人去辦吧。」

錢世新應承下來，當著魯升的面叫來了親信言遙，把刺殺錢裴的事交代了，同時交代了殺掉姚昆，偽裝成自盡的模樣。為免夜長夢多再生變故，姚昆還是死了乾淨。

言遙領命下去了，魯升笑道：「你有如此決心，我便放心了。我得去石靈崖監軍，這平南就全放到你手上了。」

錢世新有些吃驚，「監軍？」

「剛收到的消息，在那處有事情要辦。龍騰不在，我是巡察使官，我說什麼便是什麼，不然他們便是謀反。」

錢世新明白過來，喜道：「終於要收拾他們了？」

「一步一步來嘛。」魯升拍拍他的肩，「這裡就是你的了。」

魯升當真走了，事情看來很急。錢世新舒了口氣，這陣子連軸轉，他有些疲累。他讓手下準備些酒菜，當晚對月獨飲，既興奮又傷感。想到錢裴，他忍不住喚來手下，回福安縣將他兒子接來，他也許久未見到他了。

酒過三巡，錢世新的心情好了起來，所有的事情都很順利。

輝王給了他一個消息，說當年靜緣師太的女兒被綁架一事，看起來有德昭帝的指示。他指使黃力強雇凶殺他，他有防備，不好下手，德昭帝那頭又不能露出破綻刺殺是皇室所為，否則影響德昭帝登上大位，所以他們欲找個最厲害的殺手。最厲害的殺手，定然不容易擺布，最後黃力強想出了用人質威脅的法子來。

錢世新將這個消息告訴了靜緣師太，靜緣師太聽完，問：「如何知曉的？」

錢世新道：「德昭帝死了，輝王掌了皇權，入了宮，從宮裡那些太監近侍處查到的線索。他倒不是特意與我提起，只是問起了霍銘善，他恐怕霍銘善在宮外仍有餘黨，請我幫忙留意平南郡這頭。」

「霍銘善也與此事有關？」

「那我就不清楚了。」錢世新不敢編太多。他覺得輝王其實也是瞎編，哪有從前查不到，現在突然全查出來了，凶手還都是死人。說多錯多，且把答案全說完，他就沒用了。

靜緣師太思慮片刻，喃喃道：「難怪霍銘善找到了我女兒……」

是嗎？事情究竟如何，他就不知道了。錢世新佯裝冷靜地看著靜緣。

靜緣師太道：「既是如此，我心裡有數了。」她說完轉身便走。

錢世新恍惚一陣，差點不敢相信自己的好運氣。

如今月光清明，酒醇花香，錢世新也是一陣恍惚，覺得自己真是好運氣。他回了房，洗了個澡，躺床上很快睡著了。心情非常好，他等著明天見兒子，還有姚昆的屍體。

錢世新完全沒想到，一覺起來，天地變色。

兒子來了，但是姚昆不見了，連同刺殺他的那手下，都不見了。言遙也不知道發生了什麼事，說等了一晚那手下覆命，等到凌晨他一直未來，這才知出了事。

到獄中查問，看守牢獄的衙差一臉茫然，待跟得言遙進了獄中一看，姚昆竟是不見了，這才驚恐起來。他承認自己夜裡睡了一會兒，未聽到有異樣動靜，也未見著任何人。

錢世新氣得拍了桌子，為了暗殺姚昆，他入獄之時就特意安排了偏僻單間，視角受限，與其他牢房隔開。這下可好，無人目睹發生了何事，這人還能憑空不見了不成？

他正怒斥當晚守值的衙差，卻有手下驚慌來報：「大、大人，蔣將軍過來了。他領著大隊衛兵，說要拘捕大人。」

錢世新傻眼，「什麼？」

「蔣將軍說，有人到軍衙擊鼓鳴冤，狀告大人偽造證據，誣陷良民。」

錢世新繼續傻眼，「誰？」

「梁清河。」

聽到梁清河的名字，錢世新頓時心一沉，他讓言遙趕緊去安排人手，抓緊時間找到姚昆，務必將他滅殺。又提醒言遙，梁清河反咬一口，必會牽扯到他身上，讓言遙做準備。

言遙領命火速退下，他前腳剛走，後腳蔣松便帶著人到了。

錢世新一臉從容，冷靜問蔣松有何事。

蔣松氣勢洶洶，言稱前些日子來報官指稱姚昆雇凶殺人的梁河清到軍衙報官，說他狀告姚昆一案，乃受錢世新指使。如今須得錢世新歸案，接受審查。

錢世新笑了，「梁清河擊鼓鳴冤，衙差接了他的狀子，我審了他的案，人證物證皆是齊全，規矩沒有差錯，案錄也是記得清清楚楚，這裡頭有何問題？」

蔣松道：「錢大人，我這人沒甚耐心，咱們有話直說，你偽造物證，支使證人作假證，給了他十兩銀子收買予他，這些事我都知道了。」

錢世新搖頭，「蔣將軍莫要亂扣罪名。且不說他手上的銀子怎麼來的，有人給他銀子就表示收買？他幼年喪父，含冤十餘載，生活貧困，境況可憐，有人給他銀子不是挺正常的嗎？難不成他空口白牙，說什麼便是什麼了。證據呢？憑他一面之詞，蔣將軍便要捉拿我這朝廷命官嗎？梁清河剛剛申訴冤屈，轉頭便把為他平冤的官老爺告了，這事不蹊蹺嗎？尋常人等又怎麼會想到要去軍衙告狀？」

蔣松道：「錢大人能言善辯，但恐怕這次可逃不過去。可不正因為錢大人官威遮天，那百姓心中惶恐，想到如今軍衙也兼管著平南百姓事務，這才來擊鼓的。」

錢世新喝道：「蔣將軍！偽造物證，收買證人，誰能證明？不全是那梁清河嗎？那梁清河又如何證明他沒有誣陷我？誰又證明他說的就是真話呢？」

「梁清河可以證明，姜虎說的是真話。」

錢世新一愣，姜虎是誰？

蔣松道：「梁清河根本沒有冤情，不用上告姚昆。你捏造案情，找來姜虎，冒名頂替梁清河告狀。姜虎拿了你的錢銀回村，被真正的梁清河痛斥。他良心不安，這才來告你。」

錢世新徹底愣住。

衙堂上，錢世新與蔣松各坐一端，堂下跪著兩個年輕人。一個自稱梁清河，錢世新未曾見過。一個自稱姜虎，錢世新認得，就是自稱梁清河，給他銀子就願意告姚昆的那個。

不止這兩人，門外還站著些清河村的村民。他們皆可作證，梁清河是梁清河，姜虎是姜虎。兩個年輕人是鄰居，都住清河村，平日裡常來常往，關係很好，而梁清河也確實是梁老爹十七年前收養的，身世就如錢世新知道的那般。

錢世新知道自己中套了，他辯稱衙差們聽得坊間百姓相告，事關蒙太守之死真相，於是便到清河村走訪，找著了當年的稚兒，今日的梁清河。他怎知梁清河不是梁清河，也不知姜虎假冒他意欲何為。想來是有人故意安排，誣陷他。

姜虎大呼：「明明是你說清河不願做，若是我願也行，反正沒人識得當年尤懷山的孩子究竟長什麼樣，中蘭城離得遠，沒人會仔細追究。」

梁清河也道：「我是知道身世，但殺人凶手的孩子這名聲可不光彩，我是不願張揚，只村裡幾位與老爹走得近的叔伯知曉。況且我爹當年殺人之事我並不知道內情，我那時也沒生病。我爹也沒與我說過有人支使他這般做。直到他殺了人再沒回來，我才知道出了大事。當初有人抱了我送到清河村，說是錢老爺安排。那錢老爺是誰，什麼樣，我並不知道，未曾見過，老爹也未提起。」

蔣松冷眼一掃，「錢大人，你聽清了嗎？把孩子送走的，是錢老爺。這般嚴格算起來，你父親的嫌疑可比姚昆大的多。」

錢世新冷道：「姓錢的何其多。要論罪，見得孩子可憐送養也是罪，這倒是稀奇了。姚昆已然認罪，是按了手印的。在押重犯，蔣將軍將人劫了去，這才是罪。」

「誰劫了？」蔣松一臉驚訝，「姚昆不見了？錢大人，看來還得再論你一條瀆職之罪。死囚人犯何等重要，如今看來，還是重要人證，在這節骨眼上失蹤了，你是故意的？」

錢世新咬牙道：「蔣將軍莫要裝蒜。」

蔣松喝道：「再論你一條汙衊朝廷命官之罪。竟敢胡說我們軍方劫人，紫雲樓的大門敞開讓你搜，你要是搜得出姚昆，我腦袋讓你當球踢。」

錢世新噎住，再說不出話。這般有底氣，莫說他不敢派衙差去搜紫雲樓，就算去搜，他相信也搜不出姚昆來。

他中套了，還是個連環套。梁清河這頭要是扳不倒他，丟失死囚重犯這罪也可往他頭上扣屎盆子。錢世新瞪著蔣松，心裡又急又怒，拚命想著辦法。

而招福酒樓裡，陸大娘與古文達一邊吃著點心一邊聽著食客們熱議衙門裡的大事件。陸大娘慢條斯理地道：「看吧，善有善報，惡有惡報，不是不報，時候未到。」

古文達點頭，「這回他定是逃不掉了。」

陸大娘又道：「我就說嘛，莫與百姓作對。百姓若是團結起來，可不比兵隊差，官老爺們得知曉才是。」

古文達搖頭，「大娘，妳對我們當官的有偏見。」

陸大娘也搖頭，「不妨事，你的官反正不大。」

古文達垮臉，大娘，是將軍夫人把妳慣成這樣的嗎？

最終，錢世新入了大牢，言遙也入了獄，他給錢世新最後遞來的消息是，手下人還在尋找姚昆，但暫時沒有結果。打聽了紫雲樓，探查了與姚昆交好的那些官吏及大戶人家，甚至招福酒樓這類與安若晨相關的地方都查探了，全都沒有。

錢世新很惱火，姚昆失蹤讓他不安，他背著瀆職放跑人犯的罪職，下一步就是指使他人謀害姚昆藉以栽贓治罪的罪名，畢竟他派去殺死姚昆並打算讓姚昆偽裝成自殺的那兩個手下也失蹤了，這些都是隱患。他相信人就在蔣松手裡，蔣松不急著放出來，是想有足夠的時間查清證據，慢慢栽他罪名。若是姚昆在，他還有機會將姚昆拉進這渾水中，畢竟這麼多年，許多舊帳還是可翻的。

姚昆不在，大家便只注意他，翻起舊帳，也只翻他一人的。讓錢世新惱火的還有魯升留下的那些人，什麼忙都幫不上，除了說會給魯升報信外，屁用沒有。且就說了那一句，再不來了。而且蔣松也是做得狠絕，說他會串通外賊聯絡細作，竟不讓錢家人及他手下等來探視他，連妻兒也不得見。

之前所有巴結錢世新，對他阿諛奉承說盡好話的那些官員，似乎突然都跟他不太熟了。大家都在避嫌，生恐沾上共犯之嫌，但有一個人及時出現了，便是呂豐寶。

呂豐寶跑到了牢獄裡，見到錢世新，低聲道：「錢大人，我說是別個囚犯的家屬，買通了衙差能進來一會兒，我能如何幫你，你快些囑咐。我可以趕回桃春縣給錢老爺遞消息，看他有何辦法。或是錢大人還有什麼幫手，需要我傳個話的嗎？」

這簡直是雪中送炭，錢世新大喜，忙道：「莫去春桃縣，我爹也幫不上忙。」他可是還記得已派人去春桃縣殺死錢裴。呂豐寶既是對錢裴忠心，還是莫讓他知道這事為好。

呂豐寶道：「能幫忙。老爺有些南秦友人，他與我說過若遇最糟情形，便到南秦去。」

錢世新忙道：「確實是有南秦的路子，你替我跑一趟。事成之後，定有重謝。」錢世新將與南秦的聯絡辦法告訴呂豐寶，讓他找野豬林的獵戶宋正。若是宋正出了事，還可到四夏江渡口找岳福。

呂豐寶聽罷，便道：「帶口信不牢靠吧，人家如何信我？大人且等等，我偷偷帶些紙筆進來。」呂豐寶出了去，過了一會兒匆匆回來，從懷裡掏出紙筆墨遞過去。錢世新飛快寫了封信，交給呂豐寶，將接頭密令也告訴了他。

呂豐寶還問：「若是老爺差人來問，我可告訴他大人的情況。」

「行。」錢世新覺得，錢裴不可能再差人來問了。他派過去的人，錢裴是不會防備的。他對著牢門，一時心中也不知是何滋味。與父親最後一面，也是隔著這樣的牢門。

呂豐寶從牢裡出來，低下頭挑僻靜路走，生怕招人耳目的模樣。拐了一個彎，直入一間屋子，屋子裡坐著蔣松和古文達。

呂豐寶將錢世新寫的信遞了過去。

蔣松看了信，「這下可好，連他串通外敵叛國的證據都有了。」

呂豐寶道：「我得趕緊去宗將軍那兒，把那些聯絡人等線索告訴他，與錢裴的口供對一對，瞧他是否說了謊。」

「好，我一會兒便派人去將他們拘捕。」蔣松道。

「錢世新未曾懷疑你吧？」這是古文達在問。

「自然不會懷疑，他哪知道我不是呂豐寶。」錢裴確實派了個名叫呂豐寶的人傳信，只不過半途被他們截下。一番審訊，問清楚身世來歷背景及各項事，知曉錢世新壓根兒未曾見過他，他也從來未去過中蘭。錢裴怕惹人猜疑走漏風聲，不敢用熟面孔，於是古宇便冒充呂豐寶。有錢裴的親筆信函做保，錢世新自然不會懷疑什麼。

古宇將事情報完，即刻上路，朝著通城方向急趕。

與此同時，安若晨接到消息後找了機會悄悄趕到客棧，直到進了屋，親眼看到薛敘然，仍有些不敢相信自己的眼睛，「薛公子，你怎地來了？」

「我不來，還等著妳主動找回良心，給妳妹妹送上解藥嗎？」薛敘然臉色蒼白，一臉病容。從未出過遠門的體弱公子哥，這回真的嘗到了趕遠途的滋味。上路第三天就病倒了，一路病一路撐到這裡，然後打探城裡形勢，尋找機會聯絡安若晨。

「你生病了？」安若晨道。

薛敘然咬牙切齒，「對，病得很重。妳以後再有機會見到安若希，一定記得告訴她，妳見到我時，我是如何奄奄一息但又機智勇敢地從妳手中奪回解藥。」

安若晨嘆氣，坐下了，「我還沒有找到。」

「我請妳坐了嗎？」薛敘然很生氣，「沒有找到？妳真有臉說。妳認真找了嗎？盡心盡力了嗎？每一處都找了嗎？妳把那下毒的惡人骨頭一節節都敲斷了，妳看他說不說。」

安若晨不語，沒法辯解。就算動用了許多酷刑，就算冒著風險差點把重要人證盧正刺死，就算她差人把自己親娘的墳都挖了，結果就是沒找到。

薛敘然見她不說話，更是生氣，「妳妹妹被妳害得在那兒等死，妳怎麼對得起她？解藥沒找到，妳還這般不上心。不守著那下毒的天天抽他逼他說真話，跑到這山長水遠的地方。妳不愧疚嗎？」

安若晨緊咬牙根，愧疚的。她時時在想每一種可能性，但仍是沒有找到解藥的下落，石靈崖那頭，盧正也再未說話。而自己確實丟下了這事，跟著龍騰到此處辦別的事。

「妳把事情仔仔細細與我說一遍。妳既是沒用，找不著，那我來想想辦法。」

安若晨沒介意薛敘然那極不好的語氣，耐心把事情說了一遍。盧正在那個境況下，說的該是真話。東西藏在一個安全的地方，不會被人損毀，不會丟失，因為那時安若晨珍視的，認真收藏的東西，「我確認過了，他說是一顆黑色的藥丸，拇指指頭一般大小，油紙裹了三層，放在一個紅色的很小的盒子裡。」

薛敘然一時也是發愣，這般大小的，能藏到哪裡去？

「妳有沒有什麼妳娘留下的遺物，首飾盒、珠寶箱、鏤空的簪子、花瓶、妳喜愛的花的花盆、妳的枕頭……」薛敘然一口氣說了許多物件，每說一件，安若晨就搖一次頭。

薛敘然把能猜的都猜完了，開始往安府裡頭想，或者安若晨的母親還在安府裡有什麼遺物？但一想安府裡的東西不是安若晨能掌控的，便放棄了安家的念頭。

「或者龍將軍的東西呢？妳有沒有幫他做過什麼錦囊、香袋、衣服、鞋帽……」

「沒有，都找過了。」安若晨沮喪地說。她當然也想到過這點，但龍騰身上的東西也全部翻查過了，確實是沒有。

薛敘然急得腦子嗡嗡響，時間不多了。他路途上耽擱了不少時候，就算馬上拿到解藥，原途趕回，時間那也相當緊迫。何況現在毫無頭緒，絲毫不知能從哪兒下手。

雖然來之前已做好心理準備，就算見到安若晨也未必能有解藥線索，但他就是不甘心，他必須來。當真的面對這一結果時，他發現心理準備就是個屁，什麼用都沒有。他會焦急會難過，甚至會害怕他趕回去時只能見到安若希的屍體。

兩個人沉默地坐著，一籌莫展。

外頭有人敲門，春曉的聲音隔著門板響起：「夫人，出事了，將軍讓妳速回。」

薛敘然瞪向安若晨，安若晨站了起來，「先告辭了，若我想到什麼線索定會告訴你。你自己多加小心，這城裡不太平。若是可以，趕緊回去吧。我發誓若想到任何解藥下落的可能，定會通知他們馬上找，第一時間送給二妹。」

薛敘然凶巴巴地瞪她，不願搭話。安若晨也不指望他給好臉色，轉身走了。

剛邁出兩步，忽聽得薛敘然道：「安若晨，妳二妹若真的就這般去了，我也發誓，我會親手將她的衣物燒了裝骨灰盒裡帶給妳，讓妳日日看著，銘記於心，她是被妳害死的。」

安若晨腳下一頓，停住了。她忽然猛地回頭，道：「你方才說什麼？」

「我說我會親手燒了……」

「對，裝骨灰盒。」安若晨面露驚喜。

薛敘然臉綠了，「莫要咒妳二妹！」

安若晨叫道：「我怎會沒想到？骨灰盒！不是我娘，不是奶娘，不是將軍，不是我的東西，是骨灰盒。我珍視的、尊敬的，不會損毀，不會遺棄，必會好好收藏的。因為我承諾過，必要將他骨灰送回去。」

薛敘然愣了愣，啥？

安若晨快步往外走，「我馬上與將軍說，讓他速派人去找。你快回中蘭吧，我二妹服解藥時，希望你能在她身邊。」

薛敘然急了，「東西在哪兒？我親自去拿！」

「你拿不到。」霍先生的骨灰她已經交回給了曹一涵，那在石靈崖軍營邊上的一個村落裡，不可能給薛敘然以防洩露德昭帝的下落。安若晨回頭道：「再者說，你腳程太慢，等你去拿到了，再送回中蘭，定然來不及。」

薛敘然板臉，居然揭他的短。怎麼知道他腳程慢？他讓馬車跑快點不就快了嗎？

安若晨興沖沖地趕回府衙，還未與龍騰說這解藥之事，卻聽得一個重大消息。

巡察使大人梁德浩失蹤了，與他一起失蹤的，還有以包恆亮為首的東凌國使節。

確切地說，東凌國使節將梁德浩綁架帶走了，留下一紙書函。

◆　◆　◆

羅鵬正吃了一口菜，藉著這時候認真思慮。他身邊坐著心腹彭繼虎，對面是三皇子蕭珩沂。

羅鵬正慢慢嚼著，將菜嚥下去了，再品一口酒，這才決定該說的話。

「殿下問的，梁太尉奏摺一事，臣還真沒什麼想法。他既是查出東凌國的陰謀詭計，化解與南秦的爭端，自然是好事。東凌這般作為，若不給他們些教訓，確實說不過去。與南秦結盟，打下東凌那該也是有勝算的。皇上想來不會推拒，臣自然也不好攔著。」

說白了，攔著皇上，於他有何好處？打下東凌，於他有何壞處？雖然梁德浩讓他不痛快，但他犯不著為這事惹皇上不高興。平白無故跑去礙皇上的眼，可不是什麼明智之舉。

蕭珩沂笑了笑，也飲了一杯酒，道：「丞相大人想得開，倒顯得我多事了。梁太尉這一連串交易處理得好，不但解了前線之危，查明茂郡亂根，揪出敵國陰謀，平復穩定平南郡情勢，於南秦動盪之時維繫了兩國關係，為皇上解了邊境之憂，還締結了盟友，看起來在不久的將來，還即將為皇上拓出新疆土來。皇上不拒絕，當朝臣子無人有異議，這新疆土十成十是穩拿下了。屆時梁大人功勳卓然，風頭無人能及，待他班師回朝之時，恐怕那些與他平素不對盤的人，日子該不好過了。」

羅鵬正慢悠悠地道：「皇上心如明鏡，斷不會讓某位臣子權傾一國，一手遮天。梁大人素來警醒，也斷不會做出令人詬病之事。謀反之罪，哪怕只是嫌疑，誰又擔得起？」

「羅丞相所言極是。謀反之罪，哪怕只是嫌疑，誰擔得起？所以在梁大人與邊境處理戰局危機，剿滅細作陰謀之時，有人欲謀害他，取他性命，這是將私人恩怨置於國家安危之上，此其一。其二，梁大人稽查使節被殺一案，若他出了什麼意外，細作得以脫逃，戰局失利，這是助敵國一臂之力，勾結外敵，刺殺本國重臣。這些，算謀反嗎？」

羅鵬正眼角動了動，道：「自然是謀反。」

蕭珩沂道：「那羅丞相可得當心了。謀反之罪，株連九族。我得了消息，聽說梁大人認為，丞相曾經派人刺殺他。幸得龍將軍所救，他這才撿回一命。」

「這真是一派胡言，造謠者定有圖謀。」

「我聽說他為此寫了奏摺，他當時帶的衛兵皆可為他作證，龍將軍也可為他作證，當時的刺客口口聲聲說的，便是羅丞相指使。奏摺該是到了父皇手裡……」蕭珩沂頓了頓，看了看羅鵬正的表情，道：「看起來父皇並未與丞相大人提起此事。」

羅鵬正道：「既是胡言，皇上自然不信。荒誕無稽，皇上便不會與臣提起了。」

「這倒也是好事，丞相大人有時間好好準備，調查清楚，待到父皇問起時也好應對。」

羅鵬正道：「殿下如此為臣著想，臣有些惶恐了。」

蕭珩沂笑笑，「丞相大人領我好意，莫誤會我別有用心便好。」

羅鵬正道：「只不知殿下需要臣做什麼？」

「不必丞相大人做什麼，大人自己說的好，造謠者定有圖謀。這圖謀無論是什麼，對你我皆無好處。大人若是被扳倒，朝野定會大亂。列國對我大蕭虎視眈眈，外患未平，可莫再生內憂。大人也知道，父皇年紀大了，還未立下太子，自然是心中自有計較。無論這皇位最後傳到誰手裡，都得國泰民安，盛世太平才好。」

說到底，還是為了皇位。羅鵬正垂下眼眸。前線的事他也略有耳聞，梁德浩想誣他罪名他是不懼，他不信這姓梁的搶了個巡察使的活兒，就能給他編排出什麼大動靜來。

沒錯，一開始他想讓彭繼虎任這巡察使自是有他的打算。龍騰領兵與南秦一戰，他覺得龍騰的勝算更大些。巡察使到了那兒，就是坐等功勞的事。運氣好些，拿捏住龍騰的把柄，挑挑他的毛病，再將邊境那兩個郡藉這機會整治了，把兩郡太守換成自己人。

這般一來，多了地盤在自己陣營手裡，日後能有大用處。但這事被梁德浩搶了，他是不歡喜，如今看來後果比他想得嚴重。

方才三皇子所言裡，其中最戳他心的，就是梁德浩確實是立了大功勳的模樣。蕭珩沂隻字未提龍騰，儼然辦下這些事兒的只有梁德浩了。蕭珩沂是如此，朝中其他人也定會如此。正如他先前所料，龍騰十之八九會打勝仗，巡察使過去就是坐領功勞。只是梁德浩的運氣更好些，聯合南秦打東凌，這事皇上定會歡喜，反正皇上素來不喜歡東凌，若能據為己有，還是名正言順，皇上當然不會拒絕。

這些事讓梁德浩辦成了，怕是他會最得皇上的歡心，這是羅鵬正不願看到的。

羅鵬正給蕭珩沂倒了杯酒，道：「殿下所言極是。」

蕭珩沂道：「若真與東凌開戰，我也想到茂郡走走。」

羅鵬正暗笑，果然人人心思都一樣。蕭珩沂在京城一直不算得勢，趁著這事去蹭個功勞，拿個爵位，甚至得權轄管東凌，回過頭來再爭皇位也是大有益處。

羅鵬正權衡一番，點頭道：「殿下有心為皇上解憂，臣自然樂觀其成。」

羅鵬正正思量如何應話，蕭珩沂直接問他：「屆時丞相可願向父皇舉薦我？」

蕭珩沂滿意微笑，向羅鵬正推過一張折起的紙來，「丞相願助我，我自然也會助丞相。這信上有地址名字，是他派人暗殺梁大人，亦是他雇凶時聲稱是受羅丞相指使。」

羅鵬正一愣，萬沒想到蕭珩沂居然有這個。他打開紙一看：陶維。

羅鵬正從未聽說過這名字。他看了看彭繼虎，彭繼虎搖頭，表示自己也不知道。

蕭珩沂道：「樓下青色轎子裡綁了一個人，是當時刺殺梁大人的一名殺手。他是唯一的活口人證，我便送給大人表表誠意吧。大人問話時當心些，莫教他死了。」

羅鵬正心裡一動，問：「殿下從何處得到這些的？」

蕭珩沂道：「若是丞相大人站在我這邊，那我們自然還有許多機會好好坐下聊聊。今日喝得有些多了，先這樣吧。」

當天夜裡，龍二得到了消息，羅鵬正已將那殺手帶回，細細審去了。龍二撥著算盤細算帳，覺得蕭珩沂真是占大便宜了。兩頭均拿好處，兩頭還都得謝他。

通城裡，安若晨一時不好消化消息，「東凌使節綁架了梁大人，還留下書信？」

龍騰點頭：「他們聲稱遭到大蕭與南秦的陷害栽贓，他們過來談判，只是我們兩國拖延時間，好謀劃侵占東凌的策略之一。他們無奈只能出此下策，讓梁大人為他們做保。若想他們釋放梁大人，有幾個條件。第一，釋放所有在石靈崖被俘的東凌兵將。第二，他們於南秦境內的兵馬全部撤回，南秦不得阻止。第三，南秦與大蕭對東凌邊境的兵馬必須後退三百里。第四，對他們的栽贓指控，須得給他們偵查的時間，亦須同意他們詢問調查相關人等，還要等其他國介入共同談判。」

安若晨嘆氣，「這下糟糕了是嗎？將軍猜測的都對了。」

「我沒猜到會有這招。這招是步險棋，但頗高明，想來是被逼急了。」

「將軍快與我說說。」

「輝王不可能來。」龍騰道：「當然，原本輝王就不可能來。他剛奪權，皇位未穩，朝中宿敵要清，自然不會貿然到邊境來。」

安若晨點點頭。這個她知道，將軍說過，那般與梁大人說只是試探局勢。

「東凌使節綁走梁大人，表面上看，是為了給東凌爭取時間，事實上，卻是加速了關係惡化。」龍騰道：「他們前兩天明明平靜許多，在城中等待消息，如今突然發難，是因為魯升到石靈崖了。」

「這之間有關係？」

龍騰點頭，「魯升是梁德浩的屬官，手上有他的權杖，他代表著巡察使的指令。我不在石靈崖，沒人敢攔他的令，也沒法攔。」

除非想造反。安若晨明白。

「梁大人被東凌劫持，魯升便有理由對東凌的威脅進行回應。馬將軍及那三千東凌將士，怕是命不久矣。」

安若晨張了張嘴，驚得說不出話來。東凌三千俘兵全死，兩國必會開戰。

「將軍。」她握住龍騰的手。她知道龍騰最不願見的就是打仗，所以他冒險前來。明知山有虎，偏向虎山行，便是抱著尋找真相，阻止戰爭的心願，如今卻被人搶先一步。

「梁大人前兩日剛囑咐了，若真與東凌交戰，讓我在茂郡帶兵。原本這命令裡所說的東凌之戰，就算發生，也會許多日子之後，時間之長，足夠將平南與茂郡的兵馬調度安排，如今突然這般，魯升守著石靈崖，楚青定不能繞過他擅自調兵。我若領軍開戰，用的都不是自己的兵將。」

安若晨反應了一會兒才明白過來意思，「這是要置將軍於死地。」

「就這般便想置於死地不容易，但不好用便是拖累，如此我不得不全神貫注於戰場上，其他事無暇顧及。」無暇顧及查案，無暇顧及家眷，只能悶頭打仗。

安若晨想了好半天也終於明白了，「就如同南秦能在大蕭佈下這許多細作一般，大蕭在東凌，自然也是可以的。」所以東凌使節才會出這般的狀況。想讓他們姍姍來遲他們便會姍姍來遲，想讓他們狗急跳牆他們便會狗急跳牆。「這般說來，將軍所有派回石靈崖的人，都會被盯得緊緊的吧？」

「對。」

「將軍想讓我做什麼？」

「我須得用戰亂之名，將妳送回中蘭城。沒人知道澤清在這邊，他可以暗地裡護妳。妳回中蘭也行，非說要等我賴在這城裡不走也好，看形勢而定。」

「好。」安若晨毫不猶豫地一口答應。

龍騰卻面露為難，他撫上安若晨的臉，「晨晨。」

「我明白，將軍說過的每一句話我都記得。」她的性命，排在大蕭安危的後頭。她落單，便是絕佳的誘敵之餌。在城中或是在途中，她要給對方製造些機會。或者是對方給她機會，讓她找到證據。

「這是下下策。」龍騰強調。

「沒關係。」

沒關係嗎？龍騰覺得安若晨這樣的表情離他有些遠。他將安若晨抱進懷裡，又道：「我會派人悄悄回石靈崖，讓德昭帝現身，現在的時機可以了。」幕後黑手的破綻露得太多，足夠了。德昭帝一現身，南秦攻打東凌的理由便沒有了。那東凌陰謀之說，自然也沒了。

「還得防著德昭帝不被魯升發現暗地裡殺掉。」

「對。」龍騰答，將安若晨抱得更緊。

楚青接到關卡衛兵報來的消息，說魯升正往石靈崖前線來，便速派人去通城給龍騰報信，並做了相應的安排。

魯升來得很快，簡直飛速，楚青都懷疑他是否不眠不休趕路，這讓楚青更是警覺。

魯升來了之後先擺官威，楚青等將官恭恭敬敬。魯升要幹什麼便讓他幹什麼，毫不忤逆。魯升查完軍將兵隊，再問戰俘。楚青領他去了石靈縣，那裡密密實實關押拘禁著近萬俘兵。因人太多，擁擠不堪，環境惡劣，有人病倒，有人傷重身亡。

魯升細問情形，然後下令，先將南秦的六千多戰俘釋放。理由有三：一是南秦易主，兩國已經停戰，正在議和。二是戰俘太多，不及時處置會產生疫情，後患無窮。許多百姓有家歸不得，太過擾民。第三是眼下戰局微妙，仍有細作流竄，全軍上下該好好操練備戰提防，不該浪費許多人力在看管戰俘上。

楚青問：「那東凌的三千戰俘如何辦？」

「東凌正是戰事的罪魁禍首，戰俘如何辦，且等梁大人與東凌相談協商的結果。」

楚青聽罷，要求魯升寫軍令蓋官印，他才敢行事，不然他日後沒法與龍將軍交代。

魯升爽快寫了軍令，楚青依他指令，派人與南秦那頭聯絡，做好接收戰俘的準備。之後數日，分次分批將南秦的戰俘押送過境，送出石靈崖外。

南秦兵被釋放送走之時，東凌大將馬永善的囚房裡，好些東凌兵趴在窗邊或門縫後頭看。一東凌兵擠到馬永善身邊，問他：「將軍，大蕭開始放人了，好些南秦兵都被放走了，會不會放我們啊？」

馬永善靜靜坐著不語，他想起他與龍騰下的最後一盤棋。

這麼大動靜的釋放，而龍騰並未出現，看來情況確實是最糟糕的那種。馬永善看了看擁擠的屋子裡塞滿的東凌兵士，許多年輕的面龐流露著焦慮的神情。馬永善心裡對他們說抱歉，他不可能寫降書，不能背主棄義，就算這樣也許能救下這些人的命。

馬永善閉上了眼睛，希望他們以生命為代價，能換來相應的回報。

這數日，魯升日日巡查軍營，要求各營每日向他報告兵將狀況。他還仔細清查軍隊防務，對何處派了多少人手，營中人員總數等等進行核查。楚青不知他是何用意，小心應對。

魯升又問起細作一案，詢問盧正都供出了什麼。

楚青答：「那廝骨頭硬得很，沒說出什麼有用的東西來。」

「可有談條件？」

「自然是要求將他放了。」

「他如何回報？」

楚青答：「一直是龍將軍親自審訊，細節我是不太清楚，只聽龍將軍說，盧正什麼有用的情報都未透露。」

魯升聽罷，站了起來，說要親自去審一審盧正。

楚青大聲應話：「是。」

楚青率先出帳，一邊對著個衛兵朝盧正囚帳方向一擺頭，一邊為魯升掀起帳門，「魯大人這邊請，盧正囚在三營區東邊囚帳。」

楚青說著，看到那衛兵已繞到帳後迅速消失了蹤影。

他帶著魯升穩步朝囚帳而去。那衛兵急速飛奔，搶先趕到了囚帳處。守帳的衛兵見了他，也是會意，忙道：「他醒著。」

衛兵二話不說，一個箭步邁了進去。囚帳內，盧正的傷勢已有好轉。他許多日未見安若晨與龍騰，亦未有其他人過來。他心裡頗是著急，正想著辦法，忽見有人闖了進來。他還未來得及說話，進來那人竟一拳打了過來。

盧正兩眼一黑，暈了過去。

衛兵查看了一番盧正狀況，確認他只是暈倒，放心轉身出帳。剛出帳，見得楚青與魯升正往這處走來。魯升的目光正看著此處，那衛兵來不及撤退，乾脆站在帳邊。

魯升問剛從帳中出來的衛兵：「帳內可是盧正？」

衛兵恭敬答：「稟大人，正是。」

楚青道：「大人有話要問他。」

衛兵再答：「小的剛查看過，他傷勢未癒，正昏睡。」

魯升皺了皺眉，大步邁入帳中。楚青拍了拍衛兵的肩，以示誇讚。

盧正確實昏睡不醒。魯升盯著他半晌，未讓人強行將他弄醒，只說待他醒後來報他。楚青與衛兵都一口答應，但那一整日，盧正都「未醒」。

第二日，魯升欲再審盧正，營將們卻有許多事來報，石靈崖處交換南秦俘兵還出了些亂子，魯升被耽擱了。待有時間去見盧正，盧正卻喝了傷藥昏睡中。

第三日，魯升一早起來便自行去了盧正的囚帳，這次他終於見到了清醒的盧正。

衛兵忙悄悄去報了楚青，楚青擺擺手表示知道了，他道隨魯大人去吧，讓衛兵盯好情況。能偷聽就偷聽，送點水送點吃食，看能查看到什麼，繼續觀察魯大人的反應。

衛兵領命走了，楚青細細思量，有些擔心龍騰在通城的處境。

盧正並不認識魯升，魯升卻是說：「我認識你，你入伍後，是我動用了些人脈將你放到龍騰的軍中。」

盧正笑道：「又來套話了嗎？這是龍將軍與安若晨耍出的新計謀？」

魯升道：「不必套話，我知道的比你多。我還知道你什麼都不知道，才能活到今天。」

盧正的臉色慢慢沉了下來，他看著魯升，思索著，「我能活到今天，是我骨頭硬，命還大。上次遇刺未死，你們又會想出什麼新花招。」

「我並未聽說軍中還有其他細作。」魯升道：「所以我也奇怪，是誰刺殺你。你不過一個小卒，根本沒有冒險刺殺的價值。你除了知道錢世新派人來接頭外，還知道什麼？」

盧正防備不語。

魯升輕笑，「你什麼都不知道，你也沒有證據。就算你說自己是南秦細作，說出輝王，那也無用。南秦已經易主，輝王的目的達到了。你看，你甚至對錢世新都構不成威脅，錢裴比你更危險些。」

盧正的心慢慢開始動搖，「你是誰？」

「我一進來不是就說過了。我是巡察使的屬官，如今是來監軍的。」魯升頓了頓，道：「我手上的權杖，甚至能讓龍騰聽令。」

這時候一衛兵進了帳，要給魯升倒水。

魯升安靜等他倒完水，說道：「我審人犯時，不喜有人打擾。念你初犯，不罰你了。若沒我招呼擅自進來，我便斬你的頭。」

那衛兵嚇得撲通一聲跪地，又是求饒，又是謝恩，然後連滾帶爬跑出去了。

盧正不動聲色地看著魯升擺威風，但魯升轉頭向他時，他才問：「你既覺得我無甚價值，又為何來審我？」

「你對龍騰沒價值，對我卻是有的。」魯升道：「在這軍營裡，只有你對他不是忠心耿耿的。我要知道龍騰有什麼把柄，他犯過的錯，做過的違律違紀之事。你知道多少就告訴我多少，還有，這軍營裡頭，有誰是有把柄的，誰犯過錯，誰該死。你在軍中這麼久，總該知道些事。另外，你被捕後，龍騰都問了你什麼？我要知道，他都想知道什麼。這樣我就會曉得，他都知道些什麼。」

盧正的腦子飛快地轉著。他看到魯升起身，魯升嘴裡說著：「你慢慢想，我有的是時間，我就坐在這兒等你說。」他一邊說著一邊退到帳門處，猛地一揭帳門，門外兩個衛兵端正站著，跟他進來時一樣。

衛兵見他掀門，忙道：「大人有何吩咐？」

「無事。」魯升看了看這兩人，道：「你們退下吧。」他招了招手，換他的人守帳。

魯升回到帳中，道：「給了他們機會，他們卻連偷聽都不敢。」

盧正嗤笑，「你想抓著他們錯處，藉機整治楚青嗎？」

「初來乍到，總要有理有據地做些殺雞儆猴的好戲才行，不然如何立威？」魯升不以為然，他復又坐下，「好了，現在無人偷聽了，你把我想知道的告訴我吧。」

盧正看著他，問：「你會放我一條生路嗎？」

「當然。除了我，沒人會放過你。龍騰不在，此處我說了算。如今正是好時機，你當把握住機會。」

盧正還是有戒心，「我怎知你不是龍將軍派來演戲給我看的？一旦我開始答話，沒有防備，也許就被你套出話來。到時候我才是真的沒了價值，只能等死。」

「你成功入伍後，留了暗號在村口的槐樹枝上，樹下埋了你的信，信上寫了你的名字、村名、徵兵編隊號數等等消息。這信經手幾道聯絡人，送到了我這兒，是我安排將你編入龍騰的軍隊的。」

盧正驚訝地張了張嘴。

「如今你信了嗎？」

盧正一咬牙，「好。但我們先說好了，你要將我安全送回南秦境內才算數。」

「當然，你留在大蕭只有死。」

「你想知道什麼？」盧正道：「我現在手上有個籌碼，我給安若晨的二妹下了毒。」

魯升動動眉頭，「安家人的死活不重要，龍騰與安若晨此時也不會顧得上這事。」

◆　◆　◆

龍騰想法子遣開了人，讓安若晨得以再次悄悄來到客棧，與薛敘然見了一面。

薛敘然聽了她的要求很是吃驚，「什麼，這般快就改口了？妳究竟有沒有個明白主意？不是嫌棄我腳程慢嗎？」

「腳程慢也比到不了的好。」安若晨再將情況的危急分析了一番。

薛敘然瞪她，「想聲東擊西？你們的人會被監視，那就甩開監視啊，怎地這般廢物？」

「甩開也是需要時候，風險頗大，可能還比不上腳程慢的。你是百姓出遊，沒人會懷疑到你頭上，所以他們引開敵方注意，你這頭便能安全拿上解藥。」

「順帶還幫你們把人運到中蘭城交給蔣將軍？安若晨，妳逮誰就利用誰是嗎？」

「自然不是誰都可以的。」安若晨道：「你是二妹夫，自己人。」

「少來這套！」薛敘然瞪著她。

「若我沒機會活著再見二妹，你替我與她說句對不住。」

薛敘然一愣，頓時垮臉，居然換招。

「此事風險極大，那個人的身分極重要。我知道求你相助實屬不該，但你是最佳人選。若你答應幫忙，我才敢將他是誰告訴你。」

薛敘然想捂心口了，這連環擊，他快撐不住了。他娘親的，他好想知道那人是誰，好想擔此重任啊！薛敘然掙扎一會兒，咬咬牙道：「我是為了妳二妹才答應的。」

「這是自然。」安若晨道：「若我有機會再見二妹，定告訴她你對她的心意。」

薛敘然漲紅臉，「不必了，我對她沒甚心意。」

「我會告訴她，你為她能赴湯蹈火。」

薛敘然覺得安若晨真是全天下最討人厭的姑娘了。龍將軍頗是可憐，跟著這般的姑娘怎地過日子，還是他家安若希這樣的討喜。

「廢話少說！快交代了，這事要如何做！」他家安若希還等著他拿回解藥呢！

那日魯升審了盧正許久，出來後沒說什麼，只囑咐讓人好好給盧正治傷。

楚青主動相問：「這盧正可招了什麼有用線索？」

魯升搖頭，「暫時未說出什麼來，待他傷好些了再仔細審。」

楚青多問兩句，被魯升移開話題，反道：「楚將軍軍務似乎不忙，莫要懈怠了。」

楚青不好再言語，遂退了出去。行了一段，遠遠看到一名偏將，那偏將對楚青點了點頭，楚青回了個眼神，若無其事繼續往前走。

此後，魯升開始嚴查軍紀，各營各處抓了人來盤問，還將所有軍官將領全召了過來訓斥，表示過去軍紀鬆散，違律之事頗出，人人當警醒改正。

緊接著，通城那頭傳來了梁德浩失蹤的消息，魯升震怒，接連派出快騎奔通城了解具體狀況。楚青提出龍將軍便在通城，可去信龍將軍，聽聽龍將軍的意思。

很快，快騎兵不眠不休急趕，帶回了通城中各位官員的通報。

茂郡的代太守崔浩證實先前的消息屬實。梁德浩大人被東凌使節劫持，下落不明。東凌使節提出的幾點要求均屬無理，他們已與東凌那頭嚴正交涉，要求東凌釋放梁大人，但東凌拒不承認，反咬一口，聲稱東凌使節來了大蕭後杳無音訊，必是被大蕭所劫，要求大蕭將人交出。另再次聲稱南秦與大蕭對東凌的指控是栽贓陷害，別有居心。若想用此手段欺凌侵占東凌，東凌人絕不答應，必將抵抗到底。

魯升看完崔浩的呈報，氣得拍桌，大罵東凌。再看梁德浩帶到茂郡的大將尹銘的呈報，尹銘稱東凌大軍壓境，顯然早有預謀。小國弱兵，竟敢如此挑釁，定有詭計。他已安排探子打探軍情，對陣之事須得謹慎。

龍騰的呈報字最少，語氣卻是堅決。他強調，事態可疑，切莫妄動。平南郡有南秦細作確是事實，這事未必不是南秦想漁翁得利下的套。莫輕舉妄動，待查明真相再議。

魯升連催數日呈報，日日得到的都是無進展的資訊，於是便發了脾氣。他親自領著兵隊往石靈縣，要處斬東凌俘兵，將人頭送至東凌，以示警戒。

楚青得了消息，領人趕了過去，「大人，此時處決戰俘，恐會引發兩國爭端。」

魯升喝問：「他們為何會被俘？」

楚青沒法答，因為這些兵將入侵我大蕭。這話若答了，便是火上澆油，「大人三思。」

「敗軍之將，若是不降，理當處斬，是也不是？」魯升再問。

楚青硬著頭皮答：「當審時度勢，不同情形，不同處置。」

魯升冷笑再問：「東凌劫持我大蕭堂堂太尉，御封巡察使，便是在我們大蕭境內，事情已過去多日，音訊全無，梁大人定已遭了毒手。如此時勢，如此情形，奇恥大辱，國仇族恨，不該回報？楚將軍，你倒是說說看，你言稱不同處置，是當如何處置？」

「魯大人，且等等茂郡那頭的消息，再行動作不遲。」

「茂郡那頭的消息楚將軍未見嗎？東凌兵馬便就壓在我大蕭邊境，隨時進犯。他們於各國散布謠言，謊稱我大蕭欺凌於他。若不及時處置，待得各國都被煽動起來，聯手圍剿，我大蕭又會是如何處境？」

楚青忙道：「龍將軍說了，這也有可能是南秦陰謀。」

「南秦有何陰謀？趁我們與東凌交戰之時他們再殺將過來？這事不是發生過了嗎？南秦與東凌盟軍犯我大蕭，不是已經發生過了嗎？他再有陰謀，打了過來，我們這些駐守邊境的兵將們是幹什麼吃的？」

「大人……」

「楚青！」魯升怒目而視，喝道：「自我來了石靈崖，你表面依順，實則事事拖延，我看在龍將軍的薄面上，未曾與你計較。你軍中紀律散漫，操練不勤，當初對陣南秦，連連敗仗，有負皇上親封於你的虎勇將軍之名。認真論起來，當可依軍法處置。如今我要處斬東凌兵將，你百般阻撓，是何圖謀？」

「大人！」楚青也喝道：「大人這是欲加之罪，何患無辭？梁大人生死未卜，東凌情勢未明，大人急欲殺戮，又是何圖謀？」

「來人！」魯升一指楚青，「將楚青給我拿下！」

周圍的兵將均是嚇了一跳，直覺反應舉槍戒備，護著楚青。

「你們這是要造反！」魯升怒喝。

楚青擺擺手，讓周圍兵士退下。他跪了下來，對魯升道：「是末將失禮，言語頂撞，實在不該，請大人責罰。」

楚青一下便示了弱，倒讓魯升不好發作。他再次道：「將楚青押下，容後發落。」魯升帶的兩名衛兵上前來，將楚青雙臂反剪，綁於身後，押了下去。眾兵將看著，滿臉不平，但也不敢言語。

魯升處置完了楚青，環顧四周，所有人均不再有異議。魯升喝令兵士繼續動作，將東凌兵將分隊拉出，行斬首之刑。

馬永善走出那屋子時面容平靜，屋外燦爛的陽光讓他微微瞇了眼睛，而後他很快適應，看了看四周。周圍的東凌兵士以他為尊，均看著他。馬永善朝他們點點頭，在蕭國兵士的呼喝聲中帶頭向前走。走了許久，見得一片空曠之地。馬永善停了下來。他見到一排兵士，隔著三人寬距離列隊站著，手裡拿著斬首大刀。

馬永善聽到身旁許多小兵的竊竊私語，甚至還有哭聲。馬永善繼續前行，每一步都沉重，穩穩扎在地上。身後有人拉他，他聽到他的兵士喊他：「將軍。」

馬永善回頭看了他們一眼，只道：「莫怕，今日天氣還不錯。」

魯升皺了眉，喝道：「馬永善？」

東凌最強的武將，大名鼎鼎。也正因此，南秦才要求東凌派他助戰。原是想一來能與龍氏軍隊拚上些時日，二來若是東凌沒了馬永善便是沒了一臂。先用他牽制龍氏軍隊，完成第一步計畫。接著再尋機滅殺於他，讓東凌失去一臂，軍力大減。

第一步計畫被龍騰破壞了，還好，第二步計畫是順利的。

馬永善不認識魯升，未曾見過他，但看他的官服與氣勢，再加上周邊的氛圍，也能猜到他的地位身分。可馬永善不理，他走到斬刀前頭，轉過身來，盯著魯升的眼睛。

身後踹來一腳，踢到馬永善的後膝窩處。馬永善悶哼一聲，被踢得跪倒在地。他雙手被縛，但魯升仍是提防他，離他有稍遠距離，又問：「可是馬永善？」

馬永善的人頭，是要特別保存，好好送回去讓東凌看看的。

馬永善對他輕蔑一笑，「我就不問你是誰了，反正，你要完蛋了。」

魯升皺緊眉頭，想了想，對兵士揮了揮手，示意行刑。人太多，且得殺一陣。他盯著馬永善。馬永善卻是看了看天空，身後是刀刃破空之聲，耳邊有軍中兄弟的哭喊嘶叫。馬永善生命裡看到的最後景象，是藍天白雲。

那一刻他最後的念頭，是想起他問龍騰：「換了你，你會寫降書嗎？」

「不會。」龍騰這般答。

也算知己吧。

馬永善的人頭落了地。

魯升揮揮手，讓人過去將人頭撿了。東凌兵士怒罵哭喊，還有人欲衝過來以死相拚，被蕭國兵士全滅殺了。魯升不管這些，他囑咐將馬永善的人頭單獨保管好，轉身走了。

今日天氣不錯，他完成了一件大事，接下來就是收拾龍騰了。

魯升回了營帳，問了問手下楚青的狀況，手下稱把楚青禁在他自己的營帳裡，他老實待著，沒吵鬧叫嚷，也無人去鬧事。

魯升滿意點頭。他想了想，決定去看看盧正。自那日審完他，便一直忙碌，沒再見他，這也是給時間盧正再好好想想。

魯升去了盧正帳裡，盧正醒著，臉色看起來好些了。盧正見了魯升，態度已是不同，想來這數日被軍醫照顧得好，飲食等均有改善，他已體會到有魯升照應的好處。

魯升又與盧正問了問話，盧正一一答了。魯升耐心聽著，也回了幾句盧正的問題。而後他囑咐盧正好好休息，盡快將傷養好，待一切結束，便將他送回南秦。

魯升從盧正帳中出來，有些失望。盧正招供的那些，對他用處不大，還不如讓安之甫狀告龍騰強搶民女這罪名來得惹眼，但盧正的價值在後頭，他若能籠絡好他，日後自然讓他說什麼他便說什麼了。到時龍騰已死，無從辯駁。

魯升還未走到自己帳子，便有手下人來報，在附近村落搜查時，見得一村口有士兵出沒，其行跡看著頗是可疑，但趕前追上卻未逮著人，只見得是著兵服，該是這軍營裡的人。

「如何可疑？」魯升問。

「若是巡查，該是隊伍出行。他們只兩人，且出村時左右張望，頗是小心。走路找有遮擋物的地方走，似乎不想教人瞧見。也不知他們是不是發現了有人看到他們，走得飛快，一會兒便沒了人影。看他們奔逃的方向，就是朝這軍營而來。我們追過來，近軍營時便全是著兵服的，分不出誰是誰了。」

魯升叫來了軍中長史，核對衛兵巡查周邊的隊伍和時間。想了想，囑咐那兩名手下悄悄去那村子探查一番，看看村中是何狀況，是否有士兵在那兒做過什麼事。

響竹村一間村舍裡，曹一涵仔細地將霍銘善的骨灰罐子擦了擦，為他上了一炷香。他看向坐在窗邊的德昭帝，喊道：「公子，我做飯去了。」

德昭帝點點頭，低頭看了看自己的手指，告誡自己務必要忍耐，他定會回南秦，揭露輝王真面目，奪回皇位的。

另一邊，薛敘然的馬車正全速前進，奔向石靈崖的方向。沿途兵哨關卡，他拿著安若晨給他的官府通行令，稱是中蘭城郡府授權，允他到響竹村接病重的親戚到城裡看病。

響竹村離石靈崖軍營頗近，確非一般人能出入。薛敘然憑著通行令，一路過關。他緊張又興奮，越靠近石靈崖，越激動。就該這般幹大事，凶險中穿行，豪氣萬千！

薛敘然與安若晨商議好了所有的事，他甚至提了些建議，還給安若晨留了個人手。說是安若晨若有危難，中蘭城雖遠，不能救急，但好歹有人幫她報個信，可以當後應。

安若晨也給了他人手，幫他一路引開追蹤，擋住懷疑，為他打點通關，在軍中給他當支援。安若晨告訴他：「莫以為越近石靈崖越安全，那處如今被魯升掌控，確有凶險，你小心行事。那人極重要，切不可讓他落入魯升手裡，一定要將他平安送進紫雲樓。」

薛敘然緊趕慢趕，他的隨侍向雲豪腳程快，先行一步前方打探。一路是有小波折，但都有驚無險過去。這日薛敘然聽得車夫的話，掀開了車簾看，響竹村就在眼前了。

薛敘然停車等待，過了好一會兒，向雲豪奔了過來，「公子，村子裡有士兵搜村。」

薛敘然一驚，「為何搜？」

「不太清楚，他們只問村民村子裡是否常有士兵過來，他們在村裡做過什麼，村中可發生什麼不一般的事情沒有。」

「那村民如何說的？」

「就說村子近旁就是軍營，出入不便，許多人都已經外遷了。要採買些什麼也不方便，貨郎也不敢進村，有個病痛什麼的也麻煩。他們聽說龍將軍自建軍營起是有規矩的，士兵隔五天要過來查看村落狀況，所以常有士兵到村子裡來，他們也都習慣了。士兵有時每家每戶問問狀況，有時會給些獨居老人送些米麵，倒未曾見到有什麼特別的事發生。」

薛敘然鬆了一口氣，但也不敢掉以輕心，「他們搜得嚴嗎？」

「一家一戶問著呢？」

「那戶呢？」

「在村尾，我讓寧子先去看著了。」

薛敘然跳下馬車，「快，帶我去，再晚些怕是要糟。」

向雲豪甚懂薛敘然，自家公子跑不快，只會拖累腳程。他蹲了下來，薛敘然趕緊伏他背上。

向雲豪施展輕功，帶著薛敘然朝著村尾方向去。

到了那兒，藏身近旁的竹林裡，向雲豪將屋子指給薛敘然看。煙囪裡冒著炊煙，顯然這戶人家正在做飯。薛敘然心道，真夠可以的，死到臨頭了還不知曉。

正想著，遠處走來了幾個人，兩個士兵領著個看著痞裡痞氣的村民，村民指手畫腳地說著什麼，正指著那屋子方向。

寧子跑了過來，低聲道：「公子，那人跟軍爺報說村尾住著戶新來的，他偷偷瞧過，口音語調皆不尋常，像是貴氣人家，卻穿著粗布衣裳，頗是可疑。他與之前常來村裡的軍爺們報過這事兒，但軍爺們沒當回事，還與他說過好自己日子便成，莫多生事，還質疑他跑到村尾偏僻之處是何打算？是不是還跟從前似的，手腳不乾淨？將他訓斥了一頓。他心中頗不服氣，如今見得再有軍爺盤查，他便再報這事，還問軍爺要賞。」

薛敘然皺眉頭，「真是哪裡都有奸細啊！那龍將軍也不是萬能的，這不，換了個人管事，就能燒著他的後院了。」

薛敘然迅速做了決定，飛快囑咐了一番，寧子領命跑開了。

那兩個士兵在那村民的帶領下離屋子越來越近，薛敘然伏低了身子等待著。

突然，在另一頭的山坡林中傳來寧子的大叫聲：「你站住！鬼鬼祟祟做什麼？站住，不許跑！來人呀，別跑！」

那兩個士兵聞言頓時停下，仔細一聽，轉頭朝著那山坡樹林的方向跑去。

薛敘然一拍向雲豪，向雲豪背上他幾個縱躍奔到那屋前，飛快跳到院子裡。

院子很小，薛敘然一進去就看到一個青年拿著掃帚伏在院子門後，似乎隔著門縫看著外頭情形，看來他們也不是全無準備。

那青年還未察覺院子裡進來了人，薛敘然低聲喊道：「是龍將軍派我來救你們的。」

那青年聞聲轉頭，嚇了一大跳。

薛敘然抓緊時間，再道：「你是曹一涵？」

青年緊張地握緊掃帚，薛敘然道：「安若晨讓我問你，一紮新的紙箋有多少張？」

「啊！」曹一涵丟下掃帚，領著他們進屋，「快進來，龍將軍有什麼囑咐？今日有兵大哥過來提醒我們要當心，剛才村裡劉大叔過來說有人搜村，我正猶豫要不要帶著公子走。」

薛敘然擺臭臉，「你怎地這般容易相信人？你好歹先說個十二張，聽聽我怎麼答才好！」

曹一涵傻眼，「啥？」

「十一張。」薛敘然揮揮手，有些不高興。對個暗號也不好好對，如何委以重任？「龍將軍讓我來領你們進中蘭城到紫雲樓，有蔣將軍保護你們，這處軍營不安全了。」

「走。」曹一涵一點懷疑猶豫的意思都沒有。背起打好的包袱，轉頭對德昭帝道：「公子，龍將軍派人來接應我們了。」

薛敘然又嫌棄他，「你家公子一直在旁邊，聽得清清楚楚，用不著你重複一遍。現在最緊要的是，霍先生的骨灰罐子在哪裡？」

「公子。」一進屋就四下打量做好戒備的向雲豪，將供桌上的一個小布包遞了過來，依大小形狀看，是個小罐子。

薛敘然動手拆布包結子，曹一涵急忙大叫：「你做什麼？」

薛敘然道：「骨灰裡有重要物品。」說話間，布包已經拆開，確實是個骨灰罐子，上面認認真真寫了個「霍」字，罐子上還留有供香的香味。

曹一涵大叫：「不許碰先生！」

向雲豪刷一聲抽出劍來，架在曹一涵的頸上。薛敘然左右看看，拿起桌上的一張紙箋，折彎起成斗狀，交到曹一涵手裡，「幫拿一下。」

曹一涵恨恨的，想把這紙扔到地上，但薛敘然已打開罐子倒了起來。曹一涵趕忙捧好紙接住，生怕骨灰有一丁半點掉到地上。

德昭帝身後藏了個棒子，琢磨著要不要上去給向雲豪一下，將曹一涵救了，但又怕那劍傷了曹一涵，也心疼霍銘善的骨灰。猶豫間，向雲豪轉頭橫了他一眼，「莫動！」

這時聽得薛敘然一聲輕呼，罐子裡倒出了一顆蠟丸。他看了看罐子裡頭，再搖了搖，似乎沒有別的重物了，便把罐子遞給曹一涵，「給你，將你家先生再倒回去吧。」

曹一涵委屈又心疼，雙手捧握著紙斗不敢動，眼睜睜看著薛敘然將那顆蠟丸拿走了。向雲豪替他接過罐子，與他道：「快些倒，沒時間了。」

曹一涵真想將這二人痛揍一頓。沒時間了？是誰在這裡浪費時間的？

薛敘然沒理他們，他喃喃自語：「不是說是個盒子嗎？怎地是個蠟丸？」他將丸子捏開，看到裡頭確是個盒子，盒子裡有藥丸，顏色數量都對得上，這才鬆了口氣。

「找到了，快帶他們走。」

曹一涵含著淚，仔細倒骨灰，不想理他。德昭帝問：「這是何物？」

「解藥。」薛敘然一邊答一邊跑到後窗望了望。

德昭帝跟了過來，「盧正的那個？他說回到南秦才會說藏在何處。」

「不用管他，找到了。」薛敘然說完一頓，「不對，還是得管管他，不能這麼放過他。」

德昭帝又問：「你在看什麼？」

「安若晨說屋後不遠有個土堆，那後頭林子裡給你們安排了藏身處，可暫時躲躲。」

德昭帝這下是真的全信他了，「確實如此。」

「可這窗戶頗高呀！」

德昭帝道：「你撐著我上去。」

薛敘然搖頭，「我沒這力氣。」

這時向雲豪過來了，一手拎一個，火速將他們依次丟到窗外，轉身再把已包好霍先生骨灰罐子緊緊抱住的曹一涵丟了出去。

這時，院外頭傳來了敲門聲，是那兩個士兵回轉，「有人嗎？開門！」

向雲豪跳出窗子，將窗子掩好。德昭帝、薛敘然領著曹一涵已經朝著土堆方向跑，向雲豪趕上前去，一把將薛敘然負在背上，輕鬆領路。德昭帝轉頭看了看曹一涵，曹一涵抱著罐子布包猛搖頭。他背上人就跑不動了，皇上，不如還是自己跑自己的吧！

四個人剛在土堆後頭藏好，屋子後窗猛地被推開了。

德昭帝壓低身子，曹一涵忙著將霍銘善的骨灰塞進包袱。薛敘然四下張望觀察地形，只有向雲豪在盯緊屋後窗的動靜。

那兩個士兵離開了窗口，向雲豪道：「快，趁這會兒跑到林子裡去。廚房裡還燒著飯，他們定會起疑，該會在屋子周邊轉轉的。」

四個人接著朝林子跑，薛敘然伏在向雲豪身上，毫不費勁，氣也不喘，道：「你說你們，要逃命了還惦記著做飯。」

曹一涵很不服氣，「做飯的時候哪知道要逃命？」

德昭帝更不服氣，「要麼下來，要麼閉嘴！」

薛敘然閉嘴了，他覺得自己不是因為德昭帝讓閉就閉的，而是他大人有大量，人家怎麼都算是大蕭的客人，他是主人，客氣點是應該的。

四個人跑進了林子裡，這段路有些距離，德昭帝與曹一涵氣喘吁吁，藏身樹後，看到士兵果然繞了一圈查看，沒看到什麼，又繞了一圈走了。

向雲豪讓曹一涵先帶著去事先準備好的藏身處，那是林子裡的一塊崖縫山穴，外頭有茂密的枝葉擋著，看不到裡頭。穴裡放了些水和乾糧，看來確實能短暫藏身。

向雲豪安置好這三人，便去安排接應諸事。薛敘然叫住他，將解藥遞過去，「這個緊急，安排單騎快馬先送回城。」

薛敘然三人默默蹲穴坑裡等著，曹一涵對薛敘然仍有氣，頭扭一邊不理他。薛敘然也不理他，只對德昭帝道：「我姓薛，救命之恩就不要求你報了，但畢竟還是有恩的，日後你回了南秦，對百姓好些，對我們大蕭也恭敬些。還有，玉石買賣什麼的，記得交給我家。」

德昭帝聞之氣結，「你們大蕭人簡直……一個賽一個的……」枉他飽讀詩書，也找不出合適的詞來形容。

「機智勇敢？」薛敘然幫他總結。

德昭帝也將頭扭到另一邊，不想理他了。

天黑了，有人進了林子。落葉與斷枝被踩得喀喀輕響，德昭帝等人都防備起來。

一個聲音輕喊著：「公子。」

薛敘然鬆了口氣，看到向雲豪撥開了枝葉。

這回向雲豪是帶著寧子來的，他說已讓人將藥送走了。軍營那邊看不出大動靜，但他們動作還是得快些。

向雲豪背上薛敘然，寧子背上德昭帝，一行人快速穿過樹林，奔到馬車處。薛敘然對德昭帝道：「安若晨說會派人回中蘭城報信，讓人接應我們，但他們如今處境也是凶險，不能全指望他們。回中蘭雖比來石靈崖好些，但也不能輕忽了，你聽我安排。」

「行。」德昭帝爽快應了。

「別忘了玉石生意要給我家。」

德昭帝把「行」一字嚥了回去。

軍營裡，魯升皺眉沉思，他剛把些村民放了回去，什麼都沒問出來。之前衛兵回來報稱村中有戶人家是外地來的公子，聽說氣宇不凡，他們想審上一審，屋裡卻沒人。詭異的是，廚房裡還燒著飯。

魯升頓時起疑，讓人繼續搜村，再把村長等管事的找來，但一連問了數人，他們都說打仗了，村裡人走了不少，村尾荒僻了，他們不常往那處走動。是有外地人來借住，但他們沒有盤查身分。只聽說是路過病重，不得不停下養養病，病好就離開。要說模樣，也沒什麼特別之處，就是個十八九歲左右的年輕人，帶著個二三十左右的青年。

魯升想不出有什麼特別人物是這般的，但他覺得不安。中蘭城現在也出了狀況，錢世新那蠢貨居然被人下套，原本一切都給他安排好了，居然出這亂子。這表示龍騰這邊還是有準備的，雖然看起來他們一直被壓制著，但總藏著些小手段。

魯升下令，兩隊衛兵出發，一隊趕往中蘭城，一隊往四夏江，沿途盤查可疑的馬車和路人，找個十八歲左右的貴公子，他身邊有個隨從。

中蘭城裡，錢世新煩躁不安地走來走去，夜深了，他睡不著。牢裡又臭又髒，沒人特別照顧他，喝的水都不淨，他從起初的憤怒，到慢慢絕望。他的罪名定了，多得數都數不清，案錄能壓滿一桌面。

從數年前縣裡的舊案到現在的收買梁清河，全被挖了出來。這裡頭定然有姚昆的「功勞」，只有他才會對從前舊案如此清楚。

錢世新氣得百爪撓心，他用來威脅姚昆的手段，現在被姚昆用在了他身上。還有他給野豬林的獵戶遞消息的事，蔣松居然也知道。獵戶宋正已被抓了回來，四夏江的岳福也已經被捕，這條往南秦遞情報的路子被查了個底朝天，他通敵賣國的罪名這下是坐實了。

錢世新簡直要瘋魔，怎麼回事？是他父親錢裴未死，還是那個呂豐寶被抓住了？他不知道，沒人告訴他怎麼回事，魯升那邊也毫無動靜，沒有任何消息。

錢世新煩躁大叫，用鎖鏈擊打牢門。一個衙差走了進來，對他喝道：「莫吵鬧，現在這處可不是你做主了。若你生事，我可是會報給蔣將軍的。」

錢世新咬牙怒瞪，用力再將鎖鏈甩向牢門。牢門「鐺」一聲巨響，那衙差也怒了，邁前兩步喝道：「讓你莫……」

他話未說完，忽然什麼閃了一下，他的頭掉了。

錢世新目瞪口呆，眨了眨眼才反應過來，這衙差被人削了腦袋，死了。

錢世新噌噌噌往後退，衙差的身子歪倒摔落地上，露出了身後的靜緣師太。

錢世新一時也不知該喜該憂，是福是禍，只下意識地喊了一聲：「師太。」

靜緣師太也不言語，默不作聲地彎腰在那衙差的屍體腰上取下了鑰匙，將錢世新這牢房的門鎖打開了。錢世新背貼牆，大氣都不敢喘，不知這殺人魔究竟有何打算。

靜緣師太看了他一眼，說了一個字：「走。」

錢世新又驚又疑，難道竟然是來救他的？

靜緣師太也不理他的反應，轉頭就走了。錢世新這才如惡夢中驚醒，趕緊跟上了她的腳步。無論這靜緣師太是何意圖，他留在這牢裡只有死路一條。

出了監牢大門，只見門口倒著兩具衙差屍體，靜緣師太似未看見一般，腳下停也不停，直接邁了過去，走在牆根處隱身陰影中繼續前行。錢世新見此情形，也不敢多看，緊跟在她的身後。他對這裡地形很熟，幾次想出聲提醒她怎麼走更好，但看著她冷冰冰的背影，還是將所有的話嚥了回去。

先前父親錢裴入獄，就是恐被靜緣師太刺殺，那時候衙門上下均是戒備，靜緣師太確實沒來。如今誰也想不起她，她卻來了。錢世新暗暗服氣靜緣師太的心機，莫看她殺人不眨眼，於事情處置上卻是細心。這次劫獄，該也是有準備的。

靜緣師太確實如錢世新所料，有備而來，所以他們一路順利，避開耳目。有些崗哨處沒人，錢世新不禁猜測這些人是不是被靜緣師太殺了。之後走到一暗角牆根處，靜緣師太轉身抓住錢世新的手臂，拎著他跳了出去。

之後又是一路奔走。暗夜裡的街道冷清肅殺，錢世新不太能跟上靜緣師太的速度，但絲毫不敢抱怨。他聽到自己的喘氣聲，還有震耳的心跳。

到了目的地，錢世新又是大吃一驚，竟然帶他回了錢府。不過也是作賊一般，悄悄進去，無人知曉。靜緣師太這時候說話了：「去拿些衣物錢銀，莫讓別人發現。」

錢世新愣了愣，想想確實需要這些身外之物。他趕緊去了主屋，靜緣師太替他把風，他拿了些財物、乾淨衣服，想了想，包了一套筆墨紙硯，打了個包袱這才出來。

靜緣師太也不吭聲，帶著他又默默地走，這次是去了錢府旁邊的一個小側院。

靜緣師太帶著錢世新翻牆過去，隨手推開一間屋門進去了。

錢世新跟了進去，又吃一驚，看起來這裡竟是靜緣師太在住，所以她就住在錢府裡？

靜緣坐下了，對錢世新道：「等著，差不多時候再走。城門一開，我們就出城。你喬裝一番，他們不會將剛剛逃掉的囚犯與一對中年村民夫婦聯繫在一起。」

錢世新說不出話來。確實如此，他們發現有人劫獄，定會全城搜查，城門設卡。依劫獄的殺人手法看，蔣松很快會聯想到靜緣師太。就算他們防著他錢世新出城，大概也猜不到他能與靜緣師太喬裝夫婦。

錢世新打了個寒顫，竟然要跟冷冰冰的殺人魔喬裝夫婦……

「師太，我們要去哪兒？」錢世新問得小心翼翼。

「去南秦。」靜緣師太冷道：「難道你在大蕭還有活路？」

是沒有，但錢世新覺得靜緣師太不可能在意他的生死，「師太的意思是？」

「你答應幫我查案子，忘了嗎？」

錢世新傻眼，他如今還能查案子？靜緣師太對他的信心和執著讓他惶恐。「上回不是有結果了？」錢世新偷偷看了看靜緣師太的臉色，仔細斟酌用詞，「不是說了，是德昭帝所為。他那時為了登上皇位，所以想除掉心頭大患輝王，便指使人做了這事。」

「上回是這般說的。」

錢世新的心懸了起來。

「你幫了我，我自然也會回報你。你在大蕭死路一條，唯有去南秦才能活。你投奔輝王，可有信心他會收留你？」

錢世新的心又落了回來，原來不是逼他繼續查，而是回報他。這個也是邪門了，靜緣師太這種人還會回報別人的恩情？錢世新琢磨了一會兒，「我得到了南秦後，聯絡看看才能知曉。」說完又恐靜緣師太瞧他不起生出事端，又道：「雖非十成十，但也是有把握。」

「好。」靜緣師太非常爽快，「我送你到南秦，從此之後便不欠你什麼了。當初輝王幫過我，我也為他殺了不少人，我也不欠他什麼了。你聯絡輝王時，替我把這話帶給他。讓他莫找我，我也不想再看見他。」

錢世新趕忙點頭，有些不敢相信自己的好運氣。

靜緣師太不再理他，自顧自閉目養起神來。錢世新想啊想，盤算著出路。確實啊，他怎麼就沒想過能去南秦投奔輝王呢？輝王能穩坐江山，怎麼都有他錢氏父子一份功勞。

錢世新這會兒後悔殺了父親了。輝王與父親交情頗深，若父親還在，會更容易投靠。

錢世新的悲傷遺憾只有一瞬，他很快振作起來。父親將聯絡的辦法都告訴了他，他當然可以去投奔輝王。對輝王來說，安置他這樣一個小人物再簡單不過。改名換姓，給個一官半職委實太容易了。他對大蕭又是了解，對平南郡更是熟得不得了，輝王日後肯定還有用得著他的地方。

錢世新臉露喜色，微一轉眼，卻見到靜緣師太不知何時已睜了眼，正冷冷地看著他。錢世新忙正了正臉色，道：「多謝師太救命之恩。」

靜緣師太沒理他，閉了眼繼續養神。錢世新心裡不禁有些發毛，但一想又釋懷，靜緣師太一直如此，表情顯得凶狠罷了。

天濛濛亮時，錢世新與靜緣喬裝成中年夫婦，隨著上農活的人群出了城。

城裡，錢世新逃獄的消息傳遍了大街小巷，勃然大怒的蔣松幾乎將衙門裡的人全派了出去搜尋，衛兵隊也將城門嚴守，但都沒有找到逃犯。

蔣松恨得牙癢癢的，他知道自己丟了一個最重要的人證，也摸不清靜緣師太在這事情裡究竟是何意圖。他將消息派人送出，以確保楚青和龍騰能有相應的應對準備。

通往中蘭城的官道上，這幾日頗是熱鬧。有官兵在盤查過往馬車和路人，見著貴氣公子帶隨從模樣的，都要攔下問一問，而另一撥駐哨官兵卻不一樣。碰上有這般的官兵盤查，他們也要盤查，盤查這些官兵是哪裡的，做什麼的，誰讓他們這般行事的。

詭異的是，這數日有好些馬車通行，皆是貴氣公子帶著隨從，個個手裡都拿著請柬，說是受邀到中蘭城參加薛家公子的婚禮。

公子哥們的說辭都很一致，請柬都一樣，人人帶著賀禮。盤查的兵士們一個頭兩個大，這陣勢是公子爺組隊入城搶親怎麼著？

德昭帝坐在一輛馬車裡，兩名隨從一個車夫，隨從替他遞出了請柬。他是鄰城穆家的二公子，家裡做絲綢買賣，家宅鋪子買賣等事他都照著背了一遍，以防萬一，但兵士們盤查得不耐煩，一看又是請柬又是賀禮的，揮揮手讓他們過去了。

德昭帝於馬車裡鬆了口氣。那姓薛的雖是狂妄不討喜，但確實機智。

薛敘然的馬車被排在了最後，盤查的衛兵覺得他最可疑，沒有請柬，也沒有備賀禮。薛敘然很不高興，「我就是那個要成親的薛公子！我是沒賀禮，我要回去拜堂收賀禮！」

衛兵也很不高興，耍他們嗎？這公子看起來甚是討人厭，押下再說。

薛敘然被扣下了，但所幸沒被扣太久。薛書恩帶著管事親自出城接兒子，一路迎著賓客馬車，迎到最後終於見著了兒子。有人證明他還真是那準備收賀禮的薛公子，衛兵們也不能如何，將人放了。

薛老爺領著兒子一路訓，要成親的人了，還毛毛躁躁的，都是被他娘寵壞的。婚前鬧著遊歷，遊歷又不好好遊歷，又要求張羅請賓客，這裡頭肯定有什麼事。

薛敘然白著臉捂著心口，「爹，快別說了，我要生病了。」

薛老爺噎住了。生病就生病，還有能預告要生病的嗎？他也想裝病給兒子看，告訴他這是被他給氣的。

德昭帝的馬車順利進了中蘭城，車夫提前得了囑咐，將馬車駛向了紫雲樓。紫雲樓外崗哨把守，馬車未接近，跑了一圈停在路旁。車夫下了車，到崗哨處遞帖子，說是陸大娘的遠房親戚，來見見陸大娘。

衛兵拿了帖子進去，過了好一會兒，陸大娘出了來，車夫與她低語了幾句，陸大娘點點頭，走到馬車旁。曹一涵重回中蘭，頗有些激動，對陸大娘道：「安若晨讓我告訴妳，是鈴先生讓我們來的。」

這是最保險的辦法，若是通城那頭往中蘭城報信失敗，或是中蘭城裡出了什麼變故，他們不好進紫雲樓，這個暗語能讓他們通關，得到接應。

鈴先生是安若晨的代號，只有陸大娘知道。

陸大娘看了看馬車裡的人，說道：「通城的消息剛送到，你們不必擔心，進來吧。」

羅鵬正帶著調查的證據，悄悄去見了皇上。未帶同僚，未張揚事由。

正明帝聽完羅鵬正所述，道：「依丞相所見，不宜將此事交給刑部？」

「皇上，此事是個大局，梁大人可不是只想汙衊臣這般簡單。此時雖未有大動靜，但肯定都有時機準備。後頭一環扣著一環，深不可測。此時他就在局中，我們所有人都在棋盤之上，若是打草驚蛇，他毀棋不動，撇清干係，再反咬一口，臣受辱事小，但讓這亂臣賊子禍亂朝野，侵害皇權便是大禍，屆時大蕭危矣，皇上危矣。」

羅鵬正再道：「臣以為，如今這境況，不止是刑部，朝廷中越少人知道這事越好。與梁大人交好的大臣官員可不是一個兩個，如今未徹查清楚，還不知曉有誰參與，萬一走漏了風聲，有害無利。」

正明帝點頭道：「愛卿所言，有其道理，但愛卿也是知道，朝中與梁大人不睦的大臣官員也不止一個兩個，朕也收到了梁大人的奏摺，確實是對某些朝中重臣有所指控。若不發到刑部和御史台調查，大家各說各的，豈能服眾？事實真相如何，還是要公正調查為好。」

羅鵬正鬆了口氣，皇上說出梁德浩有發來誣陷栽贓他的奏摺就好。事實上，三皇子已經查到，皇上悄悄讓刑部調查他。查到了什麼，到哪一步，他都已然知曉。原本他不以為然，但蕭珩沂比刑部查到更多。這個更多，讓羅鵬正嚇一大跳。

梁德浩布局縝密，顯然不是一時念起，臨時準備。有證據可證明羅鵬正偷取兵庫暗令、串通細作、買通殺手、私建軍隊，羅鵬正自己八百年沒去過的別莊，竟暗藏地庫，存儲軍備……這些一件件一樁樁，足夠羅鵬正全家死一百回。

蕭珩沂覺得，刑部沒查到，是因為梁德浩還不想他們查到，因為時機未到。梁德浩自己不在京中，若案子有個什麼閃失，他先前的那些布局就全浪費了，而且有些為他辦事的人他也得處置乾淨，再有就是，這些罪證不能憑空出現，定得有什麼事引出來。沒什麼比梁德浩在茂郡查到了線索，進一步回京查證更自然的手段了。

「他先拿下了東凌，討得父皇歡心，再回京呈報上稟邊境處調查所得。那些細作報的消息，將會在羅大人的罪證裡得到證實。再加上刑部已取得羅大人欲殺梁大人的罪證，為何刺殺，自然是羅大人自己去不了茂郡，恐梁大人去了之後查出些什麼來。」

羅鵬正不得不承認，這計策甚是高明，「那刑部未查到，殿下又是如何查到的？」

「刑部是按梁大人給的線索查羅大人，我是查梁大人的，自然查出的東西不一樣。羅大人，茂郡離京城甚遠，我們坐在此處得到的消息都是滯後許多，如今梁大人的計策也不知實行得如何，他何時再拋出繩來將羅大人緊緊綁住，這個我們也未可知。羅大人當抓緊時機，搶先下手，擺脫困局。」

於是，羅鵬正來見了皇上。他被蕭珩沂說服了。計畫是這樣的，羅鵬正先來探探正明帝的意思，讓皇上相信這事非同小可，並非權臣派系爭鬥，而是逆臣謀反，借用爭鬥掩飾布局。此事須得暗查深究，確保涉案眾人逃脫不得。而且這個領頭查案的，須得是個中立公正的人。蕭珩沂到邊境與梁德浩周旋查探取證，而羅鵬正自己留在京城壓制梁德浩那一派系的人馬，讓他們不得從中搗鬼，暗助梁德浩行事。

蕭珩沂還說，若他能前往，可藉此事幫羅鵬正拉攏龍騰。此事中龍騰也定是受害一方，羅鵬正藉此多一盟友，豈不是好？

當然好。羅鵬正自然也是看中龍騰，但梁德浩與龍家關係素來親密，他從前也只能將龍騰視為對方陣營，若能拉攏過來，當然再好不過。不止龍騰，羅鵬正覺得若是扳倒了梁德浩，朝中許多人與事都將不一樣了。

「臣以為，由二皇子領頭查辦比較適當。二皇子聰慧英明，定能看出這些事裡的玄機。再有，茂郡那頭如今不知是何情形，到了那處，得有個壓得住的身分。哪個官臣去都恐怕不能勝任。再派巡察使？哪個巡察使權勢更大？這恐怕會引起梁大人警覺，將事情掩蓋了。」羅鵬正與正明帝一番討論後，終於提出了人選。

正明帝果不其然反對了：「我倒是知道，珩隆與愛卿走得頗近。」

羅鵬正忙道：「皇上明察，二皇子全心向著皇上，定能全力以赴，公正斷案。」

羅鵬正越是誇蕭珩隆，正明帝就越是不放心了。這事情裡，他還沒有決定要相信誰。梁德浩與羅鵬正兩個都是重臣，兩個都指責對方謀反，兩個都有證據。羅鵬正的證據更誇張些，他擺出了「自己謀反的證據」，說這是梁德浩準備的。

有可能是梁德浩準備的，也有可能是羅鵬正看梁德浩已經揭穿了他，而不得不先聲奪人，反咬一口。這事情務必得認認真真查究。不偏幫任何一方，不放過任何一人。

正明帝道：「這般吧，讓三皇子去。他與梁大人也沒什麼大交情，該會公正判斷此事。你拿來的這些證據也得查，既是安排了這許多，總會有些線索源頭。你擔心刑部走漏風聲，擔心御史台有失公允，那麼這事由朕親自來督查。朕倒要看看，誰敢串通謀反，誰敢給反賊通風報信。」

羅鵬正心中暗喜，叩首道：「皇上英明。臣遵旨。」

正明帝沒有大張旗鼓宣揚此事，囑咐蕭珩沂低調行事。

蕭珩沂很快帶兵上路，臨走前悄悄與龍二招呼了一聲。龍二晃著腦袋，道：「莫與大哥說你幫他找了盟友，他最煩羅丞相了。」

蕭珩沂沒好氣，「不增加些籌碼，如何確保羅丞相一定順我之意？他拿了證據，轉頭讓二哥立功去，我便成橋板子了。」

「是是是，殿下英明。」龍二誇讚的語氣非常真誠，讓蕭珩沂白他一眼，踏上征程。

柒之章◆殺機

通城裡，龍騰拿到了石靈崖的軍報，面色凝重。「馬將軍被斬首了。」這是可預料的結果，但真的發生時，他仍覺得不好受。

安若晨過去抱住了他的腰，試圖給他安慰。

「他是位漢子，忠義勇猛。澤清說，他衝進陷阱之時，已知中計，他還有機會逃脫，卻為了救手下兵將，殺到了最後，方才被俘。」龍騰嘆息。

「若是逃脫了，也會被藉機處置的。」安若晨道：「他與將軍一樣，會讓反賊覺得是個隱患，不除不安心。」

龍騰點點頭，這確是事實。走到這步，他確是個大隱患了，所以魯升殺了馬永善，確保東凌與大蕭會開戰，這是除掉他的好時機，而他如今還不知道京城那頭的進展如何，且石靈崖一如所料，楚青被制住了。魯升藉口防止南秦陰謀，趁亂局之時入侵石靈崖，要求眾兵將原地戒守，不得發兵茂郡。

要揭穿陰謀，得先保自己平安，保安若晨平安。京城也罷，石靈崖也好，要等到他們支援，怎麼都得撐到解局的那日。也許他們還有時間，如果德昭帝這步棋走得夠快……

門外忽有衛兵報：「將軍，東凌宣戰了！」

好吧，不如魯升送人頭的速度快。

龍騰應了一聲，有些無奈。若他是東凌主將馬永念，收到兄長馬永善的首級也定要宣戰，可不會慢吞吞等皇帝的旨意。

他看了安若晨一眼，安若晨忙道：「將軍務必保重。」她知道，龍騰得走了。

「我與妳說的那些，妳可記住了？」

「記住了。」安若晨看著龍騰的眼睛。將軍此去，何時能回來，能不能回來，都是未知數。現在只求德昭帝安全到中蘭，希望薛敘然真的頂用。

同時間，安若希看著薛敘然，大叫一聲，衝過去捶了他好幾下。

薛敘然傻眼，哇哇大叫：「妳這瘋姑娘，做什麼打人？」他在外頭冒了這麼大的凶險都沒挨上一個指頭，回到家來卻被揍了？

「我以為你回不來了……」安若希抹眼淚。

薛敘然動了動肩膀，她打起人來手勁真大。娘親的，不會婚後總被打吧？這樣可不行。到時讓護衛跟她切磋也不合適呀！難不成得叫幾個丫頭練一練？

「以為我回不來，那我回來了不是該歡喜嗎？」

「很歡喜呀！」

薛敘然給她一個大白眼。

「看來那解藥沒錯，看妳吃得生龍活虎的。」

「我還沒吃。」安若希答：「我吃了毒藥。」

薛敘然：「……」

「毒發了，又吃了一顆續命，然後解藥才送到的。」

「那趕緊吃呀！」

「萬一那解藥吃了馬上死呢？我好歹死在你面前。」安若希答。

薛敘然捂著心口倒在桌上。

安若希嚇了一跳，「薛公子！」

「莫管我，我氣死了。」

安若希撇了撇嘴，「我說的是真心話。你看，我把解藥帶來了，打算當著你的面吃。」

薛敘然偷偷抬眼皮看。安若希拿藥的手在他眼前晃了一下，然後就著水把解藥嚥了。

薛敘然見狀，正想與她說話，卻見安若希忽地捂了心口也倒在桌上。薛敘然嚇住，「怎麼了，這藥真有問題？妳哪兒不舒服？」

「沒不舒服。」安若希抬頭道：「我這是表示，與你一起死。」

薛敘然猛地跳了起來要去抓安若希，氣死他了，來不及讓丫頭練了，他自己來！安若希也跳了起來繞著桌子跑。薛敘然罵道：「妳站住！再這般討人嫌，我不娶妳了！」

「那不行。」安若希沒站住，他追她就躲，「你要是悔婚，我就披麻戴孝到你家門口哭暈倒地，還要唱你是負心漢。」

薛敘然才真要暈倒，這還有連哭帶唱的？

「撒潑耍賴我挺在行的。」從小於家中看母親與眾姨娘鬥法，得了不少言傳身教。

「這沒什麼自豪的！」薛敘然好想悔婚，現在還來得及嗎？

「你見了我大姊了嗎？她好嗎？」

薛敘然愣了愣，怎麼話題轉這般快？他停了下來，正了正臉色，清了清喉嚨道：「妳大姊她說，也許她不能再見妳了，讓我與妳說，對不住。」

安若希的笑容僵住。

薛敘然忙解釋：「也不一定會死，她這麼狡猾陰險，那龍將軍也是，定不會出事的。」

狡猾陰險的安若晨正騎著戰鼓一路相送，將龍騰送到城門外。

隊伍浩浩蕩蕩，千餘騎精英騎兵列隊尾隨，那是龍騰從石靈崖帶過來的隊伍。除了這隊人，前線兵營也罷，城中駐兵也好，全都是茂郡駐兵及梁德浩帶來的兵隊。

茂郡代太守崔浩和其他郡縣官員陪同送行，在城門竹亭擺了好酒好菜列了陣勢，預祝龍騰戰場取勝，凱旋而歸。

龍騰臉上沒什麼表情，全無武將赴戰場之前的意氣風發。一路上大多是與安若晨說話，說的淨是囑咐與告別，頗有生死別離的意味。

崔浩於一旁看著，心裡也能理解。他知道龍騰心裡不痛快，武將手裡沒有自己親自訓練出來的兵，自然是不踏實，但梁德浩失蹤之前下過令，三國形勢複雜，東凌小國挑釁定有詭計，若是開戰，要由龍騰掛帥，平南郡與茂郡的兵將全由龍騰調遣。

開戰太過突然，龍騰的兵將不可能馬上從平南趕來。石靈崖、四夏江的兵馬嚴防南秦，沒有合適的調度也不能亂動。魯升在那處守著，龍騰處處受制，自然心中窩火。

崔浩心知肚明發生何事，卻還得裝成無辜模樣，配合著打好官腔。

事實上，龍騰與安若晨沒說什麼正經事，只在那兒女情長、離情依依。什麼夜裡早睡飯要吃飽，各自保重云云。在亭子那兒行過送軍禮，各官員都商議前線情勢，只龍騰拉著安若晨站在太陽下頭看影子。

「從前我初初對妳牽掛，覺得不該，便離了紫雲樓躲到軍營找事忙碌，但越忙碌心中越是想妳，便知事情不妙。從前不知曉歡喜一個人是何滋味，後來看到自己於燈光下映在帳上的影子，忽然明白。」龍騰這般說著，安若晨握著他的手靜靜聆聽。

崔浩聽得嘴角抽抽，但仍不避開，裝沒聽見。

龍騰繼續道：「帳壁上只我一人影子，我竟覺得孤單。後來我快馬趕回紫雲樓，見到妳時，心生歡喜，再無沮喪。」

安若晨接話道：「我還未曾見過將軍沮喪呢，那會兒只覺得將軍頗愛訓斥人。」

龍騰哈哈大笑，笑完了，又道：「那會兒我最歡喜的事，就是與妳在紫雲樓裡散步。妳在耳邊絮絮叨叨，我倆的影子在地上挨得很近，頗是舒懷。」

「那時候我只覺得將軍甚是嚴肅，總是低頭不語。有時走了許久也不吭聲，我還緊張，不知將軍想些什麼。」

龍騰低頭看著地上的影子，安若晨挨在他身邊，影子貼得近一個人，「我想，若一直能成雙成對，那該多好。」

崔浩低下頭去摸了摸鼻子，按捺住渾身的不自在。威武嚴肅的大將軍說什麼情話，怪噁心的。他假意與旁邊的官吏扯了幾句別的，一邊繼續留意安若晨與龍騰說些什麼。

於崔浩看來，安若晨也是沉著，龍騰說得這般噁心，她居然面不改色，還能接話。

「將軍既如此說，那我也不客氣了。將軍知道，我一向要求無多，如今想求將軍，日後無論如何，將軍莫要將我獨自撇下。將軍回家，便帶我回家，將軍打仗，便帶我打仗。我定不會拖將軍後腿壞將軍正事。這般將軍沮喪想看影子時，我就在呢！」

龍騰沒馬上說話，停了好一會兒，才道：「若我此次能平安歸來，便依妳所求。」

崔浩撫撫眉角，未動聲色。

回到城中，崔浩派人細心留意，手下人回來報，說將軍夫人如常起居，未見收拾打包，似乎沒有離開通城的打算，但崔浩仍不放心，因為龍騰那句話：若我平安歸來。

不過是小小的東凌，就算兵將不是自己的，但龍騰久經沙場，加上還有尹銘等大將在，他甚至可以不親自出戰，就這般還擔心不能平安歸來，是故意嚇唬當情話，還是他根本已經察覺到了什麼？崔浩想了又想，還是決定先什麼都不做，看清情況再報。

第二日，安若晨仍是如常。她甚至又出去瞎逛瞎買了，但這日也有件不尋常的事，城中有流言散傳。流言裡說，巡察使梁德浩梁大人被東凌使節綁架，已經遇害了。

這個論述有理有據，首先，若不是確切知道梁大人已然遇害，石靈崖又怎敢殺了東凌三千人報復。其次，東凌使節團綁著個大活人，如何能逃出通城？如何確保梁大人不會逃脫後帶兵討伐，只有殺掉才是最穩妥的法子。殺了，卻說人在我們手上，藉以威脅。再有，若是梁大人活著，且使節團又逃回東凌了，那將梁大人押於陣前，大蕭兵將，哪個還敢戰？可居然開戰了，打起來了。顯然東凌沒那般做，這自然是因為手上沒人。為何沒人？因為死了。

崔浩聽得手下報來這些，大吃一驚，「是誰傳的，可是龍將軍夫人在外頭說的？」

手下忙稱不是，這些話應該前些日子就開始傳了，只是大家未相議太甚，可昨日前線狼煙起，戰鼓響。龍將軍領兵出城穿街過巷，老百姓看在眼裡，自然驚慌。這些傳言才在市坊間爆發開來，街頭巷尾議論紛紛。大家還說，一直未能破案，找不到梁大人，也是因為如此。

另一手下稱，今日跟蹤龍將軍夫人，她在衣鋪子裡與旁人聊天時，似才聽得這些話。她還問了好些，與那些婦人聊了許久。

崔浩皺緊眉頭，知道事情不妙。看起來這只是市坊傳言的小事，但卻有一個後果，這會讓所有人都覺得，若是梁大人未死，就太可疑了。

崔浩終是不放心，他寫了封信，去了趟美膳酒樓。

這世上奇事很多，但若想死後復生得順順利利，卻也不那麼容易。

◆ ◆ ◆

德昭帝坐在蔣松面前，聽他說計畫安排。

「第一，須得將陛下活著的消息盡快傳出去，堵住開戰的藉口，但不能讓別人知道是將軍救了你……」

蔣松話未說話，曹一涵便忍不住問：「為何？」

蔣松答：「眼下情勢複雜，莫要把將軍捲了進來，省得被栽了罪名，對誰都沒好處。」

曹一涵又問：「會被栽什麼罪名？」

「很多。」蔣松耐著性子，一點一點揉碎了掰開了細細與他分析。

曹一涵還想再問，但見皇上看了他一眼，趕緊閉嘴低頭。

蔣松繼續道：「陛下可知我們大蕭平南有放福燈的習俗？」

「知道。」

「陛下將逃脫逆臣謀害，仍平安活著的消息立在福燈上，不止南秦人能看到撿到，我大蕭兵也可以，於是遇到了逃難的陛下，將陛下救下，暫時送回中蘭城安置。」

「好。」這個與龍騰先前說的一樣，德昭帝早有心理準備。

「陛下到了中蘭，我得馬上將消息上報朝廷，由皇上定奪如何處置落難的陛下。陛下也可藉此機會，向皇上陳情請求庇佑和協助。」

合情合理，德昭帝點頭，「行。」事實上，他在響竹村時就琢磨了好些日子該如何寫這陳情書。不止要給大蕭皇帝，還要傳遍各國，讓天下人都知道輝王詭計。

「一旦陛下活著的消息傳出去，會發生什麼事，就不是我們能預料的。我的兵將會保證陛下安全，但輝王如何反應，前線戰情又會如何，細作奸細們會有什麼行動，我們不能全都預料到。再有，陛下與輝王之間的權位之爭，也不是我們能插手的。」

「這個朕明白。」最難的部分，其實是最後的部分。輝王如今穩坐朝中，而自己落難他國。手中沒有錢銀，沒有兵將，也不知道國中有多少人歸順了輝王，多少兵將知道他的罪行仍願聽他差遣，如何把皇位奪回來？

德昭帝咬咬牙，道：「先讓天下人知道朕還活著！」

蔣松道：「我比陛下著急，但恐怕我們還得等等。」

「等什麼？」

「石靈崖那處，有個官階比我們大，拿有巡察使令，能明正言使差使我們的人。得先把他解決了，不然陛下的安危無法保證。陛下若是與東凌馬將軍的遭遇似的，恐怕我們的仗打也打不完了。」

「你們如何解決他？」

「自然是抓到他的把柄罪證，名正言順地處置。錯一步都是麻煩，所以要等。」

在石靈崖的魯升很不安，那個不知身分潛逃出去的公子讓他總覺得會是個大隱患。他琢磨數日，終還是決定給通城那頭寫封信稟報這事。

用暗語將信寫好，封上火漆，放入竹筒，交給他的驛兵劉廣。

劉廣剛出營門沒多久，卻被人攔了下來。

攔下他的衛兵搜他的身，劫他的信，還將他押了下來。劉廣大驚失色，「這是魯大人的緊急公函，必須火速報通城，爾等居然敢劫信，這是要造反！」

衛兵們二話不說，將劉廣的嘴堵了，避開魯升的耳目，將他押到楚青的帳子裡。

楚青接過信，拆開看了看，問劉廣：「這是要送給誰的？」

劉廣不敢不答：「茂郡崔太守。」

楚青點點頭，又問了幾個問題，派了衛兵下去傳令，然後讓人將劉廣押下去了。營中各兵將得了令，皆是精神大振，迅速分撲各處，將營中魯升的人馬全都拘了起來。

楚青拿著那封信，去找了魯升。

魯升見得楚青來，起了戒心，再看到他手中的信，臉色一沉，「楚將軍好大的膽子！」可笑，他不會以為一封信便能拿住他的把柄吧？

楚青裝模作樣地道：「魯大人才是膽大包天，我這點膽子不值一提。」

魯升喝道：「楚將軍劫了我的信，意欲何為？」

楚青道：「魯大人意圖謀反，我當然得處處小心，提防著大人些。大人的信件往來，人手調度，我自然是關切的。」

魯升怒極反笑，「意圖謀反？我看意圖謀反的是楚將軍！自我來了這石靈崖，楚將軍便擺弄許多小動作，弄些小絆子。我看在龍將軍的面子上，未曾將你嚴懲，沒想到倒是我做錯了。原來楚將軍不止有些小動作，如今卻是連我的公務密函都敢公然劫了。這不是謀反是什麼？只不知這是楚將軍自己所為，還是根本有龍將軍授意？」

楚青道：「我也想問問魯大人，魯大人意圖謀反，是魯大人自己所為，還是根本有梁大人授意？」

「一派胡言！」魯升喝道：「梁大人遭了東凌的謀害，如今生死未卜，下落不明……」

魯升話未說完，就被楚青打斷了，「魯大人不是斷定梁大人已然遇害，這才斬了東凌三千將士，還大張旗鼓囂張至極地將眾人頭運回東凌示威，如今怎麼說梁大人生死未卜？」

魯升冷笑，「你不必咬文嚼字話裡挑刺。梁大人遭東凌劫持確是事實，我斬了東凌三千人以示回敬也是事實。東凌挑釁，難不成我們還得跪下求饒？我的作為又有何錯？就是擺在皇上面前請他評理，我也是會這麼說。」

楚青回道：「隨你怎麼說，你意圖謀反，我有證據。」

「就憑你劫的這封信？就憑我處置了東凌俘兵？」魯升再冷笑，「楚將軍謀反，我才是有真憑實據。巡察使監軍處置戰俘，你堂堂大將當眾鬧事，意圖煽動眾兵士，在戰俘面前滅我大蕭國威，辱我大蕭國格，此乃重罪。你監視巡察使行蹤，劫取公務密函，又一重罪，我現在就能將你斬於帳前！」

「魯大人說得真威風。斬我？憑什麼？憑大人的賊膽？」楚青笑了，「還是憑魯大人高超武藝？我得說，不必別的將兵湊熱鬧，我自己單獨與魯大人比劃比劃，也是穩操勝券的。對了，忘了告訴大人，大人帶來的那些兵將，我全拿下了。」

「楚青！」魯升這下是真有些慌了，再能言善道，也敵不過刀劍棍棒。魯升來這兒所倚仗的，不過就是自己的官威。他比楚青官大，拿著巡察使令，他代表的就是皇上的旨意，所以他覺得沒人敢將他怎麼樣，但如若這些混帳兵將膽敢拘了他的人馬，就表示他們壓根兒沒將他放在眼裡。官威不存，他在這軍營裡就是狼群中的羊。

「楚青，你莫犯糊塗。」魯升忙道：「我在石靈崖監軍一事人盡皆知，莫說我與我帶來的人馬都出了事，就是我一個人有點什麼差錯，你也脫不了干係。你求一時痛快，後患無窮。你不僅自己犯下重罪，還拖累了全營兵將，龍將軍也難逃罪責，你可得想好了。」

「我可沒糊塗，你以為我要做什麼，殺了你嗎？若真能這般，事情倒也簡單多了。可惜我們與你們不一樣，你們處置事情，除了栽贓陷害就是殺人滅口，寧殺錯不放過。我們卻還得苦苦找尋證據，得有理有據地將你們處置了。好人總是比壞人難做，若真能不管三七二十一全殺了，又何致於鬧出這許多事，犧牲了這許多人？」

魯升狐疑地瞪著楚青，所以他打算用什麼手段？

楚青舉了舉手中的信，問他：「這信裡說，石靈崖旁的響竹村逃掉了兩個可疑的年輕人，你還未查到身分，讓『他』也警惕些。這個『他』，是誰？」

魯升定了定神，將楚青為何能讀懂他用暗語隱藏的意思的不安壓了下去，道：「如今是戰時，細作猖獗。前些日子在響竹村查到兩個可疑的年輕人，可惜未查到身分，便叫他們跑了。我猜是細作，於是去信崔太守，讓他通城那頭也防備些，這有何問題？」

「有的，一是信裡的口吻頗恭敬，我覺得崔太守會受寵若驚屁滾尿流。二是既是細作，為何只提醒茂郡，卻不通知平南？明明你發現細作的地方屬平南地界。你也未要求營裡嚴查，只悄悄派了自己的人手沿途設卡攔截。」

魯升冷道：「平南也要通知，但我還未來得及寫信。不要求營裡嚴查是因為我沒有憑證，只是直覺那二人可疑，而你對我的囑咐向來不好好遵守，我也懶得多事。」

「大人的意思是說，隔著老遠特意囑咐崔太守，是因為崔太守聽話？」

是一夥的。」

「那日後給大人定罪之時，我會告訴刑部，也要好好查查崔太守。因為看起來崔太守跟大人

「我未曾說過。」

魯升冷笑，「你當刑部是你掌事，你讓查誰就查誰。你方才還誇耀什麼有理有據？你押了我的人，還想處置我，就憑一封合情合理的公函，這叫有理有據？」

「這封信表面一堆雜事，實則藏了暗語，這些暗語的辦法，與南秦細作用得很像，所以我讀懂了。此其一。其二，表面上雖是寫給崔太守，但實際這信是要給另一個更重要的人看的，所以語氣才會恭敬。在茂郡，身分官階比魯大人高的，便是梁大人了。可梁大人明明被東凌大使劫持，用大人的話說，生死未卜，下落不明，又怎麼可能讀到大人的信呢？這些疑點，夠大人慢慢解釋的。」

魯升正待嘲諷楚青強詞奪理，楚青卻又繼續道：「但還有些事是大人沒法解釋的，大人與南秦合謀，在大蕭境內安插細作，為南秦細作安排身分，利用權職之便讓他混入軍中刺探情報。為了讓他立功表現，還曾故意製造事端，謀害百姓，將功勞送到他手上，使他得到軍中賞識，步步高升。有縣令對案情懷疑，你還找了藉口將縣令遠調。」

楚青越說魯升的臉就越難看，難道他與盧正說話的時候，他們還真找了機會偷聽了？

魯升還未有機會譴責楚青，楚青又搶先道：「我有人證。」

魯升飛快道：「你自己的人，怎麼教怎麼說，算個屁人證？」終於搶到說話機會，自覺將楚青回去了，還如願說了髒話，心裡舒坦些了。

楚青卻道：「不是我的人，是大人的人。」

楚青對帳外大聲喊道：「帶他進來。」

魯升一看，心裡一沉，竟是盧正。

盧正這段時間傷養得差不多，氣色好多了。他被五花大綁，由衛兵推了進來。他進來看到魯升，已知是怎麼回事，搖頭道：「大人，我也是無奈。」

魯升一驚，還待掙扎，「你們脅迫他作假供，自然……」

「不止他這人證。大人與盧正說的地點人物細節，我們都派人快馬去查。最近的旺福村那事，已查得證據。大人自己交代的，可比盧正知道的還多。其他的事，後頭再慢慢查來。我說了，若不是要有理有據地拘捕大人，我們真犯不著等到這時。我不是因為大人的信來的，而是我剛剛收到了消息，事情查清楚了。但有了大人的信，我們多了份證據也是不錯。這般若是大人有擔當欲一肩承擔罪責，包庇其他的賣國賊子就不好了。」

楚青揮了揮手，讓衛兵過去將魯升拿下。

魯升這才明白事情糟到何種地步。他瞪著盧正，萬沒想到，最後竟是毀在他身上。

盧正低聲道：「大人莫怪我，大人承諾的事，早有人承諾我了。依我看來，那人的承諾更穩妥些。」德昭帝親口答應讓他回南秦，給他份差事讓他好好終老，比魯升說送他回南秦更可靠。

德昭帝需要他指證輝王，魯升卻不一樣，殺人滅口這種事，他見的太多了。

楚青看得魯升的表情，心裡很是痛快，他道：「大人莫要不服氣，從大人踏進這營裡開始，我們便是做了準備的。故意拖延不讓大人見盧正，不過是給大人增加些信心，讓大人覺得我們拿盧正沒辦法，防著大人審他。盧正越是受欺凌很無助，大人就越對自己的籌碼有把握，覺得盧正必會言聽計從，所以大人才會放心說那些話。當然，大人涉案之深，出乎我們的意料，這也算老天相助了。盧正沒辦法暗示大人，也必須按我們的要求每次談話誘導大人多說些罪證。因為那帳子有隔層，有人時刻盯緊了他的動靜，監聽他的每句話。他若忤逆，死路一條。我安排衛兵在帳外試圖偷聽，被大人察覺，也是想讓大人篤定沒人能偷聽。大人安安心心，自供罪狀。」

魯升氣得七竅生煙，大喊道：「你們這群莽漢魯夫，你們且等著看！」

楚青看著他的眼睛道：「你才要好好等著看清楚，看看最後是如何將你們這些逆臣賊子收拾乾淨。你們讓龍將軍去通城，欲謀害他，奪他兵權，你當將軍傻，不知道嗎？武將沒腦子，如何打仗？你自詡聰明，可曾想過，你遠在中蘭之時，我們便在這營裡盤算推演各種對付你的可能。將軍早就交代好了，你們對他『請君入甕』，我們對你『甕中捉鱉』。」

魯升被押下去了，他腳步踉蹌，心中不安。通城那頭不知會如何解決，原以為龍騰孤身無援，家眷拖累，敗象已露。如今看來，竟不是如此！

◆　◆　◆

十里坡是處風景優美的地方，此時正值夏初，綠樹蔥鬱，繁花盛開，微風拂過，似有清香，正是觀景的好時節。若在以往，必是人頭攢動，歡聲笑語，可惜如今卻不一般。兩軍對陣，十里坡夾在中間。坡上南北兩頭插著東凌、大蕭兩國的戰旗，戰旗之後一路綿延交錯擺置的長槍拒馬、箭盾鐵索、巨石攔牆等等，謹防對方突襲衝刺。

龍騰初到兵營，主將尹銘親自來接。

第二日一早，崗哨處吹起號角，顯示有敵來犯。一衛兵匆匆來報：「尹將軍，東凌大將馬永念率兵陣前，要求與龍將軍一戰。」

尹銘皺了皺眉，忙出帳去找龍騰。

到了龍騰那兒，卻見他已穿好鎧甲，拿起大刀，正要上馬。

「將軍！」尹銘忙迎上前來，「龍將軍，萬萬不可，哪有陣前叫囂單挑決戰的，他可不夠格。若要戰，兵陣發來便是。如今形勢對他們東凌可是不妙，他約戰，怕是詭計。」

「正是形勢不妙，他才出此下策。論大軍兵力，他們東凌不值一提，但他若是能將我砍倒於陣前，那便不一樣了。」

「既如此，將軍更不該應戰。」

龍騰臉一沉，「尹將軍，你的意思是，我還打不過一個寂寂無名的東凌將官嗎？」

尹銘自知失言，忙施禮道：「末將不敢。」

龍騰高坐馬上，俯視尹銘，道：「他兄長因我而死，自然想找我尋仇。你只想著他斬我於陣前的後果，怎不想我砍滅他威風的好處？東凌自不量力，當教訓之。」他頓了一頓，又道：「再有，他們劫了梁大人，卻不押於陣前示威威脅我們退兵，這難道不古怪嗎？」

尹銘張了張嘴，欲辯解梁大人是重要人質，諒那東凌也不敢輕易亮出，但龍騰根本未打算聽他說話，便一夾馬腹策馬離開。他帶來的騎兵跟在他身後，留下一串煙塵。

尹銘趕緊讓兵士備馬，領著人也趕到十里坡去。

到了那兒一看，龍騰的千騎兵在他身後排開陣形，東凌那方亦是如此，將雙方的主將圍在了中間。尹銘欲拍馬上前，龍騰手下兵將卻將他攔下，「龍將軍吩咐，莫打擾。」

尹銘見得無法阻止，便認真觀察起來。

「你就是龍騰？」馬永念手舉大刀，厲聲喝問。

「正是。」相比之下，龍騰的語氣可是溫和許多，「你是馬永念？手中有刀的人，更該心懷善念的那個念？」

馬永念二話不說，大喝一聲，一夾馬腹，朝龍騰衝了過來，舉刀便砍。

龍騰揚刀相迎，「鐺」一聲，兵刃在空中擊起刺耳的聲響。駿馬如風踏蹄走位，為背上的主人龍騰創造進攻方向。龍騰借勢一掄，大刀砍向馬永念的大腿。馬永念拉動馬韁扭身躲過，再揮刀朝龍騰砍了過去。

龍騰一擊不中，如風扭頭後撤，躲開了馬永念這一刀。

兩人兩馬錯開，飛快打完一回合。沒有停留，下一刻，兩人又打到了一起。

兩軍人馬紛紛叫囂，尹銘皺緊眉頭，揮手號令兵將們準備，以防敵軍衝了過來。

隔著煙塵和兵馬，尹銘隱約看得龍騰與馬永念的廝殺頗是激烈，兩人多次擦身而過，又多次兵刃相接，馬頭相撞，但形勢沒多久便顯出分明，龍騰明顯占了上風。

就在尹銘盤算著龍騰多久能取勝，要不要趁此時展開奇襲時，忽見得龍騰的馬兒如風後腿揚蹄狠狠踢到馬永念的馬頭，龍騰趁勢揮刀，馬永念的馬兒失控，他避無可避，彎腰側身下馬閃躲。龍騰的刀卻是更快，轉眼殺到，可那刀卻是側著，刀身拍到了馬永念的後背，將他擊落馬下。

尹銘急切拍馬上前，欲將馬永念拿下，沒想到龍騰一擊得手即後退，只朗聲道：「手下敗將，無須多言。再敢來犯，取你性命。」

尹銘忙喝：「將軍！」

可已經來不及，馬永念的騎兵呼啦啦地湧上前來，將馬永念護在了隊伍裡。尹銘張了張嘴，猶豫要不要趕緊調令兵馬衝上去殺他們個片甲不留，卻聽得龍騰道：「尹將軍！」

尹銘眼睜睜地看著馬永念那些兵馬迅速後撤，退到了鐵盾長槍陣之後，強攻已然失去時機，只得應道：「龍將軍！」

龍騰還未說話，馬永念在那頭大聲呼喝：「你等著！終有一日，我會取你首級，慰我兄長在天之靈！」

龍騰聞言看著馬永念的聲音方向，已看不到他的人影。沒一會兒，東凌兵馬越退越遠。高高的哨崗上顯然看到他們的蹤跡，吹了兩聲短號表示敵軍退散。

龍騰喝道：「回營！」調轉馬頭，領兵回去了。

尹銘憋了一肚子火，安排好各兵隊，然後趕回營地，直奔龍騰的營帳。

還未等他開口，龍騰卻是搶先道：「昨日人多，未曾與你細談暗探之事。你這兒誰負責刺探軍敵情報，如何安排人手的，如今他們都在何處，查些什麼，你且細細與我說來。」

尹銘愣了愣，反問道：「將軍剛才明明有大好機會，為何放過馬永念？不殺他也行，活擒於我們也有利。將軍放走敵軍，實不妥當！」說到最後一句，已是責備口吻。

龍騰卻道：「梁大人被劫這些時日，都能從通城到十里坡慢悠悠轉上數十回合。通城那邊查不出什麼，你這頭為何也沒有消息？」

尹銘吸了一口氣，沉聲道：「將軍這話是何意思？」

「責備你失職之意。」龍騰聲音不大，語氣卻是強硬，「巡察使遭敵國綁架，必會用在戰時威脅籌碼上。我在通城之時便數次去信問你，你半點進展也沒有。查探需要時日，我也不好太過催促，如今已然開戰，對方指名道姓挑釁，卻未將梁大人押於陣前。若是你，你可會有籌碼不用？」

尹銘無語。正常的，自然該是將梁德浩綁上陣前，龍騰贏一招便在梁德浩身上割一刀，如此一來，龍騰自然束手縛腳，馬永念要為兄長報仇，便有大好機會。

尹銘只得道：「他們定有別的詭計。」

龍騰喝道：「那便告訴我是何詭計！」

尹銘說不出，龍騰再喝：「我於陣前對敵，你在一旁動些小心思，莫以為我不知道。我勸你就此作罷，否則有何後果，自己承擔。再者說，活擒馬永念會如何，滅殺他們這些兵隊又如何，不過就是讓東凌懷揣魚死網破之念拚死一戰，於我們有何好處？你當魯大人在石靈崖殺了三千將士成效頗佳，便有樣學樣嗎？我告訴你，皇上未有旨意攻占東凌，你擅作主張，給皇上惹來各國討伐的麻煩你就是死罪，可沒什麼梁大人替你擋著！」

尹銘辯道：「龍將軍說的什麼，我可不明白。有敵軍來犯，我們拚死護國，如此罷了。」

「很好，那就好好拚死護國！」龍騰道：「今日馬永念顏面掃地，身受重傷，東凌軍該會安分一陣子，趁著這時候，趕緊將梁大人找到。活的也好，死了也罷，總該有個消息。」

尹銘想了想，道：「我這就去催催，待有了消息，便來回報將軍。」

龍騰道：「給你三日時間，若是再無進展，便讓你的人待一邊去，我用我的人查。」

尹銘忙道：「請龍將軍放心，我定不會辜負龍將軍所託。」

龍騰揮揮手，讓他下去。尹銘出了龍騰的帳子，臉色沉了下來。

龍騰從懷裡掏出厚厚的一封信，那是馬永念趁著近身時塞給他的。

當初與馬永善下最後一盤棋，馬永善思慮良久，他最終還是沒有寫降書，但他寫了一封家書交給龍騰。他說他們推測的那些事真的發生時，他必已經死了。他不能再做什麼，但他弟弟卻是可以。到時若龍騰需要東凌的說明，可以將需求連同這封信一起送到他弟弟馬永念的手上。他只有一個要求，便是莫欺東凌小，莫讓東凌冤。

龍騰還記得馬永善哼的那首歌謠：東凌男兒有宏志，騎上駿馬奔千里。東凌男兒有鐵骨，保家護國熱血揚。馬永善告訴龍騰，聯絡他弟弟時，需要說一句話，當作對應的暗語。

「手中有刀的人，更該心懷善念。」

這是他們馬家的祖訓，亦是他們兄弟二人名字的由來。

梁德浩失蹤時，龍騰便知道事情確如所料。他速派人潛入東凌，聯絡馬永念。果然沒多久，收到馬永善去世的消息。馬永念心裡會有多恨，他完全能理解。失去親人的痛苦，他也深有體會。馬永念能幫多大的忙，龍騰不敢高估，今日卻收到了這信。

龍騰拆開信，認真看完，明白了馬永念所言「以慰兄長在天之靈」是什麼意思，而後不禁嘆息，馬家兄弟果真都是人物。

同時間，魯升被捕的消息，被悄悄傳回了中蘭。為防影響茂郡那頭的事態，此事仍是保密階段，只有蔣松和古文達知曉了。於是，那日清晨，天剛濛濛亮時，四夏江面上忽然飄傳許多竹筒，竹筒上有個小洞，洞上插了桿小旗，小旗上有三個大字：罪己詔。

看見這些竹筒的人莫不驚疑。「罪己詔」是皇帝犯大過錯時自省的詔書，誰如此大膽，竟敢用這方式冒國君之名，暗罵皇上糊塗犯錯嗎？

四夏江的兩岸，分別是南秦和大蕭。很快兩岸的官兵和百姓都撿到了竹筒，竹筒的筒口用蠟封上了，裡面有封信。拿出一看，竟像模像樣，跟真的詔書似的。

詔書的內容讓看的人更是吃驚，尤其南秦將兵，要麼嚇得趕緊丟棄當沒見過，要麼十萬火急飛速上報，生恐耽誤半分擔上罪名。因為詔書揭露了一個驚天大陰謀，弒君、奪權、戰爭、嫁禍，簡直觸目驚心。若這詔書是真的，那就是南秦德昭帝親筆所述。

詔書裡，德昭帝先是自責輕信輝王，令忠臣憂心，令自己遇險。又自責自己防備不足，令東凌使節團被叛將任重山殺害，自己也險些喪命。再自責自己未能提前查知輝王這數年籌畫的陰謀，令鄰國遭殃，使自己百姓受苦。一長篇話悲情懇切，道盡輝王及其黨羽的種種逆行。最後卻話鋒一轉，聲明自己犯下大錯，思及兵將之苦，百姓之苦，鄰國之苦，他刻骨之痛。他以此詔立誓，活著一日，定糾此錯，殺滅奸臣，復江山錦繡。要讓百姓和樂，要促天下太平。詔書的最後，甚至還蓋有德昭帝的璽印。

南秦那頭兵將接了急令，速將所有「詔書」撈上，但江流湍湍，帶著詔書奔向遠方，又哪裡撈得乾淨？

輝王勃然大怒，傳來任重山當著朝臣眾人的面，細細問他當時情形，擺足了姿態。任重山自然是按囑咐把戲做足，指天發誓所言句句屬實，更指稱當日正是德昭帝看出了東凌的陰謀，東凌使節才驚慌下將德昭帝殺死。如今大蕭正與東凌打仗，東凌肯定得再製造事端攪亂戰局，此事定是東凌陰謀。若是先帝還活著，怎地只寫個昭書，不露臉呢？他若活著，能在四夏江上放「詔書」，為何不找到邊境的南秦軍隊，號令他們追隨討伐逆臣？他任重山有多大的能耐，難道還能讓全南秦的兵將全聽他指使？況且德昭帝遇刺後，他速回都城稟報，揭露東凌陰謀，沒到邊境。

任重山說著說著，憤恨難平，「屈辱了臣事小，但王爺於危難之時扛起一國重擔，鞠躬盡瘁，為國為民，卻被這假詔書指稱忤逆謀反，這陰謀險惡，昭然若揭。很有可能不止東凌，還有本朝中人相助。」

朝中重臣沒人言語，那些反對質疑輝王的人心裡明白，此時事情真假難辨，德昭帝只聞其詔未見其人，後頭會如何還未可知。若犯傻跳出來發難，怕是會正中輝王下懷，將他們這些政敵栽上通敵賣國之罪處置了。

幾個人互相看了看，眼神的意味只有自己明瞭。事實上，他們收到過密函，函中就說過「罪己詔」中的事，但密函也說了，暗中調查，勿打草驚蛇，勿讓輝王有機會找理由將他們處置了。不然德昭帝於朝中沒了忠心之臣，回朝無望，南秦亡矣。

那段時日輝王確實是忙著對付他們這群人，好幾個被拿了由頭問罪削官，他們原以為這會不會是輝王挑唆的陰謀，但一查探下去，德昭帝被東凌使節謀害一事確實疑點重重，甚至從河中撈起的都不是全屍。被魚蛇咬得辨不清面目，身上特徵無法分辨，只憑著破碎的衣裳和兵將的供詞言稱那是皇上。皇上身邊忠心的近侍全部身亡，死得也太乾淨。

眾人互通了消息，好一番商議，最後決定，無論謀反與挑唆哪個計謀是真的，他們都先讓輝王以為得逞了。他們沒有給那個密函回信，也不再處處抵制輝王決策。過了一陣子，卻又收到另一封密函，函中只有一個字：「等。」

等什麼？如今他們明白了。

紫雲樓裡，齊徵在幫德昭帝封竹筒。德昭帝是以陸大娘的遠房親戚身分住下的，竹筒運進運出靠著齊徵的菜貨馬車。一切的事情都儘量掩人耳目，越少人知道越好。齊徵自覺撿了個好差事，非常珍惜。以各種名目暗地收來許多竹筒，保證了數量，又盡心削竹封蠟，每日半夜裡去不同的江段放飄，很是辛苦。

德昭帝對齊徵這少年很有好感，嘴甜機靈又賣力，誰會不喜歡呢？德昭帝這段日子天天寫詔書，他堅持自己親筆書寫，希望有見過他筆跡的臣子看到時能確認這就是他寫的，他還活著。曹一涵自然也沒閒著，幫著蓋印折信。

這段時日，姚昆忽然出現了。這當然是蔣松的意思。需要有大事件吸引眾人的注意力，以避免大家太過探究德昭帝詔書的真相。姚昆這個人很管用，他身上的各種謎團吊足了坊間的胃口。他究竟有沒有殺害蒙太守？他與蒙佳月會如何？他是如何從牢裡神祕失蹤的？錢世新失蹤與他又有關嗎？

姚昆很是低調，默默住進了衙府旁的一處小屋裡，過著清苦樸素的生活。平常鮮少出門，更沒有如大家期望的那般哭著喊著到太守府門前鬧著回家。

許多好事之人在衙府和太守府門前轉悠，想看到些閒事八卦感人戲碼，可惜沒有。蒙佳月對姚昆現身的回應，是將「太守府」的牌子摘了，換上了「蒙府」。

姚昆自然是聽說了這事，他沒去看，也未與任何人議起此事。他就是沉默地獨自生活，在蔣松需要他做什麼的時候，他盡心去做。後來，他找了件他能做的事，就是幫窮苦百姓寫狀紙。不識字的，不懂律法的，只要來問他，全都能得到解答。有什麼人會比一個前太守更了解平南郡的狀況，更了解狀紙要怎麼寫，官司要怎麼告嗎？

姚昆開始忙碌起來。小屋內人進人出，全是衣衫襤褸的窮苦人家。姚昆不收錢銀，不理會有心人的奚落嘲諷。想告狀的，看熱鬧的，常將他的門堵得嚴嚴實實。

正明帝也知道了詔書的事，他收到了平南郡蔣松的奏摺。奏摺上說在江邊撿到詔書，抓到了逃難避禍躲到大蕭境內的德昭帝。他已將德昭帝扣押在紫雲樓，未張揚，詢問正明帝這事如何處置。

正明帝大吃一驚，第一反應就是慶幸自己聽了羅鵬正的勸，未下聖旨讓梁德浩藉機與南秦聯手拿下東凌，不然平白捲入南秦的權位之爭，背負陰謀侵占東凌的名聲，遭各國唾棄討伐，這就麻煩大了。

正明帝忙將羅鵬正找來，共議此事。羅鵬正的馬屁找到了機會使勁拍，盛讚正明帝英明，早早看穿隱患，未落入有心人的圈套裡。

「依愛卿看，這德昭帝如何處置？」

羅鵬正想了又想，「皇上，此時既是情勢不明，還是莫要插手南秦之事。若幫錯了人，最後坐上皇位的不是他，那豈不是我們大蕭自打嘴巴？」

「可那詔書隨江飄流，許多人都看到了，南秦定會嚴查此事，輝王用不了多久就會猜到德昭帝在大蕭。」

「可是皇上還不知道呢。蔣將軍自己辦的事，就讓蔣將軍自己擔當。他也不笨，未張揚這事，那皇上也可以晚一些才知道，待看清情形再做定奪。三殿下已經趕往那處，到時蔣將軍也會向他稟報。」不作回應，便掌著主動權。事情辦得好，皇上說什麼都好，事情沒辦好，就是蔣松和三皇子的錯。這些都不是壞事，羅鵬正覺得挺好。

「那梁大人被東凌劫持之事呢？」

「皇上，這事放著放著，如今不是有些眉目了嗎？若是東凌根本沒殺德昭帝，那南秦聯合大蕭滅東凌的藉口就是謊言，大蕭差一點被利用，梁大人被劫之事也是詭異了。」

「你看梁大人怎麼都不順眼，自然都往壞處想。那東凌若是被冤，自然惱火，衝動之下做出傻事也有可能。」

羅鵬正不說話了。其實他琢磨過許久，覺得被劫這事還真辦得挺聰明的。受害者的身分，說起藉口來，怎麼都比較容易讓人信服的。

◆ ◆ ◆

安若晨在屋裡走了一圈，將所有要說的話都練了一遍，然後她對著鏡子，整了整衣冠，出門去找茂郡太守崔浩去了。崔浩沒拒絕見她，安若晨進屋後客氣行禮，問道：「大人，聽說尹將軍昨日回城了，可是前線有什麼事嗎？」

「龍將軍命他查梁大人被劫案，准許他回來的。他只是問詢城裡的查案進展，今日就回營了。」崔浩道：「龍將軍沒什麼事，夫人放心。」

「哦。」安若晨一臉失望，「他也沒給我捎封信，想來是很忙碌吧。」

崔浩不言聲，龍將軍與安若晨分別時那一番噁心肉麻他可是聽到的，想來這夫人頗嬌氣，得將軍甜言蜜語哄著，打仗不來信那不是正常嗎？誰還時時捧著個婦人不成？

安若晨又嘆氣，道：「讓大人見笑了，其實也是我這人沒什麼信心，畢竟出身低賤，配不上將軍，將軍說的話好聽，我卻老疑心他是不是哄我的。」

崔浩更不說話了，但他其實很想說妳頗有自知之明。

「也不知將軍會不會真的帶我去京城。別人告訴我，帶我回去，將軍會很丟臉，所以無論現在怎麼說，到時候是不會帶我走的。」安若晨問崔浩：「崔大人去過京城嗎？」

「未曾。」崔浩很不耐煩，他不想應酬安若晨，卻得這麼做，安若晨是重要人質。

「大人也與我一般擔心吧。」

「擔心什麼？」

「擔心被人利用完了，再被人一腳踢開。」

崔浩一愣，看著安若晨坦然的眼神，忽然有些明白大人為何要囑咐他小心安若晨了。

「大人怎麼忽然有些防備的模樣？」安若晨問。

崔浩對安若晨的裝模作樣厭惡，冷道：「夫人這算離間計？」

安若晨笑起來，「我能給大人什麼好處離間大人？我大概會用反間計。」

崔浩頓時僵住，這般若無其事地把計策說出來是哪一招？

安若晨又笑了，「我與大人說笑呢。離間與反間是什麼，我可是不明白。只是如今情勢不妙，將軍帶我來此，是讓我做人質的，這個我懂。」

崔浩完全不知要如何反應，很想就此中斷談話，請她離開，卻又想聽她要說些什麼。

「我給自己留了後路，我勸大人也要如此。」安若晨道：「無論大人以為我有什麼意圖都沒關係，大人不必緊張，我一個弱女子，孤身在這城裡，身邊是有些士兵護衛，但這些人手，與大人滿城的官兵相比，無疑螳臂當車。我可沒這般傻，大人也莫犯傻。」

「夫人多慮了。將軍前線打仗，夫人在此城安居。我身擔太守之職，自然會顧全夫人的安危，哪有什麼人質不人質的。夫人來去自由，未被囚禁，無人謀害，夫人莫往歪處想，好好過日子，等將軍回來便是。」

「大人這般說，我倒是不好接話了。原想著你我處境相似，可以互相通個氣。我與大人無甚交情，要說有心相助大人，大人定然不信，我也確實是沒那心腸。但如今這境況，萬一將軍出了什麼事，我一弱女子，也得找些靠山友人，以後才好過日子。」

崔浩冷笑道：「若是夫人說把我當成照應夫人的後路，我也是不信的。」

安若晨回他一笑，「大人又怎知我不會是照應大人的後路呢？」她頓了頓，道：「你我皆是棋子，誰也不比誰高明。你莫小瞧我只是商賈之女身分低微，我先前既是拿得下將軍，之後也會有辦法。所謂母憑子貴，大人定是懂的。」

崔浩一愣，驚道：「夫人有身孕了？」難怪她說什麼有後路，就算龍將軍死於沙場，她挺著大肚子到京城，龍家也定會將她好好供著。

安若晨笑了笑，不接這話，卻是道：「我一弱女子，幫不了大人什麼，說好聽些，算是提個醒。說得不好聽，就當是我婦道人家嘮叨，畢竟我所知道的各位大人，但凡捲進這事裡的，都沒什麼好下場。」

崔浩思索著，若安若晨有了身孕，那有她在手裡，對付龍騰將易如反掌，但她方才明明說了知道自己是人質，為何還要透露這般重要的訊息？是陷阱？還是她示弱？

「大人，」安若晨似看穿他心思，道：「我說大人處境與我一般，大人定是能明白。對付誰都不重要，你我只是小卒，自保才是頭等大事。」

「夫人就是來提醒我，我只是個小卒？」

「大人不必不服氣，太守之位聽起來頗威風，但在梁大人他們這些一品大官眼裡，不是小卒是什麼？何況崔大人原先只是主簿，史太守失職犯錯，闖下大禍，總得有人取而代之。崔太守定是盡忠職守，又對茂郡事務清清楚楚，是最好的頂上太守之位的人選。我猜，在謀劃如何禍害史太守將他趕下太守之位時，梁大人就是這般與你說的吧？」

崔浩的臉色頓時變了，斥道：「一派胡言！」

「方才崔太守還挺冷靜的，與我有說有笑，怎麼說起謀害史太守，崔太守就生起氣來？不必著惱，我不是說過了，我是人質，是將軍安放在這兒讓大人們安心的籌碼。我對大人毫無威脅，大人且聽我嘮叨幾句便好。我為何敢說史太守是被人謀害的，那是因為這些事，平南就發生了。」

崔浩抿緊嘴，他自然知道平南發生了什麼。

「大人可認得平南的江主簿嗎？他的運氣沒有大人好，他被殺了，錢世新大人頂上了太守之位，不過聽說他的罪行被揭穿了，入了大牢。錢大人與大人有些像，都是名聲很好百姓愛戴的好官，一開始確實是沒人會想得到，原來前頭那些刺殺、嫁禍，所有的紛亂，都是這樣的正人君子模樣的人幹的。兩個相鄰的郡，連著兩個帶著陰謀的國，太守都犯了大錯，代太守都是梁大人選出來的好官。你瞧，一模一樣。」

安若晨越說，崔浩的臉色越難看，他道：「我是曾聽說夫人能說會道，今日算是見識了。只是夫人若想僅憑言語就栽贓陷害，怕是不能夠的。」

「瞧大人說的，栽贓陷害那是大人們幹的事，殺人滅口也是習以為常。但凡小卒，都逃不掉這般的命運。平南死了多少人，大人清楚嗎？我想大人該是顧不上打聽平南，茂郡為了這事死的人恐怕也不少。我是好心來提醒大人，想想近來情勢有何變化沒有？是否以為一切順利？想想平南的錢世新大人，出了事，都是他擔著呢！魯升大人可是堂堂正正，半點錯處也沒有。對了，魯升大人最近有給你消息嗎？我聽說出大事了。」

崔浩在猶豫要不要接她這話，他總覺得是個圈套。

「這等大事，魯大人未通知大人，也該知會梁大人一聲。也許，他們有自己的路子聯絡，不需要大人了。」

「我與夫人沒什麼好說的，夫人請回吧。」果然是離間計，崔浩決定少聽為好。

「好。」安若晨居然很爽快就答應了，這讓崔浩一愣。

安若晨站起身來，又道：「待大人聽到那消息後，就知道我絕無虛言。到時大人若覺得你我處境相當，需要互相扶助，便來找我吧。還有，大人再好好想想，梁大人被劫持後，梁大人的好處以及大人自己的壞處，告辭了。」安若晨施了個禮，慢悠悠地走了。

崔浩瞪著她的背影，心中滿是疑慮。他想了又想，不敢多想，終是將安若晨的話撇到一邊，但這晚他一晚沒睡安穩，第二天召來盯梢安若晨行蹤的下屬，問他安若晨這幾日都做了什麼。那下屬說沒什麼特別的，將軍夫人不怎麼出門，也沒見什麼外人。

崔浩想了想，又喚來安若晨身邊的丫頭詢問。丫頭答，夫人這些日子睡的多吃的多，精神很好，沒見哪兒不舒服。

尹銘要回十里坡了，來與崔浩打了招呼。崔浩問他，除了龍騰那頭擺威風施壓之外，還有什麼事沒有。尹銘心情不佳，粗魯地回了句沒了，有事自然會囑咐，扭頭走了。

「囑咐」二字讓崔浩心裡有些不舒服，這讓他想起安若晨說的「小卒」。確實，太守之位對他來說是天上掉的餡餅，但對京城來的官將而言，卻未必看得起。

很快的，崔浩聽到了一個驚天消息。震驚之餘，他去找了安若晨。

「南秦帝還活著！」

「嗯，我也聽說了。聽說是寫了許多詔書隨江飄流，想必過不了多久，皇上也會知道，東凌也會知道，天下人都會知道了。」

「他在平南郡！」崔浩覺得這事無論如何都與龍騰有關，安若晨定然知情。

安若晨問他：「大人是覺得南秦皇帝未逃到茂郡來丟了面子嗎？大人該慶幸才是，大人沒招來這燙手山芋。大人既是來找我了，想必梁大人的好處和大人的壞處大人都想好了。」

「妳這是在挑撥離間！」

安若晨再問他：「我離間大人，大人有何壞處？」

崔浩啞口無言。

「大人該慶幸才是，你還有值得離間的價值。」

崔浩深吸一口氣，「妳就不怕我對付妳？」

安若晨失笑，「瞧大人說得好似沒在對付我似的。」

崔浩被噎住。

安若晨道：「大人，我們長話短說。大人來見我，自是深思熟慮的。梁大人被劫後，事情有幾點。一是東凌與大蕭火速結仇，魯大人有藉口殺東凌三千將兵，兩國開戰。我家將軍不得不赴前線，帶領那些他根本不熟悉的士兵與滿腔怨恨分外驍勇的東凌兵將廝殺。這種情況，出個什麼意外都有正當理由。二是梁大人失蹤期間，若茂郡出了任何問題，都是崔大人擔責。梁大人既是受害，又不在此處，那發生的所有不好的事，自然都得推到大人身上。」

崔浩抿緊嘴，事情確實如此，所以他必須確保茂郡平平安安，什麼糟糕的事都不要發生。必須確保前線的計畫順利，他得全力以赴。

安若晨繼續說：「第三，若是前線謀害將軍的事順利，除掉了將軍，尹將軍就會順利救出梁大人，然後梁大人集結所有兵力，拿下東凌。你立下大功，太守之位穩穩當當，梁大人保你可獲皇上親封，再不是暫時代任而已。」

崔浩心跳得厲害，是龍將軍安排好一切讓她這般說的，一定是。

「但是，還有第四點。」安若晨看著崔浩的眼睛，「若是事情不順利，尹將軍的預謀被識破，我家將軍將他拿下，他會告發的人，崔大人覺得會是誰？是梁大人還是崔大人你？」

「我不過是一個小小主簿，危難之時代任太守，如何指使得動京城來的大將軍？」

「小小主簿為奪太守之位，與細作串通，謀害使節，嫁禍史太守和龍將軍，蒙蔽了京城來的巡察使和將官，欲借他們的手剷除史太守與將軍。東窗事發後自知難逃一死，索性自盡……啊，若是沒自盡，大概也會在逃亡路上不小心摔死了或是被官兵殺死了。」

崔浩目瞪口呆。

「大人，你瞧，編個罪名不難的。不論是套在平南郡錢大人身上還是你身上，都很好用。事情只要稍有差池，便是替死鬼派上用場的時候。」安若晨看著他，繼續道：「這是梁大人與尹將軍能夠詭辯的情況下可能發生的事，當然也有罪證確鑿辯無可辯的可能，那就不用說了，大人的把柄想必一大堆。」

崔浩強笑道：「夫人當真什麼都敢瞎編，不知平南是什麼水土，養出夫人這般人物。」

「大人，對我來說，誰當太守，誰做皇帝都不重要，重要的是將軍。他才是能帶我離開邊城，到京城過好日子的人。我想要的只是這些。對大人來說，東凌如何，南秦如何，梁大人如何，龍將軍如何也都不重要，重要的是咱們大蕭的皇上。東凌陰謀，南秦求和，梁大人被劫的消息奏摺傳了多久了，快馬加急不眠不休遞送，為何還沒有皇上的旨意下來？崔大人，攻打東凌，真的是皇上要的嗎？南秦皇帝根本未死，東凌陰謀之說不攻自破，你該慶幸皇上沒按你的奏摺所報下旨，不然你就是欺君犯上，十個腦袋都不夠砍了。」

崔浩笑不出來了。

「崔大人，如今你說，我們的處境是不是一樣？我對將軍，可不是有十足把握的。他面上說得好聽，待我百依百順，但遇危險狀況，為了穩住大人們，將我留為人質藉以迷惑耳目，半點沒心軟，絲毫不為我的安危著想。大人，你說，是也不是？若不使出點手段，可不能確保他真的對我一心一意。我想跟將軍回京城，我想當二品夫人，享榮華富貴，我不能死了。大人想做太守嗎？大人以為，那些京城來的大人們拉攏你相助的時候，說的甜言蜜語就能全信？大人，我們都是小卒，不能白白讓別人糟蹋利用了。」

崔浩長時間的沉默，末了問：「夫人說了這許多，還未說到重點。」

安若晨應道：「我還不知大人是否願與我齊心協力，又怎會將籌碼盡數亮出？」

崔浩道：「我得先聽聽夫人的指教，才能做決定。」

這下換安若晨沉默。崔浩盯著她看，觀察著她的表情與小動作。他覺得安若晨也很緊張，這讓他稍稍放下心來。

「大人，」安若晨終於開口，「南秦皇帝活著，他定會討伐輝王。南秦欲與大蕭結盟侵占東凌這事，已然被看穿了。輝王在平南郡佈下了許多細作，在龍將軍軍中也有，大蕭朝中若是無人接應，怎能辦到？這些勾當，在茂郡定也一樣。南秦皇要追究，我們大蕭朝廷要不要嚴查？而這些事情，那些逆臣賊子布局之時就想好了後路，安排好了替死鬼。若事情順利，抬你上位，你必會忠心耿耿。於是他們在邊境之地有自己的勢力人脈，日後想做什麼都方便。若是事情不順利，陰謀敗露，便需要有人頂罪。大人手中須得有過硬的證據，一來證明自己並非主謀，二來確保他們有所忌諱，不敢輕易對大人下手。」

安若晨頓了頓，問崔浩：「大人手上有證據嗎？」

崔浩沉默。

安若晨笑了笑，「大人不必告訴我，自己心裡有數便好。他們的手段無非就是嫁禍和滅口罷了，你若手裡有籌碼，他們自然不敢讓大人背罪。我呢，就不湊熱鬧了，知道了太多祕密也不是什麼好事，我也怕被人滅口。」

崔浩問道：「妳不需要證據，那妳想要什麼？」

「我想讓大人照應我。將軍離我甚遠，顧不上我。我這人質若是要被處置了，或是將軍要被處置了，還望大人及時遞個消息，讓我能有所準備。梁大人被劫持可以是假的，我自然也可以。大人手下留情，留我一命，我定會回報的。」

崔浩道：「我從未與妳說過梁大人被劫持是假的，也從未說過史太守失職諸事是被陷害的，我也從未與任何人有過任何承諾協議。」

安若晨眨眨眼睛，道：「沒錯，崔大人與我不熟，沒說過幾句話，所有的事都是我自己猜測推斷。梁大人被劫持一事，將軍與我分析過。若梁大人與輝王勾結在一起，目標是拿下東凌，那麼南秦往大蕭派了細作，自然也會往東凌派細作，梁大人也一樣。」

崔浩忍不住問：「為何？」

「合作與牽制是綁在一起的，沒有細作耳目，何來牽制？沒有牽制，何來信任？」

崔浩聽明白了，卻是頗不痛快，這問題問得，顯得自己還不如一個商賈之女。

安若晨繼續道：「東淩使節團來了八人，這其中定是有梁大人派去的細作，不然計畫不可能得逞。八個人人數不少，不可能讓他們綁架他們就綁架，讓他們消失他們就消失。要讓八個人都聽話，只有一個可能。」

崔浩暗暗心驚，這個他們居然都猜到了。

「除了細作之外，其他人都死了。」安若晨看著崔浩的表情，知道將軍推測的都是對的，「不然八個人帶著一個人質，如何隱匿行蹤？吃住行樣樣顯眼，不可能沒有線索。將軍查不到，故而有此推斷。由細作下手，殺人滅口，嫁禍栽贓，梁大人留書一封，與那細作藏身通城。數個大活人不好隱匿行蹤，屍體卻是可以的。」

崔浩頗不自在地換了個坐姿，道：「這麼大的事，夫人說得挺輕巧的，我卻是不敢想。斬殺來使，這責任可不小，我是未曾聽說有這事。」

「也就是將軍奉命去了十里坡，不然這會兒屍體該是已經查出來了。魯大人著急忙慌地對東淩三千將士痛下殺手，也有這個目的，就是把將軍趕緊趕走，莫讓他於城中查案。」安若晨也換了個坐姿，繼續道：「其實我已知道線索，明白查探的方向，我要是願意，也是可以查出來的。梁大人被劫持當天，行館管事稱使節有馬車出門，他未多想。使節的馬車多麼顯然，很容易找到，所以當天找到了馬車，可是車上沒人，也沒有線索痕跡，沒人看到可疑狀況，未聽到有人呼救，未見八人蹤跡。大人裝模作樣派人在發現馬車的那數條街範圍嚴查，又盤查了那處通往各城門的方向，結果什麼都沒有。將軍當時很是懊惱，怎麼會什麼都沒有。馬車蹤跡這麼顯眼，八人同時消失也不可能。」

「夫人很會講故事。」

「我是故意要與大人顯擺的，因為這線索是我給了將軍提醒。什麼都查不到，是因為原本就什麼都沒有。那馬車就是輛空馬車，是故意誤導將軍，也讓大人有理由將所有人手調開，好讓梁大人和細作行事。將軍對梁大人懷疑，所以沒被綁架一事拉著跑。他推斷使節已死。行館沒有血跡，沒有格鬥痕跡，是因為用毒。當所有人團團轉在外奔走查找被劫持的梁大人行蹤時，其實他們和屍體還在行館，只是換了個房間。大人當時裝得驚惶無助的模樣，事事拉著將軍做主，其實不過是想干擾將軍。大人也確實得逞了，待將軍抽得空來想通整件事，行館裡已經人去樓空。」

安若晨說到這兒，喝了幾口水，崔浩注意到她似無意識地撫了撫小腹。

安若晨靠向椅背，繼續道：「梁大人忙著藏身，後繼的收尾打掃安排定是大人你辦的。殺害來使是大罪，不能讓太多人知道，也不能走漏了風聲破壞計畫，所以定是大人的心腹親自收拾，行動會是在夜裡，六七具屍體可不少，埋在城裡風險太大，最好是出城。所以夜裡，馬車，崔大人的心腹，對了，將軍還說，不想讓別人盤問查探，又能於夜裡合理出城的，有倒夜香恭桶車。那些馬車，人人都會躲得遠遠的，沒人會查。」

崔浩背脊一涼，這時候才意識到當時的狀況是多麼凶險，真的只差一步就會被查出來。幸好魯大人在石靈崖及時處置，逼走了龍將軍。

「大人，你瞧，將軍是不是留下很多線索？不過請大人放心，我不會往下查的，我勢單力薄，可不想被滅口。我給自己留了個重要籌碼，是個人證，他可以證明梁大人才是所有事情的主使。大人若是不想在最壞的結局裡成為替死鬼，便留我一命。我活著，便能讓那人證出來幫大人解圍。大人做過的所有壞事，都說是梁大人官大一級，逼迫於你，這理由雖不太好，但好歹罪責能減輕許多。」

崔浩沉默一會兒，問：「什麼人證？」

安若晨笑道：「我若是告訴大人，豈不是沒籌碼了？大人不必費心問，我不會說的。我的條件多簡單，於大人而言毫無風險。只要事先提早告訴我消息，讓我有所應對就好。」

崔浩道：「妳告訴我人證是誰，我得辦實真假。若妳說的是真的，我便照應妳。」

安若晨收起了笑臉，盯著崔浩半晌，說道：「將軍總說我婦人之見，看來確實如此。我真是天真，以為能與大人好好合作。大人既是沒甚誠意，那便算了吧。」

安若晨說完便起身，竟是要走了。崔浩一愣，萬沒想到安若晨說翻臉就翻臉，他下意識站起來，喚道：「夫人。」

安若晨聞言轉身道：「各種利害關係我已與大人說得明明白白，大人自己掂量吧。」

安若晨走了，崔浩立在原地，尋思良久，回到了衙府前院衙堂。

崔浩找了當初善後的心腹細問，處置屍體之時，可被什麼人看到？使節團那段時日進出，與什麼人走得近，可會洩露消息？心腹一一答了，未琢磨出什麼可疑的地方。

崔浩突然靈光一現，問道：「那七個人確實全死了嗎？」萬一有人根本沒喝酒，但見得情形不對，也倒地詐死，之後再尋機逃走呢？也許安若晨說了大半的真話，她根本就已經查到了，不然怎會連細節都推測準確。她手上的人證，也許是使節之一。

這想法太過荒謬，但南秦皇帝都能死而復生，誰能肯定哪兒不出差錯？

崔浩忙讓心腹去檢查埋屍處。心腹去了，當晚回來報，沒有異樣，七具屍體都在，沒人死而復生，也沒人挖過墳。

當晚安若晨也收到宗澤清派人來報的信，他的手下跟蹤追查到埋屍處了。崔浩果然讓人去查看七具屍體，表示有一個細作，排查出來的身分，是使團裡的一個叫蒙吉的書吏。

安若晨舒了口氣，將軍的推斷沒錯，她也找到證據了，下一步就看崔浩會不會上勾。

崔浩當晚寫了封信，信上說從安若晨那處套到了重要情報，希望能與大人見一面。第二日一早，他去了美膳酒樓，將信塞進後院小門旁的一塊青磚背後。

崔浩用過午飯，靠在軟榻上稍事休息，猶豫著是不是不等晚上了，冒個險現在就去看看青磚後頭有沒有回信。這時候門外有人喚道：「大人在美膳酒樓訂的酒菜送來了。」

崔浩猛地翻身坐起，「進來。」

門被推開，一個衙差捧著一個托盤走了進來。托盤上有一小壺酒，還有一個食盒。那衙差將東西放在桌上，轉身去關了屋門。

崔浩剛要問美膳酒樓的人呢，見得那衙差的動作，頓時閉了嘴。崔浩走到桌邊食盒打開看了看，一盤燒雞、一盤炒筍，都是極簡單的菜式，但這不是重點，重點是裡面沒有信，而這衙差關了門後站回桌邊，一副等候囑咐的模樣。

崔浩當然認得這衙差，他叫鄭恆，管著衙府前院的雜役事項、人員出入、文書往來遞送等，嘴甜又勤快，很有人緣。崔浩在郡府當差九年，對這裡上上下下的人手再熟悉不過。他想了想，若是沒記錯的話，鄭恆在這兒也有三四年了。

鄭恆拿出一串打著如意結的竹片掛飾放在桌上，對崔浩笑道：「大人，酒樓那頭讓我問你，安姑娘與你說了什麼事。」

崔浩是有些意外的，但他很快冷靜下來，他想起了安若晨那句話：沒有牽制，哪有信任？梁大人能找上自己，自然也能找上別人，或者安插進別人。

崔浩不由得暗暗慶幸自己送出了那封信，不然他幾番與安若晨談話，該會讓梁德浩起疑了。他道：「有重要事情，我須得與大人當面說。」

鄭恆道：「崔大人有什麼話，與我說就可以。」

「恐不妥當。」崔浩不放心。

鄭恆笑道：「大人多慮了。大人坐上這位置是我舉薦的，消息告訴我，不會不妥當。」

這下崔浩是真的大吃一驚，這個小卒竟是個能建言決策的重要人物嗎？

鄭恆再道：「我原先是在京城當差的。」

崔浩定了定神，再次慶幸自己沒出差錯。梁德浩的心腹竟然一直就在他身邊監視著，這箇直……崔浩吸口氣，道：「梁大人離開前未曾囑咐讓你傳話。」
「崔大人之前也未曾要求見面說事。」
崔浩懂了，若是沒什麼大事或是意外，鄭恆這個暗樁梁德浩是不想顯露的，所以只是書信暗號傳遞，但他忽然說要見面，梁德浩不願暴露行蹤，又擔心真有大事發生出了差錯，只得讓鄭恆出面了。
「大人究竟有什麼重大消息？」鄭恆問。
「南秦德昭帝活著。」
「這個梁大人已經知道了。」鄭恆一臉鎮定。
「那該如何辦？他活著，所有的事都會被推翻。」
「不過只是證明了東凌沒有刺殺南秦皇帝，一切都是輝王幕後搗鬼。南秦國中有謀反之事，與我們何干？」
崔浩張了張嘴，一時還真是說不出什麼來，但過一會兒他反應過來了，「可是南秦帝會討伐輝王，那輝王與梁大人……」
「崔大人當謹言慎行，輝王與梁大人有何關係？他們二人八竿子打不著，是南秦派人來與大人說東凌殺害了德昭帝，讓我們大蕭幫著討伐，梁大人與大人都寫了奏摺上報朝廷，請皇上定奪。東凌使節惱羞成怒，不甘被冤，卻將怨恨使錯了方向，綁走了梁大人，這才惹下了戰事禍端。德昭帝死裡逃生，出來指明真相，梁大人也吉人天相，逃了出來。崔大人，你說，事情是不是這樣？」
崔浩搖頭，壓低聲音道：「安若晨已經知道了。」
「知道什麼？」
「知道東凌使節全死了，知道使節團裡有細作。」

鄭恆皺眉，「她如何知曉？」

「他們推斷出來的。龍將軍若是晚走一些，事情細節怕是會全暴露了。我上封給大人的信不是已經報了，龍將軍對去前線的事有提防，他知道是個陷阱。如今看來，他知道的遠不止這些。」崔浩將安若晨說的那些話仔細與鄭恆說了一遍。

鄭恆若有所思，問道：「安若晨與你說這些，是何意？」

「她有身孕了。」

「什麼？」鄭恆有些吃驚，「你確定。」

「自然不能找大夫押著把脈確認，但她提起她有後路時說漏了嘴，說母憑子貴什麼的。我問了她身邊的丫頭，說她睡的多吃的多，她說話神情，有些小動作，看起來確實是如此。梁大人提醒過我這婦人在平南鬧出過些事來，是個狡猾豁得出去的。我也有認真提防。她能說會道，確實是有些心機。」

鄭恆沒說話，似在思索。

崔浩繼續道：「她有身孕，行事有所顧慮，故而想拉攏我，讓我照應著她些。龍將軍將事情都推測出來了，但沒有證據，所以他沒辦法指證大人什麼，大人下的令他不得不聽從。明知十里坡是個陷阱，他也得去，而安若晨知曉這一切，知道自己被留在城中做人質，似待宰羊羔，自然害怕。」

「她讓你如何照應她？」

「就是要處置她時，提前與她說一聲。我猜她的打算是逃往京城，畢竟肚子裡有龍將軍的血脈，到了京城，龍家定會好好供著她。只是如今時局不明，她又得了龍將軍的囑咐，不敢亂動。」崔浩道：「我想與大人說的是，不如將計就計，我假意答應了她，騙得她的信任，將她知道的情況都套了出來，以防龍將軍與她留了什麼後手。龍將軍知道的事，安若晨知道，他的那些大將自然也會知道，平南郡如何守得住？還有，南秦帝沒有死，萬一他要求見皇上，希望大蕭助他奪回皇位，那到時他與皇上說些什麼，惹了皇上疑心，對梁大人、魯大人以及我們都沒有好處。」

鄭恆沒說話，崔浩又道：「安若晨說了，她手上留了個人證，可以指證大人的罪行。若她出了什麼意外，那人證就會派上用場。」

鄭恆眉頭緊緊皺起，盯著崔浩。崔浩道：「這話不知是真是假，我會盡力去套出話來。還有，處置了龍將軍，他手下那些將士如何辦，這些都是棘手的，得請大人定奪。」

鄭恆想了想，道：「好，我會轉告大人。你今後不必往酒樓放信了，有什麼事直接找我。」他從懷裡掏出一張紙，上面寫著個地址，「你將安若晨安置到這個地方，就說衙府是官衙，官差人犯來來往往的，龍將軍不在，她這婦道人家總住著不合適，讓她搬出去。」

崔浩道：「若是要軟禁她，還是衙府方便。畢竟全是官差，耳目眾多，我又調令得動，她做些什麼我都能知道。」

「就是耳目太多，才不方便。」鄭恆道：「安若晨不傻，她明知這裡全是大人的耳目還賴著不走，為何？住在狼窩裡，若出了什麼事，自然是狼咬死的。」

崔浩一愣，不說話了。

「讓她搬出去。出了什麼事，是龍將軍留下來的衛兵護主不力，與大人們無關。」

傍晚時分，崔浩忙完了一天事務，去找安若晨。他與安若晨道，他已經考慮好了，可以與安若晨合作。若是他知道要對付龍將軍或是安若晨的消息，會提前通知她一聲。

「這會兒便有一個消息，梁大人希望讓夫人搬到此處。」崔浩將那張寫著地址的紙條拿了出來給安若晨看，「他們想讓夫人在府衙範圍之外，那般動手時就方便了。」

安若晨拿起那紙仔細看，道：「這筆跡既不是梁大人的，也不是崔大人的。」

崔浩愣了愣，安若晨居然知道他倆的筆跡？他道：「重點是，那處既是梁大人指定的，周圍必是預先安排好了人手埋伏。我問過了，那是個二進的院子，頗是僻靜，但地方比不得衙府。這許多衛兵吃住值守皆不方便，夫人身邊也沒帶丫頭婆子，這個我倒是可以安排，就讓如今照顧夫人起居的丫頭婆子跟著過去，只是衛兵的事還是頗麻煩。」

「不麻煩。」安若晨道：「我沒打算搬。」

崔浩再愣，「夫人，這般不合適吧？」

「如何不合適？你有讓我搬的道理，我有不能搬的理由，而且這理由崔大人方才已經幫我分析過了。我的衛兵沒地方住，不方便值守防衛，我不搬。」

崔浩皺起眉頭，「這般我對梁大人如何交代？我連這事都辦不好，那如何對付龍將軍，如何對付夫人的計畫，他都不會告訴我了。」

安若晨搖頭，「大人這藉口找得可不好。大人如今可是茂郡太守，全郡上下須得聽大人差遣。梁大人藏身暗處，不便行事，要做什麼還是得靠大人。大人藉口我不搬，梁大人便不信任你了，這事我可不信。大人口口聲聲說願意照應我，但一來要將我趕出庇護之地，二來先埋下話頭，日後與我說早說過了，梁大人不會將消息告訴你。大人，你當我是傻子嗎？你說願意照應我，不過是想騙出我那重要人證的情報。」

崔浩有些許被揭穿的尷尬，惱火道：「我這如何是找藉口？夫人自以為聰明，難道夫人想不到這城中梁大人也埋伏了暗樁嗎？我的一舉一動，也在他們的監視之中，這城裡指不定還有誰是他們的人。這些我都不知道，妳說，梁大人能對我有多信任？」

「暗樁？」安若晨揚高了音調，「居然有大人也不知道的暗樁嗎？」

崔浩漲紅了臉，自覺丟了顏面。

「大人如何知曉有暗樁的？」安若晨壓低了聲音，一臉緊張。

崔浩不答，只道：「夫人要信任我，才能安穩度過這一關。我既是答應了夫人，自會盡全力保夫人平安。」

「大人也得信任我，我們才能相互扶助，到時我的人證便是大人的人證。」

這話說到崔浩心裡，他格外在意安若晨所說的那個人證，且向鄭恆透露這事，正是這原因。若真有這人證，那他便是多了道護身符。

「夫人既是能明白，那我也不怕與夫人多說些。我不知道梁大人藏身何處，但我有與他聯絡的方法。那日與夫人談過後，我便遞了信，想與梁大人面談，可沒想到來的卻是另一人。」崔浩將鄭恆現身的事說了，也交代了鄭恆的來歷背景。他說既是有鄭恆，那定是還會有別人。鄭恆在這城中數年，不可能只盯上他一個，定是也發展了其他勢力。

安若晨沒言聲，仔細聽崔浩侃侃而談。她當然不必說她對這些套路有多清楚，這通城裡的細作門道，簡直與中蘭城一模一樣。

崔浩說完了，安若晨沉默半晌，道：「大人還真是小心謹慎，八面玲瓏。既想在梁大人那處討得好，也想我這兒拿到護身法寶。兩頭報消息，兩頭要信任，最後且看哪頭有勝算再站哪邊。無論梁大人或是龍將軍哪一派贏了，大人都不吃虧。」

崔浩道：「夫人此言差矣。官場爭鬥與細作陰謀的凶險，夫人不會明白。我若是不能自保，如何保夫人？梁大人心思縝密，布局謹慎，我與夫人兩次相談，若是未與他交代，他定會懷疑。妳看鄭恆，他日日值守在我附近，用意就是監視。我說出有人證這事，也是為了夫人好，他們有所忌憚，自然就不敢胡亂下手。我報出重要線索，方能取信他們，他們對我信任，我們才可進行下一步。」

安若晨道：「崔大人看重自身安危，那便是好的。既如此，大人便幫我一件事吧。」

「夫人不想搬出，我確實得再想想如何應對。他們提此要求，定是有動手的計畫了。」

「我想拜託大人的並非此事。」

崔浩道：「夫人改主意了，願意搬出？」

「不，我不搬。大人說的對，他們定是有計畫了，我不搬，才好拖延他們的計畫，大人也才有時間繼續往下查。除了鄭恆之外，還有誰是暗樁？梁大人藏身何處？他們打算如何謀害龍將軍？南秦皇帝活著，他們的對策是什麼，對朝廷、對輝王有何手段？」

崔浩聽愣了，好半天他反應過來了，跳起來道：「妳不是說只需在他們要對付妳時，來提前與妳報個信便好嗎？追查梁大人？我瘋了嗎？」

「那時大人知道的不多，自然只能報信，如今不一樣了，大人不是找出了暗樁嗎？」

找出暗樁？崔浩張了張嘴，「我……」實在是噎得不知能說什麼好。他沒有找，是人家自己出來的！「我不可能做這些事，我不答應，妳想都不用想！」他可不願找死。

「大人若是不好好與我合作，那我只好派人去將那鄭恆拿下，對他嚴查酷審，逼問梁大人的下落以及其他暗樁名單，就說是崔大人揭發他是東凌細作。」

崔浩瞪著安若晨那張從容的臉，喝道：「妳當妳是誰，能在我這茂郡拿人審訊？」

「不能嗎？」安若晨鎮定道：「那我到時將他還給大人好了。只是，就算還給大人，所有的人也都會知道大人出賣了梁大人。」

崔浩目瞪口呆。

「不但出賣了梁大人，還有可能是與東凌細作一夥。不是東凌細作，那就是南秦細作，反正跟奸細沾些邊。梁大人藉著臺階下，將罪責全數推到大人身上，所有的事又回到我們說的那些推測上了。大人當好替死鬼，莫憂心我與梁大人後頭如何相鬥吧。」

崔浩深吸一口氣，再深吸一口氣，指著安若晨罵：「妳這個妖婦！」

安若晨又道：「大人也不必費心去與鄭恆通風報信，我抓不到他，便抓別人，反正鄭恆是徇門的人，衙門的人都認識他，我隨便抓一個，隨便問問鄭恆有沒有可疑之處。你們太守大人可是說了，他是細作。」安若晨攤攤手，「大人你瞧，消息是攔不住的。」

崔浩氣得七竅生煙，踏上前兩步，逼近安若晨，狠道：「我現在就將妳處置了。便說妳牽掛將軍，非要上前線，我勸阻妳，妳……」

崔浩事先並無準備，一時竟卡了殼，編不下去。

「我如何？我太想念將軍所以瘋了？自盡了？」安若晨笑了。

崔浩氣道：「夫人一時心亂，出了意外，誰又能說什麼？」

「大人編謊都不會，大人聽聽我編的。我只要放聲尖叫，扯亂衣襟弄亂頭髮，大喊住手你這禽獸，然後將頭撞到牆上，弄出傷痕，連滾帶爬往門口逃，都不必逃到門外，我的衛兵就會衝進來將你拿下。我什麼都不用說，只管放聲大哭便好。當天你就會被綁入囚車，身背重罪，押往京城。」安若晨臉一沉，接著道：「大人深知梁大人的陰謀底細，手上怎可能沒有證據。大人在我手裡，在往京城路上，你說梁大人會不會有所忌憚？大人問我能指證梁大人的重要人證是誰？就是大人你啊！」

崔浩忽然反應過來，他中圈套了，他完全被這個妖婦耍得團團轉。她連自己的名節聲譽都可拿來陷害箝制他，又哪裡有什麼想上京城享榮華富貴的渴望？

崔浩咬牙，再踏前一步，惡狠狠地道：「妳有身孕也是假的對不對？妳故意說那些，讓我以為妳為了給將軍留後所以示弱求生存……」他話未說完，站住了。他看到安若晨手裡握著一把匕首，匕首尖露在袖外，正對著他。

「大人莫要離我太近，我容易緊張。我一緊張，可是會以命相拚的。大人不防著我發瘋，我卻是防著大人與我同歸於盡。」

崔浩嚇白了臉，下意識地退了兩步。

安若晨道：「無論大人是對我心存憐憫，還是有意看輕，孕婦這個身分還是管用的。做人質，分量能重上幾分；做罪責，趁將軍為國抗敵時，謀害將軍夫人致其沒了孩子，人神共憤，誰來斷案都得重判吧？」

崔浩說不出話來，他再退兩步，慘白著臉僵立著。

安若晨柔聲細氣地道：「大人，我手上的籌碼遠比大人聽到的、看到的、想像到的多出許多。龍將軍這頭，也有比南秦皇帝更有用更有權勢的盟友靠山。梁大人罪責難逃，大人莫要追隨他共取滅亡。大人若是想明白了，便坐下吧，我們好好商議對策。」

崔浩站了許久，最後還是坐下了。

安若晨微微一笑，「這一回，我與大人說的話，大人就莫要再往外透露半句吧。」

崔浩白著臉，點了點頭。

片刻，崔浩回到屋裡，腦子還有些發懵。他呆呆坐了許久，直到有人進來為他點著了燈，他才發現原來夜已經頗深了。

「大人用過飯了嗎？」進來的是鄭恆。

崔浩搖搖頭，「原打算回去用飯，沒想到時間過得這般快。」他的居宅就在衙府旁邊，走兩步就到了。

鄭恆道：「我為大人布飯吧。」他轉身出去，不一會兒就回來，捧著裝著飯菜的托盤。

崔浩這會兒腦子已經清明起來，只是想得越清楚就越有些緊張。安若晨的話說得有道理，她已將他逼入崖邊，他走錯一步就墜入深淵。只是梁大人這頭又怎會是省油的燈？瞧瞧鄭恆對他的一舉一動全盤掌握，連他有沒有用飯都知曉。他當然知道，鄭恆並不在乎他餓不餓，他只是想向他表明他的處境，警告他勿有背叛的歪念頭。

鄭恆將飯菜擺在桌上，然後侍立一旁。崔浩沒動碗筷，道：「安若晨不肯搬。」

「哦？」鄭恆動了動眼皮。

「她說她搬出去便危險了，她不走。」

「那大人如何與她說的？」

「自然不能說硬話，她的顧慮有道理，我得顯得是站在她那邊的。我說會想法再周旋周旋，顧全她的安危。」

「那她如何反應？」

「她很是防備，當然不會完全相信我。她說我這太守既是梁大人給的，自然也是幫著梁大人。我對她道，既是認定我幫著梁大人，又何必找我照應？我確實是聽梁大人的囑咐辦事，但可憐她的處境，這才願意替她著想。若她總是這般夾槍帶棒的，那也不必多說什麼，大家井水不犯河水，各自安穩。她聽得我這般說，這才是軟下話來。」

「那麼大人打算如何周旋？」鄭恆問。

「我跟她說我未必能讓梁大人改主意，讓她自己也想想法子。她求我幫她拖延半個月，說龍將軍說的，一個月後若是他沒有回來，或是連消息都沒有，讓她趕緊回京城去。她自己覺得一個月太久了，半個月後若是將軍沒有好消息，她便走。」

鄭恆沉吟，道：「既是如此不安，為何不馬上走？」

崔浩心抖了抖，果然想得細，多疑啊。他忙道：「這話我也問她了，想著若她不肯搬，但願意走的，那大人在半途中下手也是方便。若她要走，我探得打算，也好讓大人有所準備。但她說，將軍讓她在城中等消息。她原先也未覺得事態會多嚴重，如今南秦皇帝未死，與東凌之戰恐有變數，攻打東凌的藉口沒了，她恐怕自己會成為下一個藉口，故而才急迫起來。可現在變故剛出來，她怕梁大人這頭也正是緊張之時，她此時離開，反而惹急了大人，招了毒手。這半個月，也是想再觀察觀察情形。」

崔浩頓了頓，道：「我聽著那話裡的意思，似乎是想等援軍到。」

「平南郡那頭的龍家軍嗎？」

「只能是那兒了吧？」崔浩小心翼翼問：「梁大人那頭，可有魯大人的消息？」

鄭恆不答，他看了看崔浩，道：「你這般吧，等等我的消息。我問問大人的意思，再告訴你如何處置安若晨。」

崔浩欲言又止，一副憂心忡忡模樣。鄭恆皺眉，「怎麼？」

崔浩猶豫了一會兒，道：「我還是想見見梁大人，總覺得這裡頭有些什麼事。」

「大人不相信我？」

崔浩咬牙道：「若是說很相信，自然是假話。原以為穩操勝券了，只要等著龍將軍陣亡的消息，然後將軍夫人悲切殉夫，所有的麻煩就都解決了，可是現在居然跑出來一個南秦帝。這如何收場？這節骨眼上，梁大人不露面，你卻突然說你來傳話，我自然是擔心的。再有，說句不好聽的，若你也出了意外，突然失蹤了，我找誰去？你不是說，美膳酒樓遞消息的地方不再用了。那若遇緊急情況，哪處聯絡？」

鄭恆道：「大人突然變得多慮了。」

「若你是我，你如何想？」

鄭恆道：「待我問過大人，再回覆你。」

第二日，鄭恆來找崔浩，讓他告訴安若晨，大人讓他準備明日劫人。計畫是這樣的，送一箱子衣料玩具等物給她，外頭會有人引開衛兵，屋裡會派人下手將她弄暈，搬入箱子裡，將人運出來。

「劫到哪兒去？」崔浩問。

「田志縣。那兒有我們的地方，藏人方便，但其實恐怕用不上。這個消息你告訴安若晨，她自然會做些決定。是同意搬出，還是逃往京城，抑或是在城中暫時藏身，總不會坐以待斃。她會向你求助，告訴你打算，你再來告訴我。」

「總之，不論她如何打算的，我們將她悄悄劫走就對了，是嗎？」

「對。」

崔浩去了。安若晨聽完他所言，深思半晌。

「所以梁大人也沒有魯大人的消息？」

「他未答。」

「那就是沒有。這問題很好回答，有就有，沒有就沒有，他為了讓你安心，說已然有消息，一切安好，那豈不是好？他根本不知道消息，這才不答。」

「夫人，我沒問出他們是否有其他聯絡辦法，也沒問出其他奸細的名單，但現在重點是明日我得派人來劫妳，妳要如何應對？」

「不，重點是，梁大人可能不在城裡。」

「什麼？」崔浩又驚到了。這一天天的，要不要這麼變化莫測？「梁大人在的，只是我不知曉在何處。他走之前囑咐過我的，讓我在美膳酒樓留消息，他會派人去取。回信也會放在那處，我收到過他的回信，確實是他的筆跡。」

「回信說什麼？」

「說事情已知悉，讓我按原定計畫辦就好。」

「沒有具體的指示？」

「指示早就囑咐好了。」

安若晨不說話，這招將軍也用過，提前寫好幾封信交給別人，然後看來信的內容挑其中一封回覆，「大人肯定這個鄭恆確實是梁大人的人，對吧？」

崔浩嚇得汗毛都要豎起來了，這要是也是假的，他得瘋。周圍人一個個的都太恐怖了，他想了又想，「他拿著信物，這信物是梁大人與我定好的，可不會是假。」

「可他沒去找梁大人。」

「什麼？」

「上回也罷，這回也好，他都沒去找梁大人稟告，我這頭有人盯他了。」

「是妳的人沒跟上他，他悄悄見的。」

「只有一種可能，梁大人不在城裡。這些事如何應對，是鄭恆自己做主的。你也說過，他是梁大人的心腹，他甚至可以向梁大人舉薦人選。」

崔浩覺得糊塗了，「梁大人不在城裡有何重要？」

「如果不重要，為何他要瞞著你？」

崔浩噎著，他想了想，又道：「不對，梁大人在城裡。尹將軍還特意向龍將軍藉口回城查案，回來向梁大人請示事情。」

「尹將軍也未見梁大人。他回城後，我的人也盯著他的動向。他去的地方我們查過了，並沒有梁大人的蹤跡。」

崔浩吃驚得不知還能說什麼，安若晨忽然想通了，「梁大人在前線。尹將軍回來不是找梁大人請示的，是將梁大人的囑咐轉告鄭恆的。」

「這……」崔浩已經不想動腦子了，所以梁大人不在城裡究竟有什麼重要？

將軍有危險！安若晨猛地站了起來。他們都預估錯了，雖然只錯一點，但情勢會大不一樣。梁德浩根本沒打算用她來做什麼人質威脅，他被逼到這分上，自然也知道局勢對他極不利，他得鋌而走險，速戰速決。

用不著彎彎繞繞搞什麼前線戰場的殺戮意外，不必等將軍對戰之時在他背後做小動作，而是直接硬碰硬，十萬兵馬對付一千兵將……安若晨不敢想這結果。

若對手是尹銘，那將軍肯定覺得不足為懼，雖會小心應對，但料想尹銘不敢號令那數萬兵馬如何，因為尹銘官低一級，若真號令兵將謀害將軍，那是謀反，那些兵將未必敢，師出無名，後患無窮，但梁德浩在就不一樣了。梁德浩的官最大，權勢最重，他手握聖旨巡察邊郡，他說誰謀反誰就是謀反，他說要剿滅誰，那些兵將焉敢不動手？

安若晨心急如焚。

梁德浩一定是這般的打算，所以他才處心積慮製造他還在城裡的假象。他察覺將軍在懷疑他，他也知道將軍的本事，就是太知道了，所以他才會將將軍列為敵人。

安若晨用力捏緊自己的手。

在她在對付崔浩的時候，其實梁大人已經在利用崔浩對付她了。

她必須通知將軍，必須盡快告訴將軍！

同時間，尹銘快馬回到十里坡，手下大將來報，龍將軍這幾日嚴格操練，諸多要求，擺足了威官。許多將士都被叫去問詢兵法戰術、東凌兵將做派戰法風格等等。

「威懾人心，拉攏距離，還刺探了情報。他那一千兵，也分駐到各營去，但營帳都靠著邊，我仔細看了，看似融到各營去，但分而不散，很好呼應。」

尹銘點頭，「由他鬧騰去吧，很快就會結束了。再怎麼折騰，他也只有一千兵而已。」

「他趁你不在，出了調令，藉口他已了解各營的實力和強項，針對東凌的狀況以及南秦的危機，要重新調整兵隊。將三萬人調往石靈崖，從石靈崖再抽他的兵馬過來。」

「沒關係。」這事早在意料之中，尹銘並不意外，「調轉大批兵隊可不是三兩日的功夫，遠水救不了近火，沒什麼可懼的。你告訴兄弟們，一切聽龍將軍的指示辦，他讓你們做什麼，你們就做著，然後等我的號令便是。我先去回了大人，聽聽他的意思。」

龍騰這邊，他的探子也跟著尹銘的屁股後面回來了。

「將軍，尹將軍一路未停，直接回城。回城之後去了三個地方，府衙、軍衙和美膳酒樓。這三個地方皆未查到梁大人的蹤跡，小的去見了夫人，將南秦皇的消息告訴她了，她說她已經準備好，會先從崔太守身上下手。夫人身邊未有可疑人靠近，僕役丫頭皆未換人，衙府那頭沒什麼新動靜。」

「嗯。」龍騰嚴肅點頭，想了想，道：「她看起來如何？」

「夫人嗎？」

龍騰挑了挑眉頭，還能有誰？

那探子趕緊答：「夫人看著挺好的。」

「挺好的是如何好？」

「呃……」探子撓頭，如何好是怎麼個意思？

「她氣色如何？」

「啊，挺精神的。」探子明白了，「我還問了春曉，春曉說還沒人找麻煩，夫人每天吃喝都挺好，睡得也不錯，將軍放心吧。」

龍騰點點頭，再問：「她可問起了我？」

「春曉嗎？春曉有問將軍如何，可有打仗……呃……」探子反應過來了，趕緊改口：「夫人問了問了，問將軍可好，前線如何，可有打仗，可有什麼新消息和囑咐沒有。」

龍騰皺著眉頭，探子認真站直，他以為尹將軍的動向才是重點呢。

龍騰瞪他半天，讓他走了。

帳中只有龍騰一人，他看了看帳壁，上面隱隱有一個孤單的影子，他不禁嘆口氣，想起在石靈崖時，安若晨坐在他身邊安靜看書的模樣。那麼枯燥艱澀的兵書，她竟然也看下去了。他那時就提醒自己，待有機會回城裡，要買些閒書和小玩意兒備著，省得她悶了。如今她是在城裡了，他卻沒在她身邊，分開短短時日，如此地想念她。

總感覺危險就在身邊，說不出具體的，但是是一種直覺，就好像戰場之上，明明什麼都未發生，卻突然知道有箭射來要滾地躲開的感覺一樣。這種感覺非常強烈，他沒有把握，這般就格外掛心遠方的安若晨。

他竟然把她留在了梁德浩的身邊，將她置於危險之中。她沒有任何不悅的反應，他知道她會理解，也會全力以赴，卻怕她心裡有怨。怎麼會無怨呢？夫君該護著娘子的，他沒有做到，而她曾經的經歷，該會很容易聯想到她父親吧？她會不會以為，全天下的男子皆薄倖，視妻女為籌碼和利益？

不止她父親，還有姚昆、錢世新等等，她身邊似乎沒什麼好例子，就連他的表現看起來也不是個好東西。龍騰再嘆口氣，真想念她，若這回真能險中取勝，他以後都帶她在身邊，絕不將她拋下了。

捌之章◆圓滿

京城裡，有官員寫了奏摺參報丞相羅鵬正收買江湖殺手刺殺太尉梁德浩，又報羅鵬正結黨營私、滅除異己、目無法紀、私鑄兵器等等。

正明帝看了，將羅鵬正喚了來，讓他也看看。羅鵬正暗暗鬆了一口氣，這裡頭說的事兒，他十有八九是逃不掉的，幸好他搶先了一步，不然就真是毀在了梁德浩的手裡。

「皇上，這正說明此前臣所報句句屬實。南秦帝未死，對他們是個嚴重打擊，這不趕緊把壓箱底的禍亂翻了出來，用我來將朝廷上下關注的重點轉移了，前線那頭就任由他們胡鬧。鬧完了，我這事還沒處置乾淨，結黨營私，意圖謀反，那得牽扯出多少官員？朝廷大亂，大蕭動盪，到時那梁德浩從前線領功而返，再幫著皇上肅清叛臣，誰還會去追究平南與茂郡那些事情裡面究竟有多少見不得人的勾當。大事化小，小事化無，他的如意算盤也打得太好了，還真是沒將皇上放在眼裡。」

「好了，朕明白你的意思。事情還待查糾，你也莫要急著煽風點火。」

羅鵬正忙道：「皇上聖明。可不是臣煽風點火，梁大人既是讓劉大人告我一狀，那表示他已然有所準備。狗急跳牆也罷，穩操勝券也好，他必是很快要有行動了。京城與茂郡路途遙遠，梁大人與劉大人之間的聯絡也不知過了多久，現在前線如何，還真是不知道。事態嚴峻，只希望三殿下能及時趕到，戳破詭計，查明陰謀。」

另一邊，崔浩回到屋裡，果然鄭恆在等他。

崔浩道：「安若晨……竟然說那就把她綁到田志縣吧。」

鄭恆一愣，崔浩道：「我也是覺得古怪。我勸她不如就說同意搬出去了，這般還是在城裡，我還能照應她，結果她說田志縣好，那處連著平南郡，一直是奸細的地盤，她很熟，田志縣要比通城安全。」

鄭恆吃了一驚，「她很熟？她是這般說的？」

「我問她是否去過，她說沒有，但什麼點翠樓、貴升客棧啥啥的，她說她全都知道。田志縣那個地方，她派人嚴查過。我勸了幾句，她仍說無妨，但她說她需要提前安排一下，問我是否有派人監視跟蹤她的，先把人支開，我知道的越多反而越惹麻煩。」

「這是何意？」

崔浩壓低了聲音道：「我覺得，她想將人證帶走。」

「人證是誰？」

「她未說姓名，只說是個老混蛋，但那人對田志縣細作據點狀況再清楚不過。我猜那意思，她想先派人將那人證押往田志縣。這頭她假意被劫，然後到了田志縣，她有人手安排，再將她救出來。」

鄭恆心一沉，老混蛋，對細作狀況很清楚，那只有一個人，便是錢裴。可是魯升早已來信相報，已將錢裴處置了，這老傢伙不會再是隱患。安若晨使詐？

這時候外頭有人報，崔浩讓他進來。是個衙差，鄭恆也認識，正是派在安若晨居處外頭悄悄監視她的。那衙差報：「大人，確實如你囑咐的那般，小的看到了，有三個衛兵穿著布衣，扮成村民漢子的模樣出去了。」

崔浩忙道：「可派人跟上？」

「讓樹子去了，我趕緊來與大人報信。」

崔浩看了鄭恆一眼，鄭恆道：「先回去再繼續盯著吧。」

崔浩忙囑咐那衙差回去，鄭恆跟著那衙差告退。片刻他又回來，崔浩道：「如何？」

「我讓人去換下了樹子。」

「哦。」崔浩早知會如此，樹子傻乎乎的，傻子才會放心讓他去跟蹤。

「大人與安若晨說的何時？」鄭恆問。

「明日午時。我說會往她飯菜裡下些藥，待她昏睡過去，丫頭婆子以為她午睡，我讓人將她裝到箱子裡帶出來。」

鄭恆道：「提前吧。晚飯時放藥，今夜就將她送出城。」

崔浩驚道：「那可不行，我還沒安排好人手。」

「我安排好了。」鄭恆冷板板地道。

崔浩閉了嘴，點點頭。

晚飯過後，兩個衙差抬了個箱子，說是給將軍夫人送的衣料和書，還有些逗趣的玩意兒。衛兵開箱檢查了一遍，叫了個婆子出來接。衙差說箱子太沉，他們幫著抬進去，一會兒東西理出來了，他們順便把空箱抬走。婆子應了，帶著他們進去了。

進了院子，婆子低聲道：「大人囑咐我了，你們隨我來。」

那兩人抬著箱子跟著婆子進了一屋，婆子讓他們將箱子裡的東西清出來，她自己進了內屋，一會兒扶抱著一位華服女子出來。那女子昏昏沉沉的，垂著頭低語了兩句，婆子哄著：「夫人，沒事，您定是做夢了，繼續睡吧。」

兩個衙差忙將箱子扶好，將安若晨放入箱子裡。婆子再將一層薄布鋪在上面，說如果遇到安若晨的衛兵盤查，便說這些布料夫人不喜歡，讓他們拿回去。

兩個衙差不敢耽擱，抬著箱子火速離開。一路行到衙府後門處，鄭恆與崔浩正等在那兒。鄭恆打開箱子掃了一眼，滿意地合上，囑咐衙差將箱子抬上後門的馬車。

這時一個布衣男子奔來，對鄭恆道，他讓跟蹤的那幾個衛兵非常警覺，一直在城裡繞圈，這會兒在酒樓吃起飯來，他問鄭恆如何辦。

「莫被迷惑了，他們這般只是想確認有無人跟蹤，你們就一直跟著，小心些，換著人走，莫被發現就好。待他們去押人，你們盯好行蹤回來報我。」

崔浩心裡直打鼓，這人他瞧著臉熟，肯定也是衙門裡的人，或者時常在衙門裡走動。

「大人。」鄭恆看他一直盯著那人的背影，出聲喚他。

崔浩忙應了，不敢問那人是誰。鄭恆道：「大人回去吧，這裡交給我了。大人切記盯好安若晨的那些手下，他們有何動靜定要跟上，找些機靈人。」

崔浩訕訕地應了，轉身走兩步，回頭看。鄭恆還在看他，他不敢再回頭，趕緊走了。

鄭恆待再看不到崔浩的背影，這才囑咐人整理好馬車上路。幾個人過來，抬了些糧草和兵器放上馬車，隨便裝了裝。鄭恆上馬，領著馬車出發了。

他也很是防備，繞了一圈才轉向城門方向。此時天已經黑了，城門已經關上，但鄭恆不擔心，他手裡有權杖。拿出權杖，命人開門，這時卻聽得身後有人大叫：「等等！」

城門守將一看，是太守大人，忙喊了停。

鄭恆皺起眉頭，崔浩帶著幾個衙差騎著快馬趕到。城門守將與眾衙差向他行禮，他揮了揮手，說有事囑咐鄭恆，先等一等。

崔浩將鄭恆拉到一邊，鄭恆見得四下無人，立時板了臉斥責：「你這是要如何？」

崔浩硬著頭皮道：「這正是我要問的，你這是要如何？你說要將她帶到田志縣，為何走東城門？去田志縣，當走西城門。你出東城門，難道是要去十里坡？」

鄭恆道：「大人辦好梁大人囑咐的事便好，我辦事自有道理。」

「你欺瞞我，是何道理？」崔浩的不滿壓根兒不用裝。

「大人非要挑在這個時候這個地方與我較勁兒？」鄭恆壓低聲音，上前一步，道：「是何道理，梁大人會告訴你的。」

「我就是一直未曾見到梁大人，才覺得不安心。你口口聲聲說是梁大人囑咐的，可梁大人呢？若你誠心相待也就罷了，可你居然嘴上說一套，暗地裡做一套……」

崔浩的嘮叨還未說完，卻聽得有人喊：「站住，別跑！」

鄭恆與崔浩同時往馬車方向看去，只見車上的木箱打開了，一個華服姑娘的背影飛速奔跑，很快就要潛入夜色裡。

鄭恆大驚失色，顧不上教訓崔浩，一邊衝了上去一邊大叫道：「快把她抓回來！」

鄭恆的手下拔腿跟著追，崔浩也忙大聲呼喝城門兵將快幫著追人。一時間，一群人蜂湧著朝著那姑娘消失的方向跑去。

崔浩瞪著他們的背影，直到再看不見，然後忙跑到馬車邊，小聲喊道：「夫人？」

安若晨自糧草袋子後頭鑽了出來，崔浩道：「快，他們一會兒該回來了。」

安若晨點頭謝過，跳下馬車，朝城門跑去。崔浩跟著她奔過去，對留下的幾個城門守將道：「莫聲張，否則砍你們的腦袋。」

那些兵士不知發生何事，只得緊閉了嘴，用力點頭。

安若晨從開了兩人寬的城門縫裡出去，崔浩心裡緊張，說了句：「夫人，請務必凱旋歸來，我這是將身家性命都押在夫人手裡了。」

安若晨一點都不想提醒他，他的身家性命是他自己毀的，與別人何干？她道：「大人莫忘了我的話，大人處置好城內之事，便是最好的自保了。」

崔浩點點頭，看著安若晨頭也不回地奔向遠方，很快沒了蹤影。崔浩知道，在這城門之外肯定有人接應她。龍將軍也不知從哪裡撿到的這奇女子，啊，對，他怎麼忘了呢，中蘭城，龍將軍是在中蘭城相識的夫人。

崔浩囑咐城門兵將：「關上城門，今夜沒我親自來下令，誰都不許出城。有硬闖者，格殺勿論。」一說完，回到馬車邊，看了看那打開的箱子，狂跳的心這才算平復下來。

這時的春曉狂奔著，心幾乎要跳出胸膛。夫人果然沒有猜錯，她斷定鄭恆不會將她送到田志縣，那裡的細作窩點早被發現，怎麼可能會冒這個險？最重要的是，那裡離梁大人更遠了。既是快要對將軍下手，那麼重要的人質，當然是交到梁大人手裡才管用，所以她斷言，會走東城門。

春曉聽了囑咐，拿好了衣裳首飾等物，先行出門。她到孫掌櫃安排的宅子那處，把消息傳出來，東西都交代好，然後換好衣裳，戴好頭飾。

入夜後，劉大叔用馬車將她送到東城門角落等待著。如計畫般，盯著馬車，看到上面的箱子打開，安若晨探出頭。春曉忙把牆角的掛燈點上，這是信號，表示她看到了。

春曉走到月光下，然後開始跑。如果那些人毫無警覺，就由太守大人發現她。

身後是許多人大聲呼喝追趕的聲音，春曉努力跑著，她拐了個彎再拐彎，奔進了巷道彎彎的民宅街區。還沒有甩掉追捕，再拐一個彎。一戶人家的門開著，她奔了進去。

門後是劉大叔，他迅速將門關上了。劉大娘拉著她的手，「好姑娘，辛苦妳了。」

「幹得好，春曉！」劉大叔話不多，簡單一句誇讚說完，迅速到後門，掛上一盞燈籠。隔壁巷子的一戶人家看到了，打開了門，一個穿著一模一樣衣裳的姑娘跑了出來，朝另一個方向跑去。

「在這邊。」四下分散包圍搜索的眾人聽到這一聲喊，忙朝著那方向追去。

春曉換了衣裳，想起了陸大娘。陸大娘總說婦孺百姓亦有擔當。她很高興，她覺得自己辦了件大事，待回到中蘭與陸大娘重聚，定要好好與她說說這凶險刺激的經歷。

鄭恆率人追捕了半夜，那安若晨腿腳不是一般的快，一會兒這兒出現，一會兒那兒出現，竟連逃了好幾條街。再然後，就不知躲到哪兒去了。

鄭恆很生氣，他雖焦急，但還沒有昏頭，他沒有權力命人搜屋，也沒有正當理由搜屋。他命人圍守，若是發現有可疑人出入就拿下。他自己趕回了東城門，崔浩已經不在。城門緊閉，城門兵將言道，太守大人下令封城，誰都不許出去。

鄭恆怒氣沖沖，再趕回衙府。這回他見到了崔浩，崔浩問他：「追到了嗎？」

「大人又何必裝模作樣？」鄭恆咬牙切齒。

崔浩皺起眉頭，「我裝何模樣？」

鄭恆問他：「是你在搗鬼是不是？你根本就被安若晨收服了，你在幫著她。」

崔浩道：「你這是弄丟了人，怕梁大人怪罪，趕緊往我身上推卸責任嗎？你讓監視安若晨動靜，我照辦了。你要下藥囚人，我照做了。人在箱子裡，好好地交到你手上，是也不是？你要權杖出城，我也給了。我甚至安排了人在西城門接應你，生怕你拿著權杖都不好解釋為何是你這般一個小小衙差雜役押車。結果呢？你陽奉陰違，偷偷往東城門去。如今出了狀況，你反咬一口，賴到了我身上。」崔浩也一臉怒容，叫道：「你有本事，我們到梁大人跟前好好理論理論，看看究竟是誰的錯？」

鄭恆瞪著他，半晌不說話，然後轉頭要走。

「你等等，我准你走了嗎？我可不是玩笑話，我要見梁大人，我不相信你了。」

鄭恆理都不理，徑直離開了。

他先是找了自己的人手查探那幾條街，但查了一日沒有好消息。安若晨的衛兵就安若晨飯後小憩卻失蹤一事質問崔浩，也派所有人手上街尋人。崔浩藉機斥責鄭恆，再提要見梁大人。他說這事務必要梁大人出面解決才可，不然這些衛兵鬧起來，是會出大亂子。

鄭恆怒急攻心，確實是出亂子了，他派去跟蹤那幾個衛兵的人手沒有回來，安若晨又丟了，這裡頭肯定有什麼事。他讓崔浩出面處理，崔浩卻不搭理，堅持見過梁大人再說。鄭恆腦子一熱，索性拿著崔浩的權杖，調集更多的衙差捕快人手，去安若晨消失的那幾處街區搜查，說是將軍夫人被人劫持，嫌犯就躲在那一片屋子裡。

為何知道將軍夫人被劫持，線索是什麼，誰人報案，劫匪是何模樣，有何目的？既是有線索，為何不告訴衛兵，為何要求悄悄行動？前線正在打戰，百姓已有惶恐，官府還要如此擾民，若無鐵證，責任誰擔？有捕頭質疑這事，當面斥責了鄭恆。就算鄭恆手上有權杖，他也只是個不起眼的衙門小卒，幾時輪到他來做主？捕頭轉頭去找了崔浩。

崔浩罵了句：「胡鬧！」然後令捕頭帶人將鄭恆拿下，還列了張單子。那是鄭恆前日號令的人手，崔浩派了人觀察仔細，趁這回全拿下了。

鄭恆敢拿權杖說事，自然是篤定崔浩不敢異議，萬沒料到他竟將他關到牢裡去。他讓人去警告崔浩，結果又暴露一個，崔浩又將人拿下。

鄭恆目瞪口呆，破口大罵，叫嚷著讓崔浩來見他。

崔浩來了，與他道：「你若安安分分，低調行事，我也不必用這手段，這都是你自找的。我也是為了確保計畫順利，不出亂子，不得已將你制住。待梁大人回來了，我會與他說清楚，到時找個由頭再將你放了。你莫鬧事，不然到時找不著放你的藉口。」

鄭恆啞口無言，明知對方搗鬼，卻說不出半點錯處來。

崔浩揚長而去，走到牢獄外，忍不住微笑起來，對自己的表現著實滿意。這般一來，無論龍將軍或是梁大人哪一方贏了，他都算沒把事情辦壞。

此刻的安若晨卻很是焦慮，宗澤清領了一隊人，帶著她快騎趕往十里坡，但是半途他們遇著了過不了兵哨關卡的探子。

安若晨推測出梁德浩的動向，就給宗澤清報信，讓宗澤清火速讓人趕往十里坡。讓孫掌櫃那幫潛於坊間的人手帶著春曉演那一齣，也是為了拖住鄭恆的人，讓他們以為她被困城中，就不會向前線報信，引起梁德浩的警覺。

安若晨夜裡出城，比探子慢了小半日，她覺得再如何探子都會趕在她前方見到龍騰，但沒曾想，宗澤清派出的兩撥人都沒能過卡。

「盤查得特別嚴，基本不讓人過去。就是尋常百姓說回家的，都不讓走了，有生病求醫的也不行。打聽了下，說這兩日全部卡住，不讓通行，百姓已經怨聲載道。」

安若晨聽得心一沉，這表示馬上就要動手了嗎？

「宗將軍？」安若晨看向宗澤清。

宗澤清腦子裡飛快過了一遍這裡的地形，「我們得爬山，翻過崗哨。」

「行。」安若晨毫不猶豫，爬刀山她都願意。

「到了山頂放煙令示警，希望將軍能看到。」

「我們還是分三撥，腳程快的先趕去，莫被我耽誤了。」安若晨道。大家沒異議，宗澤清補充道：「我們最後一組來放煙令。煙起之時，不止將軍可能看到，其他梁德浩的兵將也可以看到，到時他們會封山搜捕。前面已經過去的莫回頭，盡速趕路。」

安若晨的腳程果然是最慢的，要攀山越嶺，馬兒是騎不了，全靠兩條腿。腳上起了泡，手被枝椏劃傷，她一聲不吭，半點不叫苦。宗澤清安慰她道：「莫埋怨自己，妳的決定是對的。妳得趕到將軍身邊，不然將軍見不著妳，那梁賊怎麼都能把妳當人質。」

安若晨點點頭。她知道她的決定是對的，只是她拖累了隊伍也是事實。

山頂到了，宗澤清找了個空曠處，與眾兵士架好四個巨大的柴堆，倒上了粉末。他與安若晨道：「準備好了，煙一起，也許麻煩就來了。」

安若晨看著那些柴堆，語氣堅定：「點吧！」

煙令一出，消息送到，但煙令並不是信，所以能傳達的訊息有限。大蕭軍中，對煙令的意思是這般定的：一進二退三不動，四煙有詐要小心，五煙訣別再不見。

戰時距離太遠，旗令看不到，鼓聲聽不清，遇到突發狀況時，來不及送信或是無法送信，軍隊之間就會用煙令向其他隊伍確認自己的狀況。一股煙，表示意外不構成威脅，他們會繼續前進。兩股煙，表示他們沒辦法，得撤退。三股煙，原地待命不動。四股煙，情報有誤，大家小心。五股煙極少用到，那表示取勝無望，但他們會守戰至最後一人，那是死士之軍的死前諾言。讓其他兵隊了解戰情，為他們爭取撤退的時間。

龍騰收到四股煙令消息的時候，梁德浩也收到了。

「是何處？」

「石屏山。那山險峻，無山路可行，山下大道，盤繞山前，二里一崗，不可通行。山後是綿江。煙令自山頂飄起，定不是我們的人。」尹銘答。

龍騰帳內，龍騰道：「是晨晨。她與澤清定是想過來，被卡住了。」發生了什麼事？為什麼她要離開通城？情報有誤，什麼情報有誤？

龍騰看向沙盤，翻過石屏山，穿過鐵蹄嶺，就是十里坡。要冒險翻山，就是非來不可。大道上的崗哨這般嚴嗎？連探子喬裝成百姓也過不來？所以他們需要放煙令。

究竟是什麼情報？龍騰一時也想不到。他從馬永念那處已經拿到細作名單，又查到了尹銘大軍準備侵占東凌的路線和戰策，可能在戰場上進行的伏擊和陷害他都做了預估，究竟是哪個地方有誤？

梁德浩這頭也在看沙盤，他想了半晌，「真妙啊，倒不像是在對付龍騰一人了，得跟時間拚速度，慢一步就得前功盡棄了。」

「大人。」尹銘看著梁德浩，等著囑咐。

「鐵蹄嶺都安排好了吧？」

「是的。」

「那就提前動手吧，只是計畫得改改。」梁德浩交代了一番，尹銘領命去了。

尹銘回到營中，帶著三個副將去了龍騰的營帳，「將軍，接到了消息，石屏山那邊的崗哨兵回來報，他們截獲了疑似東凌國的細作，對方見得行跡敗露，逃到了山上。有一隊兵追上了山去。我原是想待他們抓到人後押到營中再報予將軍，但剛剛見得山頂有煙令，四股煙，表示消息有詐，須得小心。」

龍騰未動聲色，問道：「依你看，是何消息有詐？」

「我細問了崗哨兵當時情形，覺得那些細作敗露身分有些刻意，想來是故意要引開哨兵的注意，調虎離山，好讓真正重要的人物趁亂通行。」尹銘道：「將軍，我於城中查到的線索正好都對應上了，他們綁著梁大人，在城中躲不久，先前沒找著機會出城，如今將軍和我都在十里坡，崔大人畢竟新官上任，未曾應付過這般複雜情形，那些細作定是趁機出了城，想將梁大人送到十里坡，綁於陣前威脅戰果。」

龍騰沉著臉喝：「你既是知道崔大人無甚經驗，又查到了線索，為何不守在通城裡繼續追查，好將梁大人救出？」

尹銘伏身請罪，「末將知罪。之前的消息探得不仔細，末將是想著趕緊回來先與將軍商議商議，未曾考慮周全，請將軍允我再去追查。對方既是闖過了石屏山，算算時候，這一日功夫，該是能到鐵蹄嶺，他們過不得我們的營哨，只能在鐵蹄嶺繞道過境，也許會走水路，我這就帶人沿路搜查，必將他們找出來。」

龍騰久久不語，尹銘高聲呼道：「將軍，請允我帶隊搜查，必要將梁大人救出。」

三名副將也跪地請命：「請將軍下令，允我等帶隊搜查，將梁大人救出。」

龍騰沉思半晌，道：「人定是要救的，所以，先將那哨兵叫來，待我問個仔細，切莫有所疏漏了，然後我們再行商議搜查之事。」

這話沒什麼漏洞，尹銘趕緊把帳外候令的哨兵叫了進來。

哨兵報了自己的姓名職務、值守崗哨位置，然後細說當時情形。那時候人流頗多，排著隊過崗檢查，他注意到有兩個莊稼漢子運了一車飼料乾草，看起來頗重。他招手讓他們過來，想著先檢查他們，讓他們倆先過去，但這兩人不動。這時候正在接受檢查的兩個人，其中一個身上掉下一把匕首，匕首上刻著東淩文字。

哨兵看到忙喝問，結果那些人竟動起手來，轉身就往山上方向跑。他們一行五人，拿出了隱藏的兵器，將哨兵打傷了，於是哨兵結隊追逐上去，現場一陣混亂，許多人尖叫跑散。待他回過神來，發現那輛馬車不見了。他當時也未在意，趕緊回來向尹將軍報信，但石屏山上竟然傳來煙令，他這才聯想到那輛裝滿乾草的馬車。

龍騰問：「後頭的崗哨可曾有消息截到那輛可疑馬車。」

尹銘搖頭，「沒有。前頭崗哨查過了，後頭會不太在意。且在見到煙令之前，這頭也未在意那馬車，只關注那逃竄的五人了。他們既是有策略，定然想好了後頭過崗哨的辦法。算一算時候，一日時間追到山頂，一日時間也能繞路到鐵蹄嶺了。」

一副將攤出一張地圖，尹銘在地圖指著地勢分析，他建議即刻派兵包圍鐵蹄嶺，截山後水路，查嶺中洞窟，堵住到十里坡的必經之路，然後沿東路一直盤查到大道上。

想得仔細又周到，龍騰道：「此時不宜大舉搜查，鐵蹄嶺地勢複雜，極易藏人，若他們察覺到了動靜，反而不好找了。再者，若是惹急了他們，傷了梁大人就不好了。」

尹銘問：「那將軍說要如何辦？」

「先行派人圍堵包抄，安靜地，悄悄地，待到了夜裡，潛伏進去。」

「暗夜裡可不好搜人，舉著火把太顯眼，這更容易讓他們察覺。」

「所以先潛伏進去，待天一亮，各處兵將一起搜查，他們措手不及，也無處可逃。」龍騰看著尹銘的眼睛，兩人的目光中都透著「我知道你打的是什麼主意」的眼神。

「好，那便以日出為信號。」尹銘道：「這般也省得呼喝驚擾了他們。」

「可以。」龍騰道：「梁大人安危事關重大，我親自領兵搜山。」

大家商議了一番，安排好了人手隊伍，定好行動細節，各自安排去了。

通城裡，崔浩緊張地等待著各方的消息，但是哪一方都沒消息。

直到這日，一衙差飛奔來報：「大人，有聖旨，快接旨！」

崔浩嚇得趕緊整了整衣冠，飛快小跑了出去。

衙門堂廳裡，一位身穿華服，氣宇軒昂的青年站在正中，身旁站了位太監模樣的人，手裡拿著錦黃聖旨。二人身邊兩排錦衣護衛，個個精神抖擻，威風凜凜，身後還站著數位官員，神情肅穆，站姿裡都透著對這青年的敬畏。

「來者可是崔浩？」那位太監尖著嗓子問。

「臣崔浩。」

那太監確認了身分，開始念旨了。崔浩認真聽著，生怕錯漏一個字。聽完了，明白了。三皇子被封為沂王，代皇上親查邊境亂局。

「梁德浩與龍騰，這二人在何處？」沂王問。

崔浩趕緊作答。他知道，無論這二人在十里坡如何，沂王來了，勝負已定。

崔浩後怕得出了一身冷汗，幸好啊幸好，他沒有站錯邊。難怪安若晨自信滿滿，說什麼她的籌碼遠比他能想像的還多。

此時的安若晨則伏在宗澤清背上，十個士兵護在四周，分散陣形朝著山下奔去。她的腿腳實在抬不動了，又困又累，但後有追兵，前有凶險，實在顧不得男女有別。

「天亮之時，我們能到鐵蹄嶺。到時在村子找馬，繞一圈去十里坡。」宗澤清道。

安若晨應道：「宗將軍，你覺不覺得我們逃得太順利了？」

「有嗎？」

「山下的哨兵集結隊伍，梁大人看到煙令後察覺不對趕緊派騎兵增援，若是這個陣勢，怎麼都該火光遍山，滿是火把和燈籠光影才對。山腳下應該早圍了一大圈了，大道上也該看到火光。」

宗澤清腳下一頓，「妳說的對。」

「就好像有意放我們去鐵蹄嶺一般。」安若晨道。

宗澤清吹了個口哨，四周士兵迅速圍了過來。宗澤清道：「是這般沒錯，鐵蹄嶺可能會有埋伏，我們得小心行事。」

天濛濛亮了，宗澤清他們站在了鐵蹄嶺的周邊山坡上。要繞過這山嶺到十里坡，會是個大冒險。他們在等消息，不一會兒，兩個士兵探子過來，說在附近村子找到了馬。村子裡沒異樣，可以進村。另一人潛過來，說找到了前頭兩撥先入嶺的探子留下的暗號，似乎確實有麻煩，暗號警告嶺中有危險。

宗澤清決定先進村子偷馬，休息一會兒，讓探子進嶺先行查探一番再行決定。

大家正往村子方向退，忽見嶺中高地升起三股濃煙，是煙令，三股煙表示原地留守。

安若晨驚訝，「這是讓我們待著別動？」

「不是，這表示他們在那裡。」宗澤清道。

「他們是誰？」將軍，還是梁德浩？「為什麼要告訴我們？」誰放的煙？

宗澤清答不出，這真奇怪，但無論如何，這鐵蹄嶺不能隨便進。

龍騰身邊的偏將指著濃煙對他道：「將軍，有煙。」

龍騰囑咐道：「命人速找個地方再燒兩股煙。」話剛說完，聽到遠處尹銘的聲音在大叫：「龍將軍，快來！」

龍騰策馬過去，一路小心觀察，那是一片密林，是藏人的好地方。龍騰抬了抬手，身後騎兵迅速分了兩邊。龍騰看了周圍一眼，下了馬，走進了那樹林。

一直走到樹林中間，見到了梁德浩。龍騰面無表情，冷靜站住了。

梁德浩對他道：「龍將軍，我們終於見面了。」
尹銘站在梁德浩身邊，一抬手，周圍呼啦啦冒出來一群兵將，將樹林圍成了一圈。
龍騰的兵將在圈外，龍騰沒施令，他們沒有動。
再周邊，更多的兵將包抄了過來，將龍騰的人馬圍住了。
宗澤清帶著安若晨和眾人，找了個高處藏身兼觀察。不一會兒，竟又看到兩股煙。
一探子小聲問：「現在這算兩股還是五股啊？」
「都是讓我們快走的意思。」宗澤清答。
兩股表示退，五股表示我拚死擋著你們退。
安若晨的每一根神經都繃緊了，「起碼我們現在知道了，他們兩邊人馬都在！」
樹林裡，兩邊人馬正對峙著。
「龍騰！」梁德浩道：「我受困之時，已然查明，是你通敵賣國，意圖謀反，如今我逃出虎口，率軍剿殺於你，你可服氣？」
「我立時跪地求饒，寫上認罪降書，就不該剿殺了吧？」龍騰應著。
尹銘與龍騰不算熟，聽得這話頓時一愣，相當意外。
梁德浩皺眉，「你小時說話便淘氣，做了大將軍還是如此。」
「梁大人突然懷舊讓我也頗是傷感。」龍騰再應著，當然表情沒半點傷感模樣。
尹銘看了看梁德浩，再看一眼龍騰，喝道：「龍騰，你意圖謀反，該當死罪。如今莫要囂張，你只有一千兵。」而且還未都帶在身邊。
「我當年單騎破萬軍的時候，你正在遼城吃敗仗呢，小子！」龍騰斜了尹銘一眼，「輪到你說話嗎？有本事，單獨一戰！」
「莫受他挑釁。」尹銘正待發怒，被梁德浩喝住了。

「是啊，要聽大人的話。」龍騰微笑。

鐵蹄嶺外，安若晨對宗澤清道：「我不走，我來就是要救將軍，你教我該如何辦？」宗澤清也不想走，不大殺一場怎麼對得起自己虎威將軍的名號？安若晨這般說，他簡直太滿意了。宗澤清下令，讓兩個探子先去探路，按著暗號找一找。若是先前的探子入了嶺，發現不對勁，該會還在打探。摸清情況，給他們引路。另三人去村裡拉馬，衝鋒陷陣沒馬不行。再囑咐兩人，入林找旗兵，若真是開戰，先滅掉旗令。再有一人上樹，遠眺敵情，及時小旗傳令。

宗澤清對安若晨道：「妳跟著我。」又對剩下的五個人道：「記住，護著夫人的安危。」

安若晨問宗澤清：「將軍有多少人馬？」

「一千兵。」

安若晨咬緊牙關，跟著宗澤清伏低身子奔向鐵蹄嶺。

樹林裡，梁德浩與龍騰道：「我當喚你一聲賢侄，但你讓我太失望。為國為民，我只好對不起你的祖父與父親了。」言罷，他舉起手。圍著他們的士兵忙舉弓箭，對準了龍騰。

龍騰也舉拳抬手，他的騎兵反手從背上拉過弓箭，對準了梁德浩和尹銘。龍騰道：「大人難道不想死得明白？」

尹銘忍不住又喝：「究竟是誰死得明白？」

龍騰不理他，繼續道：「梁大人的破綻露得太早了，這麼長的時間，大人難道會以為我完全沒事做嗎？」

「你做了什麼？」梁德浩問。

「大人多長時間沒收到京城的消息了？皇上可有給你聖旨？你那些一條船上的同僚，有沒有給你遞消息？」

沒有，確實很久了，但沒消息就表示沒事，梁德浩不打算認為這是應當停手的提示。

「大人多久沒有收到魯大人的消息了？他在石靈崖還好嗎？」

沒收到，但這是因為他「被劫」離開了通城，消息自然是會滯後的。

「大人，你瞧，你不知道的事情太多，若是不問清楚，我怕是你殺了我之後沒法交代，應對不了。前頭那數年全都白費功夫，我要是你，我也會不服的。」

梁德浩想了想，道：「安若晨在我手上。」

「是有可能快在你手上吧？」龍騰搖頭，「那四股煙令是她點的。你們封了路，她沒法報信，卻固執想到我身邊來，為什麼？我猜就是因為這個。你張嘴一來，說她在你手上，我是信還是不信？沒見著人，我是不能信的，但又會有所忌憚。她覺得，讓我看到她，我就能放心了。你點了三股煙令，就是想引她過來，是不是？」

梁德浩道：「將軍把夫人教導得好呀，都會煙令了。你沒猜錯，她確實是被引來了，你的那兩股煙令點晚了。」

「大人糊塗了，我家夫人沒這般傻，她的聰慧你根本想不到。她這般的姑娘再不會有了，我總說遇上她的時機不對，對她心生歡喜的時機不對，但我不能錯過了。我知道，錯過了就再沒有了。要將她娶到手，也是頗不容易的。我也是費盡心思，鼓足了勇氣才辦到。我揭起她蓋頭她對我笑時，我心中歡喜無法言喻。如獲至寶，此生無憾。」

尹銘按捺住雞皮疙瘩，看了一眼梁德浩，真的需要聽龍騰說這些噁心話嗎？什麼亂七八糟的，他分明在拖延時間，可是梁德浩顯然另有計較，他不動聲色，面無表情地聽龍騰說完，問道：「龍將軍在等什麼？你拖延了一晚，又能如何？」

「總歸是一線生機。這個也是我家晨晨教導我的，莫放棄，直到最後一刻都不要放棄。她這個人啊，讓我說什麼好。那山這般險峻，她居然上去了。她想告訴我情報有誤，我沒想出來她指的是什麼。直到尹將軍過來說細作要將梁大人運到十里坡，我就明白了。晨晨想告訴我，你不在城裡，你在十里坡。」

「我被東凌使節劫持出城，自然不在城裡了。」龍騰笑了笑，「你在何處，對整個局面會有大影響。尹將軍壓制不了我，你卻是可以的。你既是演了場被劫持的戲，就得再有一場被解救的戲。在其他地方解救出來均不行，因為離我太遠，離得遠，怕制不住我，你須得突然被救出，讓我措手不及，當面誣我罪名，馬上號令軍將斬殺我，這才穩妥。我猜，若是我夫人沒放那四股煙令，我沒有防備，接下來應該就是尹將軍說有人闖了崗哨，他帶兵去搜查，然後意外找到了你，將你救出。你到了軍營，將方才那番話再說一遍，指責我通敵賣國，就地斬殺。軍營之中，我根本無處可逃，只得束手等死。就算發生了不可能的意外，我僥倖逃出，也只能往這鐵蹄嶺方向，而你們在此肯定也佈了伏兵等著我，屆時更是篤定了我的叛國之罪。只是這個節骨眼上，我夫人放了煙令，你們須得將煙令說成是自己放的，不然我洞悉煙令的意思，便會理直氣壯名正言順地親自到石屏山接她。這般一來，事情便不可控了。」

「確實是怕你會跑，或是找著什麼新藉口回城煽動別的。把煙令說成是我們自己人放的，你是沒辦法找藉口，但你要親自領兵搜山，防著被謀害於軍營之中，也算是反應頗快，可惜你就算到了山中，又能往哪裡逃？多拖一晚，又能如何？」梁德浩道：「你其實是個難得的將才，我也捨不得斷你性命，可惜你未站在我這一邊。」

「大人是如何斷定我不會站在大人這邊？」

尹銘插話：「大人，莫要中他詭計。」

「大人比你清楚形勢的嚴峻，他若是不打探明白，不知道有何後患，殺了我後又如何應付？」龍騰語帶嘆息，對尹銘道：「我說，高人對弈，你這樣的就莫插嘴吧。」

尹銘氣得七竅生煙，他這樣的是怎樣的？這藐視的口吻，是有多看他不起？「大人！」他看向梁德浩，只求梁德浩一聲令下，他定要讓龍騰血濺三尺，腦袋落地！

梁德浩沒理他。梁德浩看著龍騰，思索著，然後問：「你又是如何想的？」

「若是大人當初沒耍那麼多心眼，想威脅利用我，也許我不會那般早的懷疑大人。」

「是嗎？」梁德浩慢吞吞地問：「我如何想要威脅利用你的？」

「我們於南秦的探子被殺，顯露出朝中有人勾結南秦，洩露重要軍情。我覺得事態嚴重，故而約大人在安省鎮悄悄見面，想提前與大人通個氣，讓大人到了茂郡後有所防範，好好應對。那個時候，我對大人是全心信任的。」

梁德浩安靜聽著。

「可到了那兒，竟然遇上了羅丞相派來的刺客想刺殺大人。我去救下大人，大人大喊那一聲『龍將軍』讓我非常詫異。我身著布衣，普通百姓模樣，如果沒有大人那一聲喊，誰又會知道我是龍將軍？他們知道我是龍將軍，開始全力砍殺我。大人武藝不精，想來也不是太明白，憑那些刺客的身手，在我趕到之前，大人肯定非死即傷。可大人精神抖擻，毫髮無損地把他們引向了我。」

「龍將軍還真是多疑啊！」梁德浩道。

「當時情急救人，未曾多想，有些是事後琢磨出來的。看那些刺客的身手及行事做派，該是江湖人士。羅丞相若是想收買他們行刺，定會有中間人出面，他又怎會這般傻，讓中間人告訴刺客是他指使的呢？這是第二個破綻。」

「我聽說有些江湖刺客接任務時，會要求查清主使人是誰才肯幹，龍將軍又怎知那些江湖刺客不是這樣的？」

「聽誰說？輝王嗎？他是說靜緣師太嗎？啊，或許他會稱呼她鄒芸。鄒芸確實是這樣的行事做派。後來她女兒的父親於一次刺殺任務中身亡，她為了女兒隱退江湖，再不接任務，所以輝王利用這點想了個嫁禍他人的辦法，或許還是一石二鳥之計，趁機做了好人，籠絡鄒芸為他所用。」

「我與輝王在國宴上確有數面之緣，但並不相熟，龍將軍說的什麼我完全不明白。」

龍騰也不在這事上糾纏，反正靜緣師太之事他也是瞎猜的，藉機多說幾句話，拖延下時間，隨便試探試探梁德浩對輝王的反應，給他增加點壓力罷了。

「梁大人對輝王當然熟，熟得表面上可以推心置腹，共商大業，兄弟相稱了。你看尹將軍那般二愣子的模樣表情，才真是不熟，不明白。」

尹銘氣得臉都鐵青了，手握了拳頭，但沒有動手。

龍騰觀察著他們的反應，火候未到，於是又說：「那些刺客不但刺殺大人，還給我的馬下毒。有趣的是，他們是來刺殺大人的，竟然不給大人的馬下毒，這是第三個破綻。」

龍騰一邊說著一邊不經意地往前挪了一步，「後來我才想明白給我的馬下毒的用意。我在戰時私離軍營就是重罪，這本是悄悄行事，只有大人知曉，但如果我的馬兒沒了，我又被刺客砍傷，留下醫治，必得拖延回營的時間。那個時候，中蘭城裡正等著抓我的把柄，一旦發現我私離軍營，便可大作文章。若是這般，只有一個人可以保我，就是大人。」

梁德浩對龍騰竟推測得如此透徹有些意外，他皺起了眉頭。細節及意圖這般清楚，他定是琢磨了許久，但是怎麼可能只琢磨不行動？而他竟然沒有察覺。

在這片刻之間，梁德浩的腦子裡閃過許多個可能發生的最壞結果，他開始真正地感到不安。他挪了挪身子，換了個站姿。在心裡寬慰自己道，其他的都不重要，重要的是皇上。皇上的意思，才是決定他們之間勝負的關鍵。

「若到了那時，我便得來求大人相助。若是大人願意說是大人召我去相見的，並要求我保密，那我自然就無罪。我會與大人商議對策，大人再對我說說羅丞相謀害你的惡行，我又正好是這事件的人證。於是我們可以一拍即合，攜手合作。有沒有打敗南秦不重要，那時候輝王已經說動德昭帝御駕親征，緊接著德昭帝被東凌使節殺害，東凌的陰謀敗露，你我攜手，聯合南秦一起攻打東凌。小小東凌，自然不在話下。之後輝王稱帝，與大人和談，答應從此乖乖聽話，並退出東凌的爭奪，將東凌交予我大蕭管制。」

梁德浩冷靜地道：「皇上對這結果定然滿意。」

「那皇上是否對這裡頭暗藏的門道也滿意？」龍騰上前兩步，質問道：「你藉著這事，除掉朝中的死對頭羅丞相，將他的派系滅殺，自己獨大。你滅掉忠良，殺害無辜，於平南、茂郡均安插了自己人為太守，從京城到邊郡，完全掌控權力。你勾結輝王，助他奪權，與他結盟，吞併東凌。你挑起戰事，讓多少將士白白流血犧牲，多少百姓無端受苦。你是不是還想著，若是運氣好，還能讓皇上封你為東凌王？然後呢，你的野心還有多大？」

尹銘大喝：「一派胡言！」這周圍可是有許多兵將的。有些人已經買通，有些人卻是不知情只聽令的。人多嘴雜，龍騰故意放大嗓門，會有後患，這讓他緊張。

龍騰怒聲道：「你這熊包，瞧你反應就知道你根本就是知情！你選擇助紂為虐，其實是與虎謀皮。你當梁大人看重你？那是因為我在意朝廷有人出賣探子一事，梁大人心生警覺，之後苦等我受挫消息，結果等不到。我一步步剷除他的布局，他這才不得不放棄我這棋子，選擇將我消滅，不然哪輪到你在這裡放屁！」

尹銘上前兩步，吼道：「你找死！」

這回梁德浩沒有阻止尹銘。他站在那兒，臉色相當難看。他腦子裡只有一個念頭，然後他聽到龍騰說了出來：「你被揭穿了，梁大人，皇上已然知曉。若你放我一條生路，這事如何圓場，我們好好商量。」

「你全是瞎編！」尹銘喝道。

「狗先別吠！」龍騰也喝他，然後道：「梁大人，通城全是你的人，你想想，晨晨為何能順利出城，那必是崔太守那處出了差錯，可能出什麼差錯？」

「大人切莫中計！」尹銘搶著喊，緊張得臉漲紅，額角青筋凸出，聲音壓過龍騰。

龍騰繼續道：「晨晨領著大軍而來，否則怎敢如此？我拖延一晚，就是為了等這個。大人你想想，真要自相殘殺，自己人打自己嗎？你真當自己就有勝算嗎？再有這尹將軍，瞧瞧他這熊包模樣，一點小事緊張成這樣，能擔得大任？皇上一審他就什麼都招了。我剛與心上姑娘成婚，我不想死，也不想她死。不如這般，我們莫要再互相猜忌，我將這尹銘殺了，然後替你作證，事情與大人無關，所有的罪名都由尹銘來扛……」

龍騰話未說完，尹銘已一聲大吼撲了過來，「鐺」一聲劍出鞘，朝著龍騰砍了過來。

方才那一番話時，龍騰悄悄前移，尹銘憤怒之中也踏前兩步，兩人間的距離不遠不近。遠得不會讓他警覺後退，近得讓他有可乘之機。而這可乘之機，就是龍騰想抓住的。

尹銘的動作很快，梁德浩來不及反應，龍騰卻是反應了。他不退反進，似是早料到了會這般。側身擊掌，躲開劍鋒，一手抓住他的手腕，一手直擊其腋下，錯步揚腳，狠踢襠部。尹銘的手臂「喀」一聲被打脫臼，他淒厲慘叫，胯下劇痛。他完全沒料到龍騰堂堂一個大將軍，威武武將，動起手來卻是這下三濫的招數。

這一招的功夫，梁德浩終於反應過來，他大聲喝道：「放箭！」

尹銘痛得動彈不得，只得眼睜睜地看著自己被反轉到龍騰身後為他擋箭，噗噗噗幾聲，尹銘後背連中數箭，他兩眼發黑，兩耳嗡嗡作響，感覺自己騰雲駕霧一般飛了起來。他聽到龍騰的聲音，卻聽不真切：「莫嫌棄你死在這招之下，非常狀況只得如此。我告訴過你，你在與虎謀皮，他怎可能顧慮你的性命。」

當梁德浩大喊「放箭」時，龍騰這邊的騎兵也動了，他們甩出許多罐子，砰砰砰擊向周圍的敵軍。馬兒疾奔，組成陣形，一部分人衝向龍騰的方向接應，一部分人衝向敵軍的包圍圈砍出退路，還有一部分人點燃了火頭箭，射出罐子破碎的方向。

「是油！」有人大叫。火油遇火就著，許多士兵身上著火，驚叫著撲地打滾，地上的油燒著了，形成一道火牆，濃煙阻擋了他們的視線，無法再放箭。

幾個副將在剛才變故一起時，已然衝向梁德浩，護著他後退。

「殺了他！」梁德浩怒吼，但看不清龍騰的身影了。他最後看到的是龍騰一招制服尹銘，然後將尹銘甩到後背當盾。尹銘的劍落在了他的手中，掄起砍落幾枝箭，同時間幾個縱躍，腳一點，跳到了樹上。

大火熊熊，一片混亂。濃煙滾滾，看不清敵人，辨不出對手。

梁德浩目瞪口呆。「單騎破萬軍」的傳說是太誇張了些，但他明白龍騰打仗的威名是怎麼傳出來的了，可他們人多啊，閉著眼睛也能將龍騰亂劍砍死！

「殺光他們！」梁德浩大吼著。

煙霧之中看不清龍騰在何處，卻聽得他極洪亮的聲音：「梁德浩，你意圖謀反，誣陷忠臣，挑起戰爭，謀害軍中將士，罪該萬死！」

聲如洪鐘，清楚響亮，一連喝了三遍，聲音是在移動當中，聽起來他似乎在馬上。

梁德浩舉目四望，試圖找到龍騰的蹤跡。他大叫著：「殺了他，殺死龍騰！」

然而，龍騰手下的兵將吼聲將他的聲音蓋住，他們齊聲高喊：「梁德浩謀反，罪該萬死！梁德浩謀反，罪該萬死！梁德浩謀反，罪該萬死……」

這高喊一波接著一波，聲浪連綿，竟似漫山遍野全是他們的人似的。

梁德浩又驚又疑，周圍是圍了一圈將他護在當中的兵將，遠處是廝殺吶喊，血流成河，但梁德浩看到了，許多小兵聽到那些「謀反、死罪」的吶喊後，在遲疑後退。梁德浩大怒，指著那些士兵喝道：「陣前脫逃，不斬敵者，殺之！」

一將軍聞言趕了過去，一刀砍倒一個士兵，喝道：「違軍令者，斬！」

龍騰的兵將一邊廝殺還在一邊喊：「梁德浩謀反，罪該萬死……」

梁德浩聽得簡直百爪撓心，但他也反應過來了，按聲音追殺這些人，一個也別放過，可還沒等他下令提醒，那些呼喝聲沒有了。身邊一個將官道：「擾亂軍心之計，大人莫理會。他們人少，撐不了多久。分散大吼，營造人多勢眾的假象也是無用。我們準備充分，將他們盡數拿下只是時間問題。」

正說著，號聲響起，鼓聲雷動，梁德浩的那些兵將似乎終於反應過來已經開戰了，號令和鼓令開始指揮隊形，火場煙霧之外，他們後退再後退，找好了空地和合適地形，凌亂的隊伍開始聚合。盾架盾，長槍刺，擺成了專門對付騎兵的兵陣。旗令兵站在高高的山頭上揮舞旗子，向兵隊指示著敵軍的方向和情況。弓箭手隱蔽身形，搭箭齊發。

龍騰的騎兵幾聲慘叫，數人中箭落馬。其他人火速變換隊形，將空缺補上。數人舉盾圍著龍騰周圍護他，數馬齊奔，跟著前鋒軍殺出血路。油罐子再拋出，燃燒的煙霧阻撓了周圍敵軍視線，但是未能阻撓遠處旗令兵的視線，他揮舞旗子，指示戰情。龍騰隊伍變換路線的舉動被察覺，梁德浩人馬火速繞到前方，再架起盾牆槍刺。

「他娘的！」數個騎兵一頓猛殺，被槍刺擊落馬下。兩個騎兵縱馬躍上，壓垮盾牆，人與馬皆被砍得面目全非，但也為後方拚出一條血路來。一騎兵大聲罵著，含淚奔出那路，回頭看了一眼旗令兵，太遠了，他們的箭射不到，但這般下去不是辦法，他們人本就少，這般死傷可是會殺不出去的。

「將軍！」這時一個騎兵大叫著。龍騰回頭一看，那旗令兵倒下了，他身邊站著自己派在周邊潛伏專挑旗令鼓令兵下手的部下，但這旗令兵周圍也有許多護軍。那部下孤身一人，雖突然發難砍倒旗令兵，可在其他人圍攻之下，他被逼退一旁，另一士兵已重拾大旗，龍騰身邊的騎兵惋惜大叫。這時候那坡上突然竄出個平民打扮的漢子，出其不意，快攻快殺，轉眼砍倒兩人，大旗再次倒下。那漢子與龍騰部下合力，與其他士兵打成一團，阻止其他人再扛大旗。

騎兵們精神一振，大吼：「增援！」

另一個聲音也大叫著：「增援到！」隨著這一聲吼，幾頭牛狂奔向梁德浩的兵隊，牠們尾巴上綁著火繩，發瘋一般，勢不可擋，一個又一個盾牆陣被衝倒，躲在樹後的弓箭手們紛紛大叫著跑出，被牛群追得慌不擇路。

宗澤清騎著匹瘦小的馬殺入敵陣，馬不威風，他卻是神采飛揚，雙刀使得虎虎生風，手起刀落，瞬間砍倒一片。「增援！」他大叫著，「正是增援，老子來了！」

他領著的數人也衝散敵陣，一頓砍殺，目標先滅掉弓箭手，嘴裡大吼著：「殺！」

沒了弓箭威脅，騎兵們的壓力頓時減弱，龍騰一聲喝：「散！」騎兵們刷一下散開，形成三角陣形，龍騰一馬當先，領著眾兵將殺出重圍。

殺到宗澤清身邊，問道：「晨晨呢？」

宗澤清還未回話，忽地一陣鼓聲於山嶺高處傳來。眾人舉目一望，梁德浩這方竟有另一隊旗令兵，此時正在另一個山頭揮著旗令示意：東邊有敵軍，大批敵軍！

宗澤清也看到了，答道：「四夏江與石靈崖的援軍趕到了，我讓夫人去那頭了。」

探子探到了重要消息！

前兩撥探子已在深夜與龍騰接上了頭，但那時龍騰已經安排入嶺之事，探子的消息無用了。探子速退出鐵蹄嶺，打探周邊情形，為龍騰尋找退路，另一撥也要趕往石屏山方向截住安若晨，但這時卻打探到了水路上的消息。援軍到了，可還頗有段距離。

十萬火急！鐵蹄嶺被梁德浩的人手全部占據潛伏，龍騰這頭忙著準備應對。探子無法輕易再進鐵蹄嶺，也不能浪費時間在等待機會上，於是果斷先一陸路一水路趕向援軍，通知他們莫繞十里坡，直接到鐵蹄嶺來。

安若晨與宗澤清入嶺潛伏，探子琢磨暗號意思，一路尋到東邊綿江江畔，遇著了已經通知援軍並趕回先行探路的探子。兩撥人一會合，趕緊將情報報給宗澤清。

那個時候嶺上突然火光沖天，廝殺聲起。安若晨心急如焚，宗澤清制定對策，讓安若晨到東邊去，在自己軍隊的身邊安全些，他帶著兵士殺到嶺中，為將軍解圍，領將軍到河邊與大軍會合。畢竟梁德浩人多勢眾，從水路撤退也是一個路子。

安若晨依言行事，她感激在這種時候有宗澤清這樣經驗老道的大將在身邊，看他沉著反應，她也有了幾分信心。她不魯莽，知道戰局裡戰術戰略重要，不是急著馬上見到將軍的時候，大家各行其事，各自努力，才有機會取勝。

取勝，意味著能活下來，團聚。

安若晨在探子和三名兵士的護送下奔到江畔，尋好位置，幫著探子一起在江畔給船隊留下登岸信號。耳中聽到遠處的拚殺哀嚎，心跳如鼓。

梁德浩終於看到了龍騰，也看到宗澤清。他認得宗澤清，龍騰身邊的一員猛將，但這猛將不該在十里坡，卻突然出現。

梁德浩已無法判斷自己內心的感覺，焦急憤怒不安已無法形容，他覺得龍騰說的是真的，並不是唬他。皇上知情也許是真的，有大軍趕到是真的，只有一件事不是真的：龍騰不可能與他為伍，幫他脫罪。龍騰要做的，是把他治罪。

梁德浩的腦子空空，已經沒法想了。

有戰鼓響，梁德浩看了過去，旗令：東邊有敵軍。

東邊？梁德浩突然醒悟過來，他懂了。他守住了所有的要道，嚴防中蘭城和各軍營的狀況，他以為只要龍騰的軍隊有絲毫朝著十里坡邁進的消息他一定會知道，他能及時處置。但他漏掉了四夏江的水路。

梁德浩大聲喝道：「去東邊，殺光他們！他們從水路來，用火！」他身邊的將官聞言忙用小旗施令，高處的旗令兵看到了，用旗令指揮各隊往東邊殺去。

「安若晨也一定在那兒！」梁德浩一夾馬腹，領著兵隊便往東邊衝。他失敗嗎？不，把龍騰和安若晨還有他們那些兵將全殺了再說！

「用火！」將官們大聲下令，到處都是火，這個很容易辦到。

船隊遠遠駛來，載著一船船兵將逆流而上，緩慢前進。安若晨站在樹上，看到了船隊的蹤影，看著他們越來越近，心弦緊繃。再一轉頭，卻看到叛軍的旗令，他們發現船隊了。緊接著，大軍奔來的聲響如雷貫耳，安若晨大叫：「殺掉旗令兵！」

一士兵縱身上馬，趕緊殺了過去，另一頭已經幹掉一組旗令兵的探子也在往那處趕。

安若晨已經看到遠處殺過來的大軍了，他們沿路在準備火把、火枝，弓箭手在處理箭頭，安若晨明白了，他們打算用火頭箭燒船，不讓船隊靠近。她對餘下的兵士大叫：「阻止他們，砍樹枝設拒馬樁，讓他們慢下來！」那幾個兵士忙衝向樹林。

安若晨看向他們的旗令兵，那士兵手中兩面小旗，正在揮舞著，顯然在向宗澤清那頭報告著敵軍狀況。

必須得有人向船隊報信，安若晨焦急地看著。那幾個士兵的動作很快，他們火速砍了許多枝繁葉茂的大樹枝，搭架在了道路中間。枝葉高聳，能擋著馬兒和軍隊的視線，但這只能緩一緩對方進發的速度，終究不是解決辦法。

安若晨一咬牙，踹斷一根樹枝，撕下了自己的衣襬，將布條綁在枝條上，向著船隊揮動旗令。若只是揮舞樹枝，她擔心對方誤會，綁上布條，怎麼都容易聯想一些。

旗令裡，對前方陷阱風木水火土都有設置，這是告誡軍隊小心應付。一般來說，風指箭，木指拒馬槍陣，水是江河，火便是火陣火油，土一般指大坑懸崖。

安若晨向叛軍方向揮一下旗，然後往前推兩下，向上舉三下。她希望自己沒有記錯。她重複著這個動作，揮一下，往前推兩下，向上舉三下。這個方向，敵軍要用火頭箭。

安若晨滿頭大汗，但她看到船頭有士兵回應旗令，他們看到了！安若晨簡直喜極欲泣。她看到船隊在分散，以準備應對火攻。最靠近岸邊的一艘船上有士兵跳了下水，迅速朝岸邊游來。越來越多的士兵下水，速度快得已經接近岸邊。

身後方向馬蹄聲響，馬兒嘶叫，敵軍到了！馬兒在樹枝叢前停了下來，不願再走，步兵衝了上來，一些人搬枝條，一些人攀爬著要過來。

安若晨這邊的士兵揮刀砍上，兩邊打了起來。

船兵已經游了上岸，抽出背上的大刀就往這頭跑。安若晨大聲叫著給他們指路，越來越多的士兵上了岸，衝到了樹枝路阻的前頭。兩邊人馬激戰起來，弓兵暫時被擋住了，但更多的士兵趕到，繞過戰區往岸邊衝。

第一艘船靠岸，兵將蜂湧而出。兩邊很快交會，打成一團。

「安若晨！」有人大叫她的名字，安若晨舉目一望，竟是梁德浩。

「殺了她！」梁德浩朝樹上的安若晨一指。旗令太過明顯，她的藏身處早暴露無疑。

安若晨大驚失色，她可不會坐以待斃。她滑下了樹，朝船兵的方向跑，但沒跑多遠，叛軍的兩個騎兵已經趕到。安若晨一貓腰鑽進矮樹叢，躲開了騎兵砍下的一刀，順手抓了把沙泥，鑽出來撒向馬的眼睛。

那馬受驚嘶叫，揚蹄昂身，馬背上的將官摔了下來。另一匹馬上的士兵一驚，策馬要躲開，安若晨不待他有機會回身砍她，在馬兒擦過她身邊時匕首一劃，刺傷那兵士大腿，那士兵慘叫一聲，從馬上摔了下來。

安若晨腦袋嗡嗡作響，她縱身一躍，跳上了馬背。

那摔下馬來的將官向她撲來，她揚手將匕首射了過去，那將官大驚，向後一躍，不料安若晨卻是虛招，根本什麼東西都沒有。安若晨已趁這一瞬，策馬躍出。

「殺了她！」梁德浩喊著。

「保護夫人！」這邊的士兵喊著。

安若晨胸膛緊繃，身後有騎兵追來，她忙策馬逃竄。有士兵衝了過來，砍向她身邊的追兵，但另一邊又衝出一個兵向她砍來，她調轉方向跑。

弓箭手在射箭，靠岸的船已經被點著，到處都是火光，樹林也被燒著。安若晨騎的馬受了驚嚇，不肯再往前跑，竟轉了方向。一枝箭射來，擦過安若晨的肩膀，火辣辣的疼。

更多的箭射來，安若晨努力控制身下的馬兒，讓牠往樹林裡跑。樹林裡林木茂密，是躲箭的好地方，可惜卻阻止不了其他的騎兵和步兵。

安若晨辨不清方向，只能盡力控制馬兒。耳邊是呼呼的風聲，還有紛雜的吆喝吶喊。這個時候，她聽到了龍騰的聲音：「晨晨！」

「將軍！」安若晨看不到龍騰，她大聲叫著，卻叫來了一記長槍猛刺。

安若晨大驚失色，側身躲開，摔下馬來。那長槍刺中馬兒，馬兒痛苦嘶叫。安若晨顧不得摔得疼，爬起便跑，一邊跑一邊大叫：「將軍！將軍，我在這兒！」

那持槍騎兵緊追不捨，安若晨藉著樹幹躲過一槍，轉身欲逃卻被絆倒在地。那騎兵欲再向她刺來，她將手中的匕首朝他射去。

長槍一揮，騎兵將匕首打落，下一刻就又朝安若晨刺來。這次手剛抬起，一柄刀刃從他胸膛刺出。安若晨眨眨眼睛，這才看清了那騎兵身後的人。

「將軍！」

龍騰來不及應聲，他把長刀抽出，反身砍倒另一個朝他襲來的人。一個士兵趁機朝安若晨撲來，安若晨爬起便跑，龍騰追在身後，一刀砍掉那士兵的腦袋，但同時間另兩名騎兵又衝了過來，向龍騰揮刀。

龍騰以一敵二，奮力砍殺。安若晨留心龍騰的動靜，觀察著周圍環境，卻見梁德浩竟策馬朝她衝了過來。安若晨轉身再跑，眼看就要被追上，危急時刻，一個人忽從樹上躍下，將梁德浩從馬上撞了下去。

安若晨一邊跑一邊回頭看，聽得動靜，還未看清狀況，卻是腳下一滑，身子竟然墜了下去。她失聲尖叫，慌亂中抓住一個枝條。這一排亂糟糟的樹，竟是長在崖邊上。

安若晨左手緊緊握緊枝條，本能地往下看，下面是湍急的江水，崖不算太高，但她一點都不想摔下去。

「晨晨！」龍騰的聲音由遠而近。

「將軍！」安若晨右手攀上崖石，努力支起身子往上爬。爬不上，但她看到了，梁德浩被宗澤清制住了，而龍騰正朝她奔來。

「將軍！」安若晨朝龍騰露出笑臉。她的將軍滿臉焦急。不用急啊，她沒事！

龍騰的身後忽地竄出一個持刀士兵，龍騰似渾然不覺，只顧朝她跑來。安若晨大驚失色，抓起手邊一塊石頭朝那偷襲的士兵砸去，大叫著：「將軍小心！」

她一使勁，那不知連在哪兒的枝條忽然鬆落，安若晨猛地向下墜去。

她看到龍騰驚恐地撲向了她，他的指尖碰到她的，她撲通一聲，掉進了江裡。

江水湍急，很快將她捲走，她努力竄起身子，對龍騰大喊了一句：「我會水！」

龍騰下意識地要往下跳，但身後大刀砍到，身體本能地就地一滾，奪刀砍人。待再轉回頭來，已不見了安若晨的蹤影。只那麼一瞬，怎麼就沒了？

「將軍！」宗澤清架著梁德浩過來。

龍騰愣了愣，似乎才反應過來現在是什麼狀況。他道：「囑咐船兵，下水尋人。」他將梁德浩押到空曠高處，讓眾兵將能看到他，然後用力扳他的手臂，喝道：「下令他們休戰！」

梁德浩還待猶豫遲疑，龍騰的刀刃已經陷入他的脖子，一陣劇痛，鮮血流了出來。

「休戰！住手！」梁德浩喊道。

所有人的都愣了，然後大家紛紛傳令。

龍騰恨道：「你有點骨氣多好，這樣我就可以砍了你的腦袋。」

梁德浩全身緊繃咬牙不語。龍騰的手勁很大，那刀似要砍斷他的脖子，他的手腕也似要被捏碎。龍騰握緊了刀，久久沒有鬆開。宗澤清囑咐完士兵跑回來，在一旁看著，不敢出聲，生怕開口一勸，梁德浩的腦袋就沒了。

龍騰突然將梁德浩往地上摔去，一腳踹到他腦袋上，梁德浩頓時暈了過去。

「將他綁了！」龍騰喝了一句，轉身朝江邊去，撲通一聲，沒影了。

那一日，大火燒掉了半個鐵蹄嶺，龍騰與眾船兵江中尋人，沒有尋到。梁德浩被押到了十里坡，軍營裡，一個太監尖聲問：「龍騰何在？」

宗澤清答：「江裡。」

「梁德浩何在？」

「暈著。」

那一日，梁德浩沒有醒，龍騰沒有回，威風凜凜來處置危機的沂王被晾了一天。好在滿營的官兵亂七八糟的後續處置還很多，他還有許多可發揮之處。

三日後，龍騰回營了。他問宗澤清：「晨晨最後一句話，你聽到了嗎？」

「好像說的是：我會水。」

龍騰不語，轉身走了。

宗澤清也很是難過。夫人不會就這樣死了吧？遺言是我會水，那也太讓人傷感了。

尾聲

後頭的事情其實沒那麼複雜了，東凌聽聞了大蕭的兵變內鬥，靜觀結果，然後東凌帝新派的使節來訪，與沂王開啟談判。談判的地點設在了中蘭城，南秦德昭帝也在。

謀反、勾結、細作，所有的案情清清楚楚，容不得梁德浩狡辯。崔浩、錢裴，光這兩個人證，能證明的內容就夠多的了。

龍騰去牢裡見過一次梁德浩，問他為什麼？他不明白，就算推測出真相，證明了真相，他還是真的不明白，為什麼？

梁德浩譏笑道：「因為這個昏君不值得。羅丞相壞事做盡，卻得寵幸。那昏君是非不分，害了多少忠臣？忠良只能受辱受屈，是何道理？鳳大人受辱，你祖父被冤，這些事你不記得了？我呢？二十年前，他奪我所愛，卻不善待，我奉他為君，仍盡忠盡責，他卻時時拿這事暗地嘲笑。他恃強凌弱，對夏國那暴虐之政唯唯諾諾，百般討好，對東凌、南秦卻各種欺凌掠奪。他那副嘴臉你難道沒有看到？你問過我野心有多大？我可以告訴你，我這不是野心，是雄心。我剷除羅丞相一派，朝中到邊郡，全是我的人。我聯合南秦，占領東凌，三國資源各有優勢，待時機成熟，我合併三國，壯國力，揚國威，我要讓那昏君最後看到，一個賢明之君應該是怎樣的！」

龍騰面無表情地看著他，「我從前怎麼會覺得你是個讓人尊敬的長輩呢？賢明之君？真是噁心的藉口。你把罵皇上的話，全部往自己身上一套，毫無差錯。」

沂王對整件事非常滿意，他凱旋歸朝，不但得了皇帝的嘉獎賞識，還以此建立了自己的勢力。梁德浩的那一派自然元氣大傷，但羅鵬正這一派也不好過。藉著這事，他們的許多過往也被揪出。皇帝對朝臣派系心生警覺，將羅丞相的勢力也打壓下去。

沂王與東凌和談，舉薦了平南郡與茂郡的太守人選，又與南秦德昭帝建立了友誼。為他奪回皇位出謀劃策，答應斡旋各方力量助他一臂之力。

德昭帝原本計畫是讓盧正為他作證，回南秦指證那些細作和輝王，但沒曾想，這個計畫落空了，原因在齊徵身上。德昭帝是真心喜歡齊徵的，所以當齊徵說願意為他效力，與他回國助他奪權，德昭帝甚是歡喜，便將齊徵帶在身邊，去了石靈崖，接上了盧正。

結果齊徵見到盧正，二話不說，撲上去用匕首連捅盧正數刀。

「這匕首是田大哥送我的，我用他的刀為他報仇。」齊徵殺完了人還很冷靜，一字一句清清楚楚地跟盧正說。

盧正很快斷了氣，眾人目瞪口呆。

齊徵把匕首擦乾淨，重插回腰間，向德昭帝跪下了。他說他並不想去南秦，他的義父、他的田大哥全是大蕭兵士，他自然也忠於大蕭。他說願為德昭帝效力，只是為了能接近盧正，為田慶報仇。如今心願已了，任殺任剮，絕無怨言。

德昭帝有怨言，但啞口無言，倒是沂王表示對齊徵這小少年的欣賞，有勇有謀有忠有義，日後定是將才，他將齊徵收歸麾下。

德昭帝第一步計畫受挫，還有一個人證可用，那就是錢裴，但錢裴畢竟是大蕭人，又被打斷腿獨眼成了太監，很有屈打成招之嫌，說服力怕是不夠。正商議事情要如何辦，卻收到了一個驚天消息。

輝王遇刺死了，刺殺他的是當年那個女殺手鄒芸。她出了家，如今叫靜緣師太。消息說，靜緣師太與大蕭的一個叛臣錢世新到南秦，錢世新求見輝王，共謀國事，輝王欲從錢世新處探得大蕭祕密，便准見了。他並不知道錢世新還帶著靜緣師太。靜緣師太上了朝堂，揮劍便殺。輝王死於她的劍下，而她與錢世新也被衛兵亂箭射死。

南秦朝中大亂，於是眾臣恭迎德昭帝回國。

德昭帝暈乎乎的，被搶走皇位和拿回皇位都跟做夢似的。

而龍騰一直在尋找安若晨。

在江中搜尋，沿江尋覓，一直沒有結果，但龍騰不相信安若晨死了，那是他家晨晨呢，比任何人都堅強的安若晨，就算到了最後一刻都不會放棄的安若晨。她不會死的，她肯定困在了某處，等他找到她。

龍騰在宗澤清的眼裡看到同情，龍騰不理他。他依然在找，沿江村鎮一個一個地找。

沂王命他的兵隊繼續駐守邊境，畢竟南秦仍在政亂中，東凌的衝突也剛剛平復，先前的禍端也不知有沒有剷除乾淨，這兩個郡還是暗藏著凶險。龍騰除了奉命回京一趟上稟案情作證之外，其他時間都在綿江一帶找人。

有一日，探子來報，坊間有本新書頗受歡迎。

龍騰心一跳，道：「《龍將軍新新傳》？」

「不是，是《將軍夫人傳奇》。」

安若晨坐在樹下曬太陽，樹蔭擋著，日頭不會太猛，稀稀落落灑在身上，感覺正好。她的腿搭在小椅子上，這樣不會太難受。這復原的速度讓她有些著急，但這村子太小，沒什麼好大夫，腿能治上就不錯了，也不知道以後會不會瘸。

啊，腿瘸這一點可以寫到書裡去，可她得想想有什麼事情能把這個帶進去。

不知道將軍怎麼樣了。她被江水沖得很遠，這村子竟是在南秦境內。有些閉塞，村民出城一趟不容易，打探點什麼消息，總是一問三不知。只知道不打仗了，但前線誰主事？主帥是誰？不知道。還說不打仗就好，別的不用管太多。又問她來歷，問她家鄉。

安若晨不敢問太多，也不敢說太多，撒謊自己撞了頭，有些記不清。畢竟不是大蕭，誰知道這處養傷。

又是投江，一開始昏昏沉沉，村裡都以為她是被人迫害了投江的，她醒來也順水推舟，正好就在木也撞來，不但骨頭傷了，差點血流而亡。幸遇著村民撿著了她，將她救了回來。她衣裳破碎，還有沒有危險。她現在沒法逃跑，還是隱蔽一些好。她落江後被水流沖得撞到石塊，又正好有浮

安若晨擔心龍騰以為她死了，又擔心龍騰會不會在那一戰中出事。他會不會其實已經回了京城？畢竟早已不打仗了，可能他早走了。

安若晨嘆氣，看了看地上的影子。想起將軍說過的情話，他說喜歡看他與她的影子成雙成對。安若晨又嘆氣，你說好好一個武將，怎地說起肉麻話來面不改色？

她真想念他啊，想念他挑眉毛的樣子，想念他說肉麻話，想念他裝得很厲害故作玄虛的模樣……安若晨眨眨眼睛，發現地上的影子多了一個。挨在她的身邊，成雙成對。

安若晨猛地回頭，卻差點扭著了腰摔了腿。

龍騰趕緊將她扶穩，只看一眼便明白怎麼回事了，難怪她一直沒消息。

龍騰坐在安若晨的身邊，安若晨一直看著他。久別重逢，好期待將軍對她說的第一句話。

龍騰安靜很久，說話了：「《將軍夫人傳奇》，妳怎麼想的？」

竟然是說這個？安若晨哈哈大笑起來。

龍騰也跟著笑，「是要給我線索找妳嗎？」那書裡寫了一個被父親賣掉的姑娘怎麼憑藉著自己的聰慧成為探子破解細作陰謀然後嫁給了將軍的故事。寫得亂七八糟，悲情又凶險，跟她的樂觀開朗一點都不像，事情卻是有六七成相似的。

「不止啊，這故事傳遍了大街小巷，這將軍夫人為國為民，忠肝義膽，感人至極，若是將軍不帶她回京城，她可以拿著書去告御狀了。」

龍騰大笑，捏她臉蛋，「妳還瘸著腿呢，就想著如何對付本將軍嗎？」

「我既是嫁了，當然不能吃虧，你當我好欺負呢？我可不是受了委屈眼淚往肚裡吞的，我一定要討回來。」

龍騰再次大笑，摟著她道：「可惜啊，我真不能帶妳回京城。」

安若晨瞪他。龍騰道：「我自己也回不去。」

安若晨繼續瞪他。

「我還得繼續駐守邊境，我答應過妳，我在哪兒，便讓妳在哪兒。」他低頭親親她的臉蛋，「妳差點嚇死我了。」

安若晨道：「我自己也嚇死了。」

「下回危急時刻，妳喊句將軍我愛妳也好呀。妳想想，若是遺言是『我會水』……」龍騰摟過她，親親她額角，「說起來，妳是否說過妳對我的心意？我怎地沒印象？」

安若晨抿著嘴笑，笑得這般好看，龍騰忍不住低頭吻上她的唇。

「放開姑娘！」一個老婦衝了過來，手裡舉著鋤頭。

「大娘。」安若晨抬頭，看著自己的救命恩人，道：「這是我相公，他來接我了。」

要是不來，待她腿好了，她真要去告御狀的，這可不是玩笑話。

龍騰似乎知道她在想什麼，眉毛挑得高高的。

安若晨哈哈大笑，龍騰也笑起來。

救命恩人很迷惑啊，不知道他們在笑什麼。

龍騰握緊了安若晨的手，握得緊緊的。

「這是我相公」應該也算情話吧！

（全文完）

漾小說 175

逢君正當時 4 完

國家圖書館出版品預行編目資料

逢君正當時 / 汀風著. -- 初版. -- 臺北市 :
晴空, 城邦文化出版 : 家庭傳媒城邦分公司發行,
2017.06
冊；　公分. --（漾小說 ; 175）
ISBN 978-986-93830-1-1（第4冊：平裝）

857.7　　105012779

作者　汀風
封面繪圖　畫措
責任編輯　施雅棠
國際版權　吳玲瑋　蔡傳宜
行銷　艾青荷　蘇莞婷　黃家瑜
業務　李再星　杻幸君　陳美燕
編輯總監　劉麗真
總經理　陳逸瑛
發行人　凃玉雲
出版　晴空
城邦文化事業股份有限公司
104台北市中山區民生東路二段141號5樓
電話：（886）2-2500-7696　傳真：（886）2-2500-1967
發行　英屬蓋曼群島商家庭傳媒股份有限公司城邦分公司
104台北市中山區民生東路二段141號2樓
客服服務專線：（886）2-25007718；25007719
24小時傳真專線：（886）2-25001990；25001991
服務時間：週一至週五上午09:00~12:00；下午13:00~17:00
劃撥帳號：19863813；戶名：書虫股份有限公司
讀者服務信箱：service@readingclub.com.tw
晴空部落格　http://blog.yam.com/readsky
香港發行所　城邦（香港）出版集團有限公司
香港灣仔駱克道193號東超商業中心1樓
電話：852-25086231　傳真：852-25789337
E-mail：hkcite@biznetvigator.com
馬新發行所　城邦（馬新）出版集團【Cite (M) Sdn Bhd】
41, Jalan Radin Anum, Bandar Baru Sri Petaling,
57000 Kuala Lumpur, Malaysia.
電話：(603) 9057-8822 傳真：(603) 9057-6622
Email：cite@cite.com.my
美術設計　洸譜創意設計股份有限公司
印刷　沐春行銷創意有限公司
初版一刷　2017年06月15日
定價　250元
ISBN　978-986-93830-1-1